KB044363

진단명:
사이코패스

WITHOUT CONSCIENCE :
THE DISTURBING WORLD OF THE PSYCHOPATHS AMONG US
by Robert D. Hare, PhD
Copyright © 1993 Robert D. Hare, PhD

KOREAN translation edition published by arrangement with The Guilford Press
through ENTERSKOREA CO., LTD., SEOUL KOREA
Korean language edition © 2005 by Bada publishing Co., Ltd.

이 책의 한국어 판권은 (주)엔터스코리아를 통한
The Guilford Press사와의 독점 계약으로 (주)바다출판사가 소유합니다.
신 저작권법에 의하여 한국 내에서 보호를 받는 저작물이므로 무단 전재와 무단 복제를 금합니다.

진단명:
사이코패스
PSYCHO
PATH

**우리 주변에
숨어 있는
이상인격자**

로버트 D. 헤어 지음
조은경·황정하 옮김

바다출판사

사이코패스, 그 정체가 궁금하다

『진단명 사이코패스』를 처음 접하게 된 것은 2001년 가을, 미국 버클리 대학교에서 연구년을 보내면서 911테러의 참상을 피부로 느끼고 있던 때였다. 인간의 반사회적 행동과 범죄에 대해 관심을 갖고 있던 나에게 사이코패스 혹은 정신병질자라는 인간 유형은 반드시 이해해야 하는 또 하나의 산이었다. 인터넷 주문으로 이 책을 받아본 순간 한눈을 팔 겨를도 없이 빠져들었으며 나도 사이코패스의 본질에 관해 연구해 보고 싶다는 생각을 갖게 되었다.

우리나라에 사이코패스가 본격적으로 알려지게 된 것은 2004년 온 나라를 떠들썩하게 만든 연쇄살인범이 판결전조사에서 사이코패스라는 판정을 받으면서부터다. 흔히 사이코패스 하면 그런 흉악범만 생각하기 쉬운데 이 책을 읽다보면 그것이 잘못된 환상임을 알게 된다. 사이코패스는 우리의 일상 주변에 도사리고 있으며, 청소년·여성·전문직 종사자 가운데서도 발견할 수 있다. 우리 주변에 숨어서 약탈자처럼 타인의 삶과 재산을 노리는 사이코패스는 자신의 행동에 대한 죄책감이나 양심의 가책을 느끼지 못하기 때문에 변화나 치료가 쉽지 않은 것이 특징이다. 『진단명 사이코패스』에 제시된 풍부한 사례들은 사이코패시가 어떤 성격장애인지를 구체적으로 이해할 수 있게 해준다.

그런데 이 책을 읽은 독자들이 혹여 자신을 괴롭히는 주변 사람들을 사이코패스로 의심하지 않을까 걱정스럽다. 사이코패시에 대한 진단은 훈련받은 전문가에 의해서만 가능한 것이므로 섣불리 누군가를 사이코패스로 판정하고 낙인찍는 일은 없어야겠다. 사이코패시에 대한 치료나 대책을 논의하기 위해서는 먼저 정확한 진단이 필수적이다. 우리나라에서도 이제 헤어 박사가 개발한 사이코패시 진단 도구인 사이코패시 평가표(PCL-R)를 사용하는 전문가에 의한 정확한 평가가 가능해졌다.

『진단명 사이코패스』는 심리학을 공부하지 않은 일반인도 이해하기 쉽게 씌어졌다. 일반인들에게는 교양서로 적절하고, 전문가들이나 심리학을 공부하는 학생들에게는 보조 교재로 쓰일 수 있을 것이다. 사이코패시를 좀더 정확하게 이해함으로써 이 분야에 대한 연구가 활발해지고, 형사사법절차 실무에도 도움이 되었으면 하는 바람이다.

한림대 심리학과 교수
조은경

사이코패스를 구별하는 과학적 방법

사이코패스는 평생 남을 꼬드기고 속이고 무자비하게 짓밟는 이 사회의 약탈자다. 그들은 끊임없이 이사람 저 사람의 마음을 아프게 하고 기대를 저버리고 지갑을 털어간다. 다른 사람에 대한 도의적 양심이나 동정심이 전혀 없기 때문에 약간의 죄의식이나 후회도 없이 사회규범과 기대를 헌신짝처럼 버리고, 자신이 원하는 것을 이기적으로 움켜쥐고, 제멋대로 행동한다. 희생자는 당황하여 절망적으로 부르짖곤 한다. "이 사람들 대체 뭐지?" "무엇 때문에 저런 행동을 하는 거야!" "저런 인간들에게 당하지 않으려면 어떻게 해야 할까?" 지난 100년 이상 계속된 임상 고찰과 경험적 연구들도 이런 질문에 초점을 맞춰왔고, 나 자신도 사반세기 동안 이 문제에 매달려왔다. 그 결과, 몇십 년 전부터 사이코패시의 비밀이 하나씩 밝혀지고 있다.

이 책을 쓰기로 결심했을 때 이미 나는 전문적인 과학적 데이터와 세심한 분석을 일반인이 이해할 수 있는 형태로 제공하기가 어렵다는 사실을 알고 있었다. 때문에 그냥 다른 연구자들과 심오한 논쟁이나 하고 기술 서적, 논문이나 들춰보면서 상아탑에 안온하게 눌러앉고 싶은 유혹도 있었다. 하지만 최근 몇 년 사이 선량한 일반인이 사이코패스의 음모와 약탈에 노출되는 사례가 급격하게 늘어났다. 뉴스마다 폭력 범죄, 금융 스캔들과 같은 상식을 뛰어넘는 기사들이 넘쳐나고, 연쇄살인범·사기꾼·조직폭력배를 소재로 한 영화나 책이 헤아릴 수 없이 많다. 이런 기사나 작품 속 등장인물이 사이코패스인 경우도 있고 아닌 경우도 있지만, 사이코패스를 구별하는 중요한 특징들이 뉴스 매체, 엔터테인먼트 업계, 일반인에게는 그다지 의미가 없는 것처럼 보인다. 변호사, 법정 정신과의사와 심리학자, 사회복지사, 보호관찰관, 법률가, 검찰이나 경찰공무원, 교도관 같이 매일 사이코패스를 만나는 형사사법계 종사자들조차 자신이 대체 어떤 부류의 인간을 다루고 있는지 제대로 알지 못한다. 이 책에서는 그저 사회적 책임감이 부족할 뿐인 사람과 사이코패스를 명확하게 구분할 것이다. 어느 누구나 사이코패스와 맞닥뜨리는 고통스러운 경험을 할 수 있다. 육체적·정신적·재정적으로 피해를 당하지 않으려면 사이코패스를 구별하고, 그들로부터 스스로를 보호하는 방법을 알아두어야 한다.

사이코패시를 과학적으로 접근한 논문은 대부분 이론적, 추상적 내용에 머무르는 경우가 많아서 행동과학적 지식이 부족한 일반인으로서는 이해하기 어렵다. 이 책에서는 이런 논문을 알기 쉽게 풀어써서 일반인은 물론 형사사법체계나 정신보건단체 종사자들이 접근하기 쉽게 했다. 이론적 쟁점이나 연구 결과를 지나치게 단순화하겠다는 것은 아니며, 나의 지식을 과장해서 떠들 생각도 없다. 흥미를 느끼는 사람이 나의 글을 참고하여 이 주제를 좀더 깊이 있게 연구하기를 바랄 뿐이다.

『진단명 사이코패스』는 실험심리학과 인지적 정신생리학을 과학적 기반으로 삼고 있다. 무의식 과정, 갈등, 방어기제와 같은 좁은 범위의 정신역학 문제에 푹 빠져 있는 독자라면 이 책의 내용에 실망할 수도 있다. 지난 50여 년간 사이코패시의 정신역학 관련 서적과 기사가 무수히 쏟아져 나왔지만, 내가 보기에 이 장애에 대한 인식은 별로 나아진 것이 없다. 사이코패시의 정신역학 관련 자료가 대부분 탁상공론식이고 제자리를 맴도는 경우가 많아서 쉽게 경험적 연구를 이끌어내지 못했기 때문이다. 하지만 최근에는 사이코패시의 정신역학적 고찰과 행동과학의 이론 및 절차를 접목시키려는 시도가 이루어지고 있고, 이 중에는 매우 흥미로운 것들도 있다. 이 책에서도 그와 관련된 분야를 언급할 것이다.

나는 운 좋게도 여러 해 동안 뛰어난 대학원생과 조교의 도움을 받을 수 있었으며, 이런 관계가 서로에게 큰 도움이 되었다. 나는 학생들에게 강의와 경제적 도움을 주었고, 그들은 참신한 아이디어와 창의적 발상, 연구에 대한 열의로 연구실을 활기차고 생기 있게 만들어주었다. 특히 스티브 하트, 아델 포스, 티모시 하퍼, 쉐리 윌리엄슨, 브렌다 길스트롬에게 진심으로 고마움을 전한다. 이들은 모두 10년간 계속된 고민과 연구에서 중요한 역할을 담당했다.

또한 캐나다 의료연구위원회, 정신보건 및 법률을 연구하는 맥아더 연구 네트워크, 브리티시컬럼비아 보건연구재단에서 연구 보조금을 지원해 주었다. 연구는 대부분 캐나다 교정국이 운영하는 시설에서 이루어졌다. 이 시설의 수감자와 직원은 서로 원활하게 협력하는 것으로 유명하다. 이 책에서는 연구의 한 축인 수감자의 신원을 보호하기 위해 각 사례의 세부사항을 바꾸거나 여러 사례를 하나로 합쳐 놓았다.

『진단명 사이코패스』를 쓰도록 격려해준 주디스 리건과 기술 자료들을 읽기 쉬운 글로 바꿀 수 있도록 지도해준 수전 립셋에게 감사를 전한다.

딸 셰릴과 누이 노엘의 격려와 결단력과 호의는 내 삶의 가장 큰 자양분이다. 또한 아내이자 최고의 친구인 애버릴에게 특별한 감사를 전한다. 그녀 자신도 전문직업인으로 바쁜 생활을 하면서도 어떻게든 시간을 내어 내 연구를 부지런히 지원하고 격려해 주었다. 아내는 끊임없는 정열, 판단력, 임상학적 예리함으로 일년 내내 나를 기쁘게 하고, 보호하고, 제정신을 유지하도록 지켜주었다.

문화 차이를 넘어선 인간 유형

　사이코패스는 냉담하고, 충동적이고, 자기중심적이고, 무책임하며, 이기적인 사람들로서 자신의 행동이 타인에게 끼친 피해를 자각하지 못하고 죄책감이나 후회도 느끼지 못하는 사람들이다. 그들이 다른 사람들과 맺는 감정적·사회적 교감은 피상적이며, 그들은 오직 자기 자신만을 위해 존재한다. 사이코패시는 범문화적인 성격장애지만 그것의 구체적인 양상이나 측정 방법은 문화적 전통이나 규범, 사회적 기대 등에 의해 영향 받기도 한다. 이러한 이유 때문에 하나의 문화권에서 발전된 사이코패시에 대한 이론과 연구가 다른 문화적 맥락에서도 적용 가능한지를 확인할 필요가 있다.

　최근의 과학적인 연구 성과들은 사이코패시가 상당히 높은 문화 간 일반성이 있음을 보여주고 있어 고무적이다. 대부분의 연구 문헌들은 사이코패시 평가표-수정판(PCL-R)과 그로부터 파생된 사이코패시 평가표: 선별판(PCL:SV), 사이코패시 평가표: 청소년판(PCL:YV) 등을 사용한 것이다. 각 검사는 전 세계 연구자와 임상전문가들에게 사이코패시를 진단하는 보편적인 절차로서 받아들여지고 있다. 최근 한국에서도 PCL-R이 번역 출간됨으로써 한국과 다른 나라에서 사이코패시가 표출되는 구체적인 방식에 대한 비교가 가능해지게 되었다.

　연구자들과 임상전문가들이 공통의 평가 절차를 사용한다는 것 외에, 일반 대중이 사이코패시가 그들의 삶에 어떤 함의를 갖는지를 이해하는 것도 중요하다. 사이코패시가 어떻게 나타나고 관찰되는지에 대해서는 문화적 차이가 존재하겠지만 피해자에게 심각한 개인적·사회적 고통을 초래하는 이 성격장애의 본질은 어느 문화를 막론하고 크게 다르지 않다. 『진단명 사이코패스』를 처음 저술했을 때만 해도 일반인들은 사이코패시의 임상적 개념에 그리 친숙하지 않은 듯했다. 그러나 많은 독자들이 이 책에서 기술하고 있는 유형의 인간에 의해 자신들의 삶이 심하게 와해되고 상처받고 있음을 즉시 알아차리게 되었다. 이 책의 지식은 그러한 독자들이 사이코패스가 자신의 삶에 초래한 혼란과 고통을 이해하고 극복하는 데 도움을 주었다.

　『진단명 사이코패스』의 한국어판이 나의 소중한 동료이자 친구인 조은경 박사에 의해 번역된 것을 매우 기쁘게 생각한다. 그녀의 연구는 반사회적 행동과 사이코패스의 행동을 이해하는 데 크게 기여하고 있으며 한국인들이 사이코패스의 본질과 영향력을 더 잘 이해하는 데 많은 도움을 줄 것이다.

사이코패시Psychopathy('정신병질'과 동일한 의미로 사용된다-옮긴이)란 사회적 관점에서 좋지 못한 몇 가지 행동과 성격 특성으로 정의되는 성격장애다. 이 때문에 사이코패시의 진단은 간단한 문제가 아니다. 다른 정신장애와 마찬가지로 사이코패시 진단도 한 개인이 적어도 최소한의 장애 기준을 충족시킨다는 여러 증거들을 통해 결정된다. 내가 다룬 사례들은 심도 깊은 인터뷰와 기록 자료를 토대로 각 개인을 조심스럽게 진단한 것이다. 그러나 사례의 세부적인 내용을 바꾸고, 개인 신상정보를 감춤으로써 핵심 내용을 손상시키지 않으면서도 이들의 신원이 노출되지 않도록 했다.

이 책의 주제는 사이코패시지만 여기에 나오는 사람들이 모두 **사이코패스**Psychopath('정신병질자'라는 용어와 동일한 의미로 사용된다-옮긴이)는 아니다. 이 책의 사례 중 많은 부분이 일반 보고서, 언론매체, 개인적인 정보 수집 등에서 얻은 것이기 때문에 언급된 사람이 반드시 사이코패스라고 확신할 수는 없다. 많은 사람들이 앞 다투어 '사이코패스'라는 딱지를 붙이고 있는 사람인 경우에도 마찬가지다. 하지만 각 사례에서 제시되는 특정 행동 증거는 사이코패시 개념에 부합되거나, 이 장애의 전형적인 특징 및 행동양식을 보여준다. 각 개인은 사이코패스일 수도 있고 아닐 수도 있지만, 이들의 행동은 사이코패시로 정의되는 다양한 특징과 행동을 파악하는 데 큰 도움이 된다. 하지만 단순히 당신이 알고 있는 어떤 사람이 이 책에서 제시하는 내용에 부합된다고 해서 그를 사이코패스라고 판단하는 우를 범해서는 절대 안 된다.

차례

선량한 사람은 상대방을 그다지 의심하지 않는다. 자신이 할 수 없는 일을 다른 사람이 해치워버릴 수 있다고 상상하지 못하며, 어떤 일이든 무난한 방법으로 해결하고 그냥 있는 그대로 놓아두려 하기 때문이다. 한편 사이코패스가 괴물 같이 생겼을 거라고 간주하는 경향이 있는데 전혀 그렇지 않다. ……우리 사회를 활보하는 이 괴물들은 정상적인 친지나 친구들만큼이나 자연스럽게, 때로는 그들보다 더 설득력 있게 미덕을 보여준다. 밀랍으로 만든 장미꽃이나 플라스틱 복숭아가 실제 꽃이나 과일보다 더 실물처럼 보이는 것과 비슷한 이치다.

윌리엄 마치William March, 『나쁜 종자The Bad Seed』

무엇이 문제인가

여러 해 전, 나는 대학원생 두 명과 함께 과학 저널에 한 편의 논문을 제출했다. 언어 과제를 수행 중인 성인 뇌의 전기적 활동을 생물의학 기록기로 모니터링 하는 실험이었다. 뇌파는 도표 용지에 일련의 파동으로 기록되는데, 이것을 뇌파도(EEG)라 한다. 그런데 잡지 편집자는 사과의 말을 하며 논문을 돌려주었다. "솔직히 논문에 나오는 뇌파 패턴 중 일부가 너무 이상합니다. 이런 EEG는 사람에게서는 나올 수가 없잖아요." 편집자의 말이었다.

기록된 뇌파 중 일부는 우리가 보기에도 정말 이상했다. 하지만 그 뇌파는 괴물에게서 수집한 것도, 날조한 것도 아니었다. 모든 인종·문화·사회는 물론 어떤 삶의 현장에서도 이와 유사한 뇌파가 발견되곤 한다. 이런 부류의 사람을 만나면 누구나 속거나 이용당하게 되고, 그러면서도 어쩔 수 없이 같이 살면서 입었던 피해를 복구하기 위해 애써야 한다. 이 매력적이면서도 치명적인(항상 그런 것은 아니지만) 사람들을 임상학적으로는 사이코패스라 한다. 이들은 놀라울 정도로 양심이 없다. 이들의 삶은 다른 사람이 비용을 대는 자기만족 게임에 불과하다. 감옥에서 시간을 보내는 경우도 많지만 용케 법망을 빠져나가는 사람들이 더 많다. 이들은 항상 다른 사람의 것을 빼앗으며 산다.

『진단명 사이코패스』는 엄청난 사회적 의미를 함축하고 있는 어두운 비밀인 사이코패스라는 혼란스러운 주제를 직접적으로 다뤘다. 수백 년 동안의 끈질긴 고찰과 수십 년에 걸쳐 이루어진 경험적 사이코패시 연구 끝에 이 오래된 비밀은 서서히 진실을 드러내고 있다.

문제는 매우 심각하다. 북미에 약 200만 명, 뉴욕 시에만 약 10만 명의 사이코패스가 존재한다. 더구나 이 수치는 아주 신중한 추정치일 뿐이다. 이것은 소수의 사람만 겪는 비밀스럽고 흔치 않은 일이 절대 아니다. 누구든 어디에서든 사이코패스를 만날 수 있다.

우리 사회에는 사이코패스와 함께 정신분열증 환자도 많다. 정신분열증은 환자는 물론 가족에게도 커다란 정신적 비탄을 안겨주는 파괴적인 정신장애다. 하지만 정신분열증으로 인해 야기되는 개인적 고통과 절망은 사이코패스가 외부인, 사회, 경제에 미치는 파괴적인 영향에 비하면 그다지 심각하지 않다. 사이코패스는 거대한 거미줄을 쳐놓고 대다수의 사람을 다양한 방법으로 낚아 올린다.

사이코패시는 단적으로 사회규범을 위반하는 극악한 범죄를 유발하므로 많은 사이코패스들이 경찰에 검거되지만, 적지 않은 수의 또 다른 사이코패스들은 자신의 매력과 카멜레온 같은 위장술을 이용하여 우리 가운데로 숨어들고, 이 사회를 마구 휘젓고 다니면서 수많은 인생을 망친다.

이들은 자기중심적이고 냉담하며 무자비한 태도를 보이고, 동정심이 거의 없고, 다른 사람과 따뜻한 정서적 관계를 형성하지 못하며, 양심에 가책을 받지 않는다. 결국 이들은 사회에서 조화롭게 살아가지 못한다.

이런 자가 존재한다는 것은 그다지 듣기 좋은 이야기는 아니며, 사실 자체를 의심하는 사람도 있다. 하지만 최근 우리 사회에 급증하고 있는 사이코패스에 대한 좀더 극적인 사례들도 무수히 볼 수 있다. 수많은 책, 영화, TV 프로그램, 신문 기사의 헤드라인이 이들의 이야기로 넘쳐난다. 대중매체에 등장하는 연쇄살인범, 강간범, 절도범, 사기꾼, 가정폭력범, 지능범, 무허가 증권브로커, 아동학대범, 갱 단원, 자격 박탈된 변호사, 마약상, 도박꾼, 조직폭력배, 면허 취소된 의사, 테러리스트, 사이비교주, 돈만 주면 무슨 일이든 저지르는 사람, 파렴치한 실업가 중 상당수가 사이코패스다.

이런 관점에서 세상을 보면 문제의 심각성을 깨달을 수 있다. 가장 크게 일반인의 주의를 끌고 혐오감을 주는 사람은 바로 양심 없는 냉혈 살인마일 것이다. 다음은 수백 가지 사례 중 몇 가지를 나열한 것이다. 이들 중 상당수는 이미 영화화되었다.

- **존 게이시John Gacy** 일리노이 주 데스플레인스. 토건업자. 아이들을 위해 '어릿광대 포고'로 분장해서 청년상공회의소의 '올해의 인물'로 선정되었으며, 당시 영부인이었던 로잘린 카터 여사와 기념 촬영도 했다. 1970년대에 32명의 소년을 살해하고, 그 시체를 자기 집 지하의 좁은 통로에 암매장했다.[1]

- **샤를 소브라즈Charles Sobhraj** 프랑스인. 그의 아버지는 그를 '자폭 장치'라는 별명으로 불렀다. 국제적 신용사기꾼·밀수업자·도박꾼·살인

자로, 1970년대 내내 동남아시아 일대를 종횡무진 누비며 돈을 갈취하고, 여자를 후리고, 여행자들에게 마약을 팔고, 살인을 저질렀다.[2]

■ **제프리 맥도널드Jeffrey MacDonald** 내과의사. 특전사 출신. 1970년에 아내와 두 아이를 살해해서 각종 언론매체의 주목을 받았다. 그는 LSD 중독 상태에서 저지른 일이었다고 주장했다. 그의 이야기는 『치명적 환상Fatal Vision』이라는 책과 영화로 만들어졌다.[3]

■ **게리 타이슨Gary Tison** 살인으로 유죄판결을 받았다. 그는 형사사법체계를 마음대로 유린했다. 1978년에는 세 아들의 도움으로 애리조나 교도소에서 탈옥했고, 흉악한 살인행각을 계속해서 6명을 추가로 살해했다.[4]

■ **케니스 비앙키Kenneth Bianchi** '언덕의 교살범' 중 하나. 1970년대에 로스앤젤레스 지역에서 12명의 여성을 강간·고문·살해했다. 공범으로 밝혀진 사촌 안젤로 부아노Angelo Buono는 다중인격의 소유자로 연기하면서 '스티브'의 인격일 때 범행한 것으로 꾸며 여러 전문가를 농락했다.[5]

■ **리처드 라미레스Richard Ramirez** 사탄의 아들. '나이트 스토커Night Stalker'로 잘 알려져 있는 국제적 연쇄살인범. 그는 자신을 자랑스럽게 '악마'라고 부른다. 1987년에 13차례의 살인과 강도, 주거침입, 강간, 남색, 강압적 구음, 살인미수를 포함한 30여 건의 각종 범죄행위로 유죄판결을 받았다.[6]

■ **다이안 다운즈Diane Downs** 아이를 원하지 않는 남자와 살고 싶어서 자기 아이들에게 총을 쏘고도 자신이 진짜 피해자라고 항변했다.[7]

■ **테드 번디Ted Bundy** 미국 최고의 연쇄살인범. 1970년대 중반에 수십 명의 젊은 여성을 살해한 혐의를 받고 있다. 포르노를 너무 많이 보았

더니 불길한 실체가 자신의 의식을 사로잡아 버렸다고 진술했다. 최근 플로리다 주에서 처형되었다.[8]

- **클리포드 올슨Clifford Olson** 캐나다의 연쇄살인범. 어린 희생자의 매장 장소를 알려주는 대가로 정부로부터 10만 달러를 받아냈고, 이후 그의 일거수일투족이 모두 세간의 주목을 받았다.[9]

- **조 헌트Joe Hunt** 1980년대 초반에 로스앤젤레스에서 사기 투자계획 BBC(Billionaire Boys Club)로 부유한 집 아이들을 갈취한 달변가. 부유층을 속여 돈을 갈취했고, 두 건의 살인사건과 관련이 있다.[10]

- **윌리엄 브래드필드William Bradfield** 말 잘하는 고전학 교사였으나 동료와 두 명의 자녀를 살해하여 유죄를 선고받았다.[11]

- **켄 맥클로이Ken McElroy** 여러 해 동안 "손톱만큼의 양심의 가책이나 후회도 없이 미주리 주 스키드모어 시민들을 상대로 강탈·강간·방화·발포행위 등을 저지르고 그들을 불구로 만들었다." 1981년에 결국 45명이 지켜보는 앞에서 총살당했다.[12]

- **콜린 피치포크Colin Pitchfork** 영국의 노출광, 강간범 및 살인범. DNA 증거로 유죄판결을 받은 최초의 살인자다.[13]

- **케니스 테일러Kenneth Taylor** 성희롱범. 뉴저지 주의 치과의사. 첫 번째 아내를 내쫓고, 두 번째 아내를 죽이려 했으며, 1983년 세 번째 아내와의 신혼여행 중 아내를 심하게 구타했다. 다음 해에 구타 후유증으로 아내가 죽자 시체를 자신의 차 트렁크에 넣어둔 채 부모와 두 번째 아내를 만나러 갔으며, 체포된 후에는 갓난아이를 성적으로 학대하던 아내가 자신에게 들키자 바로 덤벼들어서 정당방위로 그녀를 죽일 수밖에 없었다고 진술했다.[14]

■ **콘스탄틴 파스팔라키스Constantine Paspalakis와 디더 헌트Deidre Hunt**

젊은이를 고문 및 살해하고, 그 장면을 비디오테이프로 녹화했다. 현재 사형수로 복역 중이다.[15]

이런 부류의 사람들과 그들이 저지른 끔찍한 범죄는 세간의 관심을 끌기 마련이다. 그런데 이들은 간혹 심각한 정신적 문제가 있는 것으로 보이는 마구잡이 살인자나 대량살상자와 혼동되기도 한다. 희생자의 살갗을 벗겨 먹기도 한 정신이상 살인자 에드워드 게인 Edward Gein,[16] '남녀 혼성 살인자'이고 성적 학대자이며 희생자의 팔다리를 절단하고 시간(屍姦)까지도 서슴지 않은 에드먼드 캠퍼 Edmund Kemper,[17] 주차된 차량에 있던 연인들을 잔인하게 살인한 '샘의 아들' 데이비드 버코위츠David Berkowitz,[18] 15명의 성인 남자와 소년을 고문·살해하고 사지를 절단했으며, 15번 연속으로 무기징역을 선고받고 복역 중인 '밀워키의 몬스터' 제프리 다머Jeffrey Dahmer[19] 등을 예로 들 수 있다. 캠퍼·버코위츠·다머의 경우처럼 이들 살인자는 종종 정신이 온전한 것으로 판정되지만, 이들의 형언하기 힘든 행동, 기괴한 성적 환상은 물론 권력·고문·죽음에 대한 집착은 정말 이들이 제정신인지 끝없이 의심하게 만든다.

사이코패시 살인자는 현재 적용되는 법적, 정신의학적 기준에 따르면 미친 것이 아니다. 이들은 정신이상이 아니며, 냉정하고 계산된 합리성과 다른 사람의 생각이나 감정에 공감하지 못하는 냉담함이 합쳐져서 기괴한 범죄행각을 저지른다. 겉으로 보기엔 정상인 사람이 도덕적으로 도저히 이해할 수 없는 범죄를 마구 저지른다면 누구나 크게 당황하며 무력감을 느낄 것이다.

하지만 너무 불안해할 필요는 없다. 대부분의 사이코패스는 사람을 쳐 죽이지 않고도 얼마든지 원하는 바를 이룰 수 있기 때문이다. 뉴스거리가 되는 잔인한 살인자만 주목하다 보면 더 중요한 부류를 놓치게 된다. 바로 누굴 죽이지는 않지만 일상생활에서 다른 사람에게 계속 영향을 주는 사이코패스들이다. 우리의 삶을 위협하는 것은 대부분 냉혹한 살인마가 아니라 달변의 사기꾼이다.

그럼에도 불구하고 이런 인상적인 사례들은 나름대로 의미가 있다. 이런 사례는 보통 기사화되어 널리 알려지기 때문에 사람들의 경각심을 일깨워 사이코패스가 주위의 친지·이웃·동업자를 먹잇감으로 삼기 어렵게 만든다. 또한 이런 사례들은 모든 사이코패스의 역사를 관통하는 무시무시하고 난해한 문제, 즉 사이코패스는 다른 사람의 고통과 괴로움에 대해 전혀 이해하지 못하며, 동정심과 사랑의 전제 조건이 완전히 결핍되어 있다는 사실을 분명히 보여준다.

이런 감정결핍 상태를 어떻게든 설명해 보려고 가족력을 조사해 보았지만 특이사항을 발견할 수 없었다. 사이코패스 가운데는 유년기에 구체적인 물질적·정서적 결핍이나 육체적 학대를 경험한 경우도 있지만, 모든 사이코패스가 그런 불우한 환경에서 자란 것은 아니다. 정상적인 가정에서 따뜻한 보살핌을 받고 자랐고, 형제자매들은 모두 다른 사람의 감정에 깊이 공감할 수 있는 정상적인 사람인 경우도 많다. 그리고 비참한 어린시절을 보냈다고 해서 무조건 사이코패스나 냉담한 살인자가 되는 것은 더더욱 아니다. 다양한 연구 결과, 학대나 폭력을 경험한 아동이라도 나중에 다른 사람에게 학대나 폭력을 행사하는 어른으로 성장할 확률은 그리 크지 않다는 것이 정설이다. 사이코패스가 나타나는 이유나 방식을 이해하려면 좀더 심도 깊고 종합적인 설명이 필요하다. 이 책에서 나는 이러한 해답을 찾아 헤맸던 지난 사반세기에 걸친 나의 연구 결과를 설명하고자 한다.

연구의 주요 내용은 사이코패스를 정확하게 식별하는 방법을 찾는 것이다. 그들을 구별해 내지 못하면 개인은 물론 사회적인 피해가 커지게 된다. 일반화된 사례를 하나 살펴보자. 놀랍게도 유죄판결을 받은 후 가석방된 살인자가 다시 강력범죄를 저지르는 일이 대단히 많으며, 이런 범죄자의 상당수가 사이코패스로 밝혀지곤 한다. 나는 이런 현실 앞에서 깊은 분노를 느낀다. 사이코패스가 상습적으로 폭력을 휘두르는 경향이 있다는 것은 이미 널리 알려진 사실이기에, 가석방위원회를 비롯한 관련 기관이 자료를 제대로 읽고 정확하게 판단했더라면 얼마든지 재범을 막을 수 있었을 것이다. 이 책에서 나는 사이코패시에 대해 자세히 설명하고 문제의 심각성을 알리며, 사이코패스로 인해 우리의 삶이 파괴되는 일을 막을 방법을 제시하겠다. 일반인은 물론 형사사법체계 종사자들에게도 반드시 필요한 정보가 될 것이다.

01

핼미의 입에서 검붉은 피가 뚝뚝 떨어지더니 시트를 적시며 허드 아래쪽으로 흘렀다. 나는 손가락 하나 까딱할 수 없었다. 허드가 일어나더니 선홍빛 벨트 버클을 채우면서 나를 향해 싱긋 웃었다. "귀여운 인형 같지 않습니까?" 그가 말했다. 그리고는 휘파람을 불며 바짓단을 빨간색 스웨이드 부츠 속으로 쑤셔 넣기 시작했다. 핼미는 벽 쪽을 향하고 쓰러져 있었다.

— 래리 맥머티Larry McMurty, 『말 탄 자여, 지나가거라Horseman, Pass By』

사이코패스 경험하기

해가 갈수록 나는 다음과 같은 상황을 점점 더 자주 접하게 된다. 저녁식사 중 누군가가 내게 무슨 일을 하는지 정중하게 물으면, 나는 사이코패스를 구분하는 특징을 간단하게 설명해 준다. 그러면 다른 누군가가 갑자기 놀라 소리친다. "어머나, 아무개 씨가 바로 그렇던데요." 또는 이렇게 말한다. "몰랐는데, 제 형부가 당신이 묘사한 것과 똑같아요."

이런 진지하고도 근심스러운 반응은 사교모임에서만 볼 수 있는 것이 아니다. 내가 하는 일이 무엇인지 알게 된 사람들은 정기적으로 실험실에 전화를 걸어서 이해하기 어려운 행동으로 수년간 자신을 불행하고 고통스럽게 만든 남편, 자식, 직장 상사, 주변 사람들에 대해 설명하고 조언을 구한다.

사이코패시의 정의와 그 영향에 대해 알고 싶다면 바로 이런 실제로 일어났던 일과 그로 인해 비탄과 절망에 빠진 사람들의 이야기를 듣는 것이 가장 좋다. 이 장에서는 "뭔가 잘못되고 있지만 경찰을 부를 수는 없는" 전형적인 상황들을 제시하여 이 이상하고도 매혹적인 주제에 접근해 보겠다.

사례 중 하나는 수감자에 대한 것이다. 사이코패스 연구는 대부분 교도소에서 이루어진다. 사이코패스와 그 진단에 필요한 정보를 손쉽게 얻을 수 있기 때문이다.

다른 두 사례는 일상생활 중에 있었던 일이다. 사이코패스 모두가 감옥에 가 있는 것은 아니므로 부모·자식·배우자·연인·동료는 물론 어떤 사람이라도 피해자가 될 수 있다. 정상적인 사람들은 누구나 사이코패스가 야기하는 혼란에 대처하려고 애쓰고, 대체 그들이 왜 그런 행동을 하는지 이해하려고 노력한다. 여러분 대부분은 여기 제시하는 사례에서 자신의 삶을 지옥으로 바꿔버린 사람들의 모습을 발견하게 될 것이다.

사이코패스와의 첫 만남

1960년대 초반에 심리학 석사학위를 취득한 나는 아내와 갓 태어난 아기를 부양하고 학업을 계속하기 위해 일자리를 구했다. 평생 교도소 근처에는 가본 적도 없는 나였지만 기꺼이 브리티시컬럼비아 교도소에 취직했다. 교도소 내에 심리학자라곤 나 하나뿐이었다.

당시 나는 심리학자로서의 실무 경험이 전혀 없었고, 임상심리나 범죄학 논쟁에도 별 관심이 없었다. 보안이 철저한 밴쿠버 근처의 이 교도소는 내게 그저 TV에서나 본 범죄의 총체일 뿐이었고, 좋게 말해도 별로 익숙하지 못한 곳이었다.

하지만 어쩔 수 없는 일이었다. 나는 어떤 사전 교육이나 업무 인수인계도 없이 내키지 않는 교도소 심리학자 일을 시작했다. 첫날은 교도소장과 관리직원들을 만났다. 모두 제복 차림이었고, 무기를 소지한 사람도 있었다. 교도소는 군대식으로 운영되기 때문에 나도 푸른색 상의에 회색 면바지, 검은색 신발의 제복을 갖춰 입어야 했다. 옷 따위는 필요 없다고 강변했지만 교도소장은 듣지 않았고, 나는 할 수 없이 상점으로 내려가서 치수를 재야 했다.

만들어진 제복을 본 순간 나는 이곳의 규율이 실제로는 그리 엄하지 않다는 사실을 간파했다. 재킷 소매는 너무 짧았고, 바지 길이는 서로 달라 우스꽝스러웠으며, 신발 사이즈도 좌우가 달랐다. 나의 발 사이즈를 잰 입소자는 꼼꼼히 치수를 재고, 그것을 종이 위에 아주 정확하게 그려냈기 때문에 나는 결과물을 보고 더욱 의아해할 수밖에 없었다. 치수를 재며 그렇게 불평을 해놓고 어떻게 이렇게도 완전히 크기가 다른 신발을 만들어냈는지 이해할 수가 없었다. 분명 일부러 나를 골려주려 한 것 같았다.

업무 첫날은 상당히 다사다난했다. 내 사무실은 교도소 꼭대기에 위치한 커다란 방이었다. 기대했던 아늑함이나 신뢰감이 느껴지는 안식처와는 거리가 먼 데다가 나머지 시설들로부터 멀찌감치 떨어져 있어서 사무실까지 가려면 잠긴 문들을 여러 번 열어가며 지나가야 했다. 책상 위쪽 벽에는 선명한 빨간색 버튼이 있었다. 심리학자가 교도소에서 무슨 일을 하는지 알리 없는 교도관은(모르긴 나도 마찬가지였다) 그게 비상용 버튼이라고 했지만, 그걸 눌러봐야 제때 도움을 받기는 힘들 것 같았다.

선임 심리학자는 사무실에 작은 서재를 남겨놓았다. 대부분 로르

샤흐 검사나 주제통각검사 같은 심리검사 관련 책들이었다. 이런 검사에 대해 들어보긴 했지만 한 번도 사용해 본 적이 없기 때문에, 교도소에나 어울릴 물건들과 나란히 꽂혀 있는 그 책들을 보며 더욱 난감한 기분이 되었다.

사무실에 들어선 지 한 시간도 안 되어 첫 번째 '고객'이 찾아왔다. 30대의 키가 크고 늘씬한 검은머리 사내였다. 그를 둘러싼 공기가 윙윙거리는 듯했다. 그는 내 눈에 구멍이라도 뚫을 기세로 빤히 쳐다보았다. 그의 눈초리는 내게 붙박인 채 한 번도 흐트러지지 않았다.

그를 레이라고 부르겠다. 레이는 자기소개도 없이 단도직입적으로 입을 열었다. "의사 선생, 안녕하쇼? 나한테 문제가 좀 있는데 당신 도움이 좀 필요하우. 꼭 이야길 해야겠어."

나는 성실한 심리치료사가 되고 싶었다. 우선 무엇이 문제인지 물었다. 그는 대답 대신 미소를 지으며 칼을 꺼내 내 코앞에 들이댔다. 여전히 내 눈을 똑바로 쳐다보고 있었다. 가장 먼저 머릿속에 떠오른 건 빨간 버튼이었다. 하지만 버튼은 레이에게도 빤히 보이는 위치에 있었다. 그가 그저 시험해 보는 것 같기도 했고, 진짜 해칠 작정이면 버튼을 눌러봐야 별 도움이 되지 않을 거라는 생각이 들었다. 나는 곧 버튼 생각을 지워버렸다.

일단 내가 버튼을 누르지 않을 거라고 판단한 그는, 칼을 내게 쓰려고 한 것이 아니라 자신에게 '부하'가 되라고 요구한 다른 수감자에게 쓰려던 것이라고 해명했다. '부하'란 교도소에서 동성애 관계에 있는 커플 중 여자 역할을 하는 사람을 의미하는 은어다. 왜 이런 말을 털어놓는지 정확한 이유는 알 수 없었지만, 내가 어떤 부류의 간부인지 떠보려고 했던 것 같다. 이 소동에 대해 보고하지 않으면 간부는 모든 종류의 무기 소지를 신고해야 한다는 엄중한 교도소 규칙을 어기는 셈이 된다. 반면에, 신고를 하면 내가 수감자 편이 아니라는 소문이 퍼져 일을 하기가 매우 어려워질 것이다. 그가 자신의 '문제'에 대해 끝도 없이 떠드는 동안 나는 칼에 대해서는 함구했다. 다행히 그가 다른 수감자를 찌르지는 않았지만 나는 곧 함정에 빠졌음을 깨달았다. 나는 수감자와 '전문적' 교감을 나누기 위해 교도소의 기본적인 규칙 위반도 눈감아주는 물렁한 사람이 되어버린 것이다.

레이와의 첫 만남 이후, 8개월간의 교도소 생활은 지옥으로 변해버렸다. 그는 끊임없이 내 시간을 빼앗고, 나를 교묘하게 이용하여 음모를 꾸몄다. 한번은 자기가 요리에 천부적인 소질이 있다며 석방되면 주방장이 될 계획이라고 말했다. 만약 자신의 일터를 기계 작업장(이곳에서 칼을 만든 것이 분명했다)에서 주방으로 옮겨주면 단체 급식을 더 효율적으로 조리해낼 수 있을 거라고 주장했다. 주방은 설탕, 감자, 과일 같은 알코올 재료가 가득한 곳이다. 당시 나는 그런 사실을 깨닫지 못하고 그저 레이의 말만 믿고 작업장 변경을 추천했다. 몇 개월 후 교도소장 책상 바로 아래에서 굉장한 폭발사고가 일어났다. 소동이 가라앉은 뒤 마루 밑을 살펴보니 알코올을 증류시키는 정교한 기계가 발견되었다. 무언가가 잘못되어 통 하나가 폭발했던 것이다. 제아무리 보안이 철통같은 교도소라도 이런 일이 드물지 않게 일어나기는 하지만 교도소장 자리 바로 아래서 이런 일을 벌인 대담함에 모두가 혀를 내둘렀다. 밀주 제조의 주동자였던 레이는 한동안 독방 신세를 져야 했다.

독방에서 나온 레이는 아무 일도 없었다는 듯이 다시 내 사무실에 나타났고, 이번에는 자동차 작업장으로 옮겨달라고 부탁했다. 자신은 손재주가 좋고, 출소를 대비해 준비도 해야 하며, 배울 시간만 있었다면 지금쯤 밖에서 자동차 정비소를 운영하고 있을지도 모른다고 떠벌였다. 전에 작업장 변경을 주선했던 것이 꺼림칙하기는 했지만 나는 결국 또 지고 말았다. 두 번째로 레이의 작업장 변경을 주선했던 것이다.

그 직후 나는 교도소를 떠나 심리학 박사 과정을 밟기로 계획했다. 레이는 한 달 동안, 지붕 공사를 하는 내 부친에게 일자리를 얻어 내 가석방을 신청하려고 온갖 방법을 동원했고, 거의 성공할 뻔했다. 교도소 직원들에게 이런 사실을 말하자 다들 웃음을 멈추지 못했다. 그들 모두 레이를 잘 알고 있었다. 그의 개심 계획이나 구상에 속아 넘어간 뒤 다시는 속지 않겠다고 결심한 경험들이 있었던 것이다. '다들 제풀에 지쳐 교화 노력을 포기했단 말인가?' 당시에 나는 그렇게 생각했다. 그러나 심리학자인 나보다 그들이 레이를 더 정확하게 판단하고 있었다는 것을 나중에야 알게 되었다. 레이 같은 군상을 수년간 겪으면서 터득한 소중한 경험 지식 덕분이었다.

레이는 나뿐 아니라 누구든 천재적인 재주로 속여 넘겼다. 유창하게 거침없이 거짓말을 쏟아내어 경험 많고 냉소적인 베테랑 직원들조차 자신을 믿게 만들었다. 처음 만났을 때 이미 그의 전과는 화려했으며 기록은 이후로 계속 추가되었다. 그는 성인이 된 후 절반 이상의 세월을 교도소에서 보냈다. 죄질은 대부분 폭력이었다. 언제나 나를 비롯한 전문가들에게 자신이 요리나 기술을 배우며 감정을 잘 다스리게 되어서 이제는 범죄에는 관심도 없으며 새로 태어날 준비가 완벽하다고 강변하곤 했다. 끊임없이 근거도 없는 거짓말을 했고, 거짓말이 드러나도 개의치 않았으며, 쉽게 말을 바꿔 다른 거짓말을 지어내곤 했다. 나는 결국 아버지 회사에 도움이 안 될 것 같다는 생각에 레이의 요청을 거절했다. 나중에 나는 이에 대한 앙갚음을 톡톡히 받았다.

교도소를 떠날 당시, 나는 1958년식 포드 자동차의 할부금을 갚고 있었는데 나에겐 상당히 부담스러운 액수였다. 그런데 직원 중 한 명(나중에 교도소장이 되었다)이 1950년식 모리스 마이너와 내 포드를 바꾸자고 제안해 왔다. 그러면 할부금을 대신 내주겠다는 것이었다. 나는 그의 제안을 받아들였다. 모리스의 상태가 그다지 좋지 않았으므로 교도소 정책에 따라 관내 자동차 작업장에서 무료 정비를 받았다. 다행히도 레이가 아직 일하고 있었다. 물론 레이는 불만스러웠을 것이다. 자동차에 깨끗하게 새로 페인트칠을 하고 모터와 동력 전달 부분을 수리했다.

아내와 나는 자동차에 전 재산을 싣고 뒷좌석에는 아이를 태우고 온타리오 주로 떠났다. 그런데 밴쿠버를 벗어나자마자 문제가 터졌다. 모터가 요동치는 듯하더니 완만한 경사를 올라가는 도중에 라디에이터가 폭발한 것이다. 정비소에서는 카뷰레터의 플로트 실에서 볼 베어링을 발견했고, 누군가 라디에이터에 연결된 호스 중 하나를 바꿔놓은 것이 틀림없다고 말했다. 그 다음 긴 언덕을 내려가는 도중에 훨씬 더 심각한 문제가 발생했다. 브레이크 페달이 푹 꺼지더니 아예 올라올 생각을 하지 않았던 것이다. '이 긴 언덕길에서 브레이

크가 듣지 않다니.' 다행히 겨우 주유소까지 갈 수 있었고, 브레이크 선이 끊어져서 조금씩 누전되었음이 밝혀졌다. 차를 튜닝 할 때 레이가 자동차 작업장에서 일한 것은 우연의 일치였을 수도 있다. 그러나 레이는 교도소의 소식통을 통해 그 차가 내 것임을 확실히 알고 있었을 것이다.

대학에서 나는 '형벌이 인간의 학습과 행동에 미치는 영향'에 대한 논문을 준비했고, 자료 조사 중 처음으로 사이코패스에 관한 보고서를 접하게 되었다. 당시 레이에 대해 깊이 숙고했는지는 기억나지 않지만 그런 상황이 레이를 생각나게 했던 것은 사실이다.

박사학위를 받은 후 첫 직장은 몇 해 전에 일했던 교도소에서 그리 멀지 않은 곳에 위치한 브리티시컬럼비아 대학이었다. 컴퓨터가 보급되기 전이었던 당시, 나는 동료들과 나란히 테이블에 앉아서 길게 줄을 선 학생들에게 가을학기 수업 등록을 받고 있었다. 순간 내 이름이 귀에 들어왔다. "네, 저는 헤어 박사님이 교도소에 재직하실 때 조수로 일했답니다. 일 년 정도일 거예요. 서류 작업을 대신 하고 교도소 생활을 도와드렸죠. 박사님은 힘든 일이 있으면 꼭 저와 의논하곤 했습니다. 우리는 환상의 콤비였다고요." 옆줄 제일 앞에 서 있는 사람은 레이였다.

'내 조수였다고!' 나는 그를 당황스럽게 만들려고 대화에 끼어들었다. "진짜 그랬나?" "오, 박사님이시군요. 잘 지내셨어요?" 그는 전혀 당황하지 않고 즉시 대답했다. 그리고는 아무렇지도 않게 다시 대화를 시작하더니 다른 이야기로 슬쩍 주제를 돌렸다. 이후 그의 신청서를 확인해 보니 예전에 다녔다는 대학 성적증명서는 위조된 것이었다. 물론 그는 내 강의에 등록하지 않았다.

가장 흥미로웠던 것은 사기행각이 밝혀져도 그가 전혀 동요하지 않았으며, 심리학 전문가인 내 동료들에게조차 신뢰를 얻었다는 사실이다. 레이는 어떤 정신적인 기질을 가졌기에 양심의 가책이나 망설임조차 없이 진실을 짓밟는 것일까? 이 사건으로 인해 나는 이후 25년 동안 각종 실증 연구를 통해 문제의 해답을 얻고자 고심하게 되었다. 레이의 사례에는 이후 연구했던 수백 건의 사이코패시 사례 연구보다 훨씬 더 흥미로운 면이 있다.

교정국으로부터 수감자의 가석방심사 전 심리검사를 해달라는 요청을 받고 몇 달 동안 교도소에서 지낸 적이 있다. 과실치사로 6개월형을 선고받은 사람이었다. 파일에 범죄에 대한 최종보고서가 빠져 있어서 그에게 자세히 설명해달라고 부탁했다. 수감자는 여자친구의 갓난아기가 몇 시간이나 계속 울어댔고 똥냄새가 나서 할 수 없이 기저귀를 갈아야 했다고 말했다. "아기가 내 손에 온통 똥을 싸서 이성을 잃은 거죠 뭐." 별일 아니었다는 듯한 말투였다. "발을 잡아 올려 벽에 내던졌어요." 믿을 수 없게도 그는 웃고 있었다. 그토록 무시무시한 행위를 아무렇지도 않게 설명하는 데 할 말을 잃은 나는 내 아이를 떠올릴 수밖에 없었고, 그를 사무실 밖으로 쫓아낸 후 다시는 만나지 않았다.

최근 나는 이 남자가 어떻게 되었는지 궁금해서 교도소 파일을 추적해 보았다. 그는 내가 교도소를 떠난 일 년 뒤에 가석방되었고, 서투른 솜씨로 은행을 털다가 경찰에게 쫓기던 중 죽었다. 교도소 정신과의사는 이 남자를 사이코패스로 진단하고 가석방에 반대했으나 가석방위원회가 전문가의 조언을 무시했던 것이다. 당시는 사이코패시의 진단 절차가 모호하고 신뢰할 수 없었으며, 이런 진단이 행동 예측 면에서 무엇을 시사하는지도 제대로 알려져 있지 않았다. 이제부터 보게 되겠지만 오늘날은 상황이 많이 달라졌다. 가석방위원회가 판정을 내릴 때 사이코패시의 재범률에 대한 지식을 적용하지 않으면 끔찍한 실수를 하게 될 수 있다.

마음의 고통을 모르는 사람

엘자는 런던에 있는 한 세탁소에서 댄을 만났다. 그녀는 남편과의 이혼으로 힘들고 지친 상태에서 그곳으로 왔고, 일년 정도 아이들을 가르치며 지내고 있었다. 이웃에 댄이 산다는 것을 알고 있던 그녀는 그와 얘기를 시작하자마자 오래 전부터 알고 지내던 사람처럼 가까워졌다. 그는 솔직하고 친절했고, 둘은 곧 사이좋은 친구가 되었다. 처음부터 그녀는 그가 재미있는 사람이라고 생각했다.

그녀는 외로웠다. 날은 흐리고 진눈깨비가 날리는 날이었다. 시내에서 상영하는 영화와 연극은 이미 다 봤고, 이 낯선 대서양 동쪽에는 아는 사람도 없었다.

"아, 여행자의 외로움이군요." 저녁식사 중에 댄이 공감한다는 듯 낮게 중얼거렸다. "사실 그게 가장 끔찍하죠."

디저트를 먹은 뒤 그는 지갑을 두고 나왔다며 당황해했다. 엘자는 즐거운 마음으로 대신 돈을 계산했고, 이미 본 동시상영 영화를 기꺼이 다시 한 번 보았다. 그리고는 함께 호프집에서 술을 마셨다. 댄은 자신이 국제연합 통역사라 전 세계를 돌아다니며 일하는데 현재는 임무 대기 중이라고 했다.

그들은 그 주에만 네 번, 그 다음 주에는 다섯 번을 만났다. 댄은 햄프스테드의 아파트 꼭대기 층에 산다고 했지만 오래지 않아 엘자의 집으로 이사왔다. 이상하게도 그녀는 이 상황이 무척 즐거웠다. 평소 성격으로 보면 전혀 있을 수 없는 일이었지만 오랜 외로움을 겪은 후여서인지 더할 나위 없이 즐거운 시간이었다.

그러나 설명하거나 의논하기 힘든 작은 불만들이 쌓이기 시작했다. 댄은 엘자를 한 번도 자기 집으로 초대하지 않았고, 그의 친구들을 소개시켜 준 적도 없었다. 어느 날 밤엔 포장도 뜯지 않은 새 녹음기가 가득 든 상자를 가져왔으나 며칠 뒤에는 그것들이 어디론가 사라져버렸다. 텔레비전 3대가 구석에 쌓여 있었던 적도 있었다. 그는 그저 "친구 부탁으로 보관하는 것"이라고 둘러댈 뿐 아무리 다그쳐도 명쾌한 대답을 해주지 않았다.

댄이 처음으로 약속 장소에 나타나지 않은 날, 엘자는 그가 교통사고라도 당했나 싶어 안절부절 못했다. 그는 항상 대로를 무단횡단하곤 했기 때문이다.

사흘째 되던 날 오전에 집에 와보니 그가 침대에서 잠들어 있었다. 방안에는 온통 썩은 냄새가 진동했고 김빠진 맥주가 널려 있었다. 이제 걱정은 주체할 수 없는 의심으로 바뀌었다. "도대체 어디에 있었던 거예요?" 그녀가 소리를 질렀다. "걱정돼서 미치는 줄 알았단 말이에요. 어디 있었어요?"

잠에서 깬 그는 불쾌한 것 같았다. "다시는 그딴 거 캐묻지 마." 그가 날카롭게 말했다. "알 거 없잖아."

"뭐라고요?"

"내가 어디를 가든 누구와 무엇을 하든 당신하곤 상관없어. 묻지 마."

그는 마치 다른 사람 같았다. 하지만 잠시 후 정신을 차린 듯 졸음을 떨쳐버리더니 그녀에게 손을 뻗었다. 그리고는 예전의 다정한 말투로 말했다. "상처 받았지? 의심이란 감기와 같아서 회복되려면 시간이 좀 걸리지. 하지만 당신이라면 잘 이겨낼 거야. 당신이라면." 그는 어미 고양이처럼 쓰다듬으며 그녀를 달래려 했다. 그러나 엘자는 그가 의심에 대해 한 말이 이상하게 여겨졌다. 그는 마치 신뢰가 깨지는 고통에 대해 한 번도 경험한 적이 없는 사람 같았다.

어느 날 밤, 엘자가 그에게 아이스크림을 좀 사다달라고 부탁했다. 대답이 없어 돌아보니 머리끝까지 화가 난 그가 그녀를 노려보고 있었다. "바라는 걸 모두 가져야 직성이 풀리는군." 낯설고 비열한 말투였다. "어릴 때부터 뭐든 손가락질만 하면 누군가 당장 달려가서 갖다주었겠지?"

"농담해요? 난 그런 사람이 아니에요. 도대체 무슨 소리예요?"

그는 의자를 박차고 일어나더니 밖으로 나가버렸다. 이후 다시는 그를 볼 수 없었다.

정신병자인가 성격이 조금 나쁠 뿐인가?

쌍둥이 딸들의 서른 번째 생일, 헬런과 스티브는 마음이 복잡했다. 쌍둥이 중 하나인 에어리얼은 온갖 자랑거리로 부모를 기쁘게 했지만 엘리스와의 생활은 끔찍한 기억으로 점철되어 있었다. 엘리스는 예측할 수 없고 파괴적이었으며, 주위에 엄청난 피해를 입히곤 했다. 그들은 우애 깊은 자매였고 외모도 무척 닮았지만 성격은 낮과 밤처럼 판이하게 달랐다. 좀더 정확하게 비유하면 천국과 지옥 같았다.

30년이 지나자 그 차이는 점점 뚜렷해졌다. 에어리얼은 지난주에 그들에게 전화를 걸어 좋은 소식을 전했다. 선임 파트너가 그녀에게 지금처럼만 하면 4~5년 안에 자신만큼 승진할 수 있을 거라고 말했다는 것이다. 반면에 엘리스, 보다 정확하게는 엘리스의 상담자에게서 걸려온 전화는 좋은 소식이 아니었다. 엘리스와 사회복귀시설 거주자 한 명이 한밤중에 나가서 이틀 동안 돌아오지 않았다는 것이다. 지난번에 똑같은 일이 벌어졌을 때 엘리스는 굶주린 빈털터리 몰골로 알래스카에서 발견되었다. 당시 끝도 없이 돈을 보내주고 집으로 돌아오는 비행기를 예약해 주었지만 엘리스는 끝내 돌아오지 않았다.

에어리얼은 별 문제 없이 정상적으로 자랐다. 사춘기 때도 바라는 것을 얻지 못한 경우에만 침울해하고 의기소침 했을 뿐이다. 고등학교 1학년 때는 담배와 마리화나를 피우기도 했다. 대학교 2학년 때는 목표가 없는 것은 가능성도 없는 것이라며 학교를 그만두었다. 그러나 일을 하면서 그해에 다시 법대에 가겠다고 결심했고, 이후 누구도 그녀를 막을 수 없었다. 그녀는 학업에 의욕적으로 전념하여 목표를 이루었다. 학교에서는 《법률지》를 만들었고, 우등생으로 졸업했으며, 처음 면접 본 회사에 채용되었다.

반면 엘리스는 항상 '뭔가가 이상했다.' 두 소녀 모두 예뻤지만 엘리스는 유독 서너 살 때부터 외모나 귀여움을 무기로 교활하게 바라는 것을 얻어내곤 했다. 또한 남자들이 주위에 있으면 항상 으스댔다. 헬런은 엘리스가 상대방을 밟고 서는 법을 아는 것만 같았고, 어린 딸에 대해 이런 생각을 한다는 것 자체로 죄책감에 시달렸다. 이런 생각이 더 강해지게 만든 사건도 있었다. 사촌이 아이들에게 준 새끼 고양이가 마당에서 목 졸려 죽은 채 발견된 것이다. 에어리얼은 매우 슬퍼했지만 엘리스는 거짓으로 눈물을 짜내는 것 같았다. 헬런은 그러한 생각을 떨쳐버리려 애썼지만 의심을 지울 수가 없었다.

자매가 싸울 때도 '뭔가 이상했다.' 언제나 에어리얼은 당하는 입장이고 엘리스는 공격을 했으며, 에어리얼의 물건을 망가뜨리며 특히 즐거워하는 것 같았다. 17세가 되어 엘리스가 집을 떠나자 모두 안도의 한숨을 쉬었다. 적어도 에어리얼에게는 평화가 찾아왔으니까. 그러나 엘리스는 집을 떠나자마자 마약에 빠졌다. 이제 그녀는 예측할 수 없는 데다 충동적으로 변해갔고, 자신의 행동을 저지당하면 격렬하게 반항했다. 마약중독은 점점 더 깊어졌고 절도와 매춘에까지 빠져들었다. 헬런과 스티브는 엘리스의 보석금과 치료 프로그램 비용(뉴햄프셔 주의 비싼 곳은 3주에 1만 달러나 했다)을 대기 위해 끊임없이 돈을 퍼 날라야 했다. "가족 중 누군가 돈을 벌게 되었으니 다행이군." 에어리얼의 소식을 듣고 스티브가 한 말이다. 그는 항상 자신이 언제까지 엘리스의 뒤를 봐줄 수 있을지 걱정이었고, 사실 이제는 골칫덩어리 딸에게서 손을 떼는 문제도 심각하게 고려하고 있었다. 결국 그 애의 행동은 가족이 아닌 엘리스 자신이 책임져야 하는 것 아닌가?

하지만 헬런은 요지부동이었다. 엘리스가 이미 감옥을 제집처럼 드나들고 있었는데도 그녀는 인정하려 들지 않았고, 자신이 살아 있는 한 아이를 단 하루도 감옥에 버려둘 수 없다고 버텼다. 이것은 책임의 문제였다. 헬런은 자신과 스티브가 엘리스를 잘못 키웠다고 굳게 믿었지만, 지난 30년을 아무리 곱씹어 봐도 자신들이 어떤 잘못을 했는지 알 수가 없었다. 의사가 쌍둥이임을 알려줬을 때 무의식중에 싫어했던 것은 아닐까. 태어날 때부터 에어리얼보다 건강했던 엘리스를 자신들도 모르게 소홀히 대하지는 않았나. 옷을 서로 다르게 입히고 서로 다른 무용학원과 여름캠프에 보냈기 때문에 '지킬 박사와 하이드 신드롬'이 유발된 것은 아닐까.

그랬는지도 모른다. …… 그래도 의문이 풀리지 않았다. 어느 부모든 실수를 할 수 있다. 어느 부모든 어느 정도는 잠시 아이들을 편애할 수 있고, 일상의 우연한 사고들과 다양한 부침 속에서 작은 기쁨을 느끼기 마련이다. 하지만 그 모든 부모들이 엘리스와 같은 딸을 길러내지는 않는다. 헬런은 쌍둥이의 어린시절을 되돌아보며 다른 가족들을 면밀히 살펴보았다. 무관심하고 공정하지 못한 부모의 아이가 침착하고 순종적인 경우도 있다. 노골적으로 자녀를 학대하는 부모의 아이들이 문제아가 되는 경우가 많다는 건 잘 알고 있지만 모든 실수를 고려하더라도 자신들은 분명 이런 부류가 아니었다.

쌍둥이를 낳은 지 30년이 된 그날, 부부는 두 딸이 모두 건강하고 특히 에어리얼이 든든한 직업을 얻게 되어 매우 기뻤으나, 한편으로는 엘리스의 안위에 대한 걱정으로 마음이 편치 않았다. 무엇보다도 그 자리에 참석하지 않은 딸을 걱정하는 노부부의 마음을 괴롭게 한 건 결국 아무것도 변하지 않을 거라는 절망감이었다. 바야흐로 20세기다. 분명 바로잡을 방법이 있어야만 했다. 우울증 치료약이 나오고 공포증 치료 방법이 개발되었지만, 수년 간 엘리스를 진찰해온 수많은 의사와 정신과의사, 심리학자, 상담치료사, 사회사업가 중 어느 누구도 적절한 설명이나 교정 방법을 제시하지 못했다. 엘리스에게 정신적인 문제가 있는지 여부를 확인해 주는 사람조차 없었다. 결국 그들은 나를 찾아왔다. 책상 앞에 앉은 헬런과 스티브는 슬픈 목소리로 30년이나 품어온 질문을 던졌다. "엘리스는 정신병자인가요? 아니면 그저 성격이 좀 나쁠 뿐인가요?"

0**2**

그는 당신을 선택하고 달변으로 무장해제 시킨 후 태연하게 당신을 조종합니다. 그는 자신의 재치와 계획으로 당신을 즐겁게 만듭니다. 그러나 언제나 좋은 시간을 보낸 대가를 지불해야 하죠. 그는 미소를 지으며 당신을 기만하고 눈빛으로 당신을 위협합니다. 그러다가 당신이 더 이상 이용 가치가 없어지면 미련 없이 걷어찹니다. 순결과 자존심을 빼앗은 다음 쓰레기처럼 버리는 거죠. 당신은 큰 상처만 받을 뿐 교훈조차 얻지 못합니다. 무슨 일이 일어난 건지, 무엇을 잘못한 건지 오랫동안 곱씹어 보겠지만 비슷한 사람이 또다시 당신을 찾아오면 당신은 또다시 무방비 상태로 문을 열어버릴 겁니다. ─「**교도소의 사이코패스**A psychopath l prison」

사이코패시
정의하기

풀리지 않은 의문: "엘리스는 정신병자인가 아니면 그저 성격이 좀 나쁠 뿐인가?"

이것은 심리학자나 정신과의사뿐 아니라 철학자나 신학자에게도 지루하고 골치 아픈 질문이다. 좀더 전문적으로 표현하면 다음과 같다. 사이코패스는 정신병자인가 아니면 자신이 하는 일을 정확하게 인지하고 있는 단순한 법률 위반자인가? 이 질문은 의미론적인 수준에 그치지 않고 헤아릴 수 없이 많은 실질적인 문제와 연관된다. 사이코패스를 정신건강 전문가나 교정 시스템에서 치료, 관리하는 것이 과연 적절한가? 의식적이든 아니든 간에, 전 세계 판사·사회복지사·변호사·교사·정신건강 관계자·의사·교도관·기타 여러 공공기관들이 이 물음에 대한 답을 기다리고 있다.

정신병자와 사이코패스의 차이

보통 사이코패시psychopathy라는 단어 자체에서 혼란과 불확실성이 시작된다. 이 말을 글자 그대로 보면 '정신의 병(psyche는 정신, pathos는 고통)'을 뜻하며, 이와 같은 뜻으로 설명하는 사전도 있다. 여기에 미디어가 혼란을 가중시킨다. 각종 언론매체는 종종 "경찰은 '정신병자'가 활보하고 있다고 말했다"라거나 "그 여자를 죽인 남자는 분명 '정신병자'일 것이다"와 같이, 사이코패시를 '광기'나 '미치광이'와 같은 뜻으로 사용한다.

임상전문가나 연구자는 대부분 이 용어를 이런 식으로 사용하지 않는다. 전통적인 정신질환의 개념으로는 사이코패스를 이해할 수 없기 때문이다. 사이코패스는 인식 능력이 부족하거나 현실감각이 떨어지지 않으며, 대부분의 정신장애자에게 나타나는 환상이나 망상, 강렬한 부정적 스트레스도 경험하지 않는다. 이들은 정신병자와 다르게 극히 이성적이며 자신의 행동이 무엇을 의미하며 원인이 무엇인지 잘 인식하고 있다. 이들의 행동은 자유로운 선택에 의한 실행의 결과다.

예를 들어 정신분열증 진단을 받은 사람이 "우주선을 타고 온 화성인의 명령을 받아" 지나가던 사람을 죽여 사회의 규칙을 깨뜨렸다면 "그는 정신착란 때문이므로" 책임이 없다고 인정할 수 있다. 하지만 사이코패스 진단을 받은 사람이 같은 죄를 저지르면 교도소로 보내질 것이다. 왜냐하면 그는 분별력이 있다고 판단되기 때문이다.

상습 고문 및 연쇄살인과 같은 잔혹 범죄에 대한 사람들의 반응은 한결같다. "그런 짓을 저지르다니 미친 사람이 분명해." 일반적으로는 이 생각이 옳겠지만 법적, 정신의학적 의미에서 볼 때 항상 그런 것은 아니다.

이전에도 언급했듯이 몇몇 연쇄살인범은 실제로 정신이상자다. 잔인하고 기괴한 범죄로 〈사이코Psycho〉, 〈텍사스 전기톱 연쇄살인사건The Texas Chainsaw Massacre〉, 〈양들의 침묵The Silence of the Lambs〉과 같은 수많은 영화와 책의 모델이 된 에드워드 게인을 예로 들어보자.[1] 게인은 상대방을 죽이고 시체를 토막 내어 먹기도 했으며, 신체 일부와 피부로 전등갓·옷·마스크와 같은 기괴한 물건을 만들었다. 재판에서 검찰과 변호사측 정신과의사들은 만장일치로 그가 정신이상자라는 데 동의했고, 판사는 그를 정신질환 범죄자로 인정해서 병원에 감금하라고 판결했다.

그러나 대다수의 연쇄살인범은 게인과 다르다. 그들은 고문·살해·토막 내기와 같은 소름끼치는 행위로 '제정신'에 대한 우리의 생각을 시험하기는 해도, 대부분의 사례에서 그들이 미쳤거나 정신적으로 혼란스러웠거나 정신이상자라는 증거를 찾아볼 수 없다. 테드 번디, 존 웨인 게이시, 헨리 리 루카스Henry Lee Lucas와 같은 살인범은 사이코패스 진단을 받았다. 즉 현재의 정신의학적, 법적 기준에 의하면 사리분별이 가능하다는 의미다. 이들은 교도소에 수감되었으며, 몇 명은 사형을 당하기도 했다. 그러나 정신이상 살인범과 제정신의 사이코패스 살인범을 구별하기는 결코 쉽지 않다. 수세기 동안 형이상학적으로 접근해온 과학적 논쟁 때문이다.

사이코패스, 사회병질자, 반사회적 성격장애자

많은 연구자, 임상전문가, 작가들이 사이코패스와 사회병질자 sociopath(반사회적 이상행동자)라는 용어를 혼동해서 사용한다. 예를 들어 토머스 해리스Thomas Harris는 『양들의 침묵』에서 한니발 렉터를 '진정한 사회병질자'라고 묘사했으나 영화에서는 '완벽한 사이코패스'로 바꿔 묘사했다.

사회병질자라는 용어가 사이코패스보다 정신병이나 정신이상의 느낌이 덜 들어 그렇게 사용되는 경우도 있다. 조지프 웜보Joseph Wambaugh는 저서 『선혈The blooding』에서 영국인 강간 살해범 콜린 피치포크에 대해 다음과 같이 썼다. "정신과의사의 실수로 보고서에 그가 '사이코패스'로 규정된 것은 매우 유감스러운 일이다. 그는 '사회병질자'로 기록되었어야 했다. 이 사건에 관련된 모든 사람들은 '사이코패스'라는 용어와 '정신이상자'를 혼동하는 것 같다."

용어의 선택에는 대부분 임상적 증후나 장애의 근원과 결정인자에 대한 사용자의 관점이 반영된다. 증후가 전적으로 사회적 영향과 초기 경험에 의해 서서히 진행된다고 주장하는 사회학자나 범죄학자, 일부 임상전문가와 연구자들은 사회병질자라는 용어를 선호한다. 반면에 심리학적, 생물학적, 유전적 요인이 중요한 영향을 미친다고 생각하는 사람들은 대부분 '사이코패스'라는 용어를 사용한다. 그러므로 같은 사람이 어떤 전문가에게선 사회병질자로, 다른 전문가에게선 사이코패스로 진단받을 수 있다.

다음은 범죄자(범)와 내가 가르치는 대학원생(학)이 나눈 대화다.

학: 당신을 평가했던 교도소 정신과의사에게서 결과를 받은 적이 있습니까?

범: 의사는 내가 음…… 사회병질자가 아니라…… 사이코패스라고 하더군. 이게 정말 웃긴다니까. 의사는 걱정할 것 없다는 거요. 사이코패스인 의사나 변호사도 있으니까. 그래서 내가 이렇게 말했지. "알겠소. 그런데 당신이 만약 납치된 비행기에 앉아 있다고 칩시다. 그럼 내 옆에 앉겠소, 사회병질자 옆에 앉겠소? 아니면 바지나 적시고 앉아서 우리 모두를 죽게 만드는 신경증 환자 옆에 앉겠소?" 의사는 놀라서 의자에서 떨어질 뻔했지. 누군가 나를 진단한다면 사회병질자보다는 차라리 사이코패스가 낫겠소.

학: 같은 말이 아닌가요?

범: 아니, 달라. 사회병질자는 잘못 자라서 나쁜 짓을 하는 거야. 아마 사회에 불만이 많겠지. 난 사회에 불만 없고 적개심도 없소. 그저 내 자신일 뿐이오. 난 사이코패스일 거요.

'사이코패스'나 '사회병질자'와 같은 의미로 사용되는 또 다른 용어로는 '반사회적 성격장애antisocial personality disorder'가 있다. 이는 정신장애 진단학의 바이블로 널리 사용되는 미국 정신의학회의 『정신장애 진단 통계 편람』제3판(DSM-III; 1980) 및 개정판(DSM-III-R; 1987)에 기술되어 있다.[2] 반사회적 성격장애의 진단 기준은 주로 수많은 반사회적, 범죄적 행위로 구성된다. 편람이 처음 발표되었을 때, 보통의 임상전문가들은 감정이입, 자기중심성, 죄의식 같은 성격 특성을 신뢰할 만한 수준으로 평가할 수 없었다. 따라서 진단 기준은 임상전문가들이 의심의 여지없이 판별할 만한 객관적인 사회적 일탈 행위에 기초하게 되었다.

지난 십여 년 동안 임상전문가들 대부분이 반사회적 성격장애와 사이코패스를 같은 의미로 받아들이곤 했다. 최근 편찬된 DSM-IV(1994)는 물론 DSM-III와 DSM-III-R에서도 진단한 것과 같이, '반사회적 성격장애자'는 근본적으로 범죄자 및 반사회적 행위자를 뜻하며, 대다수의 범죄자가 이런 기준에 쉽게 부합된다. 반면에 사이코패스 진단에는 여러 가지 성격 특성과 사회적 일탈행위가 포함되며, 대부분의 범죄자는 사이코패스가 아니다. 오히려 법망을 교묘하게 피해 교도소에 들어가지 않은 사람들 가운데 사이코패스가 많다. 언젠가 사이코패시에 관해 임상전문가나 카운슬러와 상담할 기회가 온다면, 그가 반사회적 성격장애와 사이코패스의 차이를 알고 있는지 꼭 확인하라.[3]

사이코패시 연구의 역사

사이코패시에 관해 저술한 최초의 임상전문가는 19세기 초의 프랑스인 정신과의사 필리프 피넬Philippe Pinel이다. 그는 철저하게 잔혹하고 자제력이 완전히 결여된 행동패턴을 '정신착란 증세 없는 정신이상'이라고 정의하면서 '일반인이 저지르는 범죄'와 구분했다.[4]

피넬은 이것을 정신적인 이상이 없는 상태라고 생각했지만, 다른 사람들은 이런 환자가 악마의 화신이며 '제정신이 아니라고' 생각했다. 이제 사이코패시가 단순히 미친 것이라는 관점과 흉악하고 극악 무도하다는 관점 사이의 오랜 논쟁을 살펴보겠다.

〈더티 더즌Dirty Dozen〉은 사이코패스가 180도 변해서 영웅이 되는 내용의 영화로 헐리우드 신화의 영광을 드높인 고전적인 작품이다. 이 영화에서는 가장 거칠고 무서운 범죄자 몇 명에게 선택의 기회가 주어진다. '그냥 교도소에서 썩거나, 자살행위나 다름없는 임무에 지원하는 것.' 이들에게 주어진 임무는 독일 정예부대가 주둔하고 있는 성을 장악하는 것이다. 물론 영화의 결말은 주인공들이 성을 공격하는 데 성공하여 영웅으로 존경받는 것이며, 이 영화는 여러 세대를 거치며 관중들에게 즐거움을 선사했다.

하지만 『인간의 유사성All But Me and Thee』의 저자인 정신과의사 제임스 웨이스James Weiss의 이야기는 이와 다르다. 이 책에서는 육군 준장 엘리엇 쿡Elliot D. Cook과 조수인 대령 랠프 빙Ralph Bing이 2차대전 중에 행했던 연구를 소개한다. 이들은 사건의 종결지인 케이프코드 에드워드 캠프의 육군 동부해안 구치소에서 시작하여 과거 중대 시절로 거슬러 올라가면서, 2,000명이 넘는 재소자들이 무슨 일로 그곳에 수감되었는지 조사했다.

웨이스의 표현을 빌면 그것은 끝없이 회자되는 '슬픈 이야기'였다. 중대가 전투에 투입된다는 소식이 전해지자 보급품을 챙기러 돌아간 지원병은 그대로 잠적했고, 한쪽에서는 그저 재미로 음식에서 트럭까지 닥치는 대로 약탈하고 파괴했다. 그들은 동료 사병과 전혀 협조하지 못했고, 전투 시 주의해야 할 기본 규칙보다 순간적인 희열에 더 열광했다. 그 결과 치밀한 계획에 따라 노련하게 작전을 수행하기는커녕 대책 없이 총에 맞을 확률만 높였다. 책에는 다음과 같은 묘사가 있다. "피터슨은…… 다른 사람들이 모두 머리를 쳐 박고 있는데 혼자 머리를 내밀었고, 독일군 저격병이 쏜 총탄이 그의 머리를 꿰뚫었다."

영화 〈더티 더즌〉의 결말은 매우 깔끔하지만, 실제 상황에서는 웨이스의 결론처럼 "전투를 통한 개과천선이란 거의 불가능하다."

제임스 웨이스, 『조직 정신의학 저널Journal of Operational Psychiatry 5』 (1974) 참조

2차대전이 발발하여 새로운 유형의 긴박한 전투가 매일같이 벌어지자 사이코패시에 대한 탁상공론만으로는 부족하게 되었다. 우선 징병 과정에서 엄격한 군대식 통제에 혼란을 주거나 심지어 이를 붕괴시킬 수 있는 사람들을 골라내야 했고, 가능하다면 치료해야 했다. 이 문제는 여론의 비상한 관심을 불러일으켰다. 그러나 문제의 심각성이 더욱 크게 부각된 것은 나치의 냉혹한 파괴와 인종청소 계획이 밝혀지면서부터였다. 이러한 사태의 원인은 무엇일까? 한 나라를 통치하는 자가 어째서 누구나 기피하는 비열한 충동과 환상을 통제하지 못했을까?

많은 사람들이 알아내고자 했던 이 문제에 대해 허비 클렉클리Hervey Cleckley는 가장 영향력 있는 연구 성과를 보여주었다. 이제는 고전이 된 『정상인의 가면The Mask of Sanity』(1941)에서,[5] 그는 절박한 문제임에도 불구하고 무시되고 있는 사회문제에 주의를 기울

여야 한다고 주장했다. 그는 다양한 환자들의 사례를 상술하면서 최초로 일반인에게 사이코패시의 개념을 자세히 설명했다. 다음에 소개하는 것은 단지 총이 불발되어 살인미수에 그치긴 했으나 검거 기록이 100미터는 되는 그레고리의 사건노트다.

이 젊은이의 경력을 설명하자면 책 한두 권으로는 부족하다. 반복되는 반사회적 행동, 하찮은 동기, 상황에 적응하지도 뻔히 보이는 파국을 피하지도 못하는 학습 능력 부재 등 이 모든 것이 사이코패스의 완벽한 모범이다. 그는 이후로도 계속해서 과거의 범죄를 반복적으로 저지를 것이다. 나는 이런 행위를 고치거나 그의 사회적응을 도울 만한 정신의학적 치료법을 알지 못한다.

'교활함과 명민함', '유쾌한 대화', '특별한 매력' 같은 어구가 클렉클리의 사건 기록 전반에 걸쳐 자주 등장한다. 교도소나 구치소에 있는 사이코패스는 상당한 사교술을 발휘하여 판사가 자신을 정신병원으로 보내도록 설득할 수 있다. 일단 병원에 수용된 다음에는 그 기술을 활용하여 석방 허가를 받아내려 한다.

클렉클리는 현장감 넘치는 생생한 임상 묘사 사이사이에 사이코패스의 행동이 무엇을 의미하는지에 대한 자신의 생각을 들려준다.

사이코패스는 우선순위나 개인적 가치에 익숙하지 않으며 이를 전혀 이해하지 못한다. 그들에게는 진지한 문학이나 예술로 표현된 인류의 비극·즐거움·항쟁 등이 의미가 없고, 삶 자체의 슬픔·기쁨· 인류를 위한 투쟁 등에도 관심이 없다. 아름다움과 추함·선과 악·사랑·두려움·유머도 아무런 의미나 감동을 전하지 못하며, 다른 사람이 감동받는 것을 알아차리지도 못한다. 날카로운 지성을 갖추고 있지만 인류의 삶의 방식에 대해서는 색맹이나 다름없다. 비교해서 판단할 수 있는 정보를 인식하지 못하니 설명해 봤자 소용이 없다. 하지만 이들은 이 모든 것을 이해하는 듯 다른 사람을 흉내 내고 입심 좋게 떠벌이기 때문에 이런 사실을 알아채기가 힘들다.

저서 『정상인의 가면』은 미국과 캐나다의 사이코패시 연구에 큰 영향을 미쳤으며, 지난 25년 동안 이루어진 수많은 사이코패시 연구의 임상적 골격이 되었다. 그동안 대부분의 사이코패시 연구의 목표는 사이코패스를 '움직이는' 원인을 알아내는 것이었다(현재까지 밝혀진 몇 가지 중요한 단서에 대해서는 이 책 전반에 걸쳐 소개할 것이다). 그러나 사회에 활보하는 사이코패스가 야기하는 참상이 속속들이 드러나면서 더욱 중요한 연구 목표가 설정되었다. 사이코패스를 알아낼 수 있는 신뢰도 높은 방법을 개발해서 다른 사람에게 미칠 위험을 최소화하는 것이 그것이다. 이는 사회 전체는 물론 개개인에게도 대단히 중요한 일이다. 나는 1960년대에 브리티시컬럼비아 대학교 심리학과에서 연구를 시작했고, 사이코패스에 대한 관심과 교도소에서의 경험을 결합시켜 평생을 여기에 매달려왔다. 한때 근무했던 곳에서 지금도 연구를 계속하고 있는 셈이다.

진짜 사이코패스 구분하기

　교도소에서 연구를 할 때 가장 큰 어려움은 수감자들이 일반적으로 의심이 많으며, 외부인, 특히 학자를 신뢰하지 않는다는 데 있다. 나는 교도소에서 계급이 가장 높은 수감자의 도움을 받았다. 그는 내 연구가 참여자에게 나쁜 영향을 미치지 않으며, 범죄행위를 이해하는 데 도움이 될 거라고 생각했던 것 같다. 전문 은행털이범이었던 그는 나의 대변인 역할을 했고, 내 연구를 보증해 주었으며, 자신도 참여했다고 소문을 내주었다. 그 결과 너무 많은 지원자가 몰려들면서 새로운 문제가 발생했다. 그들 중에서 '진짜' 사이코패스를 구별해내야 했던 것이다.

　1960년대에는 사이코패스를 구별하는 기준이 심리학자나 정신과 의사에 따라 서로 달랐다. 그들을 분류하는 것은 예상치 못한 난제였다. 인간을 분류하는 것은 사과와 오렌지를 구별하는 것처럼 쉬운 일이 아니기 때문이다. 우리는 특히 과학적으로 거의 규명된 것이 없는 심리적 현상에 주목했다.

> "플로리다의 여인이 그에게 새 차를 사주었다.
> 캘리포니아의 여인은 그에게 캠핑카를 사주었다.
> 누가 그에게 또 다른 무엇을 사주었는지 어떻게 알겠는가."
> 레슬리 골Leslie Gall의 전미 대륙에 걸친 범죄를 기술한 기자는 철면피, 벌

레 등을 의미하는 그의 이름만 봐도 모든 걸 알 수 있다고 썼다.

피해자 중 한 명의 표현대로, 이 "애인 사기꾼"은 수많은 미망인들을 건너다니며 등골을 빼먹었다. 피해자가 마음을 여는 순간 그들의 수표장도 열렸다. 용기와 매력, 수없이 많은 가짜 신분증으로 위장한 그는 노인 댄스교실이나 사교클럽의 부인들에게 접근해서 수만 달러를 갈취했다. 그의 배경을 눈여겨본 캘리포니아 경찰이 조사에 나서자 사기·위조·절도로 점철된 장황한 범죄기록이 발견되었다.

추적당하고 있는 것을 눈치 챈 골은 변호사를 통해 플로리다 경찰에게 편지를 보내서 캐나다 교도소에서 복역하는 조건으로 자수를 했다.

기자 데일 브라차오는 다음과 같이 썼다. "이야기가 공개되자 골이 자신의 엄마나 친척과도 관계가 있는 것 같다는 전화가 쇄도하여 캘리포니아 경찰서는 업무가 마비될 지경에 이르렀다. 그는 '어디서나 본 듯한' 평범한 얼굴이었다. ……이후로 얼마나 많은 피해자가 드러날지는 아무도 모른다."

현재 10년형을 선고받고 플로리다 교도소에서 복역 중인 골은 자신을 인도주의자라고 표현한다. "부인들 돈을 받은 건 사실이지만 그만한 값어치는 했소. 그들의 요구를 만족시켜 주었으니까. 배려하고 호의를 베풀고 우정을 느끼게 해주고 경우에 따라서는 아낌없이 사랑도 주었소. ……아예 침대 밖으로 나오지 않았던 적도 있었다오."

데일 브라차오, 《토론토 스타지》 (1990년 5월 19일, 1992년 4월 20일) 참조

당시에는 표준화된 심리검사로 사이코패스를 확인하곤 했지만,

대부분의 검사는 스스로 작성하는 자기보고에 의존했다. "나는 거짓말을 (1) 쉽게 한다 (2) 거의 하지 않는다 (3) 전혀 하지 않는다"와 같은 문항에 표기하는 식이었다. 내가 만나본 수감자들은 정신과의사와 심리학자가 심리검사나 인터뷰를 할 때 뭘 얻어내려는지 너무 잘 알고 있었다. 보통 수감자는 교도소 직원에게 중요한 정보를 내줄 이유가 전혀 없지만, 가석방·작업장 이동·기타 여러 교정 프로그램의 승인 등을 얻기 위해서라면 적극적으로 나선다. 더구나 사이코패스는 목적을 이루기 위해 사실을 왜곡하고 덮어버리는 데 선수다. 이미지 관리도 이들의 강력한 무기 중 하나다.

결과적으로 교도소 기록이란 대부분 신중하게 기록된 개인 성격 프로파일들이다. 하지만 그것은 교도소의 다른 모든 사람이 그에 대해 알고 있는 것과 달라서 당혹스러운 경우가 많다. 전에 읽었던 한 심리학자의 보고서가 생각난다. 그는 냉담한 살인자에게 자기보고식 검사를 실시한 뒤, 그가 매우 예민하고 상냥한 사람이며 단지 심리적 안정감이 좀 필요할 뿐이라고 결론 내렸다! 이런 무비판적인 성격검사의 남용으로 인해 본래는 사이코패스를 연구하려는 의도였으나 실제로는 그것과 거의 상관없는 현상을 다루게 된 경우도 많다.

한 수감자의 사례를 통해 심리검사를 신뢰하기 힘든 이유를 살펴보자. 학술 연구의 일환으로 한 수감자와 인터뷰를 하던 중 심리검사에 대한 이야기가 나오자 그는 자기가 모든 테스트, 특히 교도소 심리학자들에게 인기 있는 자기보고식 검사인 미네소타 다면적 인성검사(MMPI)에 통달했노라고 떠벌였다. 확인해 보니 그의 독방에는 MMPI의 질문 책자, 채점표, 채점 예시, 해석 매뉴얼이 완벽하게 구비되어 있었고, 이 자료들과 전문지식을 활용해서 다른 수감자에게 상담까지 해주고 있었다. 당연히 유료였다. 그는 상담하는 수감자가 어떤 사람인지, 어떤 상황에 처해 있고 원하는 것이 무엇인지 판단한 다음, 질문에 어떻게 대답해야 할지를 지도해 주었다.

"초범이란 말이지? 그렇다면 약간 불안하고 주눅 든 것처럼 보여야 해. 하지만 감당 못할 정도로 보이면 안 돼. 가석방 날짜가 잡히면 다시 오게. 더 좋은 방법을 일러줄 테니."

심지어 이런 '전문적인' 도움 없이도 많은 범죄자가 별 어려움 없이 심리검사 결과를 조작할 수 있다. 최근 연구한 한 수감자의 경우처럼 공식 파일에 전혀 다른 세 개의 MMPI 결과가 함께 실리기도 한다. 일 년 정도 간격을 두고 실시한 검사에서 첫 번째에는 정신병 진단을 내렸고, 두 번째에는 완전히 정상이라는 소견이었으며, 세 번째에는 약간의 정신장애 징후가 있다고 써놓은 상태였다. 그는 인터뷰 내내 심리학자나 정신과의사가 자기 말을 뭐든지 믿는 '멍청이'라고 조롱했다. 첫 번째 검사에서는 '편하게' 살 수 있는 교도소 내 정신과 시설로 옮겨가려고, 정신병이 있는 것처럼 꾸몄고, 시설이 생각보다 맘에 들지 않자("정신이 이상한 죄수가 너무 많아서"였다) 다시 MMPI 검사를 신청했고, 문제없이 정상 판정을 받아 일반 교도소로 돌아갔다. 곧이어 그는 불안하고 우울한 듯 꾸며서 가벼운 정신장애 소견을 받아냈고, 이것으로 발륨을 처방받아 다른 수감자들에게 팔았다. 어리석게도 이 교도소의 심리학자는 세 가지 MMPI 분석표가 모두 '수감자에게서 나타나는 정신의학적 정신장애의 종류와 정도를 잘 나타낸다고 판단한 것이다.

나는 신뢰할 수 없는 자기보고식 기록 때문에 생기는 분류상의 문제를 해결하기 위해 클렉클리의 연구를 잘 알고 있는 임상전문가 팀을 만들어 정보 수집에 나섰다. 우선 장시간에 걸친 면밀한 인터뷰 기록을 꼼꼼히 검토하여 연구대상이 될 사이코패스를 찾아내기로 했다. 평가자들에게는 클렉클리의 사이코패스 특징 목록을 제공해서 기준으로 삼게 했다. 이렇게 작업을 시작하자 임상전문가들의 의견이 매우 잘 일치되었고, 이견이 나타나는 일부 사항은 토론을 거쳐 해결할 수 있었다.

　하지만 다른 연구자나 임상전문가들은 이 진단 방법을 믿지 못했기 때문에 이후 십여 년 동안 개선하고 보정하는 과정을 거쳤고, 결국 매우 신뢰도 높은 진단 도구를 만들어냈다. 이제 모든 임상전문가나 연구자가 이것을 활용해서 사이코패스라는 성격장애의 자세한 프로파일을 도출해낼 수 있게 되었다. 우리는 이 도구를 사이코패시 평가표라고 명명했다.[6] 최초로 널리 보급된 과학적 사이코패스 판단 및 진단 방법이다. 현재까지도 이 평가표를 이용하여 전 세계 임상전문가와 연구자가 진짜 사이코패스와 단순한 범법자를 상당한 정확성을 가지고 구분해 내고 있다.

03

다른 사람들에게 관심이 있냐고? 어려운 질문이구먼. 뭐, 관심이 있긴 해. 하지만 싸구려 감정에 발목 잡히고 싶지는 않다고. …… 나는 어느 누구 못지않게 따뜻하고 친절하다니까. 하지만 보라고. 누구든 날 벗겨먹으려고 혈안이 되어 있잖아. …… 자신을 보호하려면 감정을 잘 다스려야 하거든. 가지고 놀 수 있는 뭔가가 필요하다고 생각해봐. 그런데 그게 당신을 해치려드는 거야. …… 그렇다면 그걸 없애버릴 수밖에 없는 거잖아. 무슨 짓을 해서라도 말이지. …… 누군가를 해치고 나면 기분 나빠지지 않느냐고? 그렇지. 가끔은. 하지만 그건 사실, 뭐랄까 …… (웃음) 당신은 벌레를 눌러 죽일 때 기분이 어떤데? ― 유괴, 강간, 강탈로 복역 중인 사이코패스

프로파일 : 감정과 대인관계

사이코패시 평가표를 사용하면 법을 위반했다는 것 외에는 사이코패스와 전혀 공통점이 없는 단순한 사회 일탈자나 법률 위반자를 사이코패스로 오인하는 일을 막을 수 있다. 또한 비뚤어진 성격을 가진 사이코패스를 정확하게 찾아낼 수 있다. 이 장과 다음 장에서는 이들의 두드러진 특징에 대해 하나하나 설명하겠다.

사이코패스의 주요 특징

감정·대인관계	사회적 일탈
■ 달변이며 깊이가 없다	■ 충동적이다
■ 자기중심적이며 과장이 심하다	■ 행동 제어가 서투르다
■ 후회나 죄의식 결여	■ 자극을 추구한다
■ 공감 능력 부족	■ 책임감이 없다
■ 거짓말과 속임수에 능하다	■ 어린시절의 문제행동
■ 피상적인 감정	■ 성인기의 반사회적 행동

이번 장에서는 복합적 성격장애인 사이코패시의 감정 및 대인관계 상의 특성을 살펴보고, 다음 장에서는 사이코패스 특유의 불안정하고 반사회적인 생활방식에 대해 알아보겠다.

주의 사항!

사이코패시 평가표는 전문가용 복합 임상 도구다.[1] 여기에는 사이코패스의 주요 특징과 행위가 개괄되어 있다. 단, 위의 특징을 기준으로 섣불리 자신이나 다른 사람을 진단하면 안 된다. 사이코패스를 진단하려면 반드시 훈련을 받아야 하며, 정식 채점 매뉴얼을 사용해야 한다. 주변 사람이 이 장과 다음 장에서 묘사한 프로파일과 일치하는 것 같아 전문가의 의견이 필요하면 공인 법정 심리학자나 정신과의사에게 자문을 구해야 한다.

또한 사이코패스가 아닌 사람도 이런 특징들을 보일 수 있다는 점을 명심해야 한다. 많은 사람들이 충동적이거나 달변이거나 냉정하고 무감동하거나 반사회적일 수 있지만, 그런 사람이 모두 사이코패스는 아니다. 사이코패시는 수많은 특징이 함께 모여 나타나는 일종의 증후군이다.

달변이며 깊이가 없다

사이코패스는 재치 넘치고, 말을 조리 있게 하는 경우가 많다. 이들은 재미있고 유쾌한 대화 상대로서 임기응변에 능하며 자신에게 유리하게 황당한 이야기를 꾸며대기도 한다. 자기 자신을 그럴듯하게 포장하는 데 능숙하며, 호감이 가고 매력적이기도 하다. 그러나 말솜씨가 지나치게 유창하고 뻔히 보일 정도로 불성실하며 겉만 번지르르하다고 느껴지는 경우도 있다. 눈치 빠른 사람들은 사이코패스에게서 기계적으로 대사를 읽으며 연극하는 것 같은 인상을 받기도 한다.

한번은 어떤 평가자가 수감자와 인터뷰를 하고 나서 다음과 같이 말했다. "내가 자리에 앉아 파일을 꺼내자 그가 내 눈이 예쁘다며 먼저 말을 꺼내더군요. 그러더니 머릿결이 정말 환상적이라는 둥 외모에 대한 칭찬을 늘어놓는 거예요. 인터뷰에 영향을 주려는 거였겠죠. 그런데 내 기분이 이상하게 좋아지더라고요. …… 꽤 많이요. 난 신중한 사람이고 일에 있어서는 특히 그렇거든요. 나는 내 자신이 언제나 가짜를 구별해낼 수 있다고 생각했답니다. 결국 밖으로 나오고 나서야 내가 그런 말들에 넘어갔다는 걸 깨달았고 믿어지지 않았습니다."

사이코패스는 두서없이 횡설수설하거나 자신에 대해 알려진 내용과 다른 이야기를 하기도 한다. 대개 사회학, 정신의학, 의학, 심리학, 철학, 시, 문학, 예술, 법 등에 대해 잘 아는 것처럼 과시하는 경향이 있다. 그리고 이런 둘러대기, 허풍, 과시 등이 거짓으로 드러나도 전혀 개의치 않는 것이 사이코패스의 중요한 특징이다. 작성된 교도소 파일을 살펴보면 일반적으로 사이코패시가 있는 수감자는 사회학과 심리학에서 높은 점수를 받는다. 대상자가 고등학교 교육을 채마치지 못한 경우라도 마찬가지다. 위에서 예로 든 수감자는 심리학박사과정을 밟고 있는 나의 학생과 인터뷰하는 동안 계속해서 이야기를 꾸며댔고, 심리학 분야의 새로운 전문적 개념과 용어들을 떠벌이며 거들먹거렸다고 한다. 사이코패스 중에는 이런 다방면의 '전문가'가 흔하다.

> 딕! 그는 매우 침착하고 영리했다. 인정할 건 인정해야 한다. 오, 주여. 그가 '사기를 치는' 방법은 정말 믿을 수 없을 정도다. 미주리 주 캔자스 시의 옷가게 점원에게 딕은 처음으로 '사고를 치기로' 결심했다. ……딕이 말했다. "넌 그냥 가만히 서 있어. 내가 무슨 말을 하든 웃지 말고 놀라지 마. 임기응변이란 게 뭔지 보여줄 테니까." 뭔가 완벽한 계획이 있는 것 같았다. 그는 가게로 쓱 들어가더니 활기찬 목소리로 점원에게 페리를 "이번에 결혼하게 될 친구"라고 소개했다. "나는 들러리를 맡았답니다. 이 친구 예복을 함께 골라주려고 하는데……." 점원은 미끼를 덥석 물었다. 곧 페리는 데님바지를 벗고, 점원이 생각하기에 '약식 예식에 어울리는' 결혼 예복을 골라 입었다. ……딕의 표현에 의하면 플로리다의 허니문에 '딱'인 화려한 재킷과 바지였다. ……"어때요? 이 못난 놈은 부담만 되고 자기를 이용해먹으려는 애인이랑 결혼하려는 거예요. 하지만 당신이나 나처럼 잘생긴 사람들은……." 딕이 계속 너스레를 떨었다. 점원이 계산서를 가져오자 딕은 바지주머니를 뒤지더니 얼굴을 찡그리

68

고 손가락을 튕기며 말했다. "젠장! 지갑을 두고 왔네." 페리가 보기엔 너무 뻔한 거짓말이어서 아무도 속지 않을 것 같았으나 놀랍게도 점원은 딕이 빈 수표를 꺼내 계산서보다 80달러를 보태서 적어주자 바로 그 차액을 거슬러주었다.

트루먼 카포트Truman Capote, 『냉혈한Cold Blood』 중에서

조지프 웜보는 저서 『어둠 속의 외침Echoes in the Darkness』에서 사이코패스였던 교사 윌리엄 브래드필드를 정확하게 묘사했다.[2] 그는 박학다식을 과시하며 주위 사람 대부분을 속여 넘기곤 했다. 물론 모든 사람을 다 속일 수 있었던 건 아니다. 그가 언급하는 분야의 진짜 전문가는 그의 지식이 보잘 것 없다는 것을 금방 알아차렸다. 어떤 사람은 그가 "어떤 주제에 대해서든 한두 마디 정도는 유창하게 말하지만, 그가 아는 것은 단지 그것뿐"이라고 표현했다.

물론 누군가가 말만 번지르르한 사람인지 진실한 사람인지를 알아내는 것은 쉬운 일이 아니다. 낯선 사람일 경우에는 더욱 그렇다. 한 여자가 바에서 매력적인 남자를 만났다고 하자. 그는 와인을 홀짝이면서 이렇게 말한다.

난 인생을 참 많이도 허비했어요. 시간을 되돌릴 수는 없겠죠. 예전에는 그럴 수 있을 거라고 생각했지만……. 더 바쁘게 살면서 시간을 벌충하려고 노력했습니다. 그런데 시간은 화살 같고 상황은 나아지지 않더군요. 이젠 느긋하게 살 겁니다. 그리고 내가 누리지 못한 것들을 다른 사

람에게 베풀고 싶어요. 그들의 삶에 즐거움을 선사하는 거죠. 스릴 있는 삶을 말하는 게 아니라 삶의 본질에 대해 말하는 겁니다. 상대가 여자일 수도 있고, 여자의 아이나 고향사람들일 수도 있겠죠. 그렇소……. 아니, 그게 아니라 ……. 알아요, 내게도 큰 즐거움이죠. 내 인생에 커다란 의미가 될 겁니다.

이 사람은 진심일까? 그의 이야기는 설득력이 있을까? 이런 말을 늘어놓은 사람은 끔찍한 범죄를 저지른 45세의 수감자다. 그는 사이코패시 평가표에서 가장 높은 점수를 받았으며, 자신의 아내를 잔인하게 유린하고, 아이들을 유기했다.

조 맥기니스Joe McGinniss는『치명적 환상』에서 아내와 아이들을 살해한 사이코패스 의사 제프리 맥도널드에 대해 다음과 같이 쓰고 있다.[3]

그가 선고를 받은 후 6개월 동안(실제로는 더 길었던 것 같다), 나는 작가로서 이전에는 전혀 상상치 못했던 끔찍한 상황에 직면했다. 이 매력적이고 설득력 있는 남자는 자신을 믿어달라고 끈질기게 탄원했다. 나는 그의 유죄 여부를 판단하는 일과는 별개로 고통스러운 의문과 씨름해야 했다. 이렇게 좋은 사람이 정말 그런 끔찍한 짓을 저질렀을까?

제프리 맥도널드는 맥기니스를 '고의적인 심리 압박'을 포함한 여러 항목으로 고소했다. 작가 조지프 웜보가 증인으로 재판에 나섰고, 다음과 같은 진술로 맥도널드가 사이코패스임을 주장했다.

그는 정말 청산유수입니다. …… 그처럼 술술 이야기를 풀어놓는 사람은 처음 봤습니다. 그리고 그가 말하는 방식은 정말 놀라웠습니다. 끔찍한 사건을 설명하면서 살인을 너무나 사실적으로 묘사하더군요. ……아주 객관적이고 그럴듯하며 부드럽게 말입니다. …… 저는 끔찍한 범죄에서 살아남은 수많은 사람들과 인터뷰를 해왔습니다. 살해된 아이들의 부모도 있었고, 사건이 일어난 직후거나 몇 년이 지난 경우도 있었습니다. 하지만 악몽과도 같은 사건들을 맥도널드 박사처럼 무심하게 설명하는 사람은 한 번도 본 적이 없습니다.

자기중심적이며 과장이 심하다

"나, 나, 나, 나, 나…… 그녀는 가장 밝은 별로도 만족하지 못했어요. 자신만이 유일한 별이어야 했죠. 온 세상이 자기를 중심으로 돌아가는 거죠." 앤 룰이 다이안 다운즈에 대해 묘사한 글이다. 다이안은 1984년에 자신의 아이 세 명에게 총을 쏘아 한 명을 죽이고 두 명에게 영구적인 장애를 남겼다.[4]

사이코패스는 자기중심적이며 과장된 자존심과 자만심을 가지고 있다. 어이없을 정도로 자기중심적이고 자신은 무엇이든 할 수 있다고 생각한다. 자신은 세계의 중심이며 자신만의 방식대로 살아도 무방한 특별한 인간이라고 생각한다. 연구대상자 중 한 여자는 다음과 같이 말했다. "규칙을 따르지 않겠다는 말이 아니에요. 나만의 규칙을 따르겠다는 거죠. 절대 그걸 어기지는 않는답니다." 그녀는 그것이 바로 '내 맘대로' 규칙이라고 설명했다.

절도, 강간, 사기 등 다양한 범죄로 수감된 사이코패스에게 약점이 있냐고 질문하자 이런 대답이 돌아왔다. "나는 약점이 없소. 아니, 너무 상냥하다는 게 약점일 수는 있겠지." 그는 자기 자신에게 10점 만점에 10점을 주었다. "12점을 주고 싶지만 그건 허풍이겠지. 교육만 잘 받았으면 더할 나위 없었을 텐데 말이요."

법정에서 떠벌이며 잘난 체하는 사이코패스도 많다. 자신의 변호사를 비난하거나 해고한 다음 직접 변론에 나서는 경우도 드물지 않다. 그 결과는 대개 좋지 않다. "공범은 1년형을 받았는데 난 2년형을 받았단 말이요. 바보 같은 변호사 때문이오." 한 연구대상자의 말이다. 그는 이후 직접 항소했고, 형량은 오히려 3년으로 늘어났다.

사이코패스는 거만하고 뻔뻔스러운 허풍쟁이이며 자신감에 차 있고 완고하다. 터무니없이 위세를 부리고 건방지게 행동한다. 이들은 권력을 갈망한다. 다른 사람을 통제하려 들고, 다른 사람이 자기와 의견이 다를 수 있다는 것을 이해하지 못한다. 카리스마가 있거나 '짜릿한 감동을 주는' 사람으로 느껴질 수도 있다.

사이코패스는 법적, 금전적, 사적인 문제가 생겨도 전혀 당황하지 않는다. 그런 일들을 그저 일시적 걸림돌이나 불운으로 치부하고, 나쁜 친구나 부당하고 쓸모없는 체제 탓으로 돌려버린다.

사이코패스는 어떤 일을 해내겠다고 큰 소리를 치면서도 그 목표를 달성하기 위해 무엇을 해야 할지는 전혀 알지 못한다. 목표 달성 방법도 모르고 필요한 교육을 꾸준히 받을 생각도 없다. 불쌍한 사람을 돕는 변호사나 재계의 거물이 되겠다고 떠벌이며 가석방 기회를 잡으려 애쓰기도 한다. 별다른 교육을 받은 적도 없는 어떤 수감자는 자신의 자서전 판권을 얻겠다고 주장하면서 베스트셀러 작가가 되면 돈이 얼마나 들어오는지 계산하는 데만 몰두했다.

사이코패스는 자신의 능력이 매우 뛰어나서 뭐든 할 수 있다고 생각한다. 물론 기회, 행운, 자발적인 희생양과 같은 적절한 환경만 주어진다면 이런 허풍만으로도 굉장한 성과를 얻을 수 있다. 예를 들어 사이코패스 기업인은 '생각은 대담하게 하지만' 언제나 다른 사람 돈으로 일을 벌이려 든다.

십대 초반부터 무수한 범죄를 저지르다 가택침입으로 투옥된 잭은 사이코패시 평가표에서 최고 점수를 받았다. 그는 인터뷰를 시작할 때부터 비디오카메라에 비상한 관심을 보였다. "이 테이프는 언제 볼 수 있나요? 내가 어떻게 나오는지, 어떻게 행동하는지 보고 싶은데." 잭은 네 시간 동안 자신의 범죄에 대해 자세하고 장황하게 늘어놓았고, 반복해서 "물론 이제는 다 지난 일이지"라는 말을 덧붙이곤 했다. 좀도둑질과 사기행각에 관한 이야기가 끝없이 이어졌다. "많은 사람을 만날수록 뜯어낼 돈도 많아지지. 그리고 그 사람들은 진짜 피해자도 아니라니까. 젠장, 그들은 항상 잃은 것보다 많은 돈을 보험회사로부터 받아낸단 말이오."

좀도둑질은 나중에 주거침입, 무장 강도로까지 발전했고, 그는 패싸움도 시작했다. "맞아요, 14세 때부터 게이들을 혐오했죠. 하지만 여자나 아이들을 때리는 것 같은 나쁜 짓은 안 했다고요. 사실 난 여자들을 정말 사랑해요. 여자들은 모두 집 안에만 있어야 해. 이 세상의 남자들이 다 죽어버리고 나만 남았으면 좋겠어."

이런 말도 했다. "이번에 출소하면 아들을 하나 갖고 싶어요. 애가 다섯 살이 되면 애를 엄마에게서 완전히 빼앗아 내 방식대로 기를 생각입니다."

어떻게 범죄를 저지르기 시작했는지 묻자 이렇게 대답했다. "엄마 때문이야. 세상에서 제일 아름답고 강인한 여자였어요. 자식 네 명을 돌보느라 열심히 일했죠. 정말 예뻤는데 5학년 때부터 엄마 보석을 훔치기 시작했어요. 뭐 그 나쁜 년에 대해서는 잘 몰라요. 우린 서로 가는 길이 달랐거든."

잭은 자신의 삶이나 범죄를 정당화하는 데에는 별 노력을 들이지 않았다. "가출하기 위해 가끔씩 물건을 훔쳤지만 난 범죄자가 아니야." 하지만 인터뷰 후반부에는 다음과 같이 회상했다. "열흘 동안 열여섯 번 담을 넘었죠. 대단했어. 정말 기분이 좋았어요. 중독이라도 된 듯 빠져나올 수가 없더군요."

"거짓말 한 적은 없나요?" 면담자가 물었다.

"농담하오? 당연히 밥 먹듯이 하지."

사이코패시 평가표를 사용한 경험이 많은, 잭을 면담했던 심리학자는 여태까지 실시했던 면담 중에서 이번이 가장 길고 흥미로웠다고 평가했다. 그는 만나본 대상자 중 가장 허풍이 심했고, 피해자에게 아무런 감정도 느끼지 못했으며, 범죄를 사랑했다. 그는 무책임이라는 놀라운 능력으로 면담자에게 깊은 인상을 심어주려는 것 같았다. 잭은 거리낌 없이 모순 되는 말들을 속사포처럼 쏟아놓았다. 이것은 사이코패스의 중요한 특징이다. 그의 긴 전과기록은 다재다능한 범죄 능력과 더불어, 경험에서 교훈을 얻지 못하는 무능력을 보여주었다.

현실적인 계획의 부재도 눈에 띄었다. 수년간 교도소 음식을 먹고, 밖에서도 값싼 패스트푸드만 먹어온 탓에 건강이 악화되고 뚱뚱해졌음에도 불구하고, 그는 훈련 중인 새파란 운동선수라도 되는 양 출소하면 프로 수영선수가 되겠다고 호언장담했다. 정직하게 상금으로 먹고 살다가 일찍 은퇴해서 여행이나 하며 살겠다는 것이었다.

인터뷰를 했을 당시 잭은 36세였고, 그가 수영을 해본 적은 있는지 의문이었다.

후회나 죄의식 결여

사이코패스는 자신의 행동으로 인한 끔찍한 결과에 대해 놀라울 정도로 관심이 없다. 사건을 시종일관 직시하고도 아무런 죄책감이 들지 않는다고 태연하게 말하고, 자신으로 인해 고통당하거나 파멸에 이른 사람들에게 미안해하기는커녕 관심조차 없다.

강도짓을 하다가 피해자를 찔러 전치 3개월의 중상을 입힌 연구대상자에게 후회하지 않느냐고 물었더니 다음과 같이 대답했다. "생각 좀 해보셔! 그자는 병원에 편안하게 누워 몇 달만 보내면 되지만 난 여기서 썩고 있잖소. 그자를 좀 찌르긴 했지. 하지만 죽이려고 마음먹었다면 목을 베어버렸을 거요. 난 그런 사람이야. 그 사람에게 잠시 휴식을 주었을 뿐이라고." 다시 대상자에게 자신이 저지른 범죄 중 하나라도 후회하는 게 있는지 묻자 그가 대답했다. "전혀 후회하지 않소. 전혀. 과거는 과거일 뿐이지. 당시엔 그럴만한 이유가 있어서 그런 일이 벌어진 거라구."

연쇄살인범 테드 번디가 스티븐 미쇼Stephen Michaud, 휴 애인스워스Hugh Aynesworth와의 여러 차례 인터뷰에서 들려준 이야기는 더욱 직설적이다.[5] 그는 이후 사형을 당했다. "과거에 무슨 짓을 했든 나는 상실감이나 죄책감에 시달리지 않아요. 과거를 되돌릴 수 있나요? 과거와 타협할 수 있어요? 그럴 수 없죠. 꿈에서나 가능할까." 번디의 '꿈'에는 100명의 여자를 살인한 것도 포함되어 있다. 그는 이미 과거에서 벗어났지만, 젊은 피해자들의 미래는 남김없이 모두 파괴되어 버렸다. 그는 수감되어 있을 때 다음과 같이 말했다. "죄의식? 그건 사람을 통제하기 위해 사용하는 수단입니다. 그게 바로 환상이죠. 사회적 통제 수단 중 하나로 매우 해로운 겁니다. 우리 몸에 아주 나쁩니다. 행동을 통제하는 데는 죄의식의 남용보다 더 좋은 방법도 얼마든지 있습니다."

사이코패스가 자기 행동을 후회한다고 내뱉는 경우도 있지만 대개는 말과 행동이 모순 된다. 교도소 수감자는 '후회'가 중요한 단어임을 금세 배운다. 어떤 젊은 수감자는 자신이 저지른 살인을 후회하느냐는 질문에 즉시 대답했다. "그럼요, 후회하고 있습니다." 하지만 좀더 파고들자 "진심으로 그렇게 느끼지는 않는다"고 대답했다.

살해당한 사람에게 '삶이 고달프다는 것'을 가르치려 했다는 주장에 말문이 막힌 적도 있다.

술집에서 돈 문제로 말다툼을 하다가 상대방을 죽어버린 수감자는 이렇게 이야기했다. "그자는 자기 무덤을 판 겁니다. 내가 그날 밤 기분이 무척 안 좋았다는 건 거기 있던 사람 모두 알고 있었다구요. 도대체 왜 나를 귀찮게 굴었는지 모르겠어요." 그리고는 다음과 같이 덧붙였다. "어쨌든 전혀 아프지는 않았을 거요. 칼로 동맥을 긋는 건 가장 고통 없이 죽는 방법이거든요."

이런 후회나 죄의식 결여로 인해 이들은 언제나 놀라울 정도로 자기 행동을 합리화하고, 가족·친구·동료를 비롯한 다른 규칙을 가진 사람들에게 커다란 충격과 실망을 안겨준다. 그리고 그에 대해 전혀 책임을 느끼지 않는다. 보통은 자신의 행동에 대해 요리조리 핑계를 대지만 아예 일어난 일 자체를 부정하는 경우도 있다.

잭 애버트Jack Abbott는 수감자 시절에 작가 노먼 메일러Norman Mailer의 도움으로 책을 출판해서 유명해진 인물이다. 책 제목은 『야수의 뱃속: 감옥으로부터의 편지In the Belly of the Beast: Letters from Prison』였다. 애버트는 저명한 소설가나 정치가들과 알고 지내면서 유명해졌고, 결국 자유도 얻었다. 하지만 가석방으로 나오자마자 뉴욕의 한 레스토랑에서 자신을 내쫓으려는 웨이터와 언쟁을 벌였고, 일단 그 자리를 피한 뒤 레스토랑 뒤편에서 기다리고 있다가 무방비 상태인 상대방에게 칼을 휘둘러 중상을 입혔다. 웨이터의 이름은 리처드 에단Richard Adan이었다.

애버트는 텔레비전 시사 프로그램 〈커런트 어페어Current Affair〉와의 인터뷰에서 후회하느냐는 질문에 다음과 같이 대답했다. "그건 적절한 단어가 아닌 것 같군요. ……후회는 뭔가 잘못했다는 뜻을 포함하고 있는데 ……내가 누군가를 찔렀다 해도 그건 그저 사고였다구요."

결국 그는 유죄가 입증되어 다시 교도소로 보내졌다. 몇 년 후 에단이 죽자 그의 아내가 남편의 억울한 죽음에 대해 민사소송을 걸었고, 애버트는 스스로 변호를 맡았다. 피해자의 아내 리치 에단Ricci Adan은 증언대에 선 애버트에 대해 이렇게 말했다. "미안하다고 말하다가 갑자기 모욕적인 말을 퍼붓는 식이었어요."

"법정에 있던 사람 누구나 내가 괴롭힘을 당했다는 걸 이해할 겁니다." 애버트가 TV 인터뷰에서 한 말이다. 그가 상대방의 죽음에 대해 어떤 감정을 느끼는지는 다음의 말에서 여실히 드러난다. "고통은 없었을 겁니다. 깨끗이 뺐거든요."

그리고는 리처드 에단에게 화살을 돌렸다. "어차피 그는 연기자로서 미래가 없었어요. 아마도 다른 직업을 구해야 했을 거예요."

《뉴욕 타임즈 뉴스 서비스》(1990년 6월 16일자)의 보도에 따르면, 애버트는 리치 에단에게 그녀의 남편의 인생이 "한 푼의 값어치도 없다"고 일갈했다. 하지만 그녀는 결국 700만 달러가 넘는 배상금을 받았다.

사이코패스와의 대화는 기억상실, 건망증, 일시적 기억상실, 다중인격, 일시적 정신이상으로 점철된다. 한 예로 PBS 특별쇼에 출연한 케니스 비앙키의 일화를 들 수 있다. 이 악명 높은 '언덕의 교살범'은 열심히 다중인격인 척 가장했지만, 너무나 빤히 들여다보이는 형편없는 연기였을 뿐이다.[6]

사이코패스는 자신의 행위를 인정하는 경우에도 상대방에게 입힌 치명적인 결과를 심하게 과소평가한다. 심지어 완전히 부인하는 경우도 있다. 자신의 범죄가 사실은 피해자에게 긍정적인 영향을 미쳤다고 주장하는 수감자도 있다. 그는 사이코패시 평가표에서 매우 높은 점수를 받았다. "다음 날이면 내 강도짓이나 강간 사실이 신문에 나잖아요. 피해자와 인터뷰도 하구요. 그럼 신문에 이름이 실리는 것 아닙니까. 유명해지는 거죠. 여자들이 나에 대해 좋게 말할 수도 있을 걸요. 정중하고 신중하게 해치웠고, 아주 완벽했거든요. 당신도 알겠지만 그 사람들에게 욕설을 퍼붓지는 않았다고요. 나한테 고마워했던 여자들도 있었다니까요."

　　스무 번이나 무단으로 가택침입을 했던 다른 수감자는 이렇게 말했다. "내가 물건을 좀 훔치기는 했지만, 이보셔! 그 사람들은 벽지 하나까지 보험을 들어놨다고. 아무도 다치지 않았고, 아무도 손해 보지 않았잖소. 뭐가 문제요? 사실 보험금을 회수할 기회를 주거나 다름없잖아. 아마 그 쓰레기들 대신에 훨씬 값진 걸 다시 채워 넣었을 걸. 그자들은 항상 그런다고."

　　어이없게도 이들은 자신이 진짜 피해자라고 생각하는 경우도 많다.

　　"나는 바보같이 희생양이 된 거요. ……돌이켜보면 나는 가해자가 아니라 피해자라오." 서른세 명의 젊은이와 소년을 고문하고 살해한 다음 자기 집 지하실에 묻어버린 사이코패스 연쇄살인범 존 웨인 게이시의 말이다.[7]

　　게이시는 자신을 서른네 번째 피해자로 묘사했다. "나도 희생자요. 어린시절 내내 속고 살아왔으니까." 그는 자문하고 있었다. "누구든 내가 얼마나 힘든지 이해해 주는 사람이 있으면 얼마나 좋을까?"

피터 매스Peter Maas는 신혼여행에서부터 아내를 잔인하게 때리고, 바람을 피우고, 결국 폭행 살인까지 한 치과의사 케니스 테일러에 대한 책에서 다음과 같이 그의 말을 인용했다. "나는 아내를 정말 사랑했습니다. 그녀가 너무나 보고 싶어요. 그건 비극이었어요. 난 최고의 연인과 최고의 친구를 잃은 겁니다. …… 왜 다른 사람들은 내가 겪은 고통을 이해하지 못할까요?"[8]

공감 능력 부족

자기중심성, 죄의식 결여, 피상적인 감정, 기만성과 같은 사이코패스의 특징 중 많은 부분이 다른 사람과 정서적으로 공감하지 못하는 데서 비롯된 것이다. 즉 그들은 다른 사람의 정신상태나 감정을 '모사' 하지 못한다. 머리로만 이해할 뿐, 다른 사람의 '감정을 공감' 하거나 그 사람의 '입장이 되어' 보는 것이 불가능하다. 사이코패스는 타인의 감정에 관심이 없다.

어떻게 보면 이들은 인간의 감정에 대해 잘 알지 못하는 과학소설에 등장하는 기계인간과 비슷하다. 사이코패시 평가표에서 높은 점수를 받은 한 강간범은 피해자와 공감하는 것이 어렵다고 말했다. "그들은 겁에 질리더라고요. 그렇죠? 그런데 말이죠, 나는 전혀 이해하지 못하겠거든요. 나도 무서울 때가 있지만 나쁜 기분은 아니거든요."

사이코패스는 다른 사람을 자신의 만족을 위해 이용할 대상으로 바라볼 뿐이다. 약하고 상처 입기 쉬운 사람을 동정하기는커녕 조롱하며, 쉽게 표적으로 삼는다. 심리학자인 로버트 리버Robert Rieber의 글을 인용하면, "사이코패스의 세계에는 '단지 약자일 뿐'이라는 개념이 없다. 약한 사람은 모두 어리석은 사람이고, 이용당하기를 자처하는 사람이다."**9**

한 젊은 수감자는 갱들의 다툼에서 칼에 찔린 한 소년의 죽음에 대해 거칠게 내뱉었다. "오, 끔찍해라. 정말 안됐네요. 하지만 그따위 허튼소리로 날 어찌해 보려고 하지 마세요. 그 조그만 녀석은 자업자득인데 내가 신경 쓸 거 뭐 있어요. 당신도 알다시피 난 내 문제만으로도 골치가 아파요."

정상인도 육체적, 심리적 부담에서 벗어나기 위해 특정한 사람들의 감정이나 곤경을 무시하는 경우가 있다. 예를 들어 의사가 환자에게 너무 감정이입하게 되면 이내 감정적으로 포화상태가 되어 진료를 계속할 수가 없게 된다. 그러나 이 정도의 무감각한 반응은 특정 집단에만 한정된다. 가령 특정 시대의 군인, 갱, 테러리스트들이 적을 인간 이하로, 영혼 없는 목표물로만 보도록 훈련받는 것 등이다.

사이코패스는 전반적으로 이해심이 부족하다. 이들은 가족 구성원의 권익이나 고통에 대해서 마치 타인처럼 무관심하다. 간혹 배우자나 아이들과 좋은 관계를 유지하는 경우가 있는데 그것은 가족을 그저 스테레오나 자동차 같은 소유물로 생각하고 있기 때문이다. 심지어 '사랑하는 가족'의 정신세계보다도 자동차엔진에 더 관심을 가지는 경우도 많다. 어떤 사이코패스는 남자친구가 자신의 다섯 살짜리 딸을 성추행하도록 허락했다. "난 뻗어버렸거든요. 그날 밤 더 이상 섹스를 할 수 없었어요." 그런데도 그녀는 왜 국가가 자신의 딸을 시설로 보냈는지 이해하지 못했다. "그 애는 내 거예요. 그 애의 행복은 내 소관이라고요." 하지만 그다지 절실해 보이지는 않았고, 오히려 후견인 심리재판 당시 교통범칙금을 내지 않아 차를 압수당했을 때 더욱 강력하게 항의하고 분노했다.

사이코패스는 타인의 감정을 이해하지 못하기 때문에 일반 사람들이 끔찍하게 여기는 이해할 수 없는 행동을 할 수 있다. 예를 들어 추수감사절 만찬에서 칠면조 고기를 잘라내듯이 피해자들을 고문하고 토막 낼 수 있다.

그러나 영화와 소설을 제외하면 이런 범죄를 저지르는 사이코패스는 극히 드물다. 냉담한 태도가 끔찍하긴 마찬가지지만, 그래도 대체로 드라마틱한 정도가 덜하다. 기생충처럼 다른 사람의 재산·예금·평판 등을 이용하거나 원하는 것을 얻기 위해 서슴없이 상대방을 갈취하고, 가족의 물질적·정신적 행복을 뻔뻔스럽게 무시하거나 무관심하고, 비인간적이며 진부한 성관계만을 반복하기도 한다.

코니는 열다섯 살이다. 어린아이와 성인의 중간 단계에 있고 하루에도 몇 번씩 그 경계를 오간다. 아직 성경험이 없지만 머릿속을 맴도는 노래처럼 성징이 싹트고 있다. 그런데 가족이 외출하고 코니 혼자 집을 보고 있던 어느 더운 날, 괴한이 침입한다. 괴한은 항상 그녀를 지켜보고 있었다고 말한다.

"난 네 애인이야, 귀여운 것." (그녀에게 말한다) "지금은 무슨 말인지 잘 모르겠지만 곧 알게 될 거야. ……난 네 모든 것을 알아. ……그게 어떤 건지 말해줄게. 난 언제나 처음에는 상냥하거든. 절대 빠져나가지도 속임수를 쓰지도 못하게 널 꽉 붙잡을 테니까 꼼짝도 하지 마. 그리고는 네 은밀한 곳으로 들어갈 거야. 넌 금방 굴복하고 날 사랑하게 될 거야……."

"경찰에 신고하겠어요!" ……그는 끔찍한 욕지거리를 빠르게 내뱉었다. 코니가 알아들을 수 없는 말들이었지만 "이런!"이라는 말조차 폭력으로 느껴졌다. 그는 다시 웃음을 짓기 시작했다. 그 미소가 가면처럼 어색하게 보였다. 목부터 시작해서 얼굴 전체가 끔찍한 가면 같았다. "이렇게 하자, 자기야. 나가서 즐겁게 드라이브를 하는 거야. 네가 거부한다면 가족들이 돌아올 때까지 기다리겠어. 그럼 모두들 알게 되겠지……." 그는 그녀의 갈색 눈동자와는 상관도 없는 말을 흥얼거리듯 속삭였다. "내 귀여운 파란 눈의 소녀……."

조이스 캐롤 오츠Joyce Carol Oates, 「어디 가니, 어디에 있었니?」 참조

거짓말과 속임수에 능하다

거짓말, 사기, 속임수는 사이코패스의 타고난 재능이다.

풍부한 상상력과 이기심으로 무장한 사이코패스는 거짓말이 들통 날 가능성이 있거나 밝혀진 다음에도 결코 당황하지 않는다. 난처해하거나 당황하는 기색 없이 그저 간단하게 말을 바꾸거나 사실을 재

가공해서 거짓말에 모순이 없는 척 꾸며댄다. 결국 모순 된 말들은 듣는 사람을 혼란에 빠트린다. 심리학자 폴 에크만Paul Ekman이 언급한 '속이는 재미' 외에는 별다른 동기도 없는 듯하다.[10]

"전 감정이 풍부한 사람입니다. 아이들은 정말 사랑스럽죠." 두 명의 아이를 살해한 대가로 형을 선고받았고, 그밖에도 십여 명을 더 살해한 혐의를 받고 있는 지닌 존스Genene Jones의 말이다. 샌안토니오의 보조간호사였던 존스는 치명적인 약물을 집중관리실 신생아에게 투여한 후 '죽음의 문턱'까지 간 아이들을 살려내어 영웅이 되려고 했다. 그녀는 매력적인 외모, 두둑한 배짱, 설득력 있는 태도와 의료계의 사건 은폐 덕분에 계속해서 일을 할 수 있었고, 결과적으로 수많은 신생아가 치명적인 위험에 노출되고 말았다. 피터 엘카인드Peter Elkind는 자신의 저서에서 다음과 같이 묘사했다. "그녀는 자신이 눈 밖에 나서 희생양이 된 거라고 불평했다. 그리고는 싱긋 웃으며 말했다. '내 입이 방정이라 이렇게 되었지만, 이젠 내 입으로 여기에서 벗어날 거예요.'" 대부분의 사이코패스와 마찬가지로 그녀도 뛰어난 솜씨로 사실을 교묘히 왜곡해서 이용하곤 했다. 엘카인드의 글은 다음과 같이 이어진다. "대화 내내 지닌은 자신의 인생에 대해 줄줄이 늘어놓았고, 그 내용은 그녀를 아는 수십 명의 증언과 완전히 달랐다. 자신의 이미지를 부각시킬 만한 사항이 아닌 경우에는 범행동기를 비롯하여 수천 가지에 이르는 사소하고 자잘한 사항들이 전부 거짓이었다. 다른 사람의 이야기나 수많은 기록은 물론이고 4년 전 자기가 직접 이야기했던 사실과도 완전히 모순 되는 이야기를 거침없이 쏟아놓았다. …… 그녀에겐 진실과 허구, 선과 악, 옳고 그름의 경계가 별로 중요하지 않았다."

피터 엘카인드, 『끔찍한 속임수The Death Shift』 참조

사이코패스는 자신이 거짓말쟁이임을 자랑스러워하는 것 같다. 거짓말을 잘하느냐는 질문에, 사이코패시 평가표에서 높은 점수를 받았던 한 여인이 웃으면서 대답했다. "최고지요. 감쪽같이 하거든요. 가끔 내 자신의 나쁜 점을 솔직하게 말하면 사람들은 '그렇게 고백한 걸 보니 나머지도 진실이겠지' 하고 생각하는 것 같아요." 가끔은 약간의 진실로 '간을 맞춘다'고도 말했다. "조금이라도 사실을 말했다고 생각되면 모든 게 진실이라고 믿어버리더라고요."

사이코패스는 자신이 거짓말을 하고 있다는 사실조차 인식하지 못하는 것 같은 때가 많다. 마치 말이 제멋대로 살아 움직이는 듯, 관찰자가 이미 사실을 알고 있어도 아랑곳하지 않는다. 자신이 거짓말쟁이임이 밝혀져도 전혀 신경 쓰지 않는 것은 정말 이상한 일이다. 이 때문에 그의 정신상태가 의심되기도 한다. 하지만 대부분의 사람들은 그 거짓말을 믿어버린다.

정신건강 전문가와 법의학자를 대상으로 우리가 개최하고 있는 워크숍에서 한 연구대상자의 유죄판결 기록을 비디오로 보면서 놀란 적이 있다. 그 연구대상자는 잘생기고 말이 빠른 스물네 살의 젊은이로 수백 가지 출감 후 계획을 가지고 있었고, 믿어지지 않는 재능들

을 끊임없이 주워섬겼다. 그는 빠른 속도로 다음의 내용을 설득력 있게 설명했다.

- 8세에 가출.
- 11세에 비행 시작, 15세에 조종사 면허 취득.
- 항공사에서 쌍발엔진 비행기 운전, 풀 장비 사용 경험.
- 4개 대륙 9개국에서 생활.
- 아파트 빌딩 관리.
- 지붕 공사 회사 소유.
- 일 년간 목장 운영.
- 6개월간 삼림소방관으로 재직.
- 2년간 해안경비대로 재직.
- 8피트짜리 전세 보트 선장.
- 4개월간 심해 다이버로 근무.

살인으로 복역하기 시작한 지 얼마 안 되어 네 번이나 가석방 심사에서 거부당했지만 부동산 개발사업, 공동임대 휴가용 콘도 판매, 상업용 조종사 면허 취득 등 아직도 수많은 계획이 남아 있다. 17년간 만난 적도 없는 부모님과 같이 살 계획까지 세워놓았다. 그는 자신이 받았던 심리검사를 언급하며 말했다. "내 아이큐가 빛을 발했죠. 모든 테스트를 통과했어요. 저는 우수한 지능을 가지고 있다는 평가를 받았어요."

우리는 그에게 '모터 마우스'라는 별명을 붙였다. 그의 철학은?

"많이 던지다 보면 맞는 것도 있겠지"였다. 경험이 많은 관찰자조차 그의 말을 믿게 되는 것을 보면 그가 옳은 면도 있는 것 같다. 한 면담자의 노트에는 "매우 감동적임", "성실하고 솔직함", "대인관계 기술 좋음", "지적이고 조리 있음"과 같은 의견이 적혀 있었다. 그러나 파일을 확인해 보니 그의 말 중 진실은 거의 없었다. 말할 필요도 없이 이 사람의 사이코패시 평가표 점수는 매우 높았다.

사이코패스는 거짓말을 밥 먹듯 하고, 끊임없이 사람들을 속이고, 돈을 떼어먹거나 횡령하고, 교묘하게 조종하면서도 그렇게 하는 데 손톱만큼도 양심의 가책을 느끼지 않는다. 스스로를 사기꾼이나 소매치기, 협잡꾼이라고 태연하게 묘사하는 경우도 많다. 이들은 세계가 '주는 사람과 받는 사람', 즉 포식자와 먹잇감으로 이루어져 있다고 보고 다른 사람의 약점을 이용하지 않는 것은 어리석은 일이라고 생각한다. 또한 상대방의 약점을 알아내어 자신의 이익을 위해 이용할 때는 매우 교활해지기도 한다. "난 사람 속이는 걸 좋아하지. 당신도 지금 속고 있는 거야." 주식사기 초범으로 복역 중인 45세의 한 연구대상자가 한 말이다.

복잡하고 교묘한 거짓말도 있지만 대부분은 간단한 것들이다. 여러 여자를 한꺼번에 속이기도 하고, 가족과 친구들에게 '자신이 곤경에 처해' 돈이 필요하다고 말하기도 한다. 어떤 음모를 꾸미든 침착하고 자신만만하고 뻔뻔스러운 태도로 잘 헤쳐 나간다.

이 책을 쓸 때 인터뷰했던 한 사회운동가는 추억에 잠겨 말했다. "1970년대라. 나는 전과자 사회복귀 시설을 운영했는데, 상담도 해주고 시설을 위한 모금도 했소. 한 사내가 내 친구인 양 행동했지. 난 그를 좋아했다오. 인상이 참 좋았거든. 그런데 그에게 뒤통수를 맞았지. 죄다 훔쳐가 버렸다오. 한 번도 아니고 두 번씩이나. 타자기, 가구, 음식, 사무용품, 전부 다. 처음 범행한 다음에는 부끄럽고 미안하다며 백배 사죄하기에 그걸 믿어버렸다오. 그런데 한 달쯤 후 수표를 위조해서 은행 예금까지 전부 털어갔소. 이번에는 완전히 사라졌지. 그게 끝이었소. 나는 당좌 대월 통지서를 손에 쥐고 은행에 가서 말다툼을 해야 했지. 아직까지도 씁쓸해. 난 그다지 호락호락한 사람이 아니거든. 난 좀 험악한 놈들과 지내는 데 익숙했고, 그런 사람과 관계를 맺는 방법을 잘 안다고 생각했소. 그렇게 철저하게 속을 줄은 꿈에도 몰랐지. 그 일로 인해 당시 몇 주 이상을 일거리를 찾아 돌아다녀야 했다오."

사이코패스는 친구와 적을 가리지 않고 속이며, 거짓말·횡령·신분 도용·위조 채권이나 부동산 사기판매를 비롯한 크고 작은 갖가지 사기행각을 벌인다. 한 연구대상자는 부두에서 판매용 대형 요트를 구경하던 젊은 부부를 속인 일에 대해 이야기해 주었다. 그는 곧 그들에게 다가가서 자신이 요트 주인이라고 '완전히 실없는 소리'로 소개하고는 둘러보라며 그들을 배로 초대했다. 즐거운 시간을 보낸 부부는 그 요트를 사기로 결정했고, 흥정을 끝낸 뒤 다음 날 은행에서 만나기로 약속하면서 선금 1,500달러를 지불했다. 그는 기분 좋게 그 부부와 헤어졌고, 수표를 현금으로 바꿔가지고는 자취를 감췄다.

다음은 사기와 좀도둑 전과가 많은 한 여성 사이코패스의 말이다. "돈은 쉽게 벌 수 있어요. 그렇지 않다고들 하는데 저는 그렇던 걸요. 그러고 싶지 않았지만 너무 쉬운 걸 어떻게 해요!"

수감 중일 때에도 그들은 교정시설을 십분 이용하고, 긍정적인 이미지를 만들어 가석방위원회에 어필하는 방법을 배운다. 수업과 학위 과정을 듣고, 약물 및 알코올 남용 프로그램을 신청하고, 종교나 유사종교 모임에 참여하는 등 자기개발에 도움이 되면 무엇이든 수용하지만 '사회 복귀'를 준비하는 것이 아니라 단지 과시용이다. 노련한 사기꾼이 기독교로 '개종했다'고 선언하는 일도 흔하다. 가석방위원회에 깊은 인상을 심어주는 동시에, 선의의 개종 지원단체로부터 심적·물적 지원을 받으려는 것이다. 현재 광범위하게 받아들여지고 있는 '아동학대의 고리' 이론을 활용해서 자신의 잘못이나 문제를 아동학대 때문이라고 둘러대는 경우도 많다. 이들의 주장은 신빙성이 없지만 언제나 액면 그대로 받아들이는 선량한 사람들이 있기 마련이다.

생각해 보자. 어떻게 하면 다른 사람을 마음대로 조종할 수 있을까? 좀더 살을 붙여보자. 자신의 성격과 모든 면에서 반대되는 행동을 하게 하고, 자라면서 배운 것들이 모두 거짓이고 위험하며 생각할 가치도 없다고 믿게 만들려면 어떻게 해야 할까? 예를 들어 처음 보는 남자의 차에 타게 만들려면? 특히 젊고 예쁘고 멀리 여행 중인 여자를 그렇게 만들려면?

미국 역사상 가장 유명한 연쇄살인범인 테드 번디는 이 문제를 모든 면에서 심사숙고했을 것이다. 수많은 젊은 여성을 잔인하게 살해한 그는 1989년에 처형되었다. 관찰력이 뛰어났던 그는 대학에서 심리학을 공부하면서 점점 더 예리해졌고, 상담전화의 상담가로 일하면서 사람들의 문제와 연약함에 대한 지식과 경험을 쌓았다. 피해자를 차로 끌어들여 살해 장소로 운전해갈 때까지 그의 정신상태가 어땠는지는 확실히 알 수 없다. 그저 그의 행동으로 미루어 짐작할 뿐이다. 보도된 내용에 의하면 성공할 때까지 계속해서 여러 가지 방법을 시도했다고 한다.

그는 다리에 깁스를 한 것처럼 꾸미고 목발을 짚어 '몸이 불편한 사람'처럼 행세하면서 동정심 많은 젊은 여성에게 도움을 청했다. 보통의 선량한 여성이라면 길거리에서 수작 거는 남자는 경계해도 몸이 불편한 사람은 기꺼이 돕는다는 점을 악용했던 것이다. 번디는 여러 가지 상황을 만들었다. 팔에 붕대를 감고 복잡한 거리에서 자발적으로 도와주려는 사람을 찾기도 했고, 휴양지에서는 젊은 여성을 목표로 삼은 뒤 다리가 불편한 척하면서 '나중에 사용할' 보트를 차에 고정해 달라고 부탁하기도 했다. 치사한 방법이었지만 매우 천재적이었다. 앤 룰의 저서인 『또 다른 진실The Stranger Beside Me』에 따르면 이런 계략은 거의 대부분 성공을 거두었다.

앤 룰은 잘생긴 외모와 매력을 이용해서 여성들의 신뢰를 얻은 번디의 정교한 기술을 연구했다. 놀라운 우연의 일치로 앤 룰과 번디는 수년 동안 상담전화에서 함께 근무한 적이 있다. 경찰은 그녀에게 젊은 여성의 연쇄살인범으로 지목된 번디에 대해 진술해줄 것을 요청했다. 사망자가 늘어가면서 앤 룰의 역할도 커지기 시작했다. 번디를 잡기 위해, 그녀는 밤근무 때 건너편 책상에서 일하던 동정심 많고 섹시한 외모(그녀의 글에도 명백하게 나타난다)의 번디를 자세히 기억해 내야 했다. 앤 룰은 경찰작가를 그만둔 뒤 베스트셀러 추리소

설가가 되었고, 이 특이한 경험을 토대로 다른 사람의 내면에 영향을 끼친 번디의 이야기를 세상에 알렸다. 그 결과 사이코패스에 대한 기괴하고 무시무시한 책이 탄생했다. 번디는 텔레비전 인터뷰에서 사형에 대해 어떻게 생각하느냐는 질문에 다음과 같이 대답했다. "좋은 질문이군요. 나도 나 같은 사람들로부터 사회를 보호해야 한다고 생각해요."

피상적인 감정

"나는 당신이 만났던 사람 중에서 가장 사악한 냉혈한일 겁니다."[11] 검거된 후 테드 번디가 경찰에게 한 말이다.

사이코패스는 감수성이 부족해서 감정의 폭이나 깊이에 한계가 있는 것 같다. 차갑고 냉정해 보이다가 갑자기 과격하게 변하거나 천박해지거나 감정을 마구 표현하기 일쑤다. 신중한 사람들은 이들이 연극을 하고 있을 뿐 내면으로부터 우러나오는 감정을 표출하는 것이 아니라는 인상을 받게 된다.

그들은 간혹 강렬한 감정을 느꼈다고 주장하기도 하지만, 미묘한 감정상태를 제대로 설명하지 못한다. 예를 들어 사랑과 성적 자극, 슬픔과 욕구불만, 노여움과 흥분을 구별하지 못한다. "나는 사람의 감정이란 희로애락이 아니라 증오, 노여움, 욕망, 탐욕이라고 생각해요." '나이트 스토커'로 알려진 리처드 라미레스의 말이다.[12]

이들의 말은 전혀 타당성이 없으며 기본적인 감정이 있는지조차 의심스러운 경우가 많다. 세 명의 자녀에게 총을 쏘았던 다이안 다운즈는 유죄판결을 받고 수년이 지난 후에도 자신과 아이들이 "머리가 덥수룩한 낯선 사람"에게 총을 맞은 것이라고 주장했고, 자신이 살아남은 이유를 다음과 같이 설명했다(배심원들은 다운즈의 팔에 있는 상처가 그녀 자신이 직접 쏜 것이라는 결론을 내렸다).

모두들 "너 정말 운 좋다!"고 말하죠. 전 그다지 운이 좋은 것 같지 않은데 말이에요. 두 달 동안 빌어먹을 신발 끈도 매지 못했단 말이에요! 정말 아파요. 아직까지도 아파요. 팔에 강철을 박았는데 아마 일 년 반은 달고 다녀야 할 거예요. 흉터도 영원히 남겠죠. 원하든 원치 않든 평생 동안 그날 밤을 기억하게 될 거예요. 난 그렇게 운이 좋았다고 생각하지 않아요. 내 아이들이 운이 좋았죠. 내가 먼저 총에 맞아 죽었다면 아이들도 다 죽었을 테니까요.[13]

심리학자인 J. H. 존스Johns와 H. C. 퀘이Quay는 사이코패스의 정상적인 정서와 감정적 깊이의 결여에 대해, "가사는 알아도 음악은 모른다"는 비유로 설명한다.[14] 잭 애버트는 자신의 증오와 폭력, 그로 인한 행동을 합리화하려고 횡설수설하다가 잠시 의중을 드러냈다. "감정에 대해 내가 아는 것이라곤 이야기를 듣거나 책에서 읽거나 그저 상상하는 것이 전부예요. 어떤 감정을 느낀다고 상상할 수는 있지만, 그러니까 그런 것의 존재를 알기는 하지만 실제로 느끼지는 못해요. 서른일곱 살짜리 어린아이인 거죠. 내 감정은 어린애 수준이에요."**15**

임상전문가에 따르면 사이코패스의 감정은 너무나 피상적이며, 눈앞에 닥친 필요에 대한 원시적 욕구에 불과하다. 이 주제에 대해서는 다시 설명하겠다. 예를 들어 고리대금업자의 '해결사'였던 스물여덟 살의 사이코패스 청년은 자신의 직업에 대해 이렇게 말했다. "돈을 갚지 않으려는 사람은 가혹하게 대해야 해요. 그러기 위해서 먼저 나 자신을 화난 상태로 만듭니다." 그렇게 일부러 만든 노여움과 다른 사람에게 모욕을 받거나 이용당했을 때 느끼는 감정이 다르냐고 묻자 다음과 같이 대답했다. "아니오, 똑같아요. 그렇게 프로그램 됐거든요. 모두 훈련으로 이루어진 거니까요. 지금 당장이라도 화를 낼 수 있어요. 자유자재로 화를 냈다 풀었다 할 수 있습니다."

또 다른 사이코패스는 다른 사람에게 '두려움'이 어떤 의미를 갖는지 전혀 이해하지 못했다. "은행을 털 때 은행원이 벌벌 떨거나 굳어버리는 건 이해할 수 있습니다. 그런데 어떤 여자는 돈 위에다 토해버리더군요. 속이 안 좋아서 그랬겠지만 왜 안 좋았는지 정말 모르겠어요. 누군가 나에게 총을 겨누면 무섭긴 하겠지만 토할 것 같지는 않은데요." 그런 상황에 처하면 어떤 느낌일 것 같은지 설명해 보라고 하자 실제 느낌에 대해서는 말하지 못했다. "나라면 돈을 줬겠죠", "내가 먼저 선수를 쳤을 걸요", "거기서 빠져나오려고 갖은 용을 썼겠죠" 하는 식이었다. 어떻게 생각하거나 행동할지가 아닌 어떤 기분이겠느냐는 질문에, 그는 당황한 듯 보였다. 가슴이 두근대거나 긴장해서 속이 울렁거린 적이 있느냐는 질문에는 이렇게 대답했다. "당연하지요! 난 로봇이 아니에요. 섹스를 하거나 싸움이 벌어질 때면 가슴이 진짜로 벌렁거린다고요."

생물의학 기록기를 이용한 실험을 보면, 사이코패스에겐 일반적으로 공포와 관련된 생리적 반응이 부족하다는 것을 알 수 있다.[16] 이 연구 결과가 중요한 이유는, 위협이나 처벌로 야기되는 공포가 대부분의 사람에게는 불쾌한 감정이며 행동의 강력한 동기가 되기 때문이다. 일반적으로 사람은 공포를 느낄 때 "그걸 하면 후회할 거야" 또는 "그걸 하지 않으면 후회할 거야"와 같은 반응을 보인다. 각각의 경우 행동에 따른 결과를 감정적으로 인지한 상태이므로 기꺼이 특정 행동에 나서게 된다. 사이코패스는 그렇지 않다. 그들은 어떤 일이 일어날지 알고 있으면서도 별로 상관하지 않고 뛰어든다.

"그는 사회적 지위가 높지만 내가 아는 한 가장 위험한 사회병질자다." 의뢰인의 돈을 횡령하고 잔인하게 살해한 37세의 저명한 산호세의 변호사 노만 러셀 선버그Norman Russell Sjonborg를 판결했던 고등법원 판사의 말이다. 범죄에 알리바이를 제공하기도 했던 세 번째 아내 테리는 그와의 첫 만남에 대해 이렇게 말했다. "좋은 사람 같았어요. 상냥하고 굉장히 매력적이었죠." 그리고는 이렇게 덧붙였다. "러셀은 처음부터 자신이 정서가 메말랐다고 했어요. 언제 울지 언제 즐거워할지 모르겠고, 다른 사람 같은 감정을 느끼지 못한다고요." 테리는 또한 그가 "퍼즐을 맞추듯 감정에 점수를 매겨" 왔으며, "일상생활에서 상황에 맞는 감정적 반응을 배우기 위해 심리학 서적을 읽었다"고 말했다.

결혼생활이 어긋나자 러셀은 아내가 미쳤다고 모함하기 시작했다. "나는 무능력자를 위한 상담을 받아야 했고, 러셀은 차분하고 정중하며 이성적인 태도로 앉아 있었어요. 그리고 치료사에게 '내가 얼마나 참고 견뎌야 했는지 알겠습니까?'라고 말하더군요. 나는 비명을 질렀죠. '내가 아니에요, 저 사람이 미친 거예요!' 하지만 상담자는 러셀을 믿었고, 내가 남편에게 모든 잘못을 떠넘기면 부부로서 더 이상 관계가 발전할 수 없을 거라고 말했어요."

나중에 러셀은 아내 문제 처리 시나리오를 여러 개 만들어 종이에 적어두었다. 그 내용으로는 "내버려둔다", "부권 조정 재판 신청", "애들을 죽이지 않고 잡아두기", "애들을 잡아 죽이기", "애들과 저스틴 죽이기" 등이 있다. 그의 보호관찰관은 이 목록이 "자동차보험 항목을 검토하는 것 같이 태연하게 자식들의 살인을 계획하는 남자의 정신상태"를 보여준다고 말했다. 영혼이 없는 남자의 세탁물 목록과도 같다는 것이다.

테리는 러셀의 필리스 와일드Phyllis Wilde 살해에 대해 이렇게 말했다. "우리는 남편이 (그녀를) 몽둥이로 쳐 죽이고 몇 시간도 안 돼 만났거든요. 너무 태연하더라구요. ……두려움도 후회도 없었어요. 아무것도요."

"이 사람이 사회에서 만들어온 훌륭한 외적 인격이 아닌 내면에 존재하는 짐승을 봐주세요." 재판정에 나온 테리의 말이다. 그녀는 남편이 끝내는 자신을 뒤쫓을 거라는 두려움에 떨었다. "무슨 일이 일어날지 잘 알아요. 그는 모범수가 될 테고 다른 수감자나 담당관에게도 인기를 얻을 거예요. 결국에는 경비가 소홀한 시설로 옮겨가서 탈출하겠죠."

라이더 맥도엘Rider McDowell, 《이미지》(1992년 1월 26일) 참조

사람들은 공포와 불안을 느끼면 대부분 손에 땀이 나거나 가슴이 쿵쾅거리고, 입이 마르고, 근육이 긴장하거나 이완되고, 벌벌 떨리는 등 다양하고 불쾌한 신체 증상을 경험한다. 사실 공포를 표현할 때에는 신체 증상을 빗대 설명하는 경우가 많다. "너무 놀라 심장이 목구멍으로 튀어 나오는 줄 알았어요", "무슨 말이든 하려고 했는데 입이 말라버렸어요" 하는 식이다.

하지만 사이코패스는 공포스러운 상황에서도 이러한 신체 증상을 경험하지 않는다. 사이코패스에게는 두려움이 다른 모든 감정과 마찬가지로 불완전하고 피상적이며 사실상 거의 추측에 가까운 것일 뿐이다. 대부분의 사람들이 경험하는 생리적인 불안이나 특징을 찾아볼 수 없다.

04

사이코패스의 성격패턴은 일반 범죄자와 완전히 다르다. 사이코패스가 좀더 호전적이고 충동적이며 감정적으로 걸돈다. 그중에서도 죄의식이 없다는 것이 가장 중요한 특징이다. 일반 범죄자는 왜곡되어 있긴 하지만 자신만의 가치관이 있고 그 기준을 위반하면 죄의식을 느낀다.

— 맥코드 앤 맥코드, 『사이코패스: 범죄 심리에 관한 에세이』The Psychopath: An Essay on the Criminal Mind』[1]

프로파일:
생활방식

앞 장에서는 사이코패스가 자신과 다른 사람을 어떻게 생각하고 느끼는지 설명했다. 이는 사이코패시 평가표에 '감정·대인관계' 특징으로 기록된다. 이번 장에서는 사이코패시 평가표의 다른 부분, 즉 사이코패스의 또 다른 측면에 대해 설명하겠다. 사회적 규범과 기대를 아무렇지도 않게 명백히 위반하는 고질적으로 불안정하고 목적 없는 행동양식이 그것이다. 감정·대인관계와 사회 일탈이라는 두 가지 특징을 알아두면 사이코패스의 특성을 포괄적으로 이해할 수 있다.

충동적이다

사이코패스는 어떤 행동의 옳고 그름을 비교 검토하거나 결과의 타당성 여부를 생각하지 않는다. "그냥 하고 싶어서 그랬다"는 것이 그들의 일반적인 대답이다.

텍사스 살인범 게리 길모어는 스스로 사형집행을 요구한 뒤 실제로 처형되어 세상의 주목을 받았다. 1977년에 그는 미국에서 10년

만에 처음으로 사형된 사형수가 되었다(10년 동안 사형이 집행되지 않으면 실질적인 사형폐지 국가로 간주된다 – 옮긴이). 그날 밤 체포되지 않았다면 세 번째, 네 번째 살인도 저지를 계획이었느냐는 질문에 길모어는 다음과 같이 대답했다. "체포되거나 경찰의 총에 맞아 죽거나 해야 끝났겠죠. ⋯⋯**나는 생각하거나 계획하지 않아요. 그냥 저지른 겁니다**. 그 두 명에게는 좀 안된 일이지만⋯⋯ 살인은 그냥 분노를 발산하는 겁니다. 분노는 이유가 없지요. 살인에 이유는 없습니다. 살인에 이유를 붙이려고 하지 마세요."(진한 글씨는 저자 강조)[2]

충동적인 행동은 기질만 표출하는 것이 아니다. 충동적 행동은 사이코패스가 즉각적 만족, 쾌락, 해방감 등을 추구하는 데서 비롯된다. 심리학자 윌리엄 맥코드와 조앤 맥코드는 다음과 같이 말했다.[3] "사이코패스는 자신이 필요한 것에만 집중하고 충분히 만족할 때까지 맹렬히 요구하는 신생아와 같다." 대부분의 아이들은 아주 어릴 때부터 환경의 제약을 차츰 받아들이고 즐거움을 미룰 줄 알게 된다. 두 살짜리 아이라도 부모가 나중에 들어주겠다고 약속하면 욕구충족을 잠시 미룰 줄 안다. 하지만 사이코패스는 이것을 배우지 못하는 듯하다. 이들은 욕망을 절제하지 못하기에 다른 모든 문제를 무시한다.

단지 변덕 때문에 직장을 그만두고, 인간관계를 깨고, 계획을 변경하고, 다른 사람의 집을 난장판으로 만들고, 공격하여 상처를 입힌다. 가족·고용주·직장 동료는 그들이 도대체 왜 그러는지 의아해한다. "아내는 테이블을 박차고 일어나더니 밖으로 나가버렸죠. 그리고는 두 달 동안이나 나타나지 않았습니다." 내가 연구했던 사이코패스의 남편이 한 말이다.

사이코패시 평가표에서 높은 점수를 받은 한 연구대상자는 맥주를 한 박스 사가지고 파티에 가던 중 지갑을 두고 왔음을 깨달았다고 한다. 집은 6~7블록 가량 떨어져 있었다. 집으로 돌아가기가 귀찮아진 그는 즉흥적으로 단단한 나무 막대를 휘두르며 가장 가까이에 있는 주유소를 털었고, 직원에게 중상을 입혔다.

사이코패스는 하루살이 인생을 살며 계획을 자주 바꾼다. 미래에 대해 심각하게 고민하거나 걱정하지 않는다. 평생 동안 이루어놓은 일이 별로 없어도 신경 쓰지 않는다. "나는 나그네예요. 방랑자죠. 속박당하는 것은 싫어요." 그들의 전형적인 주장이다.

인터뷰했던 한 남자는 '순간을 위해 사는' 이유를 비유를 들어 설명했다. "사람들은 항상 방어운전을 하라고 말합니다. 늘 긴급 상황에 대비해서 탈출로를 생각해 두고, 바로 앞차가 아니라 앞의 앞차를 살피라는 식이죠. 그런데 말이죠, 사실은 바로 앞차가 진짜 위험한 거라고요. 멀리 있는 것만 보면 앞차와 부딪치기 마련입니다. 항상 내일만 생각하다 보면 오늘을 제대로 살 수 없어요."

행동 제어가 서투르다

순간의 기분으로 사고를 치는 충동적인 면 외에도, 사이코패스는 모욕이나 경멸을 매우 민감하게 감지하고 반응한다. 사람들은 대부분 자신의 행동을 강하게 억제할 수 있어서 공격적으로 대응하고 싶을 때에도 '꾹 눌러 참는다'. 그러나 사이코패스는 이런 통제력이 약해서 약간의 자극으로도 폭발한다. 그 결과 그들은 참을성이 없고, 성미가 급하며, 다혈질에 욕구불만인 특징을 보인다. 실패·징계·비판을 참지 못하고 갑작스럽게 폭력을 휘두르거나 위협·욕설 등으로 응수한다. 쉽게 성질을 부리고, 사소한 일에도 부적절하게 화를 내거나 공격적인 태도를 취한다. 하지만 아무리 극단적인 감정폭발이라도 대개는 일시적이며, 금세 아무 일도 없었다는 듯이 정상을 회복한다.

수감자 갈은 교도소 공중전화로 아내와 통화하는 중이었다. 아내는 아이들 때문에 주말에 면회를 올 수 없어서 그가 부탁했던 담배와 음식을 가져다줄 수 없다고 말했다. 이 말을 듣자 그는 수화기에 대고 소리를 질렀다. "이 망할 년. 죽여버리겠어, 갈보 년!" 그는 계속해서 주먹으로 벽을 치며 위협했고, 주먹에서는 피가 철철 흘러내렸다. 그러나 전화를 끊자마자 그는 웃으면서 동료 죄수와 장난을 치기 시작했고, 전화 내용을 들은 간수가 언어폭력과 공갈협박에 대해 추궁하자 진심으로 당황해하는 듯했다.

또 다른 수감자는 저녁 배식을 위해 줄을 서다가 그와 부딪친 다른 수감자를 의식을 잃을 때까지 때렸다. 그리고는 아무 일도 없었다는 듯이 다시 줄을 섰다. 규칙을 위반하면 독방행이라는 것을 알고 있었으면서도 해명을 요구하자 이렇게 대답할 뿐이었다. "난 화가 났수. 그놈이 날 건드렸다고. 난 해야 할 일을 한 거요."

전형적인 '책임 전가' 사례도 있다. 한 수감자는 동네 술집에서 거대한 몸집의 사내와 싸우다가 화를 못 참고 무고한 옆 사람을 때려눕혔다고 한다. 피해자는 뒤로 넘어져 테이블 모서리에 머리를 부딪쳤고, 이틀 후에 사망했다. "나는 꼭지가 돌아 있었는데 그 자식이 날 비웃었소." 그는 피해자가 자신을 미치게 했다며 책임을 전가했고, 피해자를 죽게 만들었다며 병원을 업무상 과실로 고소했다.

사이코패스는 '방아쇠'만 당겨지면 쉽게 공격적으로 변하지만 그 상태에서 자신의 행동을 전혀 통제하지 못하는 것은 아니다. 이들에게는 '불같이 폭발하는' 것이 그저 짜증 내는 것과 마찬가지여서 자신이 무엇을 하고 있는지 정확하게 인식한다. 이들의 공격적인 표현은 '냉정'하며, 다른 사람이 화를 낼 때 경험하는 강렬한 감정적 자극을 느끼지 못한다. 사이코패시 평가표에서 높은 점수를 받았던 한 수감자는 화가 날 때 통제 불능이 된 적이 있느냐는 질문에 이렇게 대답했다. "아니오. 그런 적은 없어요. 그냥 상대방을 얼마나 다치게 할 것인지 결정하죠."

사이코패스는 자주 쉽게 다른 사람에게 심각한 물리적, 감정적 피해를 입히고 계속해서 해를 끼친다. 하지만 대부분 자신이 화를 다스리는 데 문제가 있음을 인정하지 않고, 공격적인 행동이 도발에 대한 자연스러운 반응이라고 생각한다.

자극을 추구한다

사이코패스는 언제나 극도의 자극을 갈망하고, 방탕하거나 '스릴 넘치는' 생활을 원한다. 이런 행동은 대부분 규칙에 어긋나는 것이다. 허비 클렉클리는 『정상인의 가면』에서 사이코패스인 정신과의사

사례를 설명한다. 그는 심각한 위법행위는 하지 않았지만 직업상 필수인 자기 견제가 부족했고, 주기적으로 퇴폐적인 생활에 빠져들었다. 주말마다 그는 병원에 왔던 환자를 희롱하거나 모욕하고 심지어 물리적인 위협까지 가해서 전문의로서의 위신을 잃곤 했다.

사이코패스는 새로운 자극을 찾아 여러 가지 마약을 탐닉하기도 하고, 이사를 가거나 직장을 옮기기도 한다. 나와 인터뷰했던 한 청년은 자신의 에너지를 독창적인 방법으로 발산해 왔다. 주말마다 친구들을 부추겨 '담력 시합'을 벌였던 것이다. 이것은 다리 위 철로에서 달려오는 기차를 마주보고 서 있다가 먼저 피하는 사람이 술을 사는 게임으로, 쉴 새 없이 떠들어대던 이 청년은 한 번도 술을 사본 적이 없다.

사이코패스는 단지 스릴이나 흥분을 맛보기 위해 '범죄를 저지르는' 경우가 많다. 한 여성 연구대상자에게 그저 재미로 황당하거나 위험한 짓을 한 적이 있냐고 묻자 이렇게 대답했다. "셀 수도 없죠. 제일 재미있었던 건 마약을 가지고 공항을 통과한 일이었어요. 세상에! 어찌나 짜릿하던지!"

한 남성 사이코패스는 마약상의 '경호원' 업무를 즐겼다고 한다. "아드레날린이 분출되거든요. 그 일을 그만두면, 그냥 술집에 들어가서 아무 얼굴에나 마리화나를 뿜어준 다음 밖으로 나가 싸울 겁니다. 그러면 그 사람은 결국 날 좋아하게 되고 다시 술집으로 돌아가 술을 마시거나 뭐 그러겠죠."

TV 다큐멘터리 〈악마의 마음·Diabolical Minds〉에서는 사기·강도·강간·살인 등 수많은 전과가 있으며, 눈에 띄는 아무에게나 소송을 걸

어댔던 다니엘 워커Daniel Walker의 흥미로운 면을 소개했다.[4] 워커는 전직 FBI 요원인 로버트 레슬러Robert Ressler와의 인터뷰에서 다음과 같이 말했다. "큰 교도소에서 탈출하면 정말 흥분될 거요. 빨간 불빛이 뒤에서 쫓아오고, 사이렌이 울리고, 진짜 대단하겠지. …… 섹스보다 훨씬 짜릿할 거야. 오, 정말 신날 텐데."

이렇게 자극을 동경하다 보니 일상의 단조로움을 견디지 못한다. 사이코패스는 쉽게 지루해한다. 지루하거나 반복적이거나 오랫동안 집중해야 하는 일에 종사하는 사이코패스는 찾아보기 힘들다. 항공 교통 관제관으로서 정확하게 일을 처리하는 사이코패스도 있지만, 일이 긴박하게 진행될 때만 그렇다. 일이 느리게 진행될 때는 농땡이를 치거나 꾸벅꾸벅 졸고, 아예 나타나지 않기도 한다.

그렇다면 사이코패스는 위험한 직업에 잘 맞을까? 한때 내 학생이었고 지금은 사이먼프레이저 대학교 심리학과 교수인 데이비드 콕스David Cox는 그렇게 생각하지 않는다. 그는 북아일랜드에서 활동했던 영국인 폭탄 제거 전문가 그룹을 연구했다. 처음에는 이들 중에서 많은 사이코패스를 찾아낼 수 있을 거라고 기대했다. 사이코패스가 '불같은 성격이면서도 냉정함을 유지하며' 강렬한 자극을 갈망하기 때문에 이런 일에 적격이라고 생각한 것이다. 그러나 고되고 위험한 IRA의 폭탄 제거 임무를 수행했던 군인들은 사이코패스를 '카우보이'라 부르며 경멸했다. 이들은 직업에 필요한 세부사항을 무시하고, 철저하지 못해 믿을 수 없으며, 너무 충동적이다. 이 때문에 대부분은 훈련 중 열외가 되고, 간신히 통과한 사람도 오래 가지 못했다.

또한 사이코패스는 충동적이고 현재에만 집착하며 충성심이 부족하기 때문에 스파이, 테러리스트, 갱단으로도 성공하기 어렵다. 예측하기 어렵고 부주의하며 신뢰할 수 없어서 '요주의 인물'이 되는 경우가 많다.

책임감이 없다

사이코패스에게 책임과 의무란 아무 의미도 없다. "다시는 속이지 않겠습니다"라는 말은 공허한 메아리다.

신용거래 기록엔 자잘한 빚과 갚지 않고 무시해 버린 대출금 투성이다. 아이들을 부양할 돈이 한 푼도 없는 상황에서도 쉽게 다음과 같이 말해버린다. "그 아이는 내 전부예요. ……내가 어린시절에 갖지 못한 것들을 아이에게 해줄 수만 있다면 무슨 일이라도 하겠어요." 법원이 명령한 자녀 양육비를 한 푼도 받아내지 못한 사회복지사와 전 부인의 입장에서는 당연히 이 말을 믿을 수가 없었다.

사이코패스의 무책임함과 신뢰할 수 없는 행동은 생활 전반에 걸쳐 나타난다. 직장에서는 변덕스럽고 결근이 잦으며, 회사 자원을 오용하거나 사규를 위반하는 등 전반적으로 신뢰감을 주지 못한다. 또한 사람·조직·원칙에 관한 약속을 지키지 않는다.

앤 룰은 다이안 다운즈에 대한 책에서 사이코패스의 전형적인 특징인 무책임한 부모의 행동패턴을 설명했다.[5] 다운즈는 보모를 구할 수 없었을 때는 그냥 어린아이들을 방치하곤 했다. 이웃사람들에 의하면, 세 자녀는 15개월부터 여섯 살까지 항상 굶주리고 사랑받지 못했으며, 무관심하게 버려진 상태였다(아이들은 한겨울에도 신발이나 코트도 없이 밖에서 놀곤 했다). 입으로는 항상 아이들을 사랑한다고 단언했지만 실제로는 그들의 물질적·정서적 행복에 냉담하고 무관심했기에 그 말을 믿을 수가 없었다.

자신의 아이는 물론 동거 중인 상대방의 자녀를 방치하는 것도 사이코패스 파일에서 흔히 볼 수 있는 항목이다. 사이코패스는 아이들을 귀찮아한다. 다이안 다운즈와 같이 아이들을 잘 보살핀다고 주장하는 사람도 실제는 말과 다르다는 것을 알 수 있다. 대개 이들은 아이들을 오랜 시간 방치해 두거나 믿음직스럽지 못한 보모에게 맡긴다. 한 연구대상자와 그의 남편은 한 달 된 갓난아기를 알코올 중독자인 친구에게 맡겼다. 친구는 취해서 뻗어버렸고 깨어난 후에도 아이를 까맣게 잊은 채 나가버렸다. 8시간이나 지난 후 부모가 돌아왔을 때에는 이미 국가기관에서 아이를 데려간 후였고, 여자는 부모의 권리를 침해당하고 사랑하는 아이를 빼앗겼다며 국가기관을 고소했다. 심지어 아기가 심각한 영양실조에 걸렸음이 밝혀진 후에도 태도를 바꾸지 않았다.

사이코패스는 곤경에서 벗어나기 위해 주저 없이 가족이나 친구의 돈을 이용한다. 줄곧 부모 속을 썩이던 연구대상자 여성은 마약 운반 혐의로 잡힌 후 부모에게 집을 팔아 보석금을 내달라고 간청했고, 보석되자 곧바로 달아나버렸다. 그녀의 부모는 현재 집을 되찾기 위해 고군분투하는 중이다.

사이코패스는 자신의 행동으로 인해 다른 사람이 고생하거나 위험에 처해도 아랑곳하지 않는다. 연구 중 만난 25세의 수감자는 난폭운전, 사건현장 이탈, 파손차량 운전, 무면허 운전, 형법상 과실치사 등 20건이 넘는 항목으로 유죄판결을 받았다. 출소 후에도 난폭운전을 계속할 것인지 묻자 이렇게 대답했다. "안 될 게 뭐 있어요? 좀 빠르게 몰긴 하지만 운전은 잘한다고요. 사고는 혼자 내는 게 아니랍니다. 서로 잘못한 거죠."

최근 서부의 한 의사는 HIV 바이러스에 감염되고도 건강한 파트너와 아무렇지도 않게 성관계를 갖는 사람들을 연구하면서 사이코패시 평가표를 사용했다. 이런 사람들 대부분이 무책임한 행동의 끔찍한 결과를 별로 상관하지 않는 사이코패스임을 밝혀내려 했던 것이다.

한 산업심리학자의 말에 따르면, 원자력발전소는 입사지원자를 항상 매우 신중하게 심사하지만 인터뷰·성격테스트·추천장 등의 일반적인 절차로는 신뢰할 수 없고 무책임하기로 악명 높은 사이코패스를 완전히 골라내지 못한다고 한다.

사이코패스는, "겪어봐서 다 알아요", "그냥 오해가 있었어요", "날 믿어요"와 같은 말로 번번이 곤경에서 벗어나며, 형사사법체계 종사자조차 감쪽같이 속여 넘기곤 한다. 그들은 보호관찰·집행유예·감형 등을 받으려 애쓰면서도 법정에서 요구하는 조건을 간단히 무시해 버리고, 형사사법체계의 직접적인 영향 아래 있을 때조차도 책임을 다하지 않는다.

사이코패스끼리 서로 어울리는 일은 거의 없다. 자기중심적이고 이기적이며 요구가 지나치게 많고 냉담한 사이코패스는 자기와 비슷한 사람을 참을 수 없다. 오직 자기 하나만 스포트라이트를 받아야 하기 때문이다. 하지만 범죄를 저지를 때는 일시적으로 뭉치기도 한다. 이 무시무시한 동업은 다른 사람에게 매우 불행한 결과를 초래한다. 보통 한 사람은 '달변가 유형'으로 매력·사기·속임수를 이용해 목적을 이루고, '행동가 유형'인 다른 사람은 협박이나 위협 같은 직접적인 행동에 나선다. 둘의 이해관계가 맞아떨어질 때 동업이 유지되는 것이다.

몇 가지 사례를 살펴보자. 젊은 남자 사이코패스 둘이 파티에서 만났다. 달변가 유형인 사이코패스가 소규모 마약판매상을 속여 외상으로 코카인을 사려다가 실패한 상태였다. 그러자 행동가 유형인 다른 한 명이 대화를 엿듣고 있다가 "마약상 거시기를 움켜쥐고는 자신들에게 공짜 샘플을 내놓으라고 협박"했다. 둘은 이후 일 년간 마약 거래를 계속했다. 달변가가 계약을 성사시키면 행동가는 폭력을 행사했다. 하지만 달변가는 경찰에 붙잡히자마자 바로 검사와 거래하여 파트너를 잡아들였다.

또 다른 사례의 주인공은 남에게 얹혀살던 말주변 좋은 젊은 여성 사이코패스다. 그녀는 친구에게 부모님이 자신의 사치스러운 생활을 지원해 주지 않는다며 끊임없이 불평을 늘어놓았다. 이후 그녀는 공격적이고 냉혹한 중년 남성 사이코패스를 만났는데, 그는 "복수 좀 해줄까?"라며 여자를 충동질했다. 결국 둘은 여자의 부모 집에 침입해서 살인극을 벌이기로 모의했다. 하지만 남자가 일을 벌이러 간 사이에 친구와 함께 다른 장소에 있던 여자가 자신이 곧

부자가 될 거라며 떠벌이는 바람에, 범행 계획을 제보 받은 경찰에 의해 살인 공모로 둘 다 체포됐다. 둘은 자신의 형을 줄이려고 서로에 대해 불리한 증언을 해댔다.

사이코패스와 정신이상에 가까운 사람이 멋진 파트너가 되는 경우도 있다. 이런 경우 사이코패스가 정신이상자를 살해 도구로 사용하곤 한다. 유명한 예로 트루먼 카포트의 책에 나오는 리처드 히콕Richard Hickock과 페리 스미스 Perry Smith의 이야기를 들 수 있다. 이들은 1959년에 클러터 가족 중 4명을 살해한 혐의로 유죄판결을 받았다(『냉혈한In Cold Blood』). 히콕은 말주변 좋은 사이코패스의 전형이었으며, 스미스는 "편집형 정신분열증 환자와 유사하다"는 진단을 받았다. 히콕은 스미스가 타고난 킬러임을 알아보고 "그런 재능을 자신의 통제 아래 두고 유익하게 이용"했던 것 같다. 히콕은 평소 버릇대로 살인을 모두 파트너 탓으로 돌렸다. "페리가 그랬습니다. 난 그를 막을 수가 없었어요. 그가 다 죽인 거예요."

어린시절의 문제행동

대부분의 사이코패스는 유년기부터 심각한 문제행동을 보이기 시작한다. 끊임없는 거짓말·사기·도둑질·방화·무단결석·교실에서의 파괴적인 행동·약물남용·공공시설 파괴·폭력·급우 괴롭히기·가출·이른 성행위 등의 형태로 나타날 수 있다. 사이코패스가 아니더라도 폭력적인 이웃이나 가족 해체, 학대 등을 경험한 아이들은 이러한 행동을 보일 수 있다. 하지만 사이코패시가 있으면 유년기에 이런 행동이 더 광범위하고 심각하게 나타나서 형제나 친구 또는 비슷한 가정에서 자란 다른 아이들과 현저하게 구분된다. 사이코패시를 가진 아이는 건전한 가정에서 자랐더라도 10~12세에 이미 도둑질·마약·자퇴·섹스에 눈 뜨는 경우가 많다.

유년기의 동물학대는 대부분 정서적·행동적 문제가 심각하다는 신호다. 밀워키의 연쇄살인범 제프리 다머는 개의 두개골에 막대를 꽂고 개구리와 고양이를 나무에 꿰거나 동물 해골을 수집하는 등 잔인한 동물학대 기념품들을 모아두어 친구와 이웃을 대경실색케 했다.[6]

이들은 성인이 된 후, 유년기의 동물학대를 일상적이고 무미건조한 일로 회상하거나 심지어 유쾌한 일로 묘사하기도 한다. 사이코패시 평가표에서 높은 점수를 받은 한 남자는 열 살 무렵 '귀찮게 구는 똥개'를 공기총으로 쏴버렸다면서 킬킬거렸다. "그놈 똥구멍을 쐈는데 한참을 낑낑대며 기어 다니더니 죽어버리더라고요."

사기죄로 복역 중인 또 다른 연구대상자는 어렸을 때 고양이 목에 올가미를 씌우고 장대 끝에 매단 다음 테니스 라켓으로 내리쳤다고 했다. 누이가 없었다면 그녀가 기르던 강아지도 죽어버렸을 거라고도 했다. "가로대에 묶은 다음 대갈통에 대고 배팅 연습을 하려고 했죠." 그는 살짝 웃으면서 말했다.

형제나 다른 아이들에게 잔인하게 구는 일도 많다. 아무리 화가 나도 충동을 자제하고, 다른 사람을 해치지 않는 범위에서 감정을 처리하는 일반적인 방식에 공감하지 못하기 때문이다. "여동생의 인형에 가한 충격적인 짓은 마치 경고와도 같았죠. 우린 애써 무시했답니다. 하지만 그 애는 정말로 침대에 있던 아기의 목을 조르고는 목 부분의 피부를 가위로 잘라냈죠. 공포에 질린 우리는 그제야 그동안 너무 무심했음을 깨달았습니다." 한 엄마의 고백이다.

모든 사이코패스가 유년기에 이 정도의 끔찍한 잔혹성을 드러내는 것은 아니지만, 거의 모두가 어렸을 때부터 거짓말·도둑질·기물 파괴·난동 등 광범위한 말썽을 부린다.

그러나 흥미롭게도 목격자나 이웃들은 이들의 몰상식한 범죄에 대해 아주 뜻밖이라는 반응을 보이곤 한다. "그 사람이 그런 일을 하다니 믿을 수가 없네요. 전혀 그럴 사람 같지 않았거든요." 사이코패스는 자신의 현재 모습을 교묘하게 속일 뿐 아니라 과거도 완벽하게 감추어버린다는 것을 알 수 있다.

성인기의 반사회적 행동

사이코패스는 사회의 규칙이나 기대감을 불편하고 불합리하며 자신의 기분이나 원하는 바를 제약하는 것쯤으로 생각한다. 이들은 나이에 관계없이 모두 자신만의 규칙을 만든다. 아이일 때 공감 능력이 부족하고 세상을 우습게 생각하던 사람은 성인이 된 후에도 크게 변하지 않는다. 사이코패스의 이기주의나 반사회적 행동은 놀라울 정도로 평생 계속된다. 이러한 지속성은 수많은 연구에서 광범위하게 입증되고 있다. 즉 유소년기의 반사회적 행동을 통해 성인이 되었을

때의 문제행동이나 범죄행위를 미리 예견할 수 있다.[7]

사이코패스는 수많은 반사회적 행동으로 유죄판결을 받는다. 이들은 교도소에서조차 눈에 띈다. 반사회적 위법행위가 다른 범법자보다 더 다양하고 빈번하기 때문일 것이다. 사이코패스는 범죄에 특정 유형이나 '전문 분야'가 없으며 모든 것에 도전하는 편이다. 이런 잡다한 범죄행각은 이 장의 앞부분에서 언급했던 로버트 레슬러가 다니엘 워커와 인터뷰했던 TV 프로그램에서 잘 볼 수 있다.[8] 다음은 그 인터뷰에서 주고받은 간략한 대화 내용이다.

"전과 기록이 얼마나 되죠?"
"이번 게 아마 스물아홉이나 서른 번째일 걸요."
"스물아홉이나 서른이라고요! 찰스 맨슨도 다섯 번이었는데요."
"그 사람은 그냥 살인범이었을 뿐이잖아요."

워커는 자신이 살인 외에도 다른 여러 가지 범죄를 저지를 수 있다는 것을 자랑스러워하는 것 같았다. 그는 기소되지 않은 범죄가 삼백 건 이상 있다고 공공연하게 자랑하고 다녔다.

모든 사이코패스가 교도소에 수감되는 것은 아니다. 이들이 저지르는 범죄 중 많은 것이 은폐되거나 기소되지 않은 채 '법망'을 빠져나간다. 이런 종류의 반사회적 행동에는 위조채권 판매, 애매한 사업과 실무 경력, 배우자나 자녀 학대 등이 있다. 이외에도 장난삼아 연애를 하거나 바람을 피우고, 가족에게 금전적·정서적으로 소홀히 하며, 회사 공금을 무책임하게 사용하는 등 불법은 아니지만 비윤리적이고 비양심적이며 다른 사람에게 해가 되는 행동을 끊임없이 저지른다. 이런 행위는 가족·친구·주변인·동업자의 적극적인 협조 없이는 증명하거나 평가하기 어렵다.

사이코패시에 대한 정확한 이해

물론 사이코패스만 사회 일반의 상식에서 벗어난 생활을 하는 것은 아니다. 다른 수많은 범죄자들도 어느 정도 이 장에서 설명한 특성들을 보여주곤 한다. 하지만 이들은 죄의식, 후회, 공감을 비롯한 강렬한 감정을 느낄 수 있기 때문에 사이코패스와 다르다. 사이코패스라는 진단은 그 사람이 최종 프로파일에 일치한다는 정확한 근거가 있어야만 가능하다. 즉 이 장과 앞 장에서 설명한 증상을 모두 가지고 있어야 한다.

최근 한 전과자가 나에게 사이코패시 평가표가 별것 아니라는 의견을 제시했다. 현재 중년인 그는 청년시절을 모두 교도소에서 보냈고, 그곳에서 사이코패스로 진단받았다. 다음은 그의 반응이다.

- **달변이며 깊이가 없다.** 정확하게 말을 전달하는 게 왜 나쁜가?
- **자기중심적이고 과장이 심하다.** 높은 곳을 바라봐야 무엇이든 성취할

수 있다.

- **공감 능력 부족.** 적의 감정에 휩쓸리는 것은 약하다는 증거다.

- **거짓말과 속임수에 능하다.** 왜 적들을 믿어야 하는가? 누구나 어느 정도
  는 속임수를 쓴다. 선의의 거짓말은 흔하지 않은가?

- **피상적인 감정.** 화를 내면 오히려 사이코패스로 몰릴 수 있다.

- **충동적이다.** 독창적이고 현재에 충실하며, 자발적이고 자유로운 것으로
  이해할 수 있다.

- **행동 제어가 서투르다.** 난폭하고 공격적인 것은 방어적 심리일 수도 있다.
  의도적으로 공격성을 가장하여 험한 세상에서 살아남으려는 것이다.

- **자극을 추구한다.** 관례와 단조로움, 지루함을 거부하는 용기다. 활기 없
  고 지루하며 죽은 것이나 다름없는 삶보다는 위태로움을 즐기고, 아슬아
  슬하고 흥미진진하며 도전적인 일을 하고, 말 그대로 삶을 즐기고 활기차
  게 사는 것이다.

- **책임감이 없다.** 누구에게나 있는 인간의 우유부단함에 초점을 맞추어서
  는 안 된다.

- **어린시절부터 문제행동을 보이며, 성인이 된 후에는 반사회적 행동을 한
  다.** 범죄 기록이란 그 사람이 악하다는 것을 나타내는가, 순응적이지 않
  다는 것을 보여주는가?

흥미롭게도 그는 후회나 죄의식 결여에 대해서는 아무런 언급도 하지 않았다.

최근 다니엘 골먼Daniel Goleman은 《뉴욕 타임즈》에 다음과 같이 썼다. "연구 결과에 따르면 일반적으로 전체 인구 중 2~3퍼센트 정도가 사이코패스로 추정되며, 도시의 핵가족 제도하에서는 두 배나 높아지는 것으로 나타났다."[9] 그러나 이런 류의 사이코패스가 증가하고 있다는 주장들은 사이코패스의 범죄와 사회 일탈을 구별하지 못하고 있는 것이다.

현재 범죄는 물론 사회적 일탈 행위(사이코패시의 정의에 한몫하지만 완전히 설명하지는 못하는)가 이미 하위 계층에 만연한 상태며 사회 전체로 퍼지고 있지만, 사이코패스의 상대적 수가 늘고 있는지 여부는 알 수 없다. 행동발달이 유전적 요인에 영향을 받는다고 생각하는 사회생물학자들은 사이코패스는 대개 성관계가 난잡해서 자손이 많으며 그중 사이코패시 특질을 물려받은 사람도 많을 테니 그 수가 증가 추세라고 주장한다.

다음 장에서는 사이코패시의 근본적인 특징을 확인해서 이런 논쟁을 검토하고 논쟁을 가라앉힐 수 있는 사항을 검토하겠다. 그러려면 먼저 이 수수께끼에 대한 기존의 관점들을 살펴보아야 한다. 그런 다음 양심이 행동을 어떻게 통제하는지 알아보겠다.

05

악당은 키스하면서도 당신의 이빨 개수를 세고 있다. — **유대인 속담**

양심 없는 자들

엘리즈Elyse가 제프리Jeffrey를 만난 것은 1984년 여름이었다. 그 날의 일은 절대 잊을 수 없을 것이다. 그날 그녀는 친구들과 해변으로 놀러갔다가 제프리를 만났고, 그의 크고 환한 미소에 완전히 넋을 잃고 말았다. 그는 뻔뻔스럽게도 그녀에게 곧장 다가와서는 전화번호를 물었다. 하지만 이런 배짱이 오히려 그녀의 경계심을 허물어뜨린 것 같았다. 엘리즈는 이미 그의 마력에 빠져든 상태였다. 바로 다음 날 제프리는 전화를 하고 엘리즈의 직장으로 찾아왔다. 그렇다. 그의 그 웃음이 모든 불행의 시작이었다.

엘리즈는 당시 데이케어센터(미취학 아동, 고령자, 신체장애자 등을 주간에만 돌봐주는 시설 – 옮긴이)에서 일하고 있었다. 처음에 제프리는 근무시간 중 커피타임에 맞춰 찾아오다가 점차 점심시간에 나타나기 시작했고, 이내 퇴근시간에도 모습을 보였다. 건물 밖으로 나설 때면 언제나 그녀를 기다리고 있는 제프리를 발견할 수 있었다. 그는 엘리즈에게 자신에 대한 이야기를 거의 하지 않았고, 그저 연재만화를 그리는 만화가라고만 했다. 엄청난 양의 동전을 가지고 나타나기도 하고, 완전히 빈털터리가 되어 그녀에게 빌붙기도 했다. 제프리는 사는 곳이 일정치 않았고 입은 옷도 모두 '빌려 입은 것'이라고 했다. 처음에 엘리즈는 그가 유머감각이 뛰어난 유쾌한 사람이라고 생각했다. 그러나 파국을 맞은 후 돌아보니 자신이 그 유머로 인해 마취된 듯 방심했었음을 깨달았다. 그녀가 제프리의 농담에 깔깔대고 웃는 동안 그는 끊임없이 그녀의 삶을 갉아먹고 있었다.

그는 끊임없이 번뜩이는 아이디어, 사업 구상, 계획들을 늘어놓았으나 실제로 이루어낸 것은 하나도 없었다. 계획 중 어떤 것에 대해 질문을 던지면 그는 언제나 귀찮다는 듯 손을 내저었다. "아, 그거? 이젠 그것보다 더 굉장한 일이 있어. 진짜 대단한 거라구."

하루는 점심식사를 하던 중 갑자기 경찰이 그를 연행해 갔다. 다음 날 구치소로 찾아간 엘리즈는 뜻밖의 이야기를 들었다. 제프리가 친구 집에서 잠을 자고는 그의 카메라 장비를 훔쳐다 팔았다는 것이다. 그녀로서는 도저히 믿을 수 없는 일이었지만 판사는 유죄를 인정했다. 그 외에도 여러 건의 범죄로 수배 중이었음이 드러났다. 제프리는 결국 투옥되었다.

하지만 그는 감옥에 갇힌 후에도 그녀를 놓아주지 않았다. 그는 하루도 빠짐없이 엘리즈에게 편지를 써댔다. 어떤 날은 하루에 세 통의 편지가 배달되기도 했다. 편지에서 그는 계속해서 자신의 재능, 꿈, 계획 등을 장황하게 늘어놓았고 평생을 그녀와 함께 하고 싶다고 호소했다. 엘리즈는 언어의 홍수에 빠져죽을 지경이었다. 한 작가는 유사한 경우를 '언어의 구토'라고 표현하기도 했다. 제프리는 넘치는 에너지를 쏟을 만한 적합한 대상을 찾아내기만 하면 세상을 모두 지배할 수 있으며, 그 어떤 것이라도 될 수 있다고 주장했다. 또한 그녀를 너무나 사랑한다고, 그 무엇보다 멋진 삶을 선사하겠노라고 호언장담했다. 엘리즈는 너무나 감동받은 나머지, 편지 말미에 덧붙인 "돈 좀 보내줘"라는 추신에도 기꺼이 응할 지경에 이르렀다.

제프리는 8개월을 복역한 후 출소하여, 즉시 엘리즈의 집으로 갔다. 엘리즈는 곧 다시 그에게 빠져들었지만 그녀의 룸메이트들은 제프리를 의심하기 시작했다. 제프리는 룸메이트 중 한 명에게 수작을 걸었다. 또한 다른 룸메이트가 자는 침대로 기어들어가 우악스럽게 어깨를 찍어 눌러 도망치지 못하게 붙들어두고는 공포에 질려 버둥대는 그녀를 보며 즐거워하는 모습을 보여주기도 했다. 두말할 것도 없이 제프리는 이 공동사회의 질서를 완전히 와해시켜 버렸다.

그는 떠날 생각도, 일거리를 구할 생각도 전혀 없어 보였으나 엘리즈는 계속 그의 일자리를 알아보았다. 처음 일자리를 구해주었을 때 제프리는 면접에 통과해서 근무를 시작했으나 첫날 바로 현금출납기의 돈을 모두 훔쳐 달아났고, 닷새 후 슬그머니 다시 나타났다. 그 사이 엘리즈는 한 친구에게서 제프리가 마약을 거래하더라는 이야기를 들었다. 다시 나타난 제프리는 아무 일도 없었다는 듯 쾌활하게 끊임없이 수다를 떨었다. 범죄의 증거를 들이대도 모든 것을 부인할 뿐이었다. 순간 엘리즈는 그를 믿어버렸다. 이후에도 계속 그녀는 제프리를 믿었다가 배신당하곤 했다.

결국 엘리즈의 부모가 끼어들었다. 그들은 엘리즈를 정신과의사에게 데려갔고, 제프리와 사귀지 말라고 종용했다. 부모는 그의 매력에 별로 영향 받지 않았기에, 제프리가 자주 "이상하게 무미건조한 눈빛으로 쳐다본다"는 사실을 금세 알아차렸다. 하지만 의사는 이런 면을 놓치고 말았다. 그는 제프리를 낙천적이고, 낙관적이며, '약간의 기행을 일삼는' 사람이라고 진단했다. 어쨌든 엘리즈는 정신과의사와 상담하면서 이성을 되찾았고, 제프리와 헤어지기로 결심했다. 그녀는 거리에서 제프리를 만나서는 헤어지자고 말했다. 이 말을 들은 제프리는 그녀의 팔을 잡고 눈을 쏘아보며 다음과 같이 말했다. "넌 절대로 나에게서 벗어날 수 없을 걸. 너도 알잖아." 순간 제프리의 눈동자에 부모가 설명했던 그 냉혹한 표정이 스쳐 지나갔다. "엘리즈, 난 영원히 당신 곁에 있을 거야."

며칠 후 엘리즈가 다른 아파트로 이사하자 본격적인 스토킹의 악몽이 시작되었다.

처음에는 만나주지 않으면 자살해 버리겠다는 편지들이 배달되더니 자살하는 대신 엘리즈를 죽여버리겠다는 섬뜩한 메시지로 바뀌었다. 결국 제프리는 엘리즈의 아파트를 찾아냈고, 현관을 부수고 들어와서 그녀의 머리채를 휘어잡아 패대기쳤다. 다행히 엘리즈의 오빠가 직장에서 일찍 돌아와 참극을 모면할 수 있었다. 여자의 오빠가 나타나자 제프리는 아무 일도 없었다는 듯 순식간에 차분해지더니 생글생글 웃으며 인사를 건네고는 아파트를 빠져나갔다.

그것이 마지막이었다. 그 후 폭풍은 가라앉았다. 그는 다시 나타나지 않았다. 엘리즈는 몇 년이 지나서야 그의 소식을 들었다. 다시 감옥에 갔다는 것이다. 죄목은 대부분 강도와 사기였으며 강간죄도 포함되어 있었다. 그는 출소한 후 잠시 고깃배에서 일하다가 다시 무거운 형을 선고받고 감옥에 갔다. 그 후의 소식은 들을 수 없었다. 엘리즈는 지금도 자신이 처음에 왜 그를 그토록 완벽하게 신뢰했었는지 이해할 수가 없다.

이 의문에 대한 답을 알아낼 수는 없으나 자신이 제프리의 매력에 눈멀어 말 그대로 거의 잡아먹힐 뻔했음이 명백했고, 이후 오랫동안 분노에 사로잡혀 어떤 남자도 사귀지 못했다.

이야기 속의 엘리즈는 나의 학생이었다. 지금은 이 경험과 함께 정규교육을 통해 사이코패시에 대해 많은 것을 알게 되었다. 하지만 그녀는 아직도 제프리 같은 사람들이 어떻게 그토록 쉽게 사람들의 삶 속으로 파고들어 그들을 자기 마음대로 좌지우지할 수 있는지 잘 이해하지 못한다. "그에게 있어서 행동 규칙이란 건 연필로 쓴 것과 같았어요. 커다란 지우개로 얼마든지 몽땅 지워버릴 수 있죠." 그녀의 말이다.

'양들의 침묵'이라는 책과 영화가 개봉되자, 온갖 신문과 TV에서 내게 질문을 퍼부어댔다. 영리한 정신과의사이자 식인 살인자인 끔찍한 주인공 한니발 렉터Hannibal Lecter가 전형적인 사이코패스냐는 물음이었다.

책과 영화의 묘사만을 놓고 본다면, 렉터에게서 사이코패스의 특징을 다수 발견할 수 있다. 그는 이기적이고, 으스대며, 얼음같이 냉정하고, 속임수에 능하며, 무자비하기까지 하다. 그리고 단순히 미친 것과는 다르다. 이것은 그리 놀랄 일이 아니다. 렉터는 물론이고, 영화에서 여자의 껍질을 벗기는 변태적인 연쇄살인범 버팔로 빌Buffalo Bill도 모두 실제 사이코패스였던 연쇄살인범 에드워드 게인을 모델로 창조해낸 인물이기 때문이다.

"오, 그는 괴물이지. 진짜배기 사이코패스라구. 지금껏 이런 걸 산 채로 잡아본 적은 거의 없었는데 말이야." 렉터가 수감되어 있던 범죄자용 정신병동 원장의 말이다.

그런데 이 말은 심각한 오해를 낳을 수 있다. 은연중에 사이코패스는 모두 고문과 사지 절단을 일삼는 끔찍한 연쇄살인범일 거라는 잘못된 통념을 드러내고 있기 때문이다. 물론 렉터가 사이코패스일 수는 있지만 전형적인 유형은 절대 아니다. 허구의 인물인 렉터가 실존한다면 그는 매우 특이한 사례가 될 것이다. 연쇄살인범은 사실 북미 전체를 통틀어 100명도 안 될 만큼 극히 드물다. 하지만 사이코패스는 북미에만 200만~300만 명이 넘는 것으로 추산된다. 심지어 모든 연쇄살인범이 사이코패스라 해도, 연쇄살인범 숫자의 2~3만 배가 넘는 숫자의 연쇄살인을 저지르지 않는 사이코패스가 사회를 활보하고 있는 것이다.

따라서 사이코패스를 렉터와 같은 괴기스럽고 가학적인 살인자로만 묘사하면 일반인에게 왜곡된 개념을 심어줄 수 있다. 사이코패스가 법을 어기는 동기는 대부분의 경우 기묘한 권력욕과 성적 굶주림이 아니다. 오히려 자기중심적 사고방식, 죽 끓듯 하는 변덕, 자신의 평범한 필요를 즉각적으로 만족시키려는 기대로 인해 범죄가 촉발되는 것이다.

내면의 목소리

사회에는 수많은 규칙이 존재한다. 법으로 규정되기도 하고, 옳고 그름에 대한 일반적인 믿음으로 굳어진 부분도 있다. 이런 규칙들이 개인은 물론 복잡한 사회 구조를 튼튼하게 지탱해 준다. 보통 사람들은 처벌에 대한 두려움이나 혹은 다음의 이유들로 규칙을 따른다.

- 경찰에게 붙들릴지도 모른다는 합리적 판단.
- 선악에 대한 철학적, 종교적 신념.
- 사회적 협력과 조화가 필요하다는 생각.
- 다른 사람의 감정, 권리, 필요, 행복을 고려하고 공감하는 능력.

사회의 규칙과 규제에 따라 행동하는 법을 배우는 것을 사회화라 하는데 이는 매우 복잡한 과정이다. 우선 아이일 때부터 나쁜 짓을 하면 어떻게 되는지를 가르치고, 양육·학교 교육·사회 경험·종교와 같은 사회화 과정을 거치면서 다른 사람과 상호작용하는 데 필요한 신념·마음가짐·행동 기준을 만들어간다. 그 과정에서 양심이라고 하는 인간 내면의 성가신 목소리가 형성된다. 사람은 양심의 도움으로 유혹에 저항하고 죄의식을 느낀다. 내면의 목소리와 내면화된 사회 규범 및 규칙이 '마음 속 경찰' 역할을 맡아 법이나 실제 경찰력, 주위 사람의 기대와 같은 외부적 통제가 없을 때에도 우리의 행동을 통제한다. 이런 내면적 통제가 바로 사회를 움직이는 힘이라 해도 과장이 아니다. 우리는 사회의 각종 규칙을 극단적으로 무시하는 사이코패스를 놀라운 눈으로 바라보며 새삼 '마음 속 경찰'의 통제력을 깨닫게 된다.

제프리 같은 사이코패스는 양심을 형성하는 사회화의 경험이 전혀 없다. 이런 사람들은 자신의 행동을 이끌어줄 내면의 목소리를 가지고 있지 않아, 머리로는 규칙을 알고 있으면서도 다른 사람이 받게될 영향 따위는 전혀 개의치 않고 마음대로 행동한다. 유혹을 이기지 못하며, 규칙 위반에 대한 죄의식이 없고, 끈질기게 계속되는 양심의 속박으로부터 자유롭기 때문에 처벌을 피해갈 수만 있다면 무슨 짓을 해서든 원하는 바를 얻어낸다. 좀도둑질에서 잔인한 살인까지 어떤 반사회적 행동도 할 수 있다.

사이코패스에게 양심이라는 존재가 왜 그렇게 보잘 것 없는지는 정확하게 알려져 있지 않다. 하지만 몇 가지 이유를 추측해 볼 수 있다.

- **사이코패스는 양심에 가책을 느끼게 할 정도의 공포나 두려움 같은 감정적 반응을 경험하지 못하는 경우가 많다.[1]**

사람들은 대부분 유년시절에 제재를 받았던 기억으로 인해 사회적 터부를 보면 자연스럽게 불안해진다. 처벌에 대한 두려움이 행동을 통제하는 것이다. 사실 이런 두려움은 행동하려는 욕구 자체를 억누르기도 한다. "돈을 빼앗고 싶었지만 곧 그런 생각을 떨쳐버렸다." 대부분의 사람들이 반응하는 방식이다.

하지만 사이코패스에게는 금지된 행동이 두려움을 일으키지 못하며, 벌을 주겠다는 위협도 아무 소용이 없다. 이 때문에 제프리는 마치 기억상실증이라도 걸린 사람처럼 똑같은 범죄로 인한 구속 및 유죄판결을 반복한다. 아무리 처벌해도 충동적인 그의 범죄 욕구를 단념시키지 못하는 것이다.

사이코패스는 관심을 가진 대상에 무섭게 집착하고 다른 것은 모두 무시한다. 임상전문가들은 이것을 한 번에 하나만 집중적으로 비추는 협각 탐조등에 비유하기도 한다. 육식동물이 사냥감을 노리는 집중력과 같다고 묘사하는 사람도 있다.

이러한 집착에는 긍정적인 면도 있다. 유명한 운동선수는 보통 성공을 위해 놀라운 집중력을 발휘한다. 날아가는 새를 쳐다보려고 공에서 눈을 떼거나 누가 이름을 부른다고 해서 주의가 산만해지는 타자는 타율을 올리지 못할 것이다.

하지만 동시에 여러 가지 일에 신경을 써야 하는 복잡한 상황도 많다. 관심 있는 한 가지 일에만 집중하다 보면 위험 신호와 같은 다른 중요한 것을 놓칠 수 있다. 이것이 바로 사이코패스가 매일같이 경험하는 문제점이다. 이들은 어떤 한 가지를 얻어내려고 거기에 집착하기 시작하면 다른 중요한 신호들을 모두 무시해 버린다.

2차대전 중 두려움을 모르는 용감한 전투기 조종사로 명성을 얻은 사람들을 생각해 보자. 이들은 무릎으로 덤벼드는 사냥개처럼 다른 생각 없이 곧장 목표물로 돌진했다. 하지만 연료 공급, 고도, 좌표, 다른 비행기의 위치와 같은 부가적인 세부사항들을 제대로 파악하지 못했다. 그 결과 일부는 영웅이 됐지만 더 많은 수가 허무하게 사살되거나 신뢰할 수 없는 전문가, 기회주의자, 은둔자와 같은 오명을 썼다.

■ **사이코패스의 '내면의 목소리'는 감정적 영향력이 없다.**

양심이란 양심 자체를 느끼는 것뿐 아니라 정신적으로 '혼잣말을 하는' 능력이기도 하다. 러시아의 심리학자 A. R. 루리아Luria는 누구에게나 공통적인 내면의 목소리가 행동을 규제하는 핵심적인 역할을 한다고 말했다.[2]

하지만 사이코패스는 그저 '글을 읽는' 것처럼 혼잣말을 한다. 엘리즈의 룸메이트를 강간하려던 순간 제프리에게 이런 생각이 떠올랐을지도 모른다. '제길. 이 여자를 강간하다간 지옥 맛을 볼지도 모르겠는걸. 에이즈에 걸릴지도 모르고, 애가 들어설지도 모르잖아. 그러면 엘리즈가 날 죽이려 들 거야.' 하지만 이런 생각은 그에게 '오늘 저녁 야구경기를 봐야지' 하는 생각과 마찬가지일 뿐 별다른 감정적 영향을 미치지 못한다. 때문에 그는 이 자기만족적 행위가 다른 사람이나 자기 자신에게 야기할 파장을 그리 심각하게 생각하지 않는다.

■ **사이코패스는 행위의 결과를 머릿속에서 '그리는' 능력이 매우 약하다.[3]**

구체적인 보상과 모호한 미래를 저울질 한다면 당연히 눈앞의 떡에 더 강렬한 유혹을 느끼기 마련이다. 더욱이 희생자에게 미칠 영향을 마음속으로 그리는 것은 매우 복잡한 과정이다. 제프리에게는 엘리즈가 동반자라기보다는 그저 의식주와 용돈을 제공하고 놀이나 섹스 상대가 되는 하나의 '연줄'에 불과했다. 자신의 행동이 그녀에게 어떤 결과를 야기할 것인지는 거의 생각하지 않았다. 그리고 엘리즈에게서 얻어낼 수 있는 모든 것을 다 짜냈다고 판단하자 다른 먹잇감을 찾아 미련 없이 떠나버렸다.

사이코패스의 선택

물론 사이코패스도 사회를 유지하는 무수한 규칙과 터부에 대해 전혀 반응하지 않는 것은 아니다. 어쨌든 이들도 로봇처럼 맹목적으로 일시적 필요, 충동, 기회만을 쫓아다니지는 않는다. 하지만 지켜야 할 규칙이나 규정을 선택하는 것이 다른 사람들에 비해 제멋대로다.

사람들은 대부분 머릿속으로 상상한 두려움을 잣대 삼아 행동을 통제한다. 또한 누구나 어느 정도의 자긍심을 가지고 있기 때문에 지속적으로 주위 사람들과 스스로에게 자신이 믿을 수 있고 유능하며 괜찮은 사람임을 증명하려고 노력한다.

그러나 사이코패스는 전혀 다르다. 이들은 얻어낼 수 있는 것과 거기에 들어가는 비용만으로 상황을 평가한다. 위태로운 미래, 부끄러움, 고통 등에 대한 걱정이나 두려움 등 양심의 보호를 받는 사람들이 어떤 계획을 숙고할 때 고려하는 수많은 요소들을 전혀 고려하지 않는다. 사회화 과정을 제대로 거친 사람이라면 사이코패스가 경험하는 세계를 상상하기조차 힘들 것이다.

웨스트 밴쿠버의 방파제 옆으로는 철로가 나란히 뻗어 있다. 하루에 몇 차례만 기차가 오가는 이 길을 따라 나는 조깅을 하곤 했다. 일 년 전쯤에 내가 달리기를 끝내고 몸을 식히고 있을 때, 기차 통과 신호가 울리면서 차량들이 멈춰 섰다. 그러나 한참이 지나도 기차는 오지 않았고 신호등은 계속해서 번쩍거렸다. 신호등은 분명 고장 난 것 같았다. 하지만 맨 앞에 멈춰 서 있던 차량은 움직일 생각을 하지 않았다. 결국 뒤쪽에 있던 차들이 하나씩 핸들을 돌려 그 차 옆으로 돌아 빠져나가기 시작했다. 나는 10분 후에 그 자리를 떠났는데, 그때까지도 신호등은 계속 번쩍이고 있었고, 맨 앞에 서 있던 차는 여전히 움직이지 않았다.

이 고지식한 차량 운전자와 사이코패스를 비교해 보자. 이 운전자는 내면적 통제가 너무나 강력한 반면, 사이코패스는 터무니없이 약하다. 이 운전자는 규칙을 맹목적으로 따르는 반면, 사이코패스는 간단히 무시해 버린다. 이 운전자는 '안 돼'라는 내면의 목소리를 최고의 권위를 가진 명령으로 받아들이고, 사이코패스는 이 목소리를 향해 "바보 같으니, 어서 꺼져버려"라고 호통치며 비웃는다.

이런 내면의 목소리는 사회와 충돌하는 신념을 가진 사람들에게 큰 문제를 야기할 수 있다. 1968년에 프랑스 학생운동이 일어났던 당시, 화장실 낙서 중에 다음과 같은 글이 있었다. "우리 모두의 마음속엔 졸고 있는 경찰관이 있다. 그가 살해당한 것이 틀림없다."

심리영화

최근에는 사회규범이나 양심의 목소리에 얽매이지 않는 세기의 사기꾼이나 냉혈 살인범에 대한 관심이 점점 높아지고 있다. 이 글을 쓰는 현재 유명한 영화 몇 개만 꼽아보면, 〈좋은 친구들Goodfellas〉, 〈미저리Misery〉, 〈퍼시픽 하이츠Pacific Height〉, 〈적과의 동침 Sleeping with the Enemy〉, 〈광대한 일광 속In Broad Daylight〉, 〈사랑, 거짓말 그리고 살인Love, Lies and Murder〉, 〈아름다운 오해Small Sacrifices〉, 〈케이프 피어Cape Fear〉, 〈함정 살인In a Child's Name〉, 가장 뛰어난 공포물인 〈양들의 침묵〉 등을 들 수 있다. 한편, 〈하드 카피Hard Copy〉, 〈커런트 어페어〉, 〈집중 수배America's Most Wanted〉와 같은 TV 프로그램에서는 실제 범죄 현장이나 재현된 현장을 보여준다.

1991년 2월 10일자 《뉴욕 타임즈》에는 "깊숙이 들어앉아 기회를 노리는 사이코패스와 친하게 지내기"라는 브루스 웨버Bruce Weber 의 기사가 실렸다. 이 글에서처럼 "기괴하게 비비 꼬인 마음"에 매혹되는 것은 그다지 신기한 일이 아니다. "이아고(셰익스피어의 『오델로』

에 나오는 음험하고 간악한 인물 - 옮긴이)에서 노먼 베이츠(히치콕의 영화 〈사이코〉에 나오는 악인으로, 정신이상이던 어머니를 살해하고 그 죄책감으로 어머니 행세를 하면서 모텔에 든 손님을 살해함 - 옮긴이), 블라디미르 나보코프Vladimir Nabokov의 험버트(『롤리타』에 나오는 불문학자로 19세의 롤리타와 사랑에 빠지자 그녀의 어머니와 결혼한 뒤 살해한다 - 옮긴이), 데이비드 린치David Lynch 감독의 릴런드 파머/밥(영화 〈트윈 픽스〉에 나오는 정신분열증 환자로, 딸 로라 파머를 살해하고 죽어가는 로라를 안고 춤을 춘다 - 옮긴이)까지 책이나 연극, 영화에서 끊임없이 보여주는 악행의 논리는 대부분이 허구다. 하지만 작가나 배우의 상상력만으로 이들을 그려낼 수 없을 때는 '칼잡이 잭'(1880년대 런던을 공포로 몰아넣었던 연쇄살인범 - 옮긴이), 딕과 페리(캔자스 주 시골 일가족 살인사건의 범인들 - 옮긴이), 게리 길모어, 찰스 맨슨Charles Manson(사교집단 맨슨 패밀리의 교주이자 희대의 연쇄살인범 - 옮긴이)과 같은 끔찍한 실제 인물로부터 영감을 이끌어낸다. 히틀러, 스탈린, 리처드 3세와 같은 희대의 살인마는 말할 것도 없다. 오늘날의 문필가들은 아마도 사담 후세인을 보며 눈을 반짝반짝 빛내고 있을 것이다."

의문이 생기지 않을 수 없다. 왜? 왜 사람들은 사이코패스의 기괴한 행위에 매혹되는가? 양심의 목소리가 전혀 들리지 않는 사람이 엄청난 매력으로 사람들의 상상력을 자극하는 이유는 대체 무엇인가? 웨버는 이러한 의문에 다음과 같이 답한다. "악은 분명 매혹적인 것이다. 책이나 영화를 만드는 사람에게만 그런 것이 아니라 평범한 개구쟁이의 장난부터 극악무도한 범죄에 이르기까지, 사람들은 누구나 어느 정도는 나쁜 짓을 저지르고 싶어 한다. 이것이 무자비한 악행의 상징인 사이코패스가 일반인 사이에서 그토록 안정된 위치를 차지할 수 있는 한 가지 이유다."

웨버는 법정 정신과의사 로널드 마크맨Ronald Markman이 살인자를 연구하여 쓴『진정한 악Alone with the Devil』을 근거로 삼았다. 마크맨은 대부분의 사람들에게는 환상으로 그치고 마는 '내면적 통제가 없는 삶'을 실제로 누리는 사이코패스의 이야기를 들려주어야 한다고 주장한다. "사이코패스의 내면에는 우리에게도 있는 어떤 것이 존재하며, 그것이 무엇인지 알 것만 같기 때문에 은연중에 매혹을 느끼는 것이다." 웨버와의 인터뷰에서 그는 한 발 더 나아간다. "마음속 깊은 곳을 들여다보면 우리는 모두 사이코패스다."

뉴욕의 마운트시나이 메디컬센터에 근무하는 정신과의사 조앤 인트레이터Joanne Intrator는 '현실과 영화 속 사이코패스'라는 제목으로 강의를 한다. 여기에서 그녀는, 영화가 동일시 형태를 빌어 가벼운 호기심에서 출발한 관객을 관음증이라는 감정적 행위로 발전시키는 방법을 설명한다. 조앤이 묘사하는 영화의 역할은 다음과 같다. "영화를 보는 관객은 쉽게 상상 속에서 엿보기의 즐거움에 빠져든다. 어두운 극장에 앉으면 의식적인 정신세계가 약화되어 초자아, 즉 양심의 제약에서 벗어난 채 자신의 내면에 존재하는 다른 모습이 드러난다. 사람들은 어둠 속에서 겉으로 드러내지 않고 미묘한 자의식, 공격성, 섹스의 즐거움 등을 만끽할 수 있다."[4]

이러한 영화적 경험은 심리적으로 건강한 사람들에게는 매우 유익할 수 있다. 사이코패스가 야기하는 위험과 파괴 행위에 대해 경계심을 가질 수 있기 때문이다. 하지만 이런 영화가 아직 내면적 규범을 확립하지 못했거나 심각한 정신적 문제가 있는 사람, 사회 주류로부터 소외되었다고 느끼는 사람에게는 강력한 역할모델이 되어버리기도 한다.

이유 없는 반항

정신분석학자 로버트 린드너Robert Lindner는 1944년에 범죄심리학 책인 『이유 없는 반항Rebel without a Cause』을 저술했다.[5] 린드너는 사이코패시를 역병에 비유하면서, 그 파괴적 잠재력이 너무 과소평가되고 있다고 지적했다. 그는 사이코패스를 사회적 관계라는 관점에서 설명했다.

사이코패스는 반항자다. 일반 규칙과 규범을 아주 철저하게 어긴다. 이유 없는 반란자고, 슬로건 없는 선동가며, 계획 없는 혁명가다. 즉 사이코패스의 반항은 오직 자신의 만족을 위한 것이다. 다른 사람을 위해서는 그 어떤 노력도 기울이지 못한다. 어떻게 가장하든, 그의 모든 노력은 자신의 일시적 바람과 필요를 충족시키기 위한 투자일 뿐이다.

시대에 따라 문화는 변하지만 사이코패스의 '반항'은 한결같다. 1940년대 중반에 린드너는, 대부분의 사이코패스가 개인의 자유가 반짝이고, 공동체의 제재 및 통제가 없으며, 육체적·심리적 제약이 없는 사회의 경계를 배회한다고 썼다.

오늘날에는 사회 어디에서나 사이코패스를 찾아볼 수 있다. 때문에 심각한 의문이 생긴다. 왜 영화, TV, 책과 잡지들에서 점점 더 사이코패시에 열광하는 걸까? 젊은이들의 폭력 범죄는 왜 갈수록 늘어나는 걸까? 한 전문가의 언급에서 우리 사회의 모습을 엿볼 수 있다.

오늘날에는 젊은 범죄자가 자기와 아무 상관없는 상대방을 살상하는 일이 많아지고 있다. 희생자에 대한 동정심이라곤 찾아볼 수 없는 이런 범죄는 이제 전체 사회를 괴롭히는 하나의 현상으로 자리 잡고 있다. 오늘날에는 사이코패스에게서만 볼 수 있던 무책임한 태도가 보편화되는 추세다. 자신이 다른 사람의 행복한 삶에 책임이 있다는 생각은 점점 옅어지고 있다.[6]

우리는 무의식중에 사회를 사이코패스 번식장으로 만들고 있지는 않은가? 심지어 이 사회가 그들에게 희생물로 가득 찬 거대한 '죽음의 땅'으로 보이는 것은 아닌가? 매일 아침 끔찍한 소식들이 넘쳐나는 신문을 펼칠 때마다 이런 의문이 더욱 커진다.

06

범죄도 직업이라면 사이코패스에게는 천직인 셈이다.

범죄의
공식

1931년 프리츠 랑Fritz Lang의 고전 영화 〈엠M〉에서 피터 로러 Peter Lorre는 아동 추행 및 살인범 역을 맡아 열연했다. 살인자는 살인 충동에 휩싸일 때마다 거리에서 희생자를 낚아챈다. 경찰의 추적이 장기화되면서 전체 범죄조직에 대한 탄압이 갈수록 심해지자 지하세계의 범죄자들이 직접 범인을 찾아 나선다. 먹잇감 추적에 성공한 더럽고 기분 나쁜 범법자 무리는 그를 버려진 양조장으로 끌고가 지하세계의 재판에 회부하여 유죄를 선고한다. 이 영화는 '도둑들의 의리'라는 개념을 가장 효과적으로 보여준 작품이다.

정말 도둑들 사이에도 의리가 존재할까? 일반 교도소 수감자들을 조사하면 몇 가지 도덕률을 찾아볼 수 있다. 주류 사회에서는 필요하지 않으나 자체적으로 강제되는 규칙과 금기. 일반 사회의 규칙이나 가치를 가볍게 무시하는 범죄자들도 이웃이나 확장된 개념의 가족, 갱단과 같은 집단의 규칙은 따르는 것이 보통이다. 이 때문에 범죄의 자행은 사회화 과정의 결핍을 시사할지는 몰라도, 그 자체가 양심 없음을 의미하지는 않는다. 범죄자는 다양한 방식으로 범죄를 저지르며 대부분 외부의 힘에 영향을 받는다.[1]

■ 일부 범죄자는 범행을 배운다. 범죄가 어느 정도 용인되는 가정이나 사회적 환경에서 자라는 경우다. 아버지가 '전문' 털이범이고 어머니가 매춘부였던 경우를 예로 들 수 있다. 그는 어릴 때부터 아버지와 함께 '일하러 나가' 곤 했다. '하위문화 범죄'의 다른 예로는 일부 유럽 지역에서 흔히 볼 수 있는 집시나 마피아를 들 수 있다.

■ 일부 범죄는 '폭력의 고리'가 낳은 부산물로 이해할 수 있다. 유아기에 성적, 신체적, 정서적 학대를 당했던 피해자는 성인이 된 후 동일한 짓을 저지를 확률이 높다. 성적학대를 경험했던 사람이 성인이 되어 유아를 추행하거나, 유년기에 가정폭력에 시달린 사람이 아내를 폭행하는 경우다.

■ 강렬한 필요에 의해 범죄를 저지르기도 한다. 양심과 싸우다가 자포자기 하여 강도로 돌변하는 마약중독자나 가진 것 없는 가난한 사람들을 예로 들 수 있다. 연구대상자는 대부분 지독하게 가난하거나 자신을 학대하는 가정에서 벗어나기 위해 범죄를 저지르기 시작했다. 위안을 얻기 위해 마약에 손을 대고, 마약을 구하기 위해 결국 범죄의 늪에 빠져드는 식이다.

'격정 범죄'를 저질러 범죄자가 되는 경우도 있다. 연구대상자 중 40세의 한 남자는 범죄는 물론 사소한 위반 기록도 전혀 없는 사람이었으나 아내의 지갑에서 콘돔을 발견한 뒤 심한 언쟁을 벌이다가 '돌아버렸다.' 그는 아내를 심하게 구타하여 2년형을 언도받았다. 하지만 분명 그 전에 가석방을 받게 될 것이다.

이런 부류는 대부분 가난, 가정폭력, 아동학대, 잘못된 양육, 경제적 스트레스, 알코올과 마약 중독 같은 수많은 부정적인 사회적 요인이 범죄행위를 부추기거나 원인이 된 경우다. 사실 이런 요인들만 없어져도 범죄자 중 상당수가 범죄의 늪에 빠져들지 않을 것이다.

하지만 그저 돈이 되니까, 힘들여 일하는 것보다 쉬우니까, 또는 그저 재미있으니까 범죄를 저지르는 사람도 분명 있다.[2] 이런 사람들이 모두 사이코패스인 것은 아니지만 사이코패스는 단지 불리한 사회적 조건 때문에 어쩔 수 없이 범죄를 저지르는 것이 아니라 사회의 규칙이나 규범을 전혀 개의치 않고 마음대로 행동하다가 범죄에 발을 들여놓게 되는 것이다. 한 여성 사이코패스에게 왜 범죄를 저질렀냐고 묻자 이렇게 대답했다. "정말 알고 싶어요? 그냥 재미있어서 했어요."

사이코패스는 다른 범죄자와 달리 자기 멋대로 행동하며, 다른 어떤 그룹의 법이나 원칙도 따르지 않는다. 당국은 이런 점을 이용해서 사건을 해결하거나 갱단과 테러리스트 조직을 와해시키려 시도하기도 한다. 즉 사이코패스에게는 다음과 같이 제안하는 것이 가장 효과적이다. "현명해지라구. 스스로를 보호해야지. 누가 배후에 있는지 대봐. 그러면 너는 풀려날 수 있으니까."

테렌스 맬릭Terrence Malick의 〈황무지Badlands〉는 찰스 스타크웨더 Charles Starkweather와 그의 여자 친구 카릴 앤 퍼게이트Caril Ann Fugate 의 무시무시한 실화를 토대로 만든 논픽션 영화다. 말주변 좋고 불가사의한 매력을 풍기는 주인공 키트 캐루터스Kit Carruthers는 사이코패스의 특성을 모두 갖추고 있지만 여자친구 홀리에 대한 광기어린 집착이 너무나 집요해서 진실처럼 보이기 때문에, 냉혹한 사이코패스를 다룬 전형적인 할리우드 로맨스로 보기엔 무리가 있다. 그래도 한 번 살펴볼 만한 영화다. 영화에서 홀리가 키트의 범죄에 무심코 가담하는 장면을 보면 이와 비슷한 실제 사례들이 줄줄이 떠오른다. 키트가 영화제작자가 창조한 사이코패스의 모습이라면, 홀리는 배우 시씨 스페이식Sissy Spacek이 훌륭하게 표현해낸 '진정한 사이코패스'다.

홀리의 양면적 성격은 사이코패스의 중요한 측면을 분명하게 제시한다. 정서적으로 매우 피폐하고, 감정적 격동이 있을 때에만 분명하게 느끼며, 때론 너무나 부적절한 행동을 하기 때문이다. 키트가 홀리의 면전에서 교제를 반대하는 그녀의 아버지를 쏘아 죽이자, 이 15세의 소녀는 키트의 뺨을 때리고는 의자에 풀썩 주저앉아 머리가 아프다고 투덜댔다. 또한 키트가 아버지의 시체를 숨기기 위해 집에 불을 지른 후에도 계속 키트와 함께 전국을 떠돌며 살인 행각을 계속했다.

다른 장면도 있다. 이미 여러 건의 살인을 저지른 키트가 나른한 표정으로 공포에 질린 남녀를 총으로 위협해서 공터로 끌고 간다. 홀리는 아무 생각 없이 두려움에 떠는 여자와 함께 걷는다. "안녕하세요." 그녀는 단조롭고 천진난만한 목소리로 인사를 건넨다. 하지만 사태가 심상치 않음을 느낀 여자는 절망적으로 외친다. "도대체 왜 이러는 거죠?" "아," 홀리는 아무렇지도 않게 대답한다. "키트는 지금 화가 나서 폭발할 것만 같대요. 나도 그럴 때가 있어요. 그런 경우 없었나요?" 키트는 공터 한가운데 있는 지하 저장실에 둘을 감금하고 돌아서서 나오다가 갑자기 저장실 문에 대고 총을 드르륵 갈겨버린다. "저놈들이 총에 맞았을까?" 파리채를 휘둘러 벌레를 때려잡기라도 한 듯한 목소리다.

영화에서 보여주는 가장 미묘한 사이코패시의 증거는 다름 아닌 홀리의 나레이션일 것이다. 홀리의 목소리는 시종일관 단조로우며, 자신의 느낌을 말하는 소녀들을 흉내 내듯 이야기를 꾸며낸다. 홀리는 자신과 키트가 서로 사랑한다고 말하지만, 어딘지 모르게 홀리가 그런 감정을 전혀 경험해본 적이 없는 것 같은 느낌이 든다. 스페이식이 창조해낸 이 인물이야말로 "가사는 알지만 음악은 느끼지 못하는" 전형적인 사이코패스의 모습이다. 이들을 직접 대면하면 살갗에서 벌레가 스멀거리는 듯한 형언할 수 없는 이질감을 느끼게 된다. 이것은 사이코패스와 대면한 전문가나 일반인 모두가 한 목소리로 증언하는 것이다.

범죄의 이유

내면적 통제가 부족하고, 윤리와 도덕에 대해 이해할 수 없다는 태도를 보이며, 세상에 대해 그토록 냉담하고 무자비하며 자기중심적인 사이코패스도 인생의 어느 시점에는 신기할 정도로 사회와의 충돌을 피해간다. 물론 사회 안에서 파열음을 내는 경우가 더 많으며, 이들의 범죄행각은 좀도둑질이나 횡령에서 강간·강탈·무장 강도에 이르기까지, 고의적 파괴나 질서 교란 행위·유괴·살인은 물론 반역·스파이·테러와 같은 반국가적 범죄에 이르기까지 다양하다.

모든 범죄자가 사이코패스는 아니며, 모든 사이코패스가 범죄자도 아니지만 사이코패스는 그 숫자에 비해 범죄율이 터무니없이 높으며, 교도소에서 단연 주류를 차지한다.[3]

- 수감자 중 약 20퍼센트 정도가 사이코패스로 분류된다.
- 중범죄자의 절반 이상이 사이코패스 판정을 받는다.

사이코패스의 진정한 특징은 다른 사람에게 괴로움을 안겨주는 것이다. 사이코패스는 살인 기계 백상아리처럼 자연스럽게 범죄의 길로 접어든다. 양심이라는 이름의 내면적 통제가 부족한 이들은 언제든 상황이 유리하게 돌아가기만 하면 범죄 건수를 추가한다.

제프리 같은 젊은 사이코패스는 해변에서 매혹적인 미소로 방심한 젊은 여성을 유혹하고, 지체 없이 자신을 철저하게 믿도록 만든다. 이를 위해 따스한 배려, 만족스러운 섹스, 적극적인 옹호, 식사, 돈을 비롯해서 끌어다 댈 수 있는 모든 것을 오직 '사랑'이라는 이름으로 동원한다.

존 웨인 게이시는 취향에 맞는 소년이 그가 내건 일자리를 수락하는 즉시 소년을 위협해서 위험한 섹스 놀이에 끌어들였다. 잔인한 놀이는 소년들의 목숨을 빼앗을 때까지 계속되었고, 시체는 자기 집 지하실에 묻어버렸다.[4]

유타 주의 살인범 게리 길모어는 여자친구와 말싸움을 한 후 다른 여자를 차에 태운 채 거칠게 차를 몰았고, 분노를 발산하지 않고는 견딜 수 없게 되자 주유소로 들어가 처음 눈에 띈 사람에게 다짜고짜 총을 쏘았다. 함께 있던 여자는 아무것도 모른 채 차 안에서 라디오를 듣고 있었다. 다음 날 밤 똑같은 상황이 반복되었고, 다시 한 명이 사망했다. 그는 그들이 부적절한 때 잘못된 장소에 있었기 때문에 총을 쏘았을 뿐이라고 설명한다. 그의 앞길을 방해했다는 것이다.[5]

> FBI의 최근 연구에 따르면, 형사사법체계 종사자를 살해한 사람 중 44퍼센트가 사이코패스라고 한다.
>
> 미연방수사국의 경찰 대상 범죄 기록, 〈근무 중 살해된 사람들〉 (1992년 9월)

순간만을 위해 산다

뉴에이지 철학에 심취한 사람들이 성스러운 원칙에 대한 신성모독이라며 펄쩍 뛸지 모르겠지만, 사이코패스는 철저하게 현재에만 몰두하며 눈앞의 기회를 절대 놓치지 않는 사람이다. 이 점을 깨닫는다면 이들의 행동과 동기 중 많은 부분을 이해할 수 있다. "사내인데 그럼 어쩌겠소? 그년 구멍은 진짜 죽여줬다고. 그냥 마음껏 따먹었지 뭐." 사이코패시 평가표에서 높은 점수를 받은 한 수감자의 말이다. 그는 강간으로 유죄를 선고받았다. 또 다른 수감자는 자신의 희생자가 살았던 바로 그 도시에서 TV 게임 쇼에 출연했다가 경찰에 체포되었다.

그는 딱 5분 동안 스타덤에 오른 대가로 2년간 감옥에서 썩어야 했다.

게리 길모어는 처형되기 직전 《플레이 보이》와 가졌던 인터뷰에서 자신이 얼마나 현재에 집착하고 있는지를 드러냈다. 머리가 상당히 좋은데도 어째서 그토록 자주 붙잡혔는지 묻자, 길모어는 다음과 같이 대답했다.

> 두어 번은 벌을 받지 않고 잘 빠져나갔죠. 나는 절대 큰 도둑이 아니에요. 충동적일 뿐이지. 나는 계획하지도 생각하지도 않아요. 잡혀서 경을 치지 않으려면 그저 조금만 머리 쓰면 되는데, 대단한 천재일 필요도 없는데, 참을성이 없어서 그렇게 할 수가 없어요. 그다지 욕심내지도 않는데 말이에요. 사실 붙잡히지 않고도 많은 것을 해치울 수 있었어요. 아, 솔직히 잘 이해가 안 되는데, 아마 나는 오래전부터 골머리 썩으며 걱정하기를 포기한 것 같아요.[6]

냉혹하게 '되는 대로'

사이코패스에겐 범죄에 깊이 빠지는 것보다 훨씬 더 큰 문제가 있다. 남녀를 불문하고 이들은 다른 사람에 비해 훨씬 더 폭력적이고 공격적인 성향을 드러낸다는 점이다.[7] 물론 대부분의 범죄자가 어느 정도 폭력 성향을 가지고 있기는 하지만 사이코패스의 경우 유난히 두드러져서 폭력 전과가 다른 범죄의 두 배에 달한다. 이런 현상은 감옥 안에서도 마찬가지다.

매우 골치 아픈 일이지만 놀라운 일은 아니다. 보통 사람은 다른 사람을 해치는 일에 강한 거부감을 느끼지만 사이코패스는 그렇지 않다. 이들은 화가 나거나 무시를 당하거나 실망하면 즉시 폭력을 휘두르거나 협박을 일삼는다. 이들의 폭력 행사는 냉담하고 기계적이며, 섹스나 원하는 것을 얻으려는 단순한 이유로 자행되는 경우가 많다. 또한 사이코패스는 저지른 일에 대해 후회하기보다는 그로 인해 정복감이나 쾌락을 느끼고, 심지어 자랑스러워한다. 무언가가 걱정되어 한숨도 못 자는 일은 없다.

사법체계 종사자들은 임무 수행 과정에서 어쩔 수 없이 치명적인 무력을 행사했을 때 이와 전혀 다른 반응을 보인다. "잘 만났다, 넌 오늘 죽었어"라는 대사로 유명한 클린트 이스트우드Clint Eastwood가 열연한 '더티 해리Dirty Harry' 캘러헌은 저녁식사도 하기 전에 십여 명의 악당을 손쉽게 죽여버린다. 하지만 영화 속 가상 인물과는 달리 대부분의 경찰은 사람에게 총을 쏘고 나면 마음에 큰 상처를 입는다. 결국 많은 수가 '정서적 플래시백 현상(정서적으로 상처를 입은 과거의 사건이 생생하게 재현되는 형태로, 마치 시간을 되돌려 다시 겪고 있는 것처럼 느껴진다 - 옮긴이)'을 경험하거나 외상 후 스트레스 증후군으로 고통 받는다. 이런 후유증을 피하기 위해, 총격을 경험한 경찰은 피해 정도에 관계없이 심리 상담을 받도록 강제하는 지역이 많다.

하지만 사이코패스에게는 이런 상담이 전혀 필요 없다. 이들은 애간장이 타는 상황에서도 냉담하며, 사람의 피부를 벗기고 배를 가른 잔인한 만행에 대해서도 사과나 생선 껍질을 벗긴듯 태연하게 설명해서 오랜 경험으로 단련된 상담전문가마저 낙담시키곤 한다.

■ 게리 길모어는 인터뷰에서, 자신이 감옥에서 왜 '해머스미스 Hammersmith'라는 별명을 얻게 되었는지 설명했다. 이 이야기는 사이코패스가 폭력을 얼마나 대수롭지 않게 생각하는지 잘 보여준다.[8] 어느 날 감옥에서 친구였던 르로이가 강간, 폭행을 당했다. 그는 길모어에게 자기를 대신해서 가해자 빌에게 복수를 해달라고 부탁했다. "그날 밤에 TV로 풋볼 경기를 보고 있던 빌을 발견했죠." 그는 자세히 설명하기 시작했다. "그놈 머리를 망치로 내리치고는 뒤돌아 나왔습니다. ……얼마나 세게 내리쳤던지! (웃음) ……놈들은 나를 네 달 동안 독방에 처 넣었고 빌은 포틀랜드로 공수해서 뇌수술을 시켜줬어요. 어쨌든 빌에게 뜨거운 맛을 보여준 거죠. 그 일이 있은 후 그놈이 날 해머스미스라고 부르기 시작했습니다. 나에게 쇠사슬에 칭칭 감긴 작은 장난감 망치를 주더군요." 이후 길모어는 망치로 빌을 때려죽이고 비슷한 방법으로 다른 몇 명을 살해한 혐의를 받았다. 질문자가 그에게 물었다. "왜 그들을 죽였다고 떠벌이고 다녔죠? 자랑스러웠나요? 아니면 죄를 자백한 건가요?" 길모어가 대답했다. "(웃음) 솔직히 말하면 자랑하고 싶었던 것 같아요."

■ 한 전과자는 차분하게 자신이 술집에서 어떤 사람을 찔러 죽였다고 말했다. 테이블에서 떠나라는 자신의 요구를 그가 거절했기 때문이라고 했다. 당시 누가 건드리면 폭발할 것 같은 기분이었는데 마침 그 사람이 술집의 다른 모든 손님 앞에서 자신에게 대들었다는 것이다. 교도소 정신과의사는 그를 사이코패스로 진단했다.

1990년 설날, 26세의 록산느 머레이Roxanne Murray가 12구경 산탄총으로 42세의 남편을 살해했다. 그녀는 경찰에서 남편을 사랑하지만 죽일 수밖에 없었다고 말했다. 법원도 이에 동의하여 그녀에게 2급살인 혐의를 적용했다.

그녀의 남편 더그 머레이Doug Murray는 '자칭 폭주족'이었다. 고출력 오토바이와 약하고 불평 많은 마누라 '들', 그리고 애완견들을 온전히 자기 통제 하에 두고 싶어 하는 그런 사람이었다. 그는 몇 년간 끊임없이 강탈과 강간으로 경찰서를 들락거렸으나 목격자 증언이 부족해서 법정까지는 한 번도 가지 않았다. 이미 여러 번 결혼한 경력이 있었고, 여자에게 위협이나 폭행을 일삼았다. 끔찍하게도 "그는 성적 학대를 당한 십대의 쉼터를 운영하며 그 십대들을 다시 정신적·육체적으로 착취했고, 협박용으로 사진을 찍어두기도 했다."

록산느가 14마리나 되는 개들 때문에 돈이 너무 많이 든다고 불평하자, 더그는 그녀를 트레일러로 끌고 가서 장전된 총으로 머리를 후려치고, 눈앞에서 그녀가 제일 좋아하는 개를 쏘아 죽였다. "너도 이 꼴이 될 수 있어." 그가 내뱉은 말이다. 그는 "상대를 폭행하거나 절대적으로 제압해야만 섹스를 할 수 있는 것 같았다. 언제 어디서나 오럴섹스를 요구했고, 거부하면 폭력을 휘둘렀다. 여자들을 상대로 잔인한 강간 상황을 연출했고, 실제 총알이 장전된 총을 사용하여 러시안 룰렛 게임을 강요하기도 했다." 록산느의 단짝 친구에 의하면, "더그는 다중인격을 가진 것만 같았다. 좋은 면도 있었는데, 그저 그가 좋게 보이려고 애썼던 건지도 모른다. 하지만 도저히 상상도 할 수 없을 만큼 끔찍한 얼굴이 공존했다."

더그는 잔혹 행위로 고소당한 후에도 그런 상황에 무관심해 보였고, 모래밭에서 폭행당한 희생자가 혼신의 힘을 다해 반항했던 지점을 선을 그어 표시해 주기도 했다.

켄 맥퀸Ken McQueen, 《밴쿠버 선》(1991년 3월 1일) 참조

■ 사이코패시 평가표에서 높은 점수를 받은 한 가해자는 도둑질을 하다가 노인을 살해했다. 그는 당시 상황을 다음과 같이 설명했다. "막 뒤지고 있는데 그 노망난 괴짜가 위층에서 내려온 거예요. …… 그리고는 비명을 지르며 발광을 하잖아요. ……그래서 머리에 한 방 먹여줬죠. 그런데도 입을 닥치지 않더라구요. 그래서 목을 베어버렸죠. 그 늙은이는 …… 비틀거리는 것 같더니 바닥에 쓰러졌죠. 그런데도 계속 꿀럭 거리는 소리를 내는 겁니다. 돼지 먹따는 소리 같았어요. (웃음) 결국 더 이상 참지 못하고 머리를 발로 몇 번 차줬죠. 간신히 조용해지더군요. ……나는 너무 피곤해서 냉장고에서 맥주를 몇 개 꺼내고 TV를 틀었죠. 그러다 잠들어버렸지 뭡니까. 한참 후 경찰이 깨우더군요. (웃음)"

이런 식의 단순하고 냉정한 폭력은 격렬한 말다툼, 감정적 격동, 통제할 수 없는 분노, 격분, 공포로 인해 폭발하는 폭력 행위와는 완전히 다르다. 후자의 경우는 뉴스에 자주 등장한다. 대부분 '자제력을 잃은' 경우로 이들의 행위에선 오싹한 전율이 느껴진다. 이 장을

집필하는 동안에도 전과가 전혀 없는 65세의 남성이 살인미수로 법정에 선 기사를 접할 수 있었다. 그는 자녀양육권 심리를 하던 중 격분하여 이혼한 아내와 그녀의 변호사를 주머니칼로 찔러버렸다. 그 지역 정신과의사는 그가 너무 흥분하여 자제력을 잃고 "자기도 모르게 범행을 저질렀으며" 심지어 자기가 벌인 일을 전혀 기억하지 못한다고 증언했다. 그는 자신의 행동에 큰 충격을 받은 상태였고, 결국 무죄 방면되었다.

이 경우 유죄판결을 받았더라도 아마 금방 가석방되었을 것이다. 범죄학자들에 따르면, 친구나 친지들의 집안싸움이나 논쟁 중 감정이 격앙되었을 때 벌어지는 살인은 보통 '즉흥적'이며, 가해자는 평소 정직하고 양심적으로 살아온 사람인 경우가 많다. 이들은 일반적으로 다시는 이같은 범죄를 저지르지 않는다.

하지만 사이코패스가 폭력을 휘두를 때는 정상적인 정서적 '특색'이 나타나지 않는다. 그들은 평범한 일상 중에도 폭발하는 경향이 있다. 최근 범죄를 표본 조사한 경찰 보고서에 의하면 강력사건을 일으킨 남성 중 절반가량이 사이코패스로 조사되었다.[9] 사이코패스가 저지르는 폭력 범죄는 여러 가지 면에서 다른 범죄자의 경우와 확연히 구분된다.

- 다른 범죄자는 보통 집안싸움을 할 때와 같이 감정이 격앙된 상태에서 폭력을 휘두른다.
- 하지만 사이코패스는 보통 다른 범죄를 저지르는 도중이나 음주 중일 때 폭행사건을 일으키며, 어떤 일에 대한 앙갚음으로 사람을 다치게 하

는 경우도 많다.

- 다른 범죄자의 경우 희생자의 삼분의 이가 여성 가족구성원, 친구, 친지들이다.
- 하지만 사이코패스의 경우 희생자의 삼분의 이가 모르는 남성이다.

사이코패스의 폭력은 보통 잔인하고 냉혹하다. 깊은 괴로움이나 이해할 만한 곤경 때문에 촉발된다기보다는 더 직접적이고 단순하며 기계적이다. 보통 폭력을 휘두를 때 동반되기 마련인 격앙된 감정을 찾아볼 수 없다.

사이코패스의 폭력이 두려운 것은 도시 한복판에서 벌어지는 폭력의 본질에 영향을 미치기 때문이다. 강도의 습격이나 마약 매매, '폭도', 위협적 구걸, 갱단, '폭력 시위', 게이와 같은 특정 그룹을 대상으로 한 테러 등은 그냥 낯선 사람이나 편리한 대로 선택한 희생자를 무감각하게 이유 없이 폭행하는 것이다. 이런 새로운 경향의 폭력 행위로 영화나 TV에 자주 등장하는 사이코패시적 청부살인을 들수 있다. "개인적인 원한은 없어요." 절제 없는 폭력을 휘두른 남자의 말이다. 그는 열다섯 살 소녀를 공격했던 일에 대해 이렇게 말했다. "너무 갖고 싶은 걸 보면 그냥 움켜쥐게 되요. 계집애에게 칼을 들이대긴 했지만 아무도 해치진 않았어요. 그냥 원하는 것만 가지면 그만이라구요."**10**

> 한 '악마 같은' 운전자가 아기와 아기엄마를 차로 치었다. 결국 둘 다 사망했다. 목격자에 의하면, 운전자는 "사고를 낸 후 거칠게 행동하며 불쾌해했다. 그는 그저 데이트를 못 가게 된 것만 걱정했다." 앰뷸런스에 탄 그는 끔찍하게 다친 2개월짜리 아기가 울음소리를 낼 때마다 투덜거렸다. "저 새끼 좀 조용히 시킬 수 없어요?" 그는 술을 마시지도, 마약을 복용하지도 않은 상태였다.
>
> 《프로방스The Province》(밴쿠버, 1990년 4월 25일)

성폭행

강간은 사이코패스가 행사하는 폭력의 잔인하고, 이기적이며, 도구적인 성격을 잘 보여준다. 물론 모든 강간범이 사이코패스인 것은 아니다. 이들 중에는 다양한 정신의학적·심리적 문제를 안고 있는 정신장애자도 있고, 여성을 보조적 역할로 경시하는 문화와 사회적 편견의 영향을 받은 사람도 있다. 그러나 이들의 사회적 반감이 아무리 대단하고 희생자의 정신적 충격이 끔찍한 수준이더라도, 남녀차별의 사회 분위기에 편승한 강간범은 사이코패스보다는 이해할 만하다.

상습범 혹은 연쇄 강간범의 절반 이상은 사이코패스일 것이다.[11] 이들의 행동은 성적 충동과 환상, 권력과 통제에 대한 갈망, 희생자를 즐거움이나 만족의 도구로 생각하는 의식 등이 한데 뭉쳐 만들어낸 결과물이다. 밴쿠버 언론에서 "종이 봉지 강간범"이라고 지칭했던 존

우톤John Oughton은 이런 특징을 명확하게 보여준다(존은 유아와 여성을 강간할 때 머리에 종이 봉지를 씌웠다). 법정 정신과의사는 그를 "양심이 없고, 속임수에 능하고, 이기적이고, 진실성과 사랑의 감정이 결여된" 사이코패스인 동시에, "희생자를 심리적으로 짓밟는 과정에서 성적 쾌감을 얻는" 가학적 변태성욕자라고 진단했다.[12]

가정폭력과 사이코패스

최근 몇 년 간 가정폭력에 대한 적극적인 기소와 법정 처분이 이어지면서 사회 일반의 자각과 분노가 증가하는 추세다. 가정폭력은 그 원인과 역학 관계가 매우 복잡하며 각종 경제·사회·심리적 요인이 엉켜 있는 문제이긴 하지만, 끊임없이 폭력을 휘두르는 남편 가운데 상당수는 사이코패스임이 드러나고 있다.

최근 연구에서 자발적으로, 또는 판결의 일부로 치료 프로그램을 이수하는 아내 폭행범 중 일부에게 사이코패시 평가표를 실시해 보았다.[13] 그 결과 대상자 중 25퍼센트가 사이코패스로 밝혀졌다. 교도소 수감자에서와 유사한 수치다. 치료 프로그램을 받지 않은 사이코패시형 아내 폭행범 비율은 모르긴 해도 이 수치보다 훨씬 높을 것이다.

끊임없이 아내를 폭행하는 사람 중 많은 수가 사이코패스라는 것은 치료 프로그램 운영에 있어 심각한 문제 중 하나다. 사이코패스의 행동은 여간해선 바뀌지 않기 때문이다(이 장 뒷부분에서 다시 설명하겠다). 폭력적인 남편을 대상으로 하는 치료 프로그램은 그다지 많지 않아서 오랫동안 기다려야 차례가 돌아오는데, 사이코패스는 실질적인 개선이 아니라 그저 법원에 보여주기 위해 프로그램을 이수하는 경우가 많다. 그렇잖아도 자리가 부족한 프로그램의 대상자로 눌러앉아 있으면서 치료 효과도 거두지 못하는 것이다.

더구나 사이코패스는 프로그램 자체에 부정적인 영향을 미친다. 사이코패스를 이런 치료 과정에 넣었을 때 가장 당황스러운 문제는 가해자의 아내에게 잘못된 확신을 심어줄 수 있다는 것이다. "그이는 치료를 받았어요. 이젠 분명 좋아졌을 거예요." 하지만 이건 잘못된 생각이며, 다시 학대받는 상황으로 돌아갈 가능성이 훨씬 높다.

르블랑 씨는 내연의 처를 폭행한 혐의로 유죄판결을 받았고, 법원은 그에게 폭력남편을 위한 치료 프로그램에 참석하라고 명령했다. 그는 폭행을 사소한 일로 묘사하면서 잘못된 일이긴 했지만 아내와의 언쟁 중 격분해서 한 대 쳤을 뿐이라고 항변했다. 타고난 매력과 상냥함으로 인해 그의 말은 매우 설득력 있게 들렸다. 하지만 경찰에 의하면 그의 아내는 눈이 시퍼렇게 멍들고 코가 부러진 상태였고, 이전에도 그는 여러 차례 다른 여자에게 폭력을 휘두른 전력이 있었다. 첫 치료 과정 전에 가졌던 인터뷰에서, 그는 자신의 문제를 이해하고 있으며 분노를 다스리는 법만 배우면 된다고 말했다. 그리고는 점잔을 빼면서 가정폭력에 대한 심리학적 역학과 이론들을 줄줄이 설명하기 시작했고, 치료 그룹에서 그다지 얻을 것이 없을 거라는 말로 결론을 맺었다. 그러면서도 다른 사람의 문제 파악을 돕기 위해 기꺼이 프로그램에 참석하겠다고 했다.

프로그램 첫날, 그는 지나가는 말로 자신이 베트남에서 낙하산병이었고, 콜롬비아 대학교에서 MBA를 수료했으며, 여러 사업체를 경영한다고 말했다. 그리고 사업체들은 아직 전체적인 그림만 잡혀 있는 상태라고 슬쩍 덧붙였다. 법을 위반한 것은 이번이 처음이라고 했다가, 그룹 리더가 그에게 절도·사기·횡령 등의 전과가 있음을 지적하자 미소를 지으며 뭔가 오해가 있었던 것 같다고 둘러댔다.

그는 그룹의 토론을 주도하면서 다른 사람에 대해 피상적, '통속 심리학 pop psych'적 분석을 일삼았다. 그룹 리더는 그를 재미있는 사람이라고 생각했지만, 다른 사람들은 그의 잘난척하는 거만함과 공격적인 태도에 절망감을 느꼈다. 몇 번의 회합이 지나자 그는 모임에 나타나지 않았다. 법원의 명령을 어기고 도시를 떠나버렸다는 소식이 들렸다. 그리고, 그가 떠벌였던 콜롬비아 대학교나 베트남 파병 이야기는 모두 새빨간 거짓말로 드러났다.

사이코패스의 행동을 예측할 수 있을까?

텍사스 주의 끔찍한 살인사건 공판에는 언제나 법정 정신과의사 제임스 그릭슨James Grigson이 등장한다. '죽음의 의사' 그릭슨은 항상 사이코패시 살인자가 살인행각을 반복할 것이라고 증언한다.[14] 이렇게 해서 그가 사형수 감방으로 보낸 사람은 셀 수 없이 많다.

그러나 그릭슨의 이런 확신은 "범행과 폭력은 정확하게 예측할 수 없다"는 수많은 임상전문가와 정책결정자의 믿음에 의해 상쇄된다.

늘 그렇듯이 진실은 양 극단 사이에 존재한다. 물론 범죄나 폭력 전과가 있는 사람이 그렇지 않은 사람보다 더 위험하다는 것은 자명하다. 한 사람의 과거 행적을 살펴보면 그가 미래에 어떤 행동을 할지 예측할 수 있다. 이것이 형사사법체계의 각종 결정에서 가장 기본적인 전제를 이룬다.

최근 이루어진 여섯 차례 이상의 연구에서 대상자가 사이코패시 평가표에 정의된 사이코패스이면 향후 범죄와 폭력 행위에 대해 상당히 정확하게 예측할 수 있다는 사실이 밝혀졌다.[15] 이 연구는 연방 범죄자 중 초범자의 출소 후 재범률을 기초로 한 것으로, 평균적으로 다음과 같은 수치가 산출되었다.

- 사이코패스의 재범률은 다른 범죄자의 두 배에 달한다.
- 사이코패스의 폭력 관련 재범률은 다른 범죄자의 세 배에 달한다.

일반인들이 가장 크게 우려하는 것은 성폭행범의 가석방 문제다. 앞서 설명한 대로 사이코패스인 성폭행범과 그렇지 않은 성폭행범은 크게 다르다. 가석방위원회에서는 이 차이를 뚜렷이 인식해야만 한다.[16] 최근에 이루어진 연구에 의하면 강력한 교정 프로그램을 이수하고 출소한 강간범 중 삼분의 일이 다시 강간죄를 범했기 때문이다. 대부분의 경우 상습적 강간범은 사이코패시 평가표에서도 높은 점수를 받으며, 석방에 앞서 성기에 전자감지기를 장착하여 측정하는 실험을 실시해 보면 폭력을 묘사할 때 성적 자극을 받는 변태적 성향을 보인다. 사이코패시와 변태적 성향이라는 두 가지 변수가 가세하면 석방된 강간범이 다시 범죄를 저지를 확률은 사분의 삼까지 가파르게 상승한다.

이 때문에 형사사법체계 종사자들은 사이코패시, 상습적 재범, 폭력 사이의 연관성에 다시 비상한 관심을 기울이고 있다. 이것은 석방될 범죄자에게만 해당되는 문제가 아니다. 예를 들어 최근에는 법정 정신병원에서 사이코패시 평가표를 활용하여 환자에게 적용할 보안 수준을 결정하는 예가 늘고 있다.[17]

사이코패시는 치유되는가?

어렸을 때부터 알고 지낸 친지나 친구들을 떠올려보자. 수줍고 내성적인 여자친구, 사교성 많은 형제, 달변가이며 행실이 너저분한 사촌, 거칠고 적의를 드러내며 공격적인 이웃도 있었을 것이다. 그렇다면 이들이 열 살 때는 어땠을까?

사람은 변한다. 하지만 성격상의 특징이나 행동패턴은 평생 변하지 않고 그대로 남는 경우가 많다. 자신의 그림자마저 무서워하던 소년은 거칠고 두려움 모르는 싸움꾼보다는 소심하고 걱정 많은 어른이 되기 쉽다. 물론 사람의 성격과 행동양식이 어릴 때부터 완전히 고정된다고 말할 수는 없으며 성장, 성숙도, 경험 등도 성인이 되었을 때의 모습에 큰 영향을 미친다. 하지만 사람이 평생 동안 환경에 대응하는 방식에는 어느 정도 일관성이 있다. 예를 들어 범죄와 관련해서 유년기에 보이는 수줍음, 불안감, 공격성 등의 특징은 지속성이 매우 강하며, 특히 성인기 초반에 큰 영향을 미친다고 알려져 있다.[18]

마찬가지로 성인 사이코패스의 반사회적 범죄행위도 지속성을 보이는 행동패턴을 지녔고, 그 모습이 유년기에 처음 드러나는 경우가 많다. 하지만 그들의 범죄패턴에는 흥미로운 측면이 있다.[19]

- 평균적으로 사이코패스의 경우 40세까지는 범죄 발생률이 매우 높다가 이후로 가파르게 감소한다.
- 폭력 범죄보다는 비폭력 관련 범죄의 감소율이 더욱 크다.

많은 사이코패스가 왜 중년 이후에는 반사회적 성향이 줄어드는 것일까? 여러 가지 해석이 제시되고 있다. 나이를 먹을수록 수감되거나 법을 어기는 생활에 지치고 '기운이 빠진다'는 주장도 있고, 사회체제에 반항할 새로운 전략을 개발하거나, 자신을 이해해줄 사람을 찾거나, 자신과 세상에 대한 관점을 바꾼다는 설명도 있다.

하지만 중년이 된 사이코패스가 사회에 위협이 되지 않는다고 단정하기는 어렵다. 먼저 다음 사항을 고려해야 한다.

- 모든 사이코패스가 중년 이후 반사회적 행태를 중단하는 것은 아니며, 많은 수가 범죄행각을 계속한다.
- 범죄율 감소가 반드시 인성의 근본적 변화를 의미하는 것은 아니다.

이 지적은 매우 흥미롭다. 죽을 때까지 끊임없이 범죄를 저지르는 사이코패스도 있기 때문이다. 강력범죄의 경우 특히 이런 현상이 두드러진다. 또한 연구 결과, 연령이 높아지면서 범죄행위가 줄어든 사람이라도 제3장에서 설명했던 성격적 특질, 즉 이기적이고 속임수에 능하고 냉정한 성격을 그대로 드러내는 경우가 많다. 단지 이전과 달리 심각한 반사회적 수단이 아닌 다른 방법으로 원하는 바를 추구하는 것일 뿐 이들의 행동이 양심적, 도덕적으로 바뀐 것은 아니다.

이런 이유로, 남편이 드디어 '개심해서' 더 이상 법을 위반하지 않고 이전만큼 거짓말을 일삼지 않으며 더 많은 애정을 표현한다 해도 아내는 남편이 '정말 바뀐 것인지' 의심할 수밖에 없다. 여전히 남편이 어디에 사는지, 어느 직업에 종사하는지 거의 알지 못할 경우에는 더욱 그렇다. 남편이 사이코패스였다면 더더욱 그렇다.

35세에 사이코패스로 진단받았고 폭력 등의 화려한 전과기록을 보유한 한 여성이 드디어 자신의 인생을 바꿔보기로 결심했다. 42세에 석방된 후 그녀는 감옥을 제집처럼 들락거리던 생활을 청산하고 상담심리학 분야에서 학사 학위를 받았다. 이후 거리의 아이들 문제에 적극적으로 나섰고, 5년 동안 어떤 위법행위로도 걸려들지 않았다. 주위에서는 그녀를 성공 사례로 꼽았다. 그러나 실제 상황은 이와 달랐다. 그녀는 공금 유용, 동료와 상사 위협 등을 이유로 이미 여러 차례 직장에서 해고되었다. 단지 그녀의 명성 때문에 회사가 난처해질지 모른다고 우려해서 법적 조치를 취하지 않았던 것 뿐이다. 그녀가 과거 불우한 사회적 환경 때문에 범죄의 늪에 빠져 고생한 여성이라고 생각하는 사람도 있지만, 예전과 똑같이 냉담하고 거만하며 속임수에 능하고 이기적이라고 믿는 사람도 있다. 단지 이제는 법에 저촉되지 않으려고 애쓸 뿐이라는 것이다.

퍼펙트 사이코패스

동업자였던 두 명의 손해사정인을 공격한 범죄자를 간단히 설명하며 이 장을 마치려 한다. 그는 사이코패시 평가표에서 최고점을 받아 우리를 놀라게 했다. 이런 점수는 중범죄자 200명 중 한 명에게서 나올까 말까 한 수준이다.

41세의 얼은 강도짓으로 3년형을 언도받았다. 두 손해사정인 모두 그를 재미있고 자극적이며, 스릴을 느낄 만큼 매력이 넘치는 사람이었다고 진술했다. 하지만 동시에 그의 말투나 무관심, 무미건조한 태도에 놀라고 혐오감을 느꼈다고 말했다. 이들 중 하나는 다음과 같이 말했다. "그 자는 정말 멋진 놈이었소. 하지만 꼭 외계인 같았다니까. 정말 내 똥줄을 빠지게 만들었다오!"

얼은 안정된 노동자 집안 출신으로 4남매 중 세째였다. 그의 반사회적 성격 결함은 어린시절부터 드러나기 시작했다. 유치원 시절에는 자신을 강제로 자리에 앉혔다는 이유로 선생님을 포크로 찔렀다.

10세에는 소녀들을 꾀어 나이 많은 형들에게 매춘을 알선했는데, 12세인 누이까지 희생양으로 삼았다. 13세에는 부모에게서 훔쳐낸 수표책을 위조한 죄로 유죄판결을 받았다. "그렇소, 소년원에서 몇 달을 보내야 했지. 하지만 들키지 않고 잘 빠져나간 적이 더 많았다고." 그의 말이다.

이후 얼은 본격적으로 온갖 범죄에 손대기 시작했다. 대부분은 다른 사람을 희생시키는 것이었다. 그의 전과기록은 강도, 난폭운전, 강탈, 강간, 절도, 사기, 불법 감금, 포주업, 살인미수 등으로 가득 차 있다. 그런데도 수감된 기간은 놀랄 만큼 짧다. 피해자가 증언을 거부해서 소송이 취하된 경우가 많았고, 증거가 부족하거나 얼이 자신의 행동을 설득력 있게 해명한 적도 있다. 기소되더라도 일찌감치 가석방되곤 했다. 감옥에서의 그의 행동으로 볼 때 설명하기 힘든 부분이었다.

그의 심리학적 보고서에는 다음과 같이 기술되어 있다. "얼의 심리에 있어 가장 두드러진 점은 절대 권력에 대한 집념이다. ……그는 자신의 의지에 굴복하거나 강제로 또는 속임수로 그의 뜻대로 움직일 수 있는 사람만 인정했다. 또한 끊임없이 다른 사람과 상황을 이용해 먹으려 들었다." 다른 교도소 파일에는 그가 권력과 통제를 추구하면서 수감자와 직원 모두를 두려움에 떨게 만드는 동시에 그들로부터 존경을 받기 위해 어떻게 했는지가 기록되어 있다. 그는 위협·협박·강압·뇌물·마약 등의 수단을 노련하게 사용했고, "자신을 보호하거나 특권을 누리도록 돕는 동료에게는 정기적으로 유용한 정보를 제공했다. 교도소 내의 각종 규정도 그에게는 무용지물이었며, 그는 오직 자신의 이익만을 위해서 행동했다."

여성들과도 의미 없는 관계를 맺고, 착취를 일삼았다. 그는 수백 명과 수일에서 수주 동안 관계를 맺고 있으며, 여러 해 동안 성적 관계를 이어온 여성까지 합하면 그 수를 헤아릴 수 없다고 주장했다. 자녀는 몇 명이나 있냐고 묻자 다음과 같이 대답했다. "사실 잘 모른다오. 몇 명 정도 있겠지 뭐. 아이를 책임지라고 고발당한 적도 있었소. 하지만 이렇게 말해주었지. '미친 년! 그 애가 내 애라는 걸 어떻게 알아?'" 그는 일상적으로 자기 여자에게 위협과 폭력을 휘둘렀고, 딸을 성폭행했으며, 여자친구를 강간했다. 이런 가학적 성향은 감옥으로까지 이어져서 수감자들 사이에서 '공격적 동성애 행위'로 유명했다.

얼에게서 가장 두드러진 성격은 과장된 허풍이었다. 그의 파일 곳곳에서 가식적이고 허풍스러우며 과시하는 대인관계 방식이 드러난다. "내가 그를 두려워하지 않았다면 그 노골적인 자아도취를 면전에 대놓고 비웃어줬을지 모른다." 앞에서 언급했던 손해사정인 중 한 명의 말이다. 얼은 이에 대해 다음과 같이 설명했다. "나는 항상 아주 훌륭하다거나 뭐든 해낼 수 있을 거라는 칭찬을 듣고 산다오. 물론 뒷구멍에서 날 욕할지도 모르지. 하지만 남자란 모름지기 자기 자신을 믿어야 하는 거요. 난 아무리 생각해도 나 자신이 멋진 놈이라고 생각되는걸."

수년 전 우리와 인터뷰를 할 당시 얼은 가석방을 받으려 애쓰고 있었다. 그는 가석방위원회에 제출한 신청서에서 다음과 같이 주장했다. "나는 아주 신중한 사람입니다. 여생을 교도소에서 보내고 싶지는 않습니다. 나는 사회에 기여할 자질이 충분합니다. 나 자신의 취약점과 강점도 철저하게 분석하고 있습니다. 훌륭한 시민으로 조용히 살다가 훌륭한 여성을 만나 사랑에 빠지는 것이 최고의 목표입니다. 이젠 예전보다 훨씬 정직하고 신뢰할 수 있는 사람으로 거듭 태어났다고 믿습니다. 내겐 사회적 평판이 매우 중요합니다." 인터뷰를 했던 우리 측 조사자는 여기에 다음과 같은 주석을 달았다. "얼은 십여 개에 이르는 별명으로 불릴 만큼 엉터리 거짓말쟁이로 악명이 높았고, 이 점이 내 판단을 바로잡아 주었다."

하지만 놀랍게도 교도소 심리학자와 정신과의사는 얼이 현재의 수감 생활로 인해 개선의 여지가 보인다고 판단했으며, 그를 대면했던 경험을 토대로 가석방시킬 만하다고 생각했다. 하지만 우리 측 조사자의 의견은 달랐다. "우리에게 한 말 중 절반만 사실이라 해도 그를 절대 출옥시켜선 안 된다." 얼은 우리가 행하는 조사 프로젝트의 평가가 철저하게 기밀이 보장되며, 자신이나 다른 사람에게 실질적인 위해를 가하겠다고 위협하지 않는 한 조사 결과를 당국에 알릴 수 없다는 사실을 잘 알고 있었다. 이 때문에 그는 우리에게 가석방 신청 때보다 훨씬 더 개방적인 태도를 보여주었다. 하지만 결국 우리는 인터뷰 결과를 당국에 알렸고, 얼의 가석방은 거부되었다. 그러자 얼은 믿고 털어놓았던 비밀을 누설했다며 조사자를 비난하기 시작했다. 조사자는 감옥 밖에 있는 얼의 친구로부터 보복 위협에 시달리다가, 결국 유럽으로 장기 여행을 떠나 현재 영국에서 일하고 있다. 얼은 현재 출소한 상태며, 조사자는 적어도 얼마간은 캐나다로 돌아올 계획이 없다.

강도짓이야말로 자본가의 본질이다.

— **조지 버나드 쇼**George Bernard Shaw, 『**소령 바바라**Major Barbara』

화이트칼라
사이코패스

1987년 7월에 《뉴욕 타임즈》에 게재된 사이코패시에 대한 우리의 연구 결과를 보고,[1] 뉴욕의 지방검사 브라이언 로스너Brian Rosner가 편지를 보내왔다. 편지에 그는 자신이 최근 수백만 달러짜리 금융사기로 유죄판결을 받은 남자의 형량 결정 청문회에 참석했다고 썼다. "기사에 나온 대로 라면 이 피고야말로 사기꾼 변호사, 의사, 경제인 무리에 속하는 '사이코패스'인 것 같습니다. 당신이 우리를 도와서, 왜 정장을 빼입은 지성인이 범죄를 저지르며 이런 사람에게 어떤 형이 내려져야 하는지 법정에서 설득력 있게 설명해 주셨으면 합니다. 관심이 있으실 것 같아서 이 사례의 자료 일부를 동봉합니다. 귀하의 이론을 입증할 사실 관계가 필요하다면 이 자료를 활용하시기 바랍니다."[2]

　　편지에는 36세인 존 그램블링John Grambling, Jr.의 범행을 설명한 자료 묶음이 함께 들어 있었다. 그는 공범의 도움을 받아 거액의 은행돈을 자유자재로 빼돌렸고, 수백만 달러를 대담하게 주물렀다. 둘은 담보가 전혀 없었다. "담보 없이 수백만 달러를 빌리는 것은 대단한 능력이다. 존 그램블링은 은행을 어떻게 대해야 하는지, 자산을 어떻게 날조해야 하는지 잘 알고 있다" 이는 그램블링의 사기행각을 설명한 《월 스트리트 저널》의 기사 제목이다.[3] 기사는 다음과 같이 시작된다.

2년 전, 막 사업을 시작한 두 사람이 은행 네 곳과 저축대부조합 한 곳에서 3,650만 달러를 훔치려 했고, 이 중 2,350만 달러를 가지고 경찰의 추적을 유유히 따돌리며 도망쳤다. 성공률이 나쁘지는 않았지만 이들은 결국 체포되었다.

이 신용사기 사건은 외견상으로는 여전히 거의 완벽해 보인다. 그램블링과 동업자는 사기행각을 벌이던 기간 동안 수많은 대형 은행 직원들에게 신뢰를 얻는 데 성공했다. 그들은 한 곳에서 대출을 받아 다른 대부금을 갚는 돌려막기 방식으로 교묘하게 높은 신용등급을 유지했다.

이 사기 사건을 조사하던 《저널》의 기자는 다음과 같은 은행원들의 반응을 전했다.

■ 사실 은행들 사이에는 대출 고객을 잡으려는 경쟁이 극심하다.
■ 그램블링은 아주 기품 있고 점잖아서 믿음이 갔다.
■ 사기를 당할까봐 조바심을 치면 당하게 되어 있다.
■ 그램블링의 목에 방울을 달아야 한다.

내가 법원 속기록을 포함한 여러 법률 문서 꾸러미를 받아들었을 즈음,[4] 그램블링은 자신의 매력·기만·속임수를 총동원해서 희생자들로부터 신뢰를 얻어낸 상태였다. 하지만 그가 자신의 사기극을 아무리 그럴 듯하게 설명해도 그의 행동은 브라이언 로스너가 쓴 문서나 최신 서적에 설명된 사이코패시 개념에 너무 잘 들어맞았다.[5] 이 자료는 매력적인 태도와 무자비함으로 무장한 채 사람들을 강탈하는 교활한 약탈자가 늘고 있음을 똑똑히 보여주었다. 이런 범죄를 완곡한 표현으로 화이트칼라 범죄라고 한다. 이들은 사람을 녹여버릴 듯한 미소를 띠고, 믿음직한 목소리로 먹잇감에게 접근하며, 목에 그 어떤 방울도 달고 있지 않다.

기업가를 속여 넘기려는 사이코패스에게 있어서 그램블링의 예는 폭력이 아닌 교양과 사회적 관계만으로도 사람들에게서 돈을 뜯어낼 수 있다는 사실을 가르쳐준다. 사이코패스의 거짓말과 사기는 '일반' 화이트칼라 범죄와 달리 단순히 돈만 노리는 것이 아니다. 이들의 범죄엔 가족, 친구, 심지어 형사사법체계까지 모든 사람과 모든 것을 자신의 통제하에 두려는 욕구가 내재되어 있다. 경찰을 미꾸라지처럼 피해 다니고, 검거되어 유죄판결을 받더라도 가벼운 형을 받거나 금방 가석방되기 일쑤며, 위기에서 빠져나오면 곧바로 다시 범죄행각에 나선다.

이들의 범죄는 여전히 사회에 파괴적인 영향을 주고 있다. 다음은 브라이언 로스너 지방검사가 형량 결정 청문회에서 발표했던 그램블링에 대한 언급이다.[6]

■ 그램블링은 다른 사람의 인생과 재산을 자기 손아귀에 넣고 좌지우지

하려는 탐욕에 사로잡혀 범죄를 저질렀다. 이런 욕망은 대부분의 흉악 범죄에서 공통적으로 찾아볼 수 있으며 …… 예측 불가능한 사악함으로 무장한 사람에게서 발견된다.

- 그는 수많은 엉터리 경력과 야심으로 이 나라를 뒤흔들고 있다. 그가 야기한 금융상의 피해는 계산할 수 있겠지만 사람들이 겪은 고통과 정신적 피해 규모는 가늠하기조차 힘들다.
- 그는 품위 있는 태도를 위장했지만 그의 본능적 난폭함은 마치 거리의 짐승과도 같았다.

그램블링은 금융기관만 등쳐먹은 것이 아니다. 그는 일류 회계법인의 이름이 찍힌 문구류를 구해 재무제표를 위조해서 대출을 받아내기도 했다. 동시에 매우 선량한 회사 임원과 그 동료의 도움을 받아 가짜 노인 자선기금을 설립하기도 했다. 로스너는 두 사람에 대해 다음과 같이 말했다. "그램블링은 그들이 한 번도 경험해본 적이 없는 너무나 번지르르한 사기꾼이었던 거죠."[7]

> 매력이 넘치는 사람은 보통 자신의 매력에 걸맞는 생활을 하며, 세상이 허용하는 범위 내에서 훌륭하게 행동하기 마련이다.
>
> 로건 피어설 스미스Logan Pearsall Smith, 『뒤늦은 꾀Afterthoughts』

그는 금융기관을 범죄의 대상으로 삼는 데 그치지 않고 가까운 가족, 친지들에게까지 손을 뻗었다. 그가 처제의 소득세 양식을 위조해서 450만 달러의 저당증서에 사인하게 만든 다음 돈을 가로채는 바람에 그녀는 고스란히 빚을 떠안아야 했다. "드디어 붙잡혔다는 소식을 듣고 얼마나 마음이 놓였는지 몰라요. ……그를 걱정해 줄 사람은 거의 없을걸요? ……오, 하느님. 드디어 그가 더 이상 남을 해칠 수 없게 되었군요." 그램블링이 체포되었을 때 그의 처제가 한 말이다.[8]

그러나 그의 장인은 그가 과거의 잘못을 뉘우쳤고, 각종 치료 프로그램을 수료하여 '100퍼센트 갱생' 했으며, 모든 죄를 속죄할 계획이라고 탄원했다. "탄원서를 쓰던 바로 그 순간에도 또 다른 은행에서 돈을 뜯어내고 있었는데 말이다."[9] 서약 보증금을 내고 석방된 후에도 또 다른 사기극을 꾸미면서 '전국적인 범죄행각' 에 나섰다.[10] 그저 그의 처신만을 보고 믿었던 장인의 실수였다.

그렇다면 그램블링은 이 모든 것을 어떻게 설명했을까? 그는 모든 사실이 밝혀진 후 온갖 말로 해명하느라 부산을 떨었다. 사실이 밝혀진 후에도 아무렇지도 않게 진실을 왜곡하는 모습은 사이코패스에게서 자주 발견되는 특징이다. 다음은 형량을 줄이기 위해 법원에 보낸 탄원서와 청문회 변론에서 발췌한 내용이다.

- 나는 그동안 받은 탄탄한 교육을 바탕으로 금융설계사가 된 것이다. 나는 설계사일 뿐 절대 전문 '사기꾼' 이 아니다.[11]
- 1983년 이전에는 금융상의 문제는 물론 어떤 법률상의 문제도 일으킨 적이 없다.[12]
- 나는 감수성이 매우 예민하다.[13]

그의 주장은 법원에 제출된 사실 자료와 전혀 부합되지 않았다. 그램블링 자신도 아마 잘 알고 있었을 것이다. 그는 '사기꾼'이었고, 1983년 이전에도 법률상의 문제를 일으켰으며, 일반인에 비해 '감수성이 너무나 부족한' 사람이었다. 자료에는 그의 사기행각과 위법행위가 명확하게 기록되어 있다. 대학생이었던 1970년대에는 한 남학생 사교클럽에서 수천 달러의 공금을 횡령했다. 당시 스캔들을 원치 않았던 클럽에서 그램블링의 아버지가 지불한 수표를 받고 그를 고발하지 않았을 뿐이다.

첫 직장이었던 한 대형 투자은행에서는 '무능력자'로 찍혀 퇴출당했고,[14] 이후 금융계를 전전하면서 직위를 사칭하여 사기행각을 벌이다가 결국 직장을 그만두고 직접 위조와 절도에 뛰어들었다.[15]

로스너가 그램블링의 아내에 대해 언급한 이야기를 들으면 그의 감수성이 어땠는지 짐작할 수 있다. "그녀는 늘 자신의 아들들을 걱정했다. 그램블링은 가난하고 냉담하며 무책임한 아버지였다. 다른 사람들은 물론 자신의 아들들에게도 범죄 사실을 숨기고 거짓으로 둘러댔다. 아내에게는 셀 수도 없을 만큼 많은 거짓말을 했다."[16]이야기는 계속된다.

"그램블링의 아내는 남편의 본질을 전혀 알지 못했다. '보이스카우트 단원과 함께 침대에 들어갔는데 아침에 일어나보니 칼잡이 잭이 옆에 누워 있는 격이었어요.' 그녀의 말이다. 그램블링은 다른 사람과 마찬가지로 자기 아내도 완벽하게 속였던 것이다. 그녀는 아예 길거리에서 강도를 만나는 것이 낫다고 말했다. 강도는 폭행 후 떠나버리기라도 하니까. 그램블링이 인정 많은 사람이라고 생각하던 한 친구가 그녀에게, '단지 화이트칼라 범죄일 뿐인데' 그램블링의 형량이 왜 그리 높은지 이해할 수 없다고 말했다. 그러자 그녀는 '단지 화이트칼라 범죄일 뿐'인 걸 매일 당하면서 살아보라며 욕설을 퍼부었다."

그램블링의 가족관계 자료를 조사한 로스너 팀은 혀를 내둘렀다. 그토록 포괄적인 화이트칼라 범죄 심리분석 자료는 한 번도 본 적이 없을 정도였다. 자료에 기록된 그램블링은 냉혹하게 재산을 축적했고, 사람을 이용해서 집요하게 목적을 이뤄냈으며, 오로지 자기애만 있을 뿐 다른 사람에 대한 그 어떤 감정이나 애착도 없었다.

그램블링은 희생자에 대해 철저한 자기합리화로 일관했다. 이것은 사이코패스의 전형적인 태도 중 하나다. '모든 사람에게서 사랑받으려' 하고, 태연하게 '금융설계사'를 자처하며, '망신당하지 않으려고' 필사적으로 몸부림칠 뿐 아니라, 자신의 범죄를 욕구불만과 압박감 때문에 저지른 어쩔 수 없는 행동이었다고 주장하고, 심지어 자신이 아닌 희생자의 잘못 때문이라고 강변했다. "그램블링은 누구든 그를 믿는 바보는 당해도 싸다고 생각했다." 로스너의 말이다.[17]

믿을 만한 사람을 조심하라

그램블링은 자신의 매력, 사교술, 가족관계를 이용해서 다른 사람의 신뢰를 얻어내곤 했다. 특히 특정 계층의 사람은 믿을 만하다는 통념을 십분 활용했다. 예를 들어 변호사, 의사, 교사, 정치인, 상담자 등은 보통 그다지 노력하지 않고도 사람들의 신뢰를 얻을 수 있다. 사회적 지위 자체가 믿음을 주기 때문이다. 중고차 판매원이나 텔레마케터에게는 경계심을 갖을 수 있지만 변호사, 의사, 투자상담가에게는 큰 의심 없이 재산을 갖다 맡기기 마련이다.

대부분의 경우 이런 믿음은 배신당하지 않는다. 하지만 호시탐탐 기회를 노리는 굶주린 상어, 다름 아닌 사이코패스를 만나면 그들의 손쉬운 먹잇감이 되어버린다. 신용사기꾼 중 가장 위험한 부류는 바로 사이코패스다. 이들은 믿음을 얻고 나면 즉시 냉혹하게 돌아서 버린다.

사이코패시 평가표에서 높은 점수를 받은 40세의 변호사가 있었다. 여기서는 브래드라고 부르겠다. 그는 전문직을 사칭하여 사리사욕을 채우는 전형적인 사람이다. 브래드는 존경받는 집안 출신이고, 누이동생도 변호사였다. 그는 4년간 신용사기 수법으로 수백만 달러를 벌어들였다. 여러 고객의 신탁계좌 돈을 유용하고, 누이동생과 부모의 은행계좌 수표를 위조했다. 그는 이에 대해 주식에서 본 손해를 만회하기 위해 잠시 돈을 빌린 것 뿐이라며 "1센트까지 정확하게 이자를 쳐서" 돌려줄 생각이었다고 둘러댔다. 브래드는 난봉꾼으로도 악명이 높았으며, 세 번의 결혼 경험이 있다. 포르쉐를 타고 다니고, 값비싼 콘도를 소유했고, 코카인을 흡입했으며, 경마로 거액을 날리기도 했다. 그는 "자신의 행적을 감추는" 능력이 뛰어났지만 예기치 않은 실수로 꼬리가 잡혔다.

브래드의 비뚤어진 삶은 다른 사이코패스 사례와 별로 다르지 않다. 10대일 때는 부모가 뻔질나게 보석금을 마련해서 구치소를 찾아가야 했다. 대부분은 파괴행위나 싸움과 같은 사소한 폭력 범죄였지만, 12세의 여자 사촌을 성폭행하고, 조상 대대로 소중히 간직해온 숙모의 귀금속을 전당포에 갖다준 적도 있다. 하지만 학교에서는 그에게 아무런 문제도 없다고 생각했다. "나는 머리가 좋아서 별로 열심히 공부하지 않고도 무난히 좋은 성적을 유지했지. 급우 중에는 아주 마음 넓은 놈들이 있어서 내 시험을 대신 봐주기도 했다오." 법학과 대학원 시절에는 마약 소지 혐의로 체포되었으나 다른 사람 물건이었다고 강변해서 간신히 풀려났다.

최근 그는 폭력 사건으로 18개월 동안 복역한 후 가석방되었지만 두 달 후에 허가도 없이 모친의 차를 몰고 주 경계를 넘어가려다가 붙들려 가석방이 취소되었다.

브래드는 인터뷰 내내 매우 유쾌하고 설득력 있는 태도를 유지했다. 희생자에 대해 질문하자 그는 사실 피해를 본 사람은 아무도 없다고 주장했다. "잉글랜드·스코틀랜드 사무변호사협회에는 이런 일에 사용할 기금이 있어요. 나는 복역한 것으로 충분히 대가를 치렀다고요." 하지만 사실은 그의 동료 변호사와 가족들이 큰 손실을 감수해야 했다.

사이코패스의 특성을 고려해 보면, 이들이 다른 사람에게 얼마나 많은 부담을 주는지 금방 알 수 있을 것이다. 이들은 주저 없이 중요한 서류들을 위조해서 뻔뻔스럽게 사용하고는 카멜레온처럼 전문가의 신망과 위세를 가장한다.

그러다가 일이 틀어지면 곧장 짐을 싸들고 다른 곳으로 가버린다.

대부분의 경우 기본 기술을 쉽게 꾸며댈 수 있고, 전문용어를 금방 습득할 수 있으며, 자격 증명을 철저하게 검사하지 않는 직업을 고른다. 다른 사람을 설득하거나 속이기 쉽고, 다른 사람을 '손바닥에 놓고 좌지우지할 수 있는' 직업이라면 금상첨화다. 이 때문에 사이코패스는 금융컨설턴트, 성직자, 상담가, 심리학자 등으로 가장하는 경우가 많다. 하지만 이들의 사기행각을 밝혀내기란 쉽지 않다.

때론 의사를 사칭해서 병을 진단하고 약을 처방하며 수술까지 한다. 당연히 환자의 건강과 생명을 위협하게 되겠지만 전혀 개의치 않는다. 10년 전 쯤 밴쿠버에서 정형외과 의사를 사칭한 남자가 있었다. 일 년에 가까운 기간 동안 그는 수많은 수술을 집도했다. 대부분은 간단한 수술이었지만 어렵고 복잡한 수술도 있었다. 그는 언제나 당당하게 뻐기며 흥청망청 살았고, 사회활동을 활발하게 했고, 자선사업도 벌였다. 그러다가 환자들과 성관계를 맺는다는 의혹이 제기되고, 치료 과정에 문제가 생기기 시작하자 그대로 자취를 감춰버렸다. 의학계 전체가 술렁이고 정신적·육체적으로 큰 피해를 입은 환자들이 아우성쳤지만 아무 소용없었다. 몇 년 후 영국에 나타난 그는 정신과의사를 사칭한 혐의로 체포, 수감되었다. 법정에서 그가 이전에도 사회사업가, 경찰, 비밀 세관원, 부부 문제 전문 정신과의사 등을 사칭하고 다녔음이 드러났다. 어떻게 그 많은 전문직을 가장할 수 있었느냐고 묻자 그가 대답했다. "책을 많이 읽었거든요." 그는 이미 짧은 형기를 마치고 출소했다. 지금 바로 여러분 가까이에서 활보하고 있을지도 모른다.

만만한 먹잇감 찾기

사이코패스가 변호사나 투자상담가 간판을 내걸기도 한다는 사실은 매우 당황스러운 일이다. 이보다 더 심란한 것은 의사, 정신과의사, 심리학자, 교사, 상담가, 보육교사와 같은 전문직 종사자 중에 권력을 남용하고 신뢰를 깨뜨리는 냉혹한 사이코패스가 숨어 있다는 사실이다. 허비 클렉클리는 『정상인의 가면』에서 사이코패스 의사와 정신과의사 사례를 자세히 설명한다. 화이트칼라 사이코패스들은 범죄를 저지르고 감옥이나 정신병동에 갇히는 일반적인 사이코패스와 달리, 더 일관성 있게 효과적으로 일상생활을 영위한다. 하지만 이들이 쓰고 있는 위엄 있는 가면은 얇고 불편해서 쉽게 벗겨지기 때문에 잘못 걸려든 환자들이 낭패를 보는 경우가 많다. 사이코패시 임상전문가가 자신의 지위를 십분 활용해서 환자를 성추행하는 경우를 예로 들 수 있다. 이에 대해 피해자가 항의하고 반항해도 그는 전문의를 믿는 사회 분위기를 악용해서 "이 환자는 정서장애가 있고 애정결핍이며 환각에 빠지곤 한다"는 식으로 오히려 피해자를 모함하여 그를 더욱 궁지로 몰아간다.

가장 나쁜 건 세간의 신뢰를 악용해서 사회적 약자를 갈취하는 경우다. 우리 사회에는 부모나 친척, 보육교사, 성직자, 교사가 유아를 성적으로 학대하는 일이 놀랄 만큼 많다. 범인이 사이코패스라면 상황은 최악으로 치닫는다. 이들은 자신이 보호하는 아이들을 정신적, 육체적으로 완전히 파괴하고도 전혀 양심의 가책을 받지 않는다. 일반적인 성적 학대자는 대부분 자신도 유아기에 성적 학대를 당한 경험이 있으며, 자신이 저지른 일에 대해 심리적으로 동요하거나 괴로워한다. 하지만 사이코패스는 다르다. 이들은 정신적으로 전혀 흔들리지 않는다. "할 만하니까 했을 뿐입니다." 한 연구대상자의 대답이다. 그는 여자친구의 여덟 살짜리 딸을 성폭행하여 유죄판결을 받았다.

여러 달 전, 서부에 있는 한 정신과의사에게서 전화를 받은 적이 있다. 그녀는 주에 있는 사설 비행청소년 보호시설에서 보호 중인 아이를 학대하는 사건이 심심찮게 일어나며, 권력을 휘두르고 신뢰 관계를 무기 삼아 상대를 짓밟는 이런 범인 중 상당수가 사이코패스로 의심된다고 말했다. 그러면서, 사이코패시 평가표를 사용하여 관리 및 보호 계약에 입찰하는 사설기관 책임자 중 문제의 소지가 있는 사람을 가려낼 수 없겠냐고 문의해 왔다.

사기꾼의 최신 전략은 "진실을 말하는 것"

사이코패스는 상대를 속여서 자신을 위해 움직이게 만들고, 그 사람을 통해 돈·명예·권력은 물론 투옥 중일 경우 자유까지도 얻어내곤 한다. 어떤 면에서는 이들이 도대체 어떻게 다른 사람을 움직여서 자신을 위해 '자연스럽게' 발 벗고 나서게 만드는지 이해하기 어렵다. 웃는 얼굴로 판촉용 선물을 들이대는 외판원처럼, 이들은 브래드 같은 비열한 사기꾼을 좋아하게 만들 수 있는 강력한 비결을 갖고 있는 것 같다.

한편 이들은 단지 사람들이 너무 쉽게 속기 때문에 자유자재로 사기행각을 벌이기도 한다. 사람은 원래 선한 존재라고 굳게 믿는 사람이 많기 때문이다.

최근 '사기꾼의 최신 전략 – 진실을 말하는 것'이라는 제목의 신문 기사가 있었다.[18] 상공회의소 회장을 지냈고 올해의 인물로 선정되기도 했으며(첫 번째 살인 유죄판결로 인해 청년상공회의소 회장 직을 박탈당했던 연쇄살인범 존 웨인 게이시가 생각나는 대목이다), 10년간 살아온 소도시의 공화당 집행위원이던 사기꾼에 대한 글이었다. 그는 심리학계에 자신을 버클리 대학교에서 학위를 받은 심리학 박사라고 소개해서 지역 교육위원회의 위원 자리를 얻어냈다. "1만 8,000달러를 받았죠. 그리고 나니 지역위원회 위원도 할 수 있을 것 같더군요. 그건 3만 달러였습니다. 아마 주 차원으로도 가능했을 겁니다." 나중에 그가 한 말이다.

신문기자는 나중에 밝혀진 사실과 그가 가지고 있던 자격 증명을 모두 대조해 보았다. 그 결과 생년월일과 고향을 빼고는 모든 정보가 거짓이었음이 드러났다. ("항상 진실을 약간 가미하는 것이 성공의 비결이랍니다." 그의 말이다. 그는 친절하게 이 조언은 무료라고 덧붙였다.) 더욱이 그의 기록은 완벽한 사기행각뿐 아니라 반사회적 행동, 사취, 도용으로 점철되어 있었다. 그가 받은 대학 교육은 리븐워스 연방 교도소에서 복역하던 중 수료한 사회교육 과정이 전부였다. 다음은 기사의 일부다. "그는 어릴 때부터 사기꾼 기질이 농후했다. 보이스카우트 단복을 훔쳐 입고 히치하이킹을 하고는 기능상을 받으러 가는 길이라고 말하곤 했다. 군에 입대했다가 3주 만에 탈영하고는 영국

공군의 비행사였다고 떠벌이고 다녔다. 자신이 영웅이었음을 과시했던 것이다. …… 20년 동안이나 용케 발각되지 않고 미국 전역을 떠돌며 사기행각을 벌였고, 그 와중에 세 번 결혼했다가 세 번 다 이혼했다. 아이도 네 명이나 생겼다. 현재 그는 이 아이들이 어떻게 사는지 전혀 알지 못한다."

거짓말이 완전히 밝혀진 후에도 그는 전혀 개의치 않았다. "남을 잘 믿는 사람들은 나를 믿고 따르기 마련이거든요. 거짓말쟁이가 있어야 훌륭한 사람을 가려낼 수도 있는 법이라니까요." 그가 말했다. 하긴 그가 그때까지 했던 어떤 말보다 이 말이 사실에 가까웠다. 사실을 밝혀낸 사람이 겨우 지역신문 기자이라는 사실에 비로소 조금 당황하는 듯 보였지만, 곧 이 불시의 공격에도 간단히 "내가 좀 방심했군요" 하며 느물느물 넘어갔다.

이 이야기에서 가장 놀라운 것은 그가 그토록 철저하게 속여 넘겨 먹잇감으로 삼았던 지역사회가 이 자의 난폭한 사기행각을 전혀 비난하지 않았다는 사실이다. 이들은 그에게 단순한 상징적 지원만 제공한 것이 아니다. "그의 진실성, 청렴, 헌신적 태도는 링컨 대통령 옆에 나란히 올라갈 만하다고 생각합니다." 공화당 대표의 글이다. 이 사기꾼의 행적을 제대로 파악하지도 않은 채 그의 달변만 믿었음이 틀림없다. 또는 그토록 완벽하게 속아왔다는 사실 자체를 받아들일 수 없었는지도 모른다. "냉소적인 미국 의회에 있어서 속았다는 것보다 더 굴욕적인 범죄는 없다." 한 논평자의 말이다.[19]

물론 이런 태도는 사기꾼과 거짓말쟁이가 더욱 일하기 쉽게 만든다. 이 정치 사기꾼도 지체 없이 사람들의 관문을 톱으로 썰어 넘어뜨린 다음 정치 분야로 스며들었다. "정치인에게는 인지도가 중요하잖아요. 이 일을 계기로 사람들은 내 이름을 잘 알게 되었을 테니, 이후 몇 년은 유용하게 써먹을 수 있을 겁니다." 그의 말이다. 거짓말쟁이나 사기꾼으로 지탄을 받으면 대부분은 크게 상심하고 굴욕감을 느낀다. 하지만 사이코패스는 전혀 그렇지 않다. 이들은 여전히 당당하고 뻔뻔하게 자신의 명예를 걸고 약속한다는 말을 반복한다.

나도 이들에게 운 나쁘게 당한 경험이 있다. 어느 날, 캘리포니아에서 열리는 범죄 관련 컨퍼런스에 참석하여 사이코패스 연구에 대해 발표해 달라는 부탁을 받았다. 500달러의 사례금과 여행경비까지 지급하겠다는 내용이었다. 하지만 컨퍼런스가 끝난 후 6개월이 지나도록 돈을 지급받지 못했다. 확인해 보니 컨퍼런스 주최자는 여러 건의 사기, 위조, 절도 혐의로 당국에 체포된 상태였다. 밝혀진 전과기록은 끝도 없었다. 그는 여러 심리학자로부터 '전형적인 사이코패스'로 진단받은 사람이었으며, 항상 각종 문서와 서신을 위조하여 직업을 구하곤 했다. 말할 필요도 없이 나만 돈을 받지 못한 것이 아니었고, 피해자는 수도 없이 많았다. 가장 황당했던 것은 그가 내 발표 직후 사이코패시 진단에 대한 기사 복사본을 보냈다는 사실이다. 거기에는 완벽한 논평까지 달려 있었다. 그는 체포 후 바로 보석금을 내고 풀려났고, 그대로 잠적했다.

얄궂게도 나는 연설 전에 이 사람과 함께 점심을 먹었고 연설 후에는 술집에서 술을 마시기까지 했다. 그렇게 적지 않은 시간을 어울리면서도 이상하거나 수상한 낌새를 전혀 눈치 채지 못했다. 그의 앞에서 내 안테나는 형편없이 고장 나 버렸던 것이다. 조금만 더 운이 없었으면 그에게 돈을 빌려주기까지 했을 것이다. 술집에서 내가 당연한 듯 계산서를 집어 들었던 것이 떠올랐다. 그 사이코패스는 전혀 목에 방울을 달고 있지 않았다!

성공한 사이코패스

사이코패스는 감옥이나 여러 갱생 기관에서 인생의 대부분을 허송하는 일이 많다. 평생 끊임없이 각종 범죄를 저질러 감옥을 들락거리고, 정신요양원에 들어갔다가도 계속 문제를 일으키거나 기관의 규칙을 교란시켜서 쫓겨나곤 한다. 마치 통제할 수 없게 이리저리 튀어 오르는 탁구공과 같다.

하지만 감옥이나 교정시설에 전혀 가지 않는 사이코패스도 많다. 이들은 변호사, 박사, 정신과의사, 교수, 청부인, 경찰, 사교집단 리더, 군인, 사업가, 작가, 예술가, 연예인 같은 직업에 종사하는 것처럼 보일 뿐, 법을 위반하거나 검거되거나 유죄판결을 받았을 거라고는 전혀 생각되지 않는다. 범죄를 저지르는 사이코패스보다 더욱 이기적이고 냉혹하며 속임수에 능하지만, 자신의 지적 능력과 사회적 배경, 사교술을 최대한 활용하여 외견상으로는 지극히 정상적인 모습을 보여주기 때문에 상대적으로 처벌받는 빈도수도 줄어든다.

이 때문에 이들을 '성공한 사이코패스'라고 부르기도 한다. 일부에서는 이런 부류의 사람들이 사회에 유익한 면도 있다고 생각하기까지 한다. 언제든 사회적 역할을 무시해 버리는 지식인 사이코패스는 미술·연극·디자인과 같은 독창성을 요하는 분야에서 인습적 한계를 벗어나 창조적인 활동을 수행할 수 있다는 주장이다. 하지만 내가 보기에는 '자신을 드러내려는' 이기적인 이유로 사회와 좌충우돌하는 이들에게 이용당해서 정서적으로나 경제적으로 상처받은 사람들의 고통에 비하면 실제로 이들이 어떤 사회적 이득을 가져다준다 해도 그것은 아주 보잘 것 없는 것일 뿐이다.

이들은 성공한 사이코패스가 아니다. 차라리 비범죄형 사이코패스라고 부르는 것이 옳다. 이들의 성공은 사람을 현혹하기 일쑤며, 결국 누군가 다른 사람이 그 대가를 치르게 만든다. 이들의 행동은 불법이 아닐지라도 사회 통념상의 윤리적 기준을 벗어나는 것이 보통이며, 대부분 법이 미치지 않는 사각지대를 맴돈다. 일반인도 사업상 무자비하거나 탐욕스러우며 비도덕적인 전략에 따라 행동할 때가 있다. 대개는 어떤 목적 때문에 의도적으로 그런 태도를 취하는 것이다. 하지만 삶의 다른 영역에서는 정직하고 합리적인 태도로 돌아오기 마련이다. 반면에 비범죄형 사이코패스는 삶의 모든 영역에서 동일하게 비열한 태도를 보인다. 직업상 거짓말과 사기를 일삼으면서 어떻게 해서든 처벌을 면하고, 심지어 존경을 받으며 살아가는 사이코패스는 모든 삶의 영역에서 밥 먹듯 거짓말을 해대고 사기를 친다.

두 사업가가 각자 서류가방을 들고 함께 걷고 있었다. "우린 도덕적으로 파멸했어." 한 사람이 말했다. 그러자 다른 사람이 말했다. "정말 다행이군. 재정적으로 파멸하지 않았으니."

빌 리Bill Lee의 만화, 《옴니Omni》 (1991년 3월)

　이런 사람들의 가족과 친구가 보복에 대한 두려움 없이 자유롭게 자신의 경험을 털어놓는다면, 정서적 학대, 무책임한 연애, 표리부동한 성격과 각종 비열한 행동들에 대한 성토가 끝도 없이 쏟아질 것이다. 이들의 비열한 행동은 때로 충격적이기도 하다. '단체의 중심인물'이 저지른 살인·강간 같은 심각한 범죄 사건이 밝혀진 다음에는 경찰과 언론매체의 조사 과정에서 오랜 세월 동안 숨겨져왔던 가해자의 어두운 면이 드러나곤 한다. 이런 사건들이 책이나 영화로 만들어지면 사람들은 궁금해하며 묻는다. "이들은 어디서부터 잘못된 것일까?" "무엇이 그들로 하여금 그런 나쁜 짓을 하게 만들었을까?"

　대부분은 갑자기 '악의 구렁텅이에 빠진 것'이 아니다. 이전에도 그들은 법의 어두운 면을 이용하여 교묘하게 나쁜 짓을 해왔다. 즉 이들의 범죄는 이상성격자가 저지른 자연스러운 범죄인데, 그동안은 운이 좋았거나 사회적 관계를 이용해 무마했거나 보복이 두려워 사건을 덮어준 가족·친구·지인들 덕분에 형사사법체계에 걸리지 않았을 뿐이다.

　세상을 경악케 한 사건 중 일부는 책의 소재로 사용되어 널리 알려졌다. 존 게이시(『묻혀버린 꿈Buried Dreams』), 제프리 맥도널드(『치명적 환상』), 테드 번디(『또 다른 진실』), 다이안 다운즈(『아름다운 오해』), 케빈 코Kevin Coe(『아들Son』), 안젤로 부아노와 케니스 비양키(『스트랭글러Two of a Kind: The Hillside Stranglers』), 데이비드 브라운(『사랑, 거짓말, 그리고 살인』), 케니스 테일러(『함정 살인』) 등이 그 예다.

하지만 이런 책들로 인해 오해가 생기기도 한다. 세간의 관심이 집중되는 사건은 사실 빙산의 일각에 불과하기 때문이다. 거대한 빙산의 나머지 부분은 직장, 가정, 동업자, 예술계, 연예계, 언론계, 학계, 노동계를 비롯한 우리 사회 어디에서나 찾아볼 수 있다. 수백만의 남녀노소가 일상에서 마주치는 사이코패스의 손에 휘둘리며 공포와 두려움, 고통, 굴욕감을 맛본다.

더 비극적인 것은 피해자들이 고통을 겪으면서도 자신의 어려움을 남들에게 이해시킬 수 없다는 것이다. 사이코패스는 상황에 맞게 기막히게 처신하며 피해자를 도리어 가해자로 몰아붙이곤 한다. 40세의 고등학교 교사의 세 번째 부인이었던 한 여성은 다음과 같이 말했다. "그자는 5년간 끊임없이 나를 착취했죠. 매일같이 공포에 떨게 만들었고, 내 개인 은행계좌의 수표를 위조했어요. 하지만 어이없게도 의사와 변호사, 심지어 친구들까지도 도리어 나를 비난했습니다. 그는 모든 사람에게 자신이 훌륭한 사람임을 각인시켰고 내가 미쳐간다고 믿게 만들었어요. 얼마 후에는 심지어 나 자신도 내가 미친게 아닌가 의심하기 시작했죠. 결국 그는 내 은행계좌를 남김없이 털어가지고 열일곱 살짜리 학생과 함께 잠적해 버렸지만 아무도 그 사실을 믿으려 들지 않았어요. 심지어 내게, 도대체 그에게 무슨 짓을 했길래 이런 일이 생겼냐고 반문하는 사람까지 있었어요."

1990년 4월 1일, 《뉴욕 타임즈》 편집자 다니엘 골먼은 로버트 호건Robert Hogan의 연구를 소개했다. "카리스마의 어두운 면"을 보여주는 관리자나 경영진에 대한 연구였다. 툴사 행동과학연구소 심리학자인 호건은 "겉은 번지르르하지만 파괴적이고 어두운 내면을 가진 잘못된 관리자"를 조사했다. 이들은 "일반 규칙이 자신에게는 적용되지 않는 것처럼 행동하지만, 자기 홍보에 탁월해서 성공의 사다리를 매우 빠르게 올라간다." 그의 말이다. "이들은 〈달라스Dallas〉(석유재벌 형제의 끝없는 싸움을 그린 TV 드라마 – 옮긴이)의 J. R. 유잉(드라마의 주인공. 순진하고 고지식한 동생을 등쳐먹는 악랄한 형 – 옮긴이)과 같이 강렬한 매력을 발산하지만, 그것은 뱀의 매력일 뿐이다." 호건은 심리학자 해리 레빈슨Harry Levinson이 진행했던 관리자의 건전하거나 불건전한 자아도취에 대한 연구를 인용하며, 이런 불건전한 자아도취에 빠진 관리자는 대부분 지나치게 확신에 찬 태도를 보이며 하급자를 경멸한다고 말했다. "상사에게는 자신을 매우 효과적으로 어필하지만 부하 직원에게는 잔인하게 구는 경우가 많습니다."

직장인 사이코패스

다음 사례는 뉴욕의 산업 및 조직심리학회 회원인 폴 바비악Paul

Babiak이 제공한 것이다.

데이브는 30대 중반의 남자다. 그는 주립대학교에서 학사학위를 받았고, 세 번 결혼하여 네 명의 자녀를 두었다. 바비악이 콜로라도에서 주요 기업의 조직을 연구할 때 데이브의 상사가 이 '문제 사원'에 대해 상담을 요청해 왔다. 입사 면접에서 매우 훌륭한 평가를 받았던 데이브가 문제를 일으키기 시작하자 상사는 당황할 수밖에 없었다.

데이브의 보고서가 상당 부분 표절된 것임을 발견하고 증거를 들이대자 그는 자신의 시간이나 재능을 '쓸데없이 낭비하기' 싫었다며 무시해 버렸다. 그는 재미없는 프로젝트의 일거리는 자주 '잊어버렸고', 그가 주어진 일 외에 다른 일은 전혀 하려 들지 않는다는 불평이 심심찮게 들려왔다.

부서의 다른 사원들과 면담한 결과, 부서 내에서 벌어지는 분쟁의 대부분이 데이브로부터 시작된다는 것을 알게 되었다. 데이브의 파괴적인 행동을 증명하는 수많은 사례가 접수되었다. 그는 부서에 배정되자마자 상사의 비서와 큰 소리로 싸우더니 상사의 사무실로 돌진해 들어가 비서가 감히 토요일 근무를 거절했다며 해고할 것을 요구했다(토요일 근무에 대한 아무런 예고도 없었다). 이 사건에 대한 비서의 설명은 좀 달랐다. 데이브는 처음부터 그녀에게 매우 무례하게 거들먹거렸고 급기야 자기 요구를 들어주지 않는다며 불같이 화를 냈다는 것이다. 그는 필요한 준비를 하지 않는 경우가 많았고 회의에 늦기 일쑤였으며 어디든 그가 나타나면 거의 예외 없이 언쟁이 벌어지곤 했다. 상사가 성질 좀 죽이라고 요구하자, 그는 논쟁과 공격성이야말로 삶에 반드시 필요한 원동력이며 활력을 불어넣어 긍정적으로 발전시킨다고 대답했다. 아무리 주의를 주어도 그의 행동은 나아질 기미가 보이지 않았고 심지어 그는 무엇이 잘못되고 있는지 깨닫지도 못하는 것 같았다. 주의를 주면 항상 깜짝 놀라면서 이전에는 그런 잘못에 대해 전혀 지적받은 적이 없었다고 말했다.

동료들이 묘사하는 데이브는 모두 비슷했다. 그는 무례하고 이기적이며 정서적으로 미숙하고 자기중심적이고 믿을 수 없는 데다가 무책임했다. 처음에는 모두 그를 좋아했지만 시간이 갈수록 그에 대한 신뢰는 땅에 떨어졌다. 데이브가 입사 당시 늘어놓았던 이야기는 모두 거짓임이 드러난 상태였다. 그런데도 부서원들은 여전히 그냥 그를 참아내고 있었다. 단지 그의 끔찍한 거짓말을 다시 듣기 싫어서였다. 이미 '그에 대해 눈치 챈' 몇몇 동료들은 그의 말은 모두 거짓이며 그의 약속은 전혀 믿을 수 없다고 입을 모았다.

데이브는 바비악과의 면담에서 자신을 뛰어난 사원, 강력한 지도자, '팀의 기둥'이라고 말하며 정직하고 현명해서 실질적으로 부서를 '이끌어갈' 적임자라고 떠벌였다. 심지어 상사가 회사를 떠나고 자신이 그 자리를 차지하는 것이 더 나을 거라고까지 말했다(놀라운 것은 상사의 면전에 대놓고 이렇게 말했다는 것이다). 자기의 실질적인 상사는 회사 사장이라고도 했다. 그는 믿을 수 없을 만큼 이기적이며 다른 사람이 자신을 어떻게 생각할지에 대해서는 전혀 걱정하지 않았다. 마치 사람들이 이유 없이 자기에게 반감을 갖는다는 듯한 태도였다.

바비악은 데이브의 서류들을 확인하여 모순점을 찾아냈다. 이력서와 입사지원서, 다른 편지에서 밝힌 주 전공이 모두 서로 다르게 기록되어 있었던 것이다. 데이브의 상사에게 이 사실을 알리자 상사는 데이브에게 해명을 요구했다. 데이브는 곧 상사에게 건네받은 메모지를 다시 그에게 돌려주었다. 메모에는 상사가 써놓은 세 개의 전공 분야가 모두 시커멓게 지워지고 그 다음 칸에 또 다른 전공 이름이 적혀 있었다! 거짓이라는 증거를 들이대자 자신이 네 가지 분야를 모두 섭렵했고 목적에 따라 달리 기록했을 뿐이니 잘못된 것이 전혀 없다고 둘러댔다.

데이브가 회사 경비를 멋대로 사용했음을 발견한 상사는 증거 자료를 챙겨들고 자신의 상사에게 갔지만, 그 중역의 책상에는 이미 데이브가 입사 초기부터 계속해서 제기해온 자신에 대한 불평을 기록한 서류가 잔뜩 쌓여 있었다. 상사의 이야기를 모두 들은 중역은 작은 실험으로 데이브의 정직성을 확인해 보자고 제안했다. 다음 날 상사는 데이브와의 면담에서 자신에 대한 어떤 정보를 그에게 알려주었다. 상사와의 면담이 끝나자 데이브는 곧장 중역에게 사적인 면담을 요청했다. 그리고는 자신이 들었던 상사에 대한 '정보'를 완전히 왜곡시켜 전달했다. 이제 중역도 데이브가 거짓말쟁이며 자기 상사를 모함한다는 것을 인정하게 되었다. 하지만 그가 데이브에게 징계를 가하려 하자, 놀랍게도 이번에는 회사 내 더 높은 직책의 임원들이 반대하고 나섰다.

바비악에게는 바로 이 점이 이 사례에서 가장 흥미로운 부분이었다. 데이브와 가까이 지내는 사람들은 모두 그가 남을 속이고 무책임하며 형편없는 거짓말쟁이임을 잘 알고 있었지만, 더 높은 직책에 있는 사람들은 그의 관리 능력과 잠재력이 매우 뛰어나다고 판단했던 것이다. 모두 데이브가 사전에 손을 써놓았기 때문이다. 그가 부정행위를 했다는 명백한 증거가 드러나도 그에게 '매혹된' 회사의 임원들은 자신의 생각을 바꾸려 하지 않았고, 데이브가 고래고래 소리를 지르며 분란을 일으키는 모습도 천재적인 창조성과 집중력 때문이라며 관대하게 보아 넘겼다. 그가 아무리 다른 사람을 헐뜯고 험담을 해도 임원들에게는 그가 대단한 '야망'을 가진 사람으로 보일 뿐이었다. 데이브에 대한 이런 모순된 견해를 접하면서, 바비악은 그의 인격적 특성에 대해 좀더 체계적으로 접근해야 함을 깨달았다.

당연히 데이브는 사이코패시 평가표에서 높은 점수를 받았다. 그의 성격과 행동패턴은 어느 조직에나 있기 마련인 일반적인 '문제 사원'과는 다르다.

데이브는 실제로 조직생활 면에서 상당한 성공을 거두고 있었다. 상사가 그의 업무성과에 대해 부정적인 견해를 피력했음에도 불구하고 그의 직급은 2년 동안 두 계단이나 뛰어올랐고 정기적으로 연봉이 인상되었으며, 계속해서 높은 잠재력을 가진 사원으로 인정받았다. 그는 심리적인 면에서도 대단히 치밀해서 회사의 윗사람을 교묘하게 설득하여 자신에 대한 강한 신뢰감을 심어주었던 것이다. 동료, 부하 직원, 직속 상사가 진술하는 그의 행동패턴과 특징은 그가 전형적인 사이코패스임을 보여준다.

사이코패스가 모여드는 곳

타고난 허풍쟁이인 화이트칼라 사이코패스는 어렵지 않게 찾아볼 수 있다. 주요 신문 경제면을 보면 종종 전문사기범이 은닉 자금을 만들고 거래내역을 조작한 사건이 기사화되곤 한다. 물론 이렇게 기사화되는 경우는 그야말로 빙산의 일각이다. 사회에는 수리에 밝고 사교술이 뛰어난 달변가형 사이코패스가 부정한 방법으로 돈을 빼내 금융상의 위기를 일으키는 일이 너무나도 많다. 이런 사람들 입장에서는 사회가 매우 다르게 보인다. 이들이 보기에 사회에 숨어 있는 잠재적 이익은 너무 크고, 규칙은 너무 느슨하며, 경비견은 그저 졸고 있을 뿐이다. 거의 낙원을 발견한 것이나 다름없다. 최근의 몇 가지 사례(한 건은 소규모였으나 나머지는 훨씬 심각했다)만 보아도 기업에서 사이코패스가 얼마나 자유롭게 활개치고 있는지 짐작할 수 있다.

▪ 《포브스Forbes》에 '세상의 사기 자본'이라는 제목의 기사가 실린 적이 있다. 이 글에서는 밴쿠버 증권거래소를 "부정직한 바람몰이꾼의 사돈의 팔촌이 넘쳐나는 곳"으로 묘사하고 있다. 여러 지방신문에서는 언제나 주식 시세를 조작하는 사기꾼, 협잡꾼, 위조채권 판매자, 노골적인 과대선전 문제들을 장황하게 보도한다. 잡혀봐야 제재 조치는 싱거울 뿐이어서 이들의 거친 탐욕은 줄어들 줄 모른다. 만약 나에게 교도소에서 사이코패스를 연구할 기회가 주어지지 않았다면 아마 가장 유사한 곳으로 밴쿠버 증권거래소 같은 곳을 선택했을 것이다.

▪ 1980년대 후반이 되자, 1980년대 초반에 레이건 대통령이 규제를 풀어버렸던 미국 저축대부조합의 썩어빠진 투자 관행, 거짓 약속, 신용사기 사건들과 채워지지 않은 게걸스러운 탐욕의 폐해가 드러나기 시작했다. 더 이상 정부의 엄격한 관리 감독을 받지 않게 된 저축대부조합이 고객의 예금을 마구 유용하다가 빚이 눈덩이처럼 불어나 전례 없는 금융 위기를 맞는 일이 종종 발생한다. 이 글을 쓰는 현재까지 저축대부조합의 금융 사고를 해결하기 위해 미국 납세자가 부담해야 했던 비용은 1조 달러(약 1,000조 원)에 이르며, 이것은 베트남전쟁 비용보다 큰 액수다.

▪ 최근 전 세계를 향해 엄청난 탐욕과 부정의 손길을 뻗은 저축대부조합의 부정이 드러나면서 스캔들은 최고조에 이르렀다. "오늘날 가장 큰 금융 스캔들은 단연 국제신용상업은행 사건이다. 62개국에 지점이 운영되던 200억 달러 규모의 거대한 금융사기 제국이 일시에 문을 닫아버리자 그 충격파는 전 세계를 휩쓸었다. 역사상 이보다 더 큰 금액, 더 많은 국가, 더 많은 유력인사들이 연루된 사건은 한 번도 없었다. 사용할 최상급의 표현이 부족할 지경이다. 역사상 가장 큰 범죄 기업이며, ……돈세탁 규모와 파생된 금융시장 규모도 사상 최대였다."[20]

출판계의 황제 로버트 맥스웰Robert Maxwell의 불가사의한 죽음은 세간에 무수한 의혹을 불러일으켰다. 불법으로 수천만 달러를 벌어들이던 맥스웰의 제국이 결국 무너진 것이다. 이 사건은 세상의 주목을 받는 공인이라도 얼마든지 교묘하게 검은 마음과 나쁜 짓을 감출 수 있다는 것을 보여주는 좋은 사례다.

그가 사기꾼인 데다 이 회사 돈을 저 회사로 유용하는 협잡꾼임이 널리 알려진 후에도 그를 아는 사람들 대부분이 그저 침묵을 지켰다. 심지어 언론인들조차 기사화하지 않았다. 맥스웰은 자신이 가진 막강한 권력을 휘둘러 비판자들을 위협했고, '사람들의 탐욕'을 이용하여 '재테크 사기꾼'이 법망을 빠져나갈 수 있도록 눈감아 주면서 이득을 챙겼다.

피터 젠킨스Peter Jenkins, "캡틴 밥이 사기꾼이며 공범임이 드러나다",
《인디펜던트 뉴스 서비스》(1991년 12월 7일) 참조

그들은 필요한 재능을 모두 갖췄다

사이코패스가 왜 그렇게도 매력적인지, 화이트칼라 범죄가 왜 그렇게도 사람들에게 잘 먹히는지 이해하기란 쉽지 않다. 첫째로, 우리들 자신이 허점을 보여 기회를 제공하는 경우가 많다. "그렇게 많은 과자 상자가 널려 있지만 않았어도 감옥까지 들어오지는 않았을 거라구요." 위조 회사채 판매 혐의로 유죄판결을 받았던 한 연구대상자의 말이다. 그는 각종 기금, 무허가 증권 거래, 자선기금 모금 운동, 공동 소유 휴가용 콘도는 물론 자기 동료들이 조심스럽게 손대는 짭

짤한 틈새시장에까지 손을 뻗었다.

두 번째로, 사이코패스는 다른 사람을 속이고 돈을 떼어먹을 때 필요한 재능을 모두 갖추고 있다. 언변은 청산유수고, 매력적인 데다가 자신만만하며, 어떤 상황에서도 태연하고, 압력에도 의연하며 거짓말이 탄로 날 위기가 닥쳐도 전혀 당황하지 않는다. 더구나 한 치의 양보도 없이 냉혹하다. 심지어 사기행각이 전부 드러나도 아무 일도 없었다는 듯 행동하여 고소인을 당황하게 만든다.

마지막으로, 화이트칼라 범죄자는 거의 붙잡히지 않으며, 잡혀도 가벼운 처벌로 끝난다. 내부자 거래, 정크본드, 저축대부조합 사기꾼들을 생각해 보라. 이들의 약탈은 너무나 현란해서 돈을 주고라도 구경하고 싶을 지경이다. 심지어 덜미가 잡힌 후에도 마찬가지다. 대규모로 이루어지는 이런 탐욕과 사기 게임은 일반 범죄와는 완전히 다른 규칙을 따르곤 한다. 이들은 보통 느슨한 조직망을 구축하여 자기들끼리 이익을 보호한다. 사회적으로 같은 계층, 같은 학교 출신이고 같은 조합에 속해 있거나, 심지어 처음 규칙을 제정했던 사람들일 때도 있다. 은행 강도는 감옥에서 20년씩 썩지만, 일반인을 대상으로 수백만 달러를 사기 친 변호사, 사업가, 정치인은 그저 벌금형이나 자격정지 처분만 받으면 된다. 그나마도 재판은 끝없이 지연되고 연기되며 애매모호한 법적 조치들이 계속 이어진다. 사람들은 은행 강도라면 비난을 퍼붓고 멀리하지만, 거액을 횡령한 사람에게는 자기 돈을 마구 갖다 바치거나 클럽에서 함께 테니스를 치려 한다.

최근 증권거래소의 내부자 거래 스캔들에 휘말렸던 한 변호사가 그 일원이었던 '솜씨 좋은' 그의 고객을 변호하는 데 도움을 얻고자 밴쿠버로 나를 찾아왔다. 변호사는 X, 그의 고객은 Y라고 부르겠다. 변호사는 나에게 사이코패시 평가표를 사용해서 자기 고객이 사이코패스인지 확인해 달라고 부탁했다. 그는 '돈은 문제가 아니'라면서 Y의 친구, 사업 동료, 학창시절 친구, 이웃 등과도 인터뷰했으면 좋겠다고 했다. 또한 Y의 집 옆에 비치하우스를 짓고 거기에 자주 들락거리며 그를 면밀히 조사해서 평가표 항목을 완성하면 될 거라고 덧붙였다. Y가 사이코패스인지 여부를 왜 알아내려 하느냐고 물었더니, 그 변호사는 사이코패스는 기만적이고 믿을 수 없으며 어떻게 해서든 잡히지 않고 요리조리 빠져나가기로 악명이 높은데 그 점이 자기가 맡은 사건에 있어서 매우 중요하다고 대답했다. Y가 사이코패스로 진단 받으면 증언의 신빙성이 떨어질 테니 변호사 입장에서는 주 정부와 사전 형량 조정(유죄 협상. 검찰이 용의자와 형량을 놓고 벌이는 협상 – 옮긴이)에 나서기가 좀더 쉬워진다는 설명이었다. 벌이는 짭짤했을지 모르겠으나 '돈이 문제가 아니었다.' 나는 그의 제안을 거절할 수밖에 없었다.

사람들은 강도나 강간처럼 피해자를 직접 공격하는 범죄에 비해 화이트칼라 범죄를 심각하게 생각하지 않는 경향이 있다. 이 장의 첫 사례에서 존 그램블링은 판사가 판결을 내리기 직전에 다음과 같은 피고 답변서를 제출했다.

나는 지난 두 달을 감옥에서 보냈고, 가난하고 무지한 불법체류자, 상습범, 마약중독자, 마약 밀매업자, 살인자와 같은 감방에서 지내고 있습니다. 감정의 소용돌이는 차분하게 가라앉았고, 이제 또 다른 사회를 경험할 수 있는 이 시간을 소중하게 생각합니다. 하지만 그들과 함께 있기 때문에 나도 같은 부류의 사람으로 취급당하는 것 같습니다. 조금도 주저하지 않고 '나는 그들과 전혀 다르다'고 말씀드릴 수 있습니다. 나는 그들과 같은 것을 보지도, 말하지도, 행하지도, 느끼지도 않습니다.[21]

이에 대해 담당 판사는 그램블링의 의견에 동의하지는 않았으나, "사람에 대한 범죄와 재산에 대한 범죄 사이, 즉 상대방을 강간하거나 강간하겠다고 위협하거나 죽인다고 위협하거나 불구를 만들겠다고 위협하는 사람과 펜을 휘둘러 유사한 피해를 입히는 사람 사이에는 사실상 차이가 있다"고 인정했다.[22] 이에 대해 검사는 다음과 같이 진술했다. "부유한 특권층이 수감되는 연방교도소는 …… 좋은 음식이 나오고 조깅할 수 있는 트랙, 개봉작 영화관과 도서관이 갖추어져 있다. ……부유한 특권층을 위한 연방교도소는 국가적 치욕이다."[23]

상류층의 생활을 염원하는 사이코패스는 이런 불합리한 인식이 뜻하는 바를 절대 놓치지 않는다.

08

같은 단어라도 사용하는 사람에 따라 그 의미가 달라진다. 어떤 사람은 창자에서 끄집어내듯 절절한 심정을 담아내는 반면에, 다른 이는 그저 외투 주머니에서 꺼내듯 가볍게 사용한다.

— 맥코드 앤 맥코드, 샤를 페기Charies Peguy, "정직한 사람들", 『원초적 진실Basic Verities』(1943)

사이코패스의
언어 사용

사이코패스에게 피해를 당한 사람들의 이야기에는 언제나 후렴구처럼 따라붙는 의문이 있다. "어쩌다 내가 그토록 멍청해진 걸까요? 어째서 그런 실없는 거짓말에 홀딱 넘어간 걸까요?"

피해자 본인이 아닌 주변 사람들도 이와 비슷한 의문을 갖는다. "도대체 너는 왜 그 사람에게 그토록 푹 빠져들었던 거니?" 피해자들의 대답은 한결같다. "너도 한번 당해 보면 알거야. 그 사람 앞에서는 그 말이 너무나 합리적이고 그럴듯하게 들린다니까." 이 대답은 누구나 사이코패스에게 이용당할 수 있다는 의미를 내포하고 있다.

사실, 사람을 너무 잘 믿고 잘 속아서 언제나 말솜씨가 유창한 사람들의 먹잇감이 되는 사람도 있기는 하다. 하지만 그렇지 않은 사람들은 어떤가? 슬프게도 우리는 모두 사이코패스의 마수로부터 자유롭지 못하다. 노련하고 집요한 사이코패스의 음모에 걸려들지 않으려면 사람의 본성을 예리하게 판단하는 뛰어난 통찰력이 필요한데 이런 능력을 갖춘 사람은 매우 드물다. 사이코패스를 연구하는 사람조차 예외가 아니다. 앞에서 설명했던 것처럼 학생들이나 나 자신도 사기행각에 걸려든 적이 있으며, 심지어 상대가 사이코패스로 의심되어 경계를 늦추지 않은 상태에서도 속아 넘어간 적이 있다.

물론 사이코패스만 병적으로 거짓말을 하고 사기를 치는 것은 아니다. 사이코패스의 다른 점은 너무나 쉽게 거짓말을 하고 자연스럽게 사기를 치며 몸서리칠 만큼 냉담하게 일을 해치운다는 것이다.

사이코패스의 이야기에는 또 다른 곤혹스러운 면이 있다. 언제나 논리적으로 도저히 맞지 않는 이야기를 늘어놓는데도 그 사실을 알아차리기가 어렵다는 것이다. 사이코패스의 언어 사용에 대한 최근 연구에서, 사이코패스가 어떻게 그토록 쉽게 사람의 마음을 움직이는지 알아낼 수 있는 중요한 단서가 발견되었다. 하지만 먼저 핵심을 짚어주는 몇 가지 사례를 살펴보자. 다음은 사이코패시 평가표에서 높은 점수를 받았던 세 명의 범죄자 이야기다.

- 절도 혐의로 복역 중이던 남자에게 강력범죄를 저지른 경험이 있는지 묻자 이렇게 대답했다. "아니오, 하지만 사람을 죽여본 적은 있어요."
- 사기, 기만, 거짓말, 약속 파기 등의 경력이 끝도 없는 한 여자가 가석방위원회에 보낸 편지는 이렇게 결론을 맺고 있다. "나는 지금까지 많은 사람들을 주저앉게 만들었습니다. ……하지만 이번 일은 그 여자의 평판과 명성에 어울리는 행동이었을 뿐입니다. 내 말을 전적으로 믿으셔도 됩니다."
- 한 남자가 무장 강도로 형을 언도받던 중 증언에 나선 목격자를 보며 일갈했다. "저 자식이 거짓말을 하는 거예요. 나는 거기 없었다니까요. 에잇, 그때 저놈의 머리통을 날려버렸어야 했는데!"
- 한 선정적인 TV 프로그램에 노부인들을 갈취해 왔던 전형적인 사기꾼

이 출연했다.[1] "옳고 그름을 어떻게 구분하나요?" 인터뷰 담당자가 묻자 남자가 대답했다. "안 믿을지도 모르겠지만 내게도 도덕성이 있다구요. 도덕성 말입니다." "그러니까 어떤 기준으로 옳고 그름을 구분하느냐는 겁니다." 질문자가 다시 묻자 남자는 태연하게 대답했다. "좋은 질문이군요. 변명하려는 건 아니지만 좋은 질문입니다." "가방에 위임장 양식을 넣어가지고 다녔나요?"라는 질문에는 다음과 같은 답이 돌아왔다. "아니오, 그런 건 가지고 오지 않았어요. 하지만 가방에는 넣고 다녔죠."

- 테드 번디에게 코카인으로 무얼 하려 했느냐고 물었을 때 그가 대답했다. "코카인이요? 난 그걸 전혀 쓰지 않았어요. ……코카인 흡입은 해본 적도 없어요. 한번 시도해 봤던 것 같은데 별로였어요. 그저 코로 조금 흡입해 봤어요. 그걸 가지고 난장판을 치지는 않았습니다. 너무 비싸기도 하구요. 뭐 출옥한 다음 코카인이 잔뜩 생긴다면 어쩔 수 없이 푹 빠질지도 모르겠네요. 하지만 난 마리화나만 피워요. 그것뿐이에요. ……난 마리화나 피우는 걸 정말 좋아해요. 발륨도 좋기는 하지만. 물론 술은 당연히 좋아하고요."[2]

위 사례들을 살펴보면 이들이 거짓말은 물론 여러 가지 서로 모순되는 이야기들을 태연히 쏟아놓는 것을 알 수 있다. 듣는 사람에겐 매우 당황스러운 일이다. 사이코패스의 이야기는 제대로 검토하기가 어렵다. 이들은 엉터리로 뒤섞인 이야기와 생각들을 마구 쏟아놓는다.

또한 사이코패스는 이야기를 괴상하게 뒤섞어버리는 경우가 많다. 다음은 사이코패스였던 연쇄살인범 클리포드 올슨과 언론인과의 대화다. "당시 나는 그녀와 **해마다** 같이 잤거든요." "일 년에 한번 요?" "아뇨, 연간으로요. 옛날부터." "하지만 그녀는 죽었잖아요!" "아니, 아니에요. 그녀는 **비양심적**일 뿐이죠." 그동안의 범죄 경력에 대해 묻자 올슨이 대답했다. "내가 알고 있는 **교화 수단**만 가지고도 책 5, 6권은 쓸 겁니다. 아마 **3부작**은 될 거예요." 그는 **범죄**는 저지르고 **쫓기는 신세**가 되지 않겠다고 작정했던 것이다.[3] (진한 글씨는 저자 강조)

물론 이런 이야기를 들으면 평범한 사람들은 놀란 나머지 입이 떨어지지 않는다. 이들의 정신세계는 끔찍하게 어지럽고 난해하다. 사이코패스는 행동과 마찬가지로 생각의 흐름도 일반적으로 받아들여지는 규칙으로는 규정하거나 제한하기 어렵다. 이 문제는 조금 뒤에 다시 설명하겠다. 사이코패스의 뇌 구조는 물론 이야기와 감정의 흐름이 보통 사람과 어떻게 다른지 개괄적으로 다룰 것이다. 그리고 다음 장에서는 사람들이 어째서 그리도 쉽게 사이코패스의 언변에 넘어가는지 설명하겠다.

유죄판결을 받은 연쇄살인범 엘머 웨인 헨리Elmer Wayne Henley가 가석방을 신청했다. 청원서에서 그는, 자신이 오히려 자신과 같이 일했던 나이 먹은 연쇄살인범의 희생자이며 자기 혼자서는 어떤 잘못도 저지르지 않았을 것이라고 주장했다. 이들은 27명 이상의 젊은 남자와 소년들을 살해했다. "나는 소극적인 사람입니다. 나는 사이코패스도, 살인자도 되고 싶지 않습니다. 그저 남부럽지 않은 생활을 하고 싶었을 뿐입니다." 그의 말이다.

다음은 헨리와의 인터뷰 내용이다. "당신은 자신이 연쇄살인범의 희생자라고 썼는데, 기록에는 당신이 연쇄살인범이라고 나와 있습니다." 면담자의 질문에 헨리가 대답했다. "나는 아니에요." "당신은 연쇄살인범이 아니라는 건가요?" 면담자가 못 믿겠다는 투로 말하자 헨리가 다시 대답했다. "나는 연쇄살인범이 아니에요." 면담자는 다시 말했다. "당신은 자신이 연쇄살인범이 아니라고 말하지만, 당신은 사람을 계속해서 죽여왔단 말입니다." 그러자 헨리가 격분해서 대답했다. "그렇군요, 의미상으로는 비슷하네요."

〈48시간〉의 에피소드 (1991년 5월 8일)

양측성 언어장애

사람의 뇌는 양쪽 부분이 각각 서로 다른 고유의 기능을 수행한다. 왼쪽 대뇌반구는 분석적, 순차적으로 정보를 처리하며 언어를 이해하고 사용할 수 있게 한다. 오른쪽 대뇌는 동시에 여러 가지 정보를 총체적으로 처리하며, 공간 지각·심상·감정적 경험·음악 이해 등에서 중요한 역할을 담당한다.

자연은 아마도 뇌의 양쪽에 서로 다른 기능을 부여하여 효율적으로 사용할 수 있게 만든 것 같다.[4] 언어를 사용하고 이해하는 데 필요한 복잡한 정신활동은 뇌의 양쪽으로 분산되는 것보다 한쪽 면에서만 수행하는 것이 훨씬 효율적일 것이다. 이런 기능이 뇌의 양쪽으로 분산되면 두 개의 대뇌반구 사이로 수많은 정보가 오가야 하기 때문에 처리 속도가 느려지고 오류가 발생할 확률도 높아진다.

또한 뇌의 어딘가에서는 작업을 전체적으로 제어해야 하는데, 이 통제 작업 역시 뇌의 양쪽에서 모두 수행하다 보면 충돌이 발생하고 효율이 떨어질 수 있다. 바로 이런 문제 때문에 난독증이나 말더듬이가 생긴다. 선천적으로 언어중추가 양쪽 대뇌피질 모두에 존재하는 양측성bilateral인 경우, 두 대뇌반구 사이에 경쟁이 생겨서 언어를 이해하고 구사하는 데에 여러 가지 문제를 일으킬 수 있다.

최근 다양한 실험에서 양측성 언어 처리가 사이코패시의 중요한 특성이라는 증거가 나타나고 있다.[5] 이 비효율적인 '권한의 경계', 즉 각 대뇌피질이 주도권을 장악하기 위해 경쟁하는 상황으로 인해 사이코패스가 서로 모순 되는 이야기를 아무렇지도 않게 진술한다는 것이다. 그 결과 그들의 이야기는 통일성이 없고 이해하기 어려워진다.

물론 양측성 언어가 말더듬이, 난독증, 왼손잡이 등을 야기하기는 하지만, 이들이 모두 사이코패스처럼 거짓말을 하거나 자가당착에 빠지는 것은 아니다. 하지만 일부는 분명 영향을 받을 수 있다.

의미 없는 말들

사이코패스를 많이 겪어본 사람들은 금세 직관적으로 그들이 뭔가 보통 사람과 다르다는 것을 알아챈다. "그 사람은 항상 나를 사랑한다고 말했죠. 처음엔 나도 그 말을 믿었어요. 심지어 그가 내 여동생과 시시덕거리는 현장을 잡았을 때도요." 연구대상자였던 사이코패스의 아내가 한 말이다. 그녀는 현재 남편과 별거 중이다. "오랜 시간이 지나서야 그가 나를 전혀 상관하지 않는다는 것을 깨달았답니다. 날 두들겨 팬 다음 그는 항상 이렇게 말했어요. '정말 미안해, 귀여운 자기야. 내가 널 사랑하는 건 알겠지?' 저질 영화에서 막 튀어나온 배우 같았죠."

임상전문가에겐 사이코패스의 이런 태도가 별로 놀라운 일이 아니다. 사이코패스는 단어를 사전적 의미로는 알고 있지만 단어의 정서적 가치나 중요성을 이해하거나 평가하지 못한다. 다음은 임상전문가가 쓴 사이코패시 관련 자료에서 인용한 것이다.

- 가사는 알지만 음악은 알지 못한다.[6]
- 함께 나누고 이해하는 상호관계를 정서적으로 도저히 이해하지 못한다. 그가 아는 것은 오직 단어의 사전적 의미뿐이다.[7]
- 자신에게는 아무런 의미도 없는 단어를 근거 없이 자유자재로 구사한다. ……그럴듯한 판단력과 사회적 감각을 가진 것처럼 보이지만 모든 것이 그저 말뿐이다.[8]

이런 임상적 관찰은 기묘한 사이코패시의 본질을 정확하게 꿰뚫고 있다. 즉 이들은 언어를 이중적으로 사용하며, 정서적 깊이가 결여되어 있다는 점이다.

간단한 비유법을 사용해 보겠다. 사이코패스는 색맹과도 같다. 색맹인 사람은 회색 그림자뿐인 세상에 살면서 색채로 가득한 세상에서 살아가는 방법을 배운다. 신호등의 맨 꼭대기에 있는 등이 빨간색인 것은 알 수 없지만 그 위치에 불이 켜지면 '멈춤' 신호라는 것을 배우는 식이다. 색맹인 사람이 '빨간 신호등이 꺼졌어'라고 말하더라도 그는 실제로 '맨 위의 등이 꺼졌어'라는 의미로 말한 것이다. 그는 색상이 뭔지를 설명하기는 어렵지만 그 문제를 보상하는 방법을 완벽하게 터득한 것이다. 색상을 너무나 잘 설명해서 그가 색맹이라는 사실을 알아차리지 못하는 경우도 있다.

사이코패스를 이에 빗대어 생각할 수 있다. 이들은 감정을 경험하지는 못하지만 다른 사람이 사용하는 단어들을 배워서 자신이 알지 못하는 감정을 설명하거나 모방한다. 클렉클리의 경우도 마찬가지다. "그는 평범한 단어들을 사용할 수 있다. ……적절하게 무언의 감정 표현도 할 줄 안다. ……하지만 감정 그 자체는 그의 마음속에 떠오르지 않는다."[9]

최근의 실험들은 이런 임상적 관찰 결과들을 뒷받침한다. 일반인에게는 중립적 단어보다 감성적인 단어가 전달하는 정보가 더 크다. '종이' 같은 단어는 사전적 의미만 있는 반면에, '죽음' 같은 단어는 사전적 의미 외에 감성적 의미와 유쾌하지 않은 함축적 의미를 추가로 내포하고 있기 때문이다. 따라서 감성적 단어는 그렇지 않은 단어보다 더 큰 '힘'을 지녔다.

눈앞의 컴퓨터 모니터에서 수많은 글자들이 빠르게 넘어가는 것을 상상해 보라. 머리에 두뇌의 반응을 기록하는 전극을 붙인 다음 뇌파기에 연결해 놓은 상태다. 뇌파기는 뇌의 전기적 활동을 그래프로 그려낸다. 사전에서 쉽게 찾을 수 있는 평범한 글자들도 있고, 그저 음절만 이룰 뿐 단어가 구성되지 않는 의미 없는 글자 조합도 있다. 예를 들어 '나무'는 단어를 이루지만 '무나'는 단어가 되지 않는다. 실험대상자는 화면에 의미 있는 단어가 나타나면 즉시 단추를 눌러야 한다. 그러면 컴퓨터를 이용해서 단어를 알아보는 데 걸린 시간을 측정하고 작업 중의 두뇌 활동 양상을 분석한다.

일반인은 중립적 단어보다 감성적 단어에 더 빠르게 반응한다. 예를 들어 '종이'보다는 '죽음'이라는 단어가 나왔을 때 단추를 더 빨리 누른다는 것이다. 단어의 감성적 의미가 판단 과정에서 '강렬한 에너지'를 전달하며, 따라서 뇌파도 더 크게 그려진다. 감성적 단어에 포함된 정보량이 중립적 단어보다 상대적으로 크다는 것을 반영하는 것이다.

한 여성 면담자가 사이코패시 살인자에게 범행 동기를 묻자, 그는 동기를 설명하는 대신 그가 저질렀던 잔인한 살인과 상해 사건들을 생생하게 묘사하기 시작했다. 그의 설명은 매우 그럴 듯하면서도 무미건조했다. 마치 야구 경기라도 설명하는 것 같았다. 처음에 면담자는 개인적인 감정을 배제한 채 설명 자체에만 관심을 두려고 애썼으나 결국 얼굴에 불쾌한 혐오감이 드러나는 것을 피할 수 없었다. 그는 돌연 설명을 중단하더니 이렇게 말했다. "아, 알고 있어요. 이런 이야기가 아주 끔찍하긴 하죠. 나도 불쾌하답니다. 잠시 제정신이 아니었던 것 같아요."

사이코패스는 때로 보통 사람들처럼 감동하거나 충격 받은 것처럼 말하고 행동하지만 실제로는 어떤 감정도 거의 경험하지 못하기 때문에 자신이 하는 말이 다른 사람에게 어떤 영향을 주는지 직관적으로 인지하지 못한다. 단지 상대방의 반응을 '큐 카드(연기자가 대사를 잊어버렸을 때를 대비해 대사를 미리 적어 카메라 옆에 붙여놓은 목판 – 옮긴이)' 삼아 상황에 맞게 감정 반응을 연기할 뿐이다.

수감자를 대상으로 뇌파 연구를 실시한 결과, 사이코패스가 아닌 수감자는 일반적인 반응 패턴을 보여주었다. 즉 중립적 단어보다 정서적 단어를 더 빠르게 인지하고 뇌파 반응도 더 컸다. 하지만 사이코패스의 반응은 달랐다. 이들의 정서적 단어에 대한 반응은 중립적 단어일 때와 동일했다.[10] 사이코패스의 정서적, 감정적 색채가 다른 사람과 완전히 다르다는 강력한 증거. 최근의 연구 결과에서도 사이코패스의 언어중추에는 '느끼는' 부분이 부족하다는 사실이 밝혀졌다.[11]

이런 결핍 현상은 사이코패스가 감정이입이나 양심의 규제 없이 남을 이용해먹고 사기를 친다는 점을 생각하면 매우 흥미롭다. 보통 사람은 대부분 언어를 통해 강렬한 정서적 경험을 한다. 예를 들어

암이라는 단어를 들으면 병이나 증상에 대한 임상적 설명뿐 아니라 이 병이 일으키는 공포·근심·심리적 격동 등을 함께 느낀다. 하지만 사이코패스에게 단어는 그저 단어일 뿐이다.

> 뇌 영상 기술을 사용하면 사이코패스의 정서적 삶을 새롭고 흥미로운 관점에서 살펴볼 수 있다. 최근 뉴욕의 마운트시나이와 브롱스 VA 메디컬센터가 공동으로 실시한 연구 프로젝트(정신과의사 조앤 인트레이터Joanne Intrator 가 주도)에서는 사이코패스와 일반인에게 다양한 작업을 수행하게 하고, 작업이 이루어지는 동안 그들의 뇌 영상을 수집했다. 예비조사 결과(샌프란시스코에서 열린 미국 생물정신의학 및 정신과학회 연례회의 발표, 1993년 5월), 사이코패스는 정서적 단어에 반응할 때 일반인과 다른 뇌 영역을 사용할 수 있음이 드러났다. 이 결과를 다른 정서적 정보 형태에 대해서도 적용해 볼 수 있다. 즉 사이코패스는 정서적 문제를 처리할 때 사용하는 전략이나 뇌 사용 방법이 다른 사람들과 다르다는 것이다. 두 경우 모두 앞으로 사이코패스의 수수께끼를 해결하는 데 유용하게 쓰일 것이다.

세 명의 자녀에게 총을 쏜 다이안 다운즈의 주장을 소개한 책에 의하면 그녀는 단지 섹스를 위해 사랑하지도 않는 수많은 남자들과 어울렸다.[12] 우편집배원이었던 로버트 버타루시니에게 보낸 편지에서, 그녀는 "영원한 사랑의 약속, 끝없는 헌신, 이 세상 누구도 건드릴 수 없는 맹세를 전한다"고 썼다. "그것은 남자들과 벌이는 게임이었고, 나로서는 버트와 게임하는 것이 가장 좋았다."그녀는 아이들을 쏜 직후 제이슨 레딩과 정사를 벌였다. 글은 다음과 같이 계속된다. "하지만 버트는 과거의 남자일 뿐이고, 당시 현재의 남자는 제이슨이었다. 버트에게 사랑한다는 편지를 썼던 건 사실이다. 그는 그누구보다 나만을 위해준 사람이었다. ……그가 편지를 받지 않자 나는 그걸 그냥 공책에 끼워두기 시작했다. 매일 밤 편지를 썼고, 대부분 한두 단락에서 한 페이지 정도의 분량이었다. 글은 표현만 다를 뿐 항상 똑같은 내용이었다. '나는 버트 당신을 사랑해요. 왜 여기 저와 같이 있지 않은 거죠? 난 당신이 필요해요. 당신만이 내 사랑이에요.' ……술에 취한 채 뜨거운 거품 목욕을 하면서 버트에게 사랑한다는 공허한 단어들을 채워넣었다. ……나는 버트에 대해 생각하고 있었다. ……몇 분 후 제이슨이 문을 두드리자 나는 계단을 날듯이 뛰어 내려가 그를 맞이했다. 순간 버트에 대한 생각은 완전히 날아가 버렸다." 다이안은 '공허한 사랑 이야기'를 자존심의 원천으로 삼았으며, 의도적으로 특정 목적에 맞춰 사용하는 것 같았다. 사이코패스인 그녀의 사랑 타령은 공허할 뿐이었다. 그녀는 그 단어들에 정말로 절실한 감정을 담지 못했다.

책 앞부분에서 양심을 움직이고 만들어내는 '내면의 목소리'에 대해 설명했다. 이것은 정서적으로 와 닿는 생각 또는 심상이고 내면적 대화의 한 형태이며, 법을 어기면 양심을 '살짝 물어뜯어서' 행동을 강력하게 통제하고 죄책감을 느끼고 후회하게 만든다. 하지만 사이코패스는 이것이 무엇인지 전혀 이해하지 못한다. 이들에게 양심이란 그저 머리로만 알고 있는 다른 사람이 만든 규칙일 뿐이고, 의미

없는 단어다. 이들은 이 규칙을 강제할 만한 감정을 느끼지 못한다. 도대체 왜 그럴까?

캐나다에서 가장 악명 높은 범죄자는 클리포드 올슨이다. 그는 1982년 1월에 유죄판결을 받아 수감된 연쇄살인범으로 11명의 소년, 소녀를 고문하고 살해했다. 그러나 이것은 단지 그가 가장 최근에 일으킨 비열하고 반사회적인 범행이었을 뿐, 그의 범죄행각은 유년시절까지 거슬러 올라간다. 사이코패스가 모두 올슨처럼 폭력적이거나 잔인한 범행을 저지르는 것은 아니다. 하지만 올슨은 전형적인 사이코패스다.

다음은 그가 재판을 받을 즈음 보도된 신문 기사를 인용한 것이다. "그는 허풍선이에 깡패였고, 거짓말쟁이면서 도둑놈이었다. 일촉즉발의 위험한 기질을 지닌 포악한 인간이었다. 하지만 한편으로 자신의 매력과 달변으로 상대방을 감동시키려 했다. ……올슨은 너무 말이 많았다. ……그는 달변가였고 타고난 수다쟁이였다. ……또한 항상 새빨간 거짓말을 늘어놓았다. ……진정 구제불능의 거짓말쟁이였다. ……항상 주어진 한계를 시험하면서 가능한 한 극단적으로 행동하려 들었기에 결국 제재를 가해야만 했다. ……남을 조종하는 사기꾼이었다. ……끊임없이 지껄여댔다. ……너무나 많은 거짓말을 해댔기 때문에 결국 그의 말을 전혀 믿을 수 없다는 것이 명백해졌다."(패로우, 1982년) 올슨과 인터뷰했던 신문기자는 다음과 같이 말했다. "그는 말이 빨랐고 통통 튀었습니다. ……이 주제에서 저 주제로 마구 건너뛰었고, 자신이 강하고 중요한 사람임을 증명하려는 듯 입심 좋게 이야기를 늘어놓았습니다."

(오스톤Ouston, 1982년)

그를 알고 있던 사람들의 이야기를 들어보면 그가 어떻게 사람 잘 믿는 아이들을 꾀어냈는지 알 수 있다. 또한 그가 자신이 죽인 11명 중 7명의 매장 장소를 알려주는 대가로 검찰에게서 10만 달러를 받아낸 것도 설명이 가능하다. 이 사실이 알려지자 전국적으로 이를 비난하는 여론이 들끓었다. 신문마다 '살인자가 시체를 찾아주는 대가로 돈을 받다', '역겹게도 아동 살인범에게 무덤의 대가로 돈을 주다'와 같은 제목의 기사가 커다랗게 실렸다.

올슨은 수감된 후 몇 년 동안이나 자기가 죽인 아이들의 가족에게 끊임없이 안부 편지를 보냈고, 편지에 살인자에 대한 논평을 동봉하곤 했다. 그는 자신의 범죄에 대해 전혀 죄책감이나 양심의 가책을 느끼는 것 같지 않았다. 오히려 각종 언론사나 교도소, 사회가 자신을 부당하게 대한다며 계속 불평을 터트렸다. 재판 중에도 TV 카메라가 나타나면 금세 의기양양한 태도를 보였다. 그는 분명 스스로를 잔인한 범죄자라기보다는 중요한 명사쯤으로 생각하는 듯했다. 1983년 1월 15일자 《밴쿠버 선》에는 다음과 같은 기사가 실렸다. "끔찍한 연쇄살인범 클리포드 올슨이 《밴쿠버 선》의 뉴스룸에 투서해 왔다. 자기 사진을 기사에 사용하지 말라는 내용이었다. ……좀더 매력적으로 찍힌 다른 사진을 보낼 테니 그걸 사용하라는 것이었다."

R. 오스톤, 《밴쿠버 선》 (1982년 1월 15일); M. 패로우, 《밴쿠버 선》 (1982년 1월 14일) 참조

올슨에 대한 이 글은 캐나다의 여러 범죄학 관련 부서에 제공되었고, 곳곳에서 그의 사례를 연구하는 강좌가 개설되었다.

자신의 감정을 돌아보라

언어중추가 뇌의 양쪽에서 동시에 통제되는 양측성인 경우, 뇌의 다른 처리 과정도 양측성 통제 하에 놓일 수 있다. 최근 연구 결과에 의하면, 대부분의 사람들은 오른쪽 대뇌반구가 감정 처리에 있어 중추적 역할을 수행하지만 사이코패스는 뇌의 어느 쪽에서도 감정을 제대로 처리하지 못한다.[13] 원인은 아직 밝혀지지 않았지만 감정을 통제하는 뇌 활동이 양쪽으로 나뉘어진 채 집중되지 못한 결과이며, 이들은 피상적이고 색채 없는 정서적 결핍 상태를 경험하게 된다.

누군가 테드 번디에게 아무 감정도 느끼지 못하는 로봇 같다고 말한다면 그는 절대 아니라며 크게 화를 낼 것이다. "이봐요, 그건 절대 그렇지 않다니까!" 번디가 말했다. "내가 감정이 없다는 건 전혀 사실이 아닙니다. 절대 아니에요. 내 감정상태는 정말 완벽해요."[14] 하지만 그가 자신의 살인행각에 대해 피상적으로 설명하고 언급하는 것을 들어보면 감정결핍 상태임이 명백하게 드러난다. 다른 사이코패스들과 마찬가지로 번디도 자신의 감정결핍 정도를 잘 깨닫지 못했다.

사람들은 대부분 "자신의 감정을 돌아보라"는 식의 자기이해 탐구에 중점을 두는 통속 심리학에 매혹된다. 하지만 사이코패스에게는 이런 시도가 성배를 찾는 것만큼이나 어려운 일이다. 결국 이들의 자아상은 이들에게는 아무런 의미도 없는 사랑, 통찰력, 동정심과 같은 추상적 개념이 아닌 재산이나 성공, 권력과 같은 가시적 항목에 의해 정의된다.

손동작을 주목하라

이야기를 들을 때에는 상대방의 손동작에 주의를 기울이는 것이 좋다. 손을 자주 움직이는가? 잠시도 손을 가만히 놓아두지 못하는가? 말하는 내용을 손동작으로 더 이해하기 쉽게 만들어주는가? 때로는 손동작을 이용해서 설명하고자 하는 내용을 시각적으로 표현할 수도 있다. 양손을 넓게 벌리면서 "정말 거대한 물고기였다니까요"라고 말하거나 손으로 뚱뚱한 사람의 형상을 그려 보이는 식이다.[15]

하지만 언어와 관련된 대부분의 손동작은 듣는 사람에게 정보나 의미를 제공하지 않는다. 손 박자라고도 하는 이 '의미 없는' 손동작은 작고 빠른 움직임이며, 말하고 있을 때나 말을 잠시 쉴 때 나타나지만 '이야기 줄거리'에 개입하여 이해를 돕는 것은 아니다. 다른 동작이나 몸짓과 마찬가지로 말하는 사람이 표현하는 '전체 모습'의 일부이며 바탕에 깔린 문화적 의사소통 방식을 반영한다. 하지만 때로는 다른 이유로 손을 움직이기도 한다. 예를 들어 전화 통화 중에 손을 움직이는 사람이 많은데, 듣는 사람이 전혀 볼 수 없는 상황에서 왜 손을 움직이는 것일까?

이것은 언어를 통제하는 뇌중추가 말하는 동안의 손동작도 통제하기 때문이다. 원인이 확실하게 밝혀지지는 않았지만 손 박자는 더 쉽게 말할 수 있도록 돕는다. 언어중추의 활동을 더 활발하게 만들기 때문인지도 모른다. 손동작은 생각과 감정을 언어로 표현할 수 있도록 돕는다. 어떻게 말해야 할지 몰라 갈등할 때 손을 정신없이 흔드는 것도 이런 이유다. 손을 전혀 움직이지 않고 무언가를 말해보라.

자꾸 망설여지거나 말이 중간 중간 끊어지거나 더듬거리게 되지 않는가? 마찬가지로 모국어보다 외국어를 말할 때 손 박자 동작이 더 많아지기 마련이다. 생각이나 감정을 말로 표현하기 어려울 때 손 박자 동작이 잦아지기도 한다.

손 박자는 입으로 말하는 이야기에 내재되어 있는 '생각 단위'나 정신세계의 크기를 보여주기도 한다. 생각 단위란 작고 단순한 하나하나의 착상, 문장, 또는 이야기가 한데 모인 하나의 뭉치다. 큰 생각 단위를 이루는 착상·단어·구문·문장들은 서로 잘 통합되어 있으며, 특정한 의미를 만들며 논리적으로 일관된 일종의 대본을 형성한다. 손 박자는 이런 생각 단위들 사이를 '구분' 한다. 손 박자 횟수가 잦으면 상대적으로 생각 단위가 작다는 것을 의미한다.

최근의 연구 결과 사이코패스는 손 박자 횟수가 일반인보다 더 많다. 이런 경향은 특히 가족이나 기타 '사랑하는 어떤 대상'을 묘사하는 등 감정이 개입되는 이야기를 할 때 더 두드러진다.[16] 여기에서 두 가지 사실을 추론해 볼 수 있다.

▪ 마치 파리 한복판에서 서툰 불어로 길을 묻는 여행자처럼 사이코패스는 감정과 관련된 생각을 말로 표현하는 데에 어려움을 느낀다. 그에게 감정이란 애매모호하고 이해하기 어려운 무엇이다. 사이코패스에게 감정이란 서툰 외국어와도 같다.

▪ 사이코패스의 생각이나 착상은 상당히 작은 단위로 묶여 있어서 쉽게 바뀐다. 이런 특성은 거짓말을 할 때 매우 유리하다. 심리학자

폴 에크만이 지적한 대로, 노련한 거짓말쟁이는 스크래블Scrabble(단어 만들기 놀이 기구-옮긴이)을 하는 것처럼 착상이나, 개념, 언어들을 아주 기본적인 단위로 쪼갠 다음 다양한 방법으로 다시 결합시킬 수 있다.[17] 하지만 사이코패스는 이 과정에서 전체 문맥 자체를 잃어버리기 일쑤다. 생각 단위가 작기 때문에 자꾸 전체 이야기의 통일성이나 일관성, 완결성을 놓치는 것이다. 노련한 거짓말쟁이는 자신의 말에 아주 가느다란 '한 가닥 진실'을 사용해서 이야기의 맥락을 놓치지 않고 상대방으로 하여금 일관성이 있다고 느끼게 만든다. "진실의 경계선에서 아슬아슬하게 외줄타기 하는 거짓말쟁이가 가장 위험하다."[18]

파편화된 진실

사이코패스는 거짓말을 자주 하지만 그리 노련한 거짓말쟁이는 아니다. 앞에서 설명한 것처럼 그들의 이야기는 앞뒤가 전혀 안 맞고 쉽게 자가당착에 빠진다. 사이코패스도 정신적 스크래블 게임을 할 수는 있지만 각각의 조각을 일관되게 서로 연결시키지 못하기 때문에 성적이 별로 좋지 못하다. 이들의 진실은 조각조각 부서져 있고 기껏해야 누덕누덕 기운 누더기에 불과하다.

앞에서 '강력범죄를 저지르지는 않았지만 사람을 죽여본 적은 있다'고 했던 수감자를 생각해 보자. 우리는 그 문장을 하나의 생각 단위로 취급하기 때문에 자가당착적인 진술로 본다. 하지만 수감자는 이 문장을 '나는 강력범죄를 저지른 적이 없다' 와 '사람을 죽여본 적이 있다' 의 서로 독립적인 두 개의 생각 단위로 취급했을 수 있다. 일반인은 자신의 생각을 이야기의 중심 주제에 맞춰나갈 수 있지만 사이코패스는 이런 작업 자체가 매우 어려워 보인다. 이 때문에 이야기가 일관되지 못하고 자가당착에 빠지기 쉬우며, 멋대로 신조어를 사용하는 경우도 많이 발견된다. 기본 단어 요소들을 자기 딴에는 논리적인 줄 알고 사용하지만 남들이 보기에는 매우 부적절한 방법으로 마구 연결하여 사용하는 것이다.

사이코패스의 이야기는 구름 낀 날씨를 찍은 샷에서 곧바로 밝은 햇살이 비추는 샷으로 넘어가는 영화를 보는 것과 같다. 실제 상황에서는 적어도 몇 분은 지나야 날씨가 바뀌겠지만 영화니까 가능한 일이다. 분명 서로 다른 날에 찍은 장면들을 신중하지 못하게 연결해 놓았을 것이다. 하지만 관객은 사이코패스의 피해자와 마찬가지로 이런 모순점을 쉽게 알아채지 못한다. 영화 내용에 몰두한 상태일 때는 특히 그러하다.

사이코패스의 언어 사용에 있어 또 다른 특징은 정신세계가 상대적으로 작은 데다가 정서적 의미가 결여된 이차원 상태라는 것이다. 대부분의 사람들은 사전적 의미뿐 아니라 정서가 함축된 의미까지 고려해서 단어를 선택하기 마련이다. 하지만 사이코패스는 이런 선택 과정을 경험하지 못한다. 그들이 사용한 단어에서는 정서적 무게가 느껴지지 않기 때문에 일반인에게는 매우 이상하게 생각된다.

예를 들어 사이코패스는 여자를 마구 두들겨 팬 직후 태연하게 "널 정말 사랑해"라고 말하거나 다른 사람에게 "마누라가 정도를 벗어나지 않도록 하기 위해 어쩔 수 없이 때렸어요. 그래도 집사람은 내 사랑을 잘 알고 있어요"라고 둘러대면서 무엇이 잘못되었는지 알지 못한다. 일반인은 사랑과 구타라는 두 가지 문맥을 논리적, 감정적으로 어울리지 않는다고 느낀다.

사이코패시 평가에서 높은 점수를 받고 사기와 절도로 3년간 복역했던 한 남자가 했던 이상한 말을 살펴보자. 그는 홀어머니를 속여집을 담보로 2만 5,000달러를 대출받게 한 다음 돈을 훔쳐 달아났다. 그의 모친은 가게 점원으로 일하면서 몇 푼 안 되는 수입으로 빚을 갚아야만 했다. "어머니는 훌륭한 분이지만 난 무척 걱정이 됐어요. 너무 열심히 일했거든요. 여자는 보호받아야 해요. 나는 어머니를 편하게 모실 거예요." 어머니의 돈을 훔치지 않았느냐고 묻자 그는 이렇게 대답했다. "얼마 안 되는 돈만 살짝 들고 왔을 뿐이에요. 더구나 파티 시간이 다 되어서 그냥 빠져나올 수밖에 없었다구요!" 기록에남아 있는 행동은 물론 어디에 돈을 쓰려 했는지도 어머니를 걱정한다는 말과 전혀 어울리지 않았다. 이 사실을 지적하자 그가 말했다. "음, 그렇군요. 나는 어머니를 사랑해요. 하지만 어머니는 너무 늙어빠졌으니 내가 나 자신을 돌보지 않으면 누가 돌봐주겠어요?"

혼란스러운 언어

지금까지 사이코패스의 이야기가 때때로 어딘지 모르게 이상하고 일반적인 경향에서 '벗어난'다는 것을 설명했다.[19] 즉 자꾸만 말하는 주제를 바꾸고 관계없는 이야기로 빠져버리며 구문이나 문장을 올바르게 연결시키지 못한다. 하지만 이야기 맥락이 좀 이상해도 일반인은 그대로 받아들이기 쉽다. 여성 면담자가 연구대상자인 남자 사이코패스에게 강렬한 정서적 사건을 하나 묘사해 보라고 요청하자 다음과 같이 대답했다.

글쎄요, 어려운 질문이군요. 좀 생각해 봐야겠어요. 하나 기억나네요. 음 ……한번은 빨간 신호등이 켜졌지만 차가 없어서 그냥 길을 건넜어요, 알겠어요? 그게 무슨 큰 문제가 됩니까? 그런데 경찰이 이유 없이 날 괴롭히고 때리려고까지 했어요. 정말 빨간불일 때 건넌 것도 아니에요. 노란불이었을 거예요. ……그래서 그 사람이 …… 하여간 강제로 체포한 거예요. 그들은 아주 남자답게 행동해요. 그렇죠? 난 그렇게 남자답지 않거든요. 내가 더 사랑스럽죠. 어떻게 생각해요? 그러니까 내가 감옥에 있지 않았다면 ……우리가 파티에서 만났다면 말이죠, 음 …… 그리고 내가 당신에게 데이트를 신청한 거예요. 그랬으면 분명 당신은 승락했을 거예요. 맞죠?

그는 이 이야기를 하면서 끊임없이 손을 움직이고 과장된 표정을 지어가며 면담자가 벌어지는 일을 제대로 파악하지 못하게 만들었다. 인터뷰 과정을 기록한 비디오테이프를 보면 이 점이 명백히 드러난다. 그는 엉뚱한 이야기를 꺼내며 면담자를 희롱했고, 질문한 여성 면담자는 당황스러움을 감추지 못했다.

사이코패스는 어려운 질문에는 대답하지 않거나 반응이 아주 늦다.

연구대상자였던 한 사이코패스에게 기분이 오락가락하느냐고 묻자 이렇게 대답했다. "아, 기분이 좋았다 나빴다 하냐고요? 음……아시다시피 항상 불안하다고 말하는 사람도 마음이 평온해질 때가 있잖아요. 이들도 기분이 오락가락하는 거 아닌가요. 하나 기억나요. 기분이 안 좋았던 때가요. 친구가 놀러 와서 TV로 경기를 봤거든요. 우린 내기를 했는데 그 녀석이 이겼어요. 기분 정말 더러웠다구요."

사이코패스의 이야기는 정말 이해하기 어려울 때가 있다. 다음 이야기를 이해할 수 있는가? "녀석들을 술집에서 만났죠. 한 녀석은 마약상이었고 다른 놈은 기둥서방이었어요. 이놈들이 날 괴롭히기 시작하기에 붙들어서 두들겨 패주었죠. 그런데 맞은 놈이 마약상이었나요, 기둥서방이었나요?"

물론 약간의 소통 문제는 누구에게나 있지만 주의를 기울이거나 집중하면 실수를 줄일 수 있다. 하지만 사이코패스는 이런 소통의 단절이 훨씬 빈번하고 심각하다. 정신적 활동의 내용 자체보다는 기저에 깔린 정신적 상태의 결함이 원인일 수 있다. 말하려는 내용이 아닌 단어나 문장을 서로 연결하는 방법에 이상이 있다는 것이다. 이에 비해 정신분열증 환자와의 대화는 형식은 물론 내용도 이상하며 기괴하다. 나중에 정신분열증 진단을 받은 연구대상자 중 하나는 "기분이 오락가락합니까?"라는 질문에 다음과 같이 대답했다.

난 그저 믿는 거예요. 인생은 짧고 우리에게 주어진 시간은 너무 짧다는 걸 말이죠. ……어쨌든 우리는 막이 내리면 죽어야 하잖아요. 그러니까……당신, 우리가 완전히 새로운 단계에 들어서서 세상의 모든 문제를 해결하는 거예요. 그리고 나면 새로운 문제가 생기고 새로운 즐거움도 생기겠죠. …… 내가 다 이해하고 있는 건 아니에요.

이 대답은 형식은 물론이고 내용도 매우 이상하고 이해하기 어렵다. 하지만 같은 질문을 사이코패스에게 하면 답변이 옆길로 빠지거나 좀 이상하더라도 그저 답을 회피하거나 말주변 좋게 넘어가기 쉽다. 정신분열증 환자의 대답보다는 그 의미를 이해하기도 쉬워 보인다.

사이코패스는 상황을 유리하게 만들기 위해 정신병자 행세를 하는 경우가 많다. 앞에서 언급했던 수감자가 널리 사용되는 심리검사 질문에 일부러 비뚤어지게 답변하여 좀더 편할 것 같은 정신병동으로 옮겨가고, 나중에 다시 정상적인 답변을 해서 감방으로 돌아온 것을 예로 들 수 있다.

몇 년 전 사이코패시 연쇄살인범을 다룬 할리우드 영화에 대해 조언을 부탁받은 적이 있다. 영화제작자는 사실적 요소를 최대한 살리기 위해 갖은 노력을 기울였다. 하지만 어느 날 대본작가가 절망에 빠져 전화를 걸었다. "어떻게 하면 영화 속 인물들을 흥미롭게 만들어낼 수 있을까요?" 그가 물었다. "관객의 감정을 자극하는 방법으로 그의 생각을 공유하고 동기, 희망, 고민거리를 이해하려 애썼지만 결국 실패했어요. 이야기에 나오는 두 사이코패스는 서로 너무 닮은 데다가 별로 흥미로운 요소가 없다구요."

어떤 면에서 이 대본작가는 핵심을 파악하고 있는 것 같다. 영화나 책에서는 사이코패스를 감정이 없고 콤플렉스와 혼란에 사로잡혀 있으며 알력과 심리적 동요를 일으키곤 해서, 일반인도 그들이 뭔가 다르다고 알아챌 수 있도록 묘사하는 경우가 많다. 또한 비현실적인 성격으로 그려내며, 행위를 사실적이고 잔인하며 매혹적으로 묘사하는 데에만 골몰한다. 영화 〈양들의 침묵〉에 나오는 한니발 렉터는 박학다식한 언변으로 사람을 사로잡으며 식인까지 주저하지 않는다. 이들이 어떻게 이런 끔찍한 기생충이 됐는지는 알 수 없다.

영화의 이런 묘사가 현실을 반영하는 면도 있다. 사이코패스의 내면세계는 무미건조한 그림과도 같다. 삶의 철학은 보통 시시하고 미숙하며 정상적인 성인의 삶을 풍요롭게 하는 요소들이 빠져 있다.

테리 게이니Terry Ganey가 찰스 해처Charles Hatcher에 대해 쓴 책에서는 노련한 정신과의사와 심리학자도 이용해먹는 뛰어난 사기술을 볼 수 있다. 찰스는 오로지 스릴을 맛보기 위해 16명을 죽였다.[20] 6세 소년을 죽인 혐의를 받은 그는 법원과 정신병동을 오갔다. 법정 정신과의사들은 해처가 재판을 받지 못하는 금치산자라고 생각했지만 병원의 의사는 법정에 설 수 있다고 판단했기 때문에 이 핑퐁게임은 계속되었다. 상반된 정신의학적 판단이 이어지자 해처는 지쳐버렸고, 결국 변호사나 법정을 능가하는 능력을 드러내기 시작했다.

하지만 이 장에서 보았던 것처럼, 이런 일이 남을 속여 이용해먹는 사이코패스의 기술이라기보다는 이들의 정신능력 평가 자체의 어려움을 반증하는 것일 수도 있다. 사이코패스는 인터뷰에서 자가당착에 빠지고 옆길로 새고 서로 잘 연결되지 않는 말들을 늘어놓아 정확한 임상적 판단을 어렵게 만든다. 아픈 아이들을 위해 어릿광대 역할을 해주던 시카고의 사업가이자 연쇄살인범 존 웨인 게이시의 재판에서도 이런 상반된 정신의학적 증언이 등장했다.[21] 검찰측 전문가는 그가 사이코패스이며 정신적 이상이 없다고 주장한 반면, 피고 측 전문가는 그가 정신이상이거나 미친 상태라고 주장했다. 피고 측 심리학자는 그가 정신이상이나 성도착증을 가진 반사회적 인격장애로 진단된다면서 인터뷰 중 게이시의 진술은 자가당착에 빠지고, 애매모호했으며 자기합리화와 변명으로 가득했다고 말했고, 정신과의사는 게이시가 그저 수다쟁이일 뿐이라고 했다. 반대 심문에 나선 검찰이 물었다. "게이시가 말이 많은 것은 사실이지만 정신분열증 환자의 특징인 느슨한 연상을 보이지는 않습니다. 처음에는 상대방을 죽였다고 하더니 이제 죽이지 않았다고 발뺌하고 있습니다. 이것이 느슨한 연상으로 보입니까?" 정신과의사가 답변했다. "그건 거짓말이겠죠. 거짓말이기 때문에 지난 진술 내용을 기억하지 못하는 것이라고 생각합니다." 배심원은 게이시가 정신이상이라는 탄원을 받아들이지 않았고, 사형을 선고했다.

게이시의 '느슨한 연상'과 모순된 진술, 거짓말은 원래 정신적으로 무심하거나 숨김없이 말하려는 노력이 부족한 것일 수도 있고, 전략적으로 상대방을 혼동시키려는 술책인지도 모른다. 그러나 이 장의 문맥으로 볼 때, 이런 태도는 심적 사건의 연속성과 진술의 자체점검 과정에 결함이 있거나 심지어 완전히 혼란된 상태에서 비롯된 것일 수 있다. 전체 계획 없이 진행되는 정신적 스크래블 게임인 것이다.

여기에서 중요한 논쟁거리가 제기된다. 사이코패스의 진술이 그렇게 괴상한데도 왜 그리 믿음직스러워 보일까? 어떻게 해서 일반인을 그리도 쉽게 속이고 이용할 수 있는 걸까? 왜 우리는 그들의 말에서 모순점을 찾지 못하는 것일까? 답은 간단하다. 그들이 쓴 '정상인의 가면'을 알아지 못하기 때문이다. 이들의 말은 너무 교묘해서 조금만 부주의하면 잘못된 점을 찾기 어렵다. 이들이 말하는 내용이 아닌 의도적으로 보내는 정서적 신호에 빠져들게 되기 때문이다.

최근 캘리포니아 주의 대학에서 가졌던 좌담에서 한 언어학자가, 어떤 면에서 사이코패스는 노련한 이야기꾼과 비슷하다고 말했다. 둘 다 과장된 몸짓언어를 사용하고 이야기를 교묘하게 비틀어서 상대방의 흥미를 자극하며 "이야기 속으로 끌어들인다." 듣는 사람에겐 이야기하는 솜씨도 그 내용 자체만큼이나 중요하다. 이런 측면에서 볼 때 사이코패스는 분명 뛰어난 이야기꾼이라는 것이다. 하지만 그렇다 하더라도 사이코패스는 이야기꾼들처럼 조리 있고 일관된 논리가 있는 대본을 가지고 있지 않다. 더구나 이야기꾼은 재미나 교육적 목적으로 이야기를 하는 데 반해 사이코패스의 이야기는 권력욕이나 자기만족적 욕구를 채우기 위한 것일 뿐이다.

그들은 미쳤는가?

자가당착에 빠진 일관성 없는 이야기들. 정서적 결핍. 이제는 이런 난처한 질문이 여러 분의 마음속을 휘젓고 있을 것이다. 이 사람들은 제정신일까? 다시 미친 것과 그저 성격이 나쁜 것 사이의 오랜 논쟁으로 되돌아가야 하나?

플로리다의 정신과 컨퍼런스에서 사이코패시와 언어에 대해 강의할 때의 일이다. 한 법정 정신과의사가 내게 다가오더니 말을 건넸다. "당신의 연구를 보면, 사이코패스가 정신적 불구이며 자기 행동에 책임지지 못한다는 것 같군요. 지금까지는 살인자가 사이코패스로 진단되면 '죽음을 예약'하는 것이라고들 생각했는데 이제는 반대로 '삶을 예약'하는 것이 되는 건가요?"

이것은 흥미로운 질문이다. 앞서 언급한 대로 사이코패스는 현재 법적, 정신의학적 정상 기준을 완전히 충족한다. 사회의 규칙과 일반적 선악의 의미를 이해하며, 자신의 행동을 통제할 수 있고, 이로 인해 일어날 일의 결과를 인지할 수 있다. 하지만 이들은 반사회적 행동을 단념하지 못하는 경우가 많다.

아직도 사이코패스는 정신이나 정서적 기제에 결함이 있어서 알고 있는 규칙을 합당한 사회적 행동으로 바꾸지 못한다고 주장하는 사람들이 있다. 결국 도덕심이 없으니 죄책감이나 양심의 가책도 느끼지 못하며 자신의 행동은 물론 다른 사람에게 미치는 영향을 막을 수 없게 되어 사회에 심각한 피해를 입히게 된다는 것이다. 사이코패스는 지적 규칙은 이해하지만 정서적 규칙은 알지 못한다. 그러나 오랫동안 전해오는 '도덕적 정신이상'의 개념은 이제 이론적 의미만 남았을 뿐 범죄자의 책임 소재를 가리는 실질적인 판단에는 별 영향을 미치지 못한다. 나는 사이코패스가 분명 자신의 행동에 대해 잘 이해하고 있기 때문에 이에 대한 책임을 부여하는 것이 옳다고 생각한다.

누구든 충분히 칭찬해주면 무엇이든 받아들일 수 있다.

— 몰리에르Moliere, 『수전노The Miser』(1668)

거미줄에 걸린
파리

주 경찰은 좁은 시골길에서 여자가 차를 갓길에 주차하게 하고는, 조금 떨어진 곳에 서서 여자가 차에서 내리기를 기다리고 있다.

일반적으로 교통범칙자는 차 밖으로 나오지 않는다. 경관이 서 있는 자세가 육체적으로나 정신적으로 위압감을 줄 수 있기 때문이다. 그럼에도 불구하고 여자는 너무도 자신만만한 태도로 애교스럽게 웃는다. 그다지 아름답지는 않지만 두 눈을 똑바로 바라보는 것이 무척 매혹적이다. 면허증을 요구하자 여자는 말을 붙여왔고, 결국 경찰은 그녀의 매력에 넘어가 농담조의 훈계만으로 훈방한다. 그리고는 지난달에 한 소년이 이 길에서 살해당했다고 말해준다. 경찰은 여자가 차에 올라타고 사라지는 것을 바라본다. 백미러에 대고 손을 흔들지 않으려 무진 애를 쓰고 있다.

대부분의 사람들은 인간적인 상호관계의 규칙을 따르지만 자연스러운 것이든 의도된 것이든 자신의 외모나 매력을 이용해 의지를 관철시키려는 사람들이 어디에나 있다. 또한 '피해자'가 무언가를 원하거나 약점이 있을 경우 상호관계의 결과에 영향을 줄 수 있다. 그러나 그 결과는 해가 없으며 일상생활에서 있을 수 있는 인간관계의 일부인 것이 대부분이다.

그러나 사이코패스가 관련되면 피해자가 받는 타격은 어마어마해진다. 사이코패스는 모든 사회적 관계를 '약탈'의 기회, 경쟁관계, 의지의 시험이라고 생각한다. 이런 관계에서 승자는 단 한 명뿐이다. 그는 오로지 상대방을 이용해먹고 갈취하기 위해 관계를 맺으며, 무자비하고 양심의 가책도 받지 않는다.

쇼타임

앞에서 설명한 것처럼 사이코패스는 말이 많기는 해도 노련한 언어의 마술사는 아니다. 그러나 상대방의 주의를 끌어 속여먹는 이 '쇼'에서는 말이 많이 필요하지도 않다. 잘생긴 외모, 카리스마, 달변, 인위적인 산만함, 상대방을 움직이는 '버튼'을 재빠르게 알아차리는 솜씨들에 휘둘리다 보면, 이들의 말이 단지 '대사'에 불과하다는 사실을 깨닫지 못한다. 잘생기고 말 잘하는 사이코패스와 '약점'을 가진 피해자가 만나면 그야말로 끔찍한 결과를 낳는다. 사이코패스는 이 '쇼'에서 '무대소품'도 적극 활용한다. '조연'은 물론이고 위조 자격증, 번쩍거리는 차, 값비싼 옷, 동정심을 유발하는 역할 등을 교묘하게 이용하여 작업을 완성한다.

물론 사이코패스만 연극을 하는 것은 아니다. 가식적이고 화려하며 과장된 언변과 행동, 속임수를 사용하는 사람은 어디서나 볼 수 있다. 이들이 타인과 맺는 상호관계는 말할 것도 없이 피상적이고 성의가 없다. 단지 이들은 좋은 인상을 주기 위해, 불쌍한 이미지를 만들어내기 위해, 직업적·정치적 목적을 이루기 위해 꾸며낼 뿐이다. 그러나 이들의 목적은 다른 이들을 벗겨먹으려는 데 있는 것이 아니기 때문에 사이코패스의 '연극' 과는 구별된다.

사회는 신뢰를 바탕으로 돌아간다. 일반적으로 사람들은 다른 사람과 이야기를 나눌 때 손짓이나 얼굴 표정, 미소, 눈빛과 같은 비언어적 의사소통 수단보다는 대화 자체에 신경을 쓴다. 하지만 말하는 사람이 아주 매력적이고, 그가 인상적인 비언어적 동작을 계속 취한다면 상황은 달라진다. 쇼를 구경하는 데 정신이 팔린 나머지 그가 하고 있는 말에는 신경을 덜 쓰게 되는 것이다.[1]

사기꾼의 '주장' 은 대부분의 사람에게는 너무나 이상하고 어리석어 보이지만 이미 마음을 빼앗긴 사람에겐 그저 완벽하게 보일 뿐이다. 56세의 에드 로페즈Ed Lopes는 사형수 감방에서 신을 발견했다며 6년 동안 침례교 목사를 사칭했다. 로페즈는 15년간 범죄 집단에서 마피아 암살자로 활약하며 28명을 살해했다. 그런데도 신자들과 워싱턴 주의 여러 교회에는, 자신이 빌리 그레이엄Billy Graham 목사의 권고를 받았으며 교도소 직원 350명이 자기를 위해 가석방위원회에 석방 탄원서를 제출했다고 말했다. 그는 가석방이 되자 곧바로 일리노이 주를 벗어나 도망쳤고, 다시 붙잡힌 그는 두 번째 아내를 교살하고 다른 여성을 때려 숨지게 했으며, 여자친구를 칼로 찌르고 목 졸라 살해했다고 시인했다. 그의 교구에서는 어떤 반응을 보였을까? 분노하는 사람들도 있었지만, 대부분은 그를 위해 힘을 합쳐 놀랄 만큼 낮게 책정되었던 보석금 5,000달러를 모금했다. 이에 보석금이 너무 낮았음을 깨달은 법원은 일리노이 주 송환을 위한 예심을 이유로 그를 다시 구속했다.

《AP통신》(1992년 1월 8일, 10일)

사이코패스는 대화 중 몸짓언어를 적절하게 사용하여 상대방의 눈을 사로잡는다. 또한 강렬하게 쳐다보고 몸을 앞으로 기울이거나 가까이 다가오는 등 자꾸 사적 공간을 침범하려 든다. 이들의 표현은 너무나 극적이고 상대방을 무기력하게 만드는 것이어서 상대방의 주의를 흐트러뜨리거나 그에게 강한 인상을 주고, 상대방을 사로잡거나 위협하여 말하고 있는 실제 내용에 집중하지 못하게 만든다. "그 사람 말을 전부 알아듣지는 못했지만 말하는 게 참 멋있었어요. 미소가 어찌나 매력적이던지." 사이코패스에게 사기를 당한 한 여인의 말이다.

내 동료 중 하나도 사이코패스인 아내의 정열과 사기의 거미줄에 걸려들었다. "그녀는 내 인생을 지옥으로 만들었지. 하지만 그녀가 없으니까 뭔가 부족한 기분이 들어. 그녀는 항상 신나고 엉뚱하기까지 한 일들을 벌였거든. 몇 주씩이나 사라지곤 했지만 한 번도 어디 갔었는지 설명해 주지 않았어. 결국 그녀와 함께 모든 돈을 탕진해 버렸네. 예금도 주택융자금도 모두. 그러나 그녀는 날 정말로 살맛나게 만들어주었어. 그녀가 곁에 있으면 난 항상 정신을 차릴 수가 없고 아내 이외에는 아무 것도 생각하지 못했지." 그의 결혼 생활은 아내가 다른 남자와 눈이 맞아 도망가버리는 바람에 파탄에 이르고 말았다. "그녀는 내게 한마디 말도 없이 떠났다네." 그가 말했다.

마음속 버튼

사이코패스는 상대방에게서 심리적 약점을 찾아 이용해먹고는 마음의 상처를 남긴 채 그대로 떠나버린다. 다음은 이들이 초인적인 능력으로 상대방의 약점을 찾아내고 정확한 버튼을 눌러버린 사례다.

- 사기꾼이었던 한 사이코패스는 인터뷰에서 솔직하게 말했다. "작업할 때는 우선 대상을 평가합니다. 그 사람의 처지나 한계점을 찾고, 필요한 것을 알아내서 그것을 안겨주는 거죠. 그 다음은 회수 기간입니다. 이자까지 붙여서 쥐어짜는 거죠."
- 앞서 언급했던 사이코패스 교사 윌리엄 브래드필드는 "매력적인 여성은 절대 노리지 않았으며 ……고양이가 생선 냄새를 맡듯 불안감과 외로움을 감지해내곤 했다."[2]
- 영화 〈케이프 피어〉의 으스스한 강당 신에서, 로버트 드니로가 연기한 사이코패스 주인공은 15세 소녀를 유혹하여 성적으로 눈 뜨게 만들었다.

외로움을 아무렇지도 않게 이용하는 것은 사이코패스의 트레이드

마크다. 한 사이코패스는 싱글 바에서 우울하고 불행한 여성을 찾아내곤 했다. 결국 한 여성과 동거하게 되자 그녀에게 자신의 차를 4,000달러나 받고 팔고는 공식적 소유 이전도 하지 않은 채 차를 마구 몰고 돌아다녔다. 그녀는 너무 당황스러워서 책임도 묻지 못했다.

수감 상태인 사이코패스는 애인 찾기 광고를 활용하여 상대를 물색하는 경우가 많다. 처음에는 편지가 오가다가 만남이 잦아지고, 피해자는 결국 환멸과 고통만을 맛보게 된다. 여러 해 전에 샴 고양이를 무척 좋아했던 한 제자가 애인 찾기 광고를 내자 수감자의 편지가 여러 통 도착했다. 그중에는 사이코패시 연구 중 인터뷰했던 여성 사이코패스도 포함되어 있었다. 편지의 문체는 화려했고, 따뜻한 저녁놀, 비 온 뒤의 긴 산책, 사랑하는 관계, 샴 고양이의 아름다움과 신비스러움 등을 감상적으로 표현하고 있었다. 이 모든 것이 그녀가 저질렀던 이성과 동성에 대한 폭력과는 완벽하게 상반되는 것이었다.

■ 사이코패스는 삶의 목적을 찾으려는 사람들을 이용하고, 사리 분별 못하는 여리고 의지할 데 없는 사람들을 등쳐먹는 데 거리낌이 없다. 한 사이코패스는 신문의 부고난을 뒤져 배우자를 막 잃고 가족이 없는 노인을 물색하여 희생자로 삼았다. 한번은 남편을 잃은 70세의 노부인에게 '슬픔 상담원'으로 행세하여 사무 위임장을 받아냈다가 주의 깊은 한 목사의 의심을 샀다. 결국 목사는 그의 배경을 조사한 끝에 가석방 중인 사기꾼임을 알아냈다. "그녀는 외로워했고 난 그저 삶의 활력을 좀 주려 했을 뿐"이라는 것이 그의 변명이었다.

▪ 사이코패스는 대부분의 사람이 가진 '콤플렉스'와 불안감을 간파하여 자신에게 유리하게 이용한다. 토머스 해리스는 저서『양들의 침묵』에서 '완벽한 사이코패스' 한니발 렉터 박사가 FBI 요원 스털링의 약점인 '평범함'에 대한 두려움을 발견하고 자신에게 유리하게 이용하는 장면을 묘사했다.

사이코패스를 만난 경험이 없는 스털링 요원은 말할 것도 없고, 심지어 사이코패스를 잘 아는 사람들도 속아 넘어가는 경우가 많다. 정신병원이나 교도소에서 일하는 정신과의사, 사회복지사, 간호사, 심리학자는 대부분 사이코패시 환자나 수감자 때문에 인생을 망친 사람을 하나둘은 알고 있다. 비사교적이고 건실하다는 직업적 평판을 가졌던 한 여성 전임 심리학자가 사이코패시 환자와 사랑의 도피 행각을 벌인 일도 있다. 2주 후 그는 그녀의 은행계좌를 완전히 털어먹고 신용카드도 한도까지 사용한 후 잠적해 버렸다. 그녀의 경력은 산산조각이 났고 사랑의 꿈도 깨졌다. 그녀는 면담자에게, 당시 인생이 공허하다는 생각에 사로잡혀 있었고, 그로 인해 그의 감언이설과 약속에 쉽게 속아 넘어갔다고 털어놓았다.

▪ 사이코패스는 '모성애가 강한' 여성을 발견하고 이용하는 데 선수다. 이러한 여성은 다른 사람을 돕고 돌봐주는 것을 무척 좋아한다. 또한 대부분 육아 및 간호, 사회복지, 카운슬링과 같이 남을 돕는 분야에 몸담고 있으며, 다른 사람의 단점을 못 본 척하거나 축소하고 장점을 찾는 경향이 있다. "그에게 문제가 있지만 내가 도울 수 있어

요"라거나 "어렸을 때 힘든 시기를 보냈어요. 그에게 필요한 건 감싸 줄 수 있는 사람이에요"라고 말하는 것이다. 이러한 여성은 사이코패 스에게 자신의 생각을 뒷받침해 주는 믿음만으로 집착하다가 정서 적, 육체적, 경제적으로 모두 털린 후 버려지기 쉽다.

내가 자주 언급하는 일화가 있다. '보살핌 추적 미사일'이라는 별 명의 한 사이코패시 범죄자는 언제나 여성 관광객을 유혹했다. 그에 게는 이성과 동성을 상대로 한 폭력 전과가 끝도 없었다. 그는 특별 히 잘생기거나 이야기를 재미있게 잘하는 편도 아니었지만 순진해 보이는 면이 일부 여성이나 관련 직원에게 매력적으로 보이는 것 같 았다. "항상 그를 꼭 껴안아주고 싶었다"거나 "그에게는 보살핌이 필 요하다"고 말하는 여성도 있었다.

무법자 마니아

나는 왜 그토록 많은 사람들이 범죄자에게 강한 매력을 느끼는지 항상 의아했다. 이들의 범법 행위를 통해 대리만족을 느끼는 것이라 고 추정할 뿐이었다. 이 '해방된' 영혼들은 '불량'한 상상을 행동으 로 옮기지 못하는 내성적인 사람들에게 우상이나 영웅으로 대접받는 다. 물론 대부분의 사람들은 영웅을 선택하는 데 상당히 까다롭다. 소 아성애자, 좀도둑, 정신이상 범죄자보다는 〈보니 앤 클라이드〉나 〈델 마와 루이스〉 같은 영화의 쫓기는 반항아들이 더 큰 인기를 누린다.

악명 높은 살인범의 재판이 진행되는 중이거나 끝난 후에는 보통 이런 치명적 매력에 관한 괴상한 실례를 목격할 수 있다. 법정 마니아 단체가 결성되고 펜팔이나 열성적 지지자가 등장하며, 이들과 사랑에 빠져버리는 사람까지 출현한다. 이런 '무법자 마니아'가 가장 열광하는 대상은 야만적인 성범죄를 저지르는 사이코패시 연쇄살인범이다. 테드 번디, 케니스 비앙키, 존 게이시, 리처드 라미레스를 비롯한 상당수의 사이코패시 연쇄살인범에게는 언제나 팬클럽이 따라다녔다. 이렇게 되면 악명과 명성을 구별하기 힘들어지며 냉혹한 범죄자일수록 더 큰 유명세를 누린다. 요즘은 연쇄살인범 만화책, 보드게임, 카드게임도 있으며, 최근에는 그들이 스포츠 영웅으로까지 대접받고 있다.

사탄을 숭배하는 '나이트 스토커' 리처드 라미레스에 관한 책에는 그의 예심을 끝까지 지켜보고 연애편지와 자신의 사진을 보냈던 젊은 여학생 이야기가 나온다. "그에게 동정심을 느껴요. 그는 이끌어줄 사람이 없어서 인생을 망쳐버린 잘생긴 남자로 보여요." 그녀의 말이다.[3]

캐나다에서 살인 및 성폭행으로 세 번이나 종신형을 선고받고 복역 중이던 사이코패시 살인범 다니엘 깅그래스Daniel Gingras는 교도소 직원을 설득해서 하루짜리 가석방을 받아냈다. 그리고는 보호시설을 탈출해서 두 명을 죽이고서야 붙들렸다. 그런데 이 기사를 읽은 캘리포니아의 한 여인이 깅그래스에게 그와 결혼하고 싶다는 내용의 애절한 편지를 쓰기 시작했다. "그의 사진을 보고 동정심을 느꼈어요." 그녀의 말이다.

보통 사람이라면 상대가 끔찍한 범죄를 저지른 살인범이라는 사실을 무시하고 사랑에 빠질 수 있는지 이해하기 힘들 것이다. 이러한 헌신적인 구애자들은 사이코패시 콤플렉스의 피해자임에 틀림없다. 로맨틱 하고 보답 없는 사랑을 원하는 경우도 있고, 자극적이고 사악하며 위험한 행동에 대리만족을 느끼거나, 사형제도의 폐지, 불쌍한 사람의 구제 등 싸울만한 가치가 있는 무언가를 위해, 또는 범죄가 어린시절의 육체적·정신적 학대로 인한 불가피한 결과라고 확신해서 개입하는 이들도 있다.

난폭한 범죄로 유죄선고를 받은 후 열정적인 추종자를 만들어내는 것은 남자들만이 아니다. 언론에서 '밤비'라는 별명을 얻은 로렌시아 벰비넥Lawrencia Bembenek은 전직 플레이보이 모델이고 경찰관이었으며, 밀워키에서 남편의 전 부인을 살해하여 유죄를 선고받았다. 그녀가 수감 중일 때 100여 명이 그랜드 호텔 연회장에서 그녀의 생일파티를 열었고, 그녀가 교도소를 탈출하자 300여 명이 축하집회를 열고 '달려라 밤비' 피켓을 흔들어댔다. 그녀는 캐나다로 도망쳤지만 곧 다시 잡혔다. 미국 정부에서 본국 송환을 요청하자 청문회와 휴정이 계속되었고, 자신이 남성지배적인 시스템에 희생된 선량한 희생자라는 밤비의 주장을 그대로 받아들인 사람들의 시위도 계속되었다. 미국은 그녀의 정치적 망명 요청이 도주를 위한 것이라고 강력히 주장했고, 캐나다 정부가 이것을 받아들여 망명 요청을 기각하고 밤비를 미국으로 송환했다.

확고한 마니아층이 형성되고 잡지 기사, TV 프로그램은 물론 호의적인 책도 여러 권 나왔지만(그중 한 권은 자신이 직접 썼다),[4] 밀워키 당국은 밤비가 냉혹한 살인자이며 교활한 요부라고 주장했다. 어쨌든 유죄 여부와 관계없이, 각종 대중매체는 이 사건을 "자신의 매력을 무기로 사용한" 사례라고 표현하며, 매력적인 아름다움을 쫓는 사회의 어리석음을 보여준다고 썼다. 최근에는 원심이 파기되어 다시 재판에 들어갔다. 그녀는 형량을 줄이기 위해 '불항쟁 답변(법원에 소송을 제기하지는 않지만 유죄와 같이 간주되는 방법 - 옮긴이)'을 선택했고, 그때까지 복역했던 만큼의 기간만을 선고받고 풀려났다. 그리고 인기 있는 토크쇼의 게스트가 되었다.

벰비넥의 명성도 에이미 피셔Amy Fisher의 사례에 비하면 새 발의 피다. '롱아일랜드의 롤리타'라는 별명을 얻은 에이미는 남자친구라고 주장하는 사람의 아내를 총으로 쏴 유죄판결을 받았으며, 순식간에 언론의 주목을 받았다. 그녀의 이야기는 세 편의 텔레비전 영화로 제작되었고, 그중 두 편은 같은 날 밤에 방영됐다. 우리 연구에 참여했던 한 '프로' 범죄자는 불만스럽게 말했다. "그 여잔 별 볼일 없는 여자였소. 그런데 남자친구의 아내를 어설프게 죽이려다가 유명인사가 되어버렸더군."

악명 높은 범죄자에 대한 이런 열광은 보통 무해한 정도에서 그치며, 대상자가 수감되어 있는 한 범죄자가 실제로 도움을 받거나 이런 광신자가 진짜 피해를 입는 경우는 드물다. 이들은 사이코패스에게 이용당한 피해자가 아니다. 오히려 그의 사기행각에 기꺼이 동참한 공범이나 마찬가지다.

문제는 당신에게 있지 않다

이런 사례는 보통 인간 본성의 어두운 측면을 구경하는 안전한 수준에서 끝이 나지만, 피해자 역할을 자처하는 사람들 때문에 사이코패스의 자기만족 욕구가 충족되는 것도 사실이다. 자신이 이용당하고 있다는 사실을 쉽게 인정하지 않는 피해자도 있다. 한 여성 사이코패스의 남편은 친구가 아내의 외도를 알려주자 믿을 수 없다며 격렬하게 부인했다. 심지어 결국 여자가 다른 남자와 달아난 후에도 자기 아내가 순결하다는 것을 의심하지 않았다. 이런 심리적 거부는 고통스러운 현실을 이성적으로 자각하지 않으려는 심리 현상 중 하나지만 이 때문에 명백한 사실을 인지하지 못하게 되기도 한다.

진실을 알고도 자신의 믿음에 맞추어 현실을 왜곡하려 들 뿐 생각을 바꾸지 않는 이들도 있다. 한 사이코패스의 전 여자친구는 남자친구의 범죄행동을 남자다운 씩씩함의 증거라고 생각했다. 그녀는 남자친구에게 "매우 섬세하고 ……세상을 움직이고 뒤흔드는 ……그러면서도 아무것도 두려워하지 않는 남자"라는 자신의 이상적인 남성상을 투영하고 있었다. 또한 이런 여자친구의 상상은 사이코패스가 자아도취 되었던 자아상과 맞아떨어졌다.

남성과의 관계에서 전통적인 여성의 역할을 완고하게 고수하는 여성이 사이코패스 남성을 만나면 매우 힘겨운 상황이 벌어진다. 반면에 사이코패스는 '현모양처'가 꿈인 여성을 아내로 맞으면 매우 편안한 삶을 살 수 있다. 사이코패스에게 가정은 믿을 만한 원조자이며, 음모를 실행하고 다른 여성과 끊임없는 애정행각을 벌이기 위한 전진

기지 역할을 한다. 한편 사이코패스 남편에게 오랫동안 시달려온 아내는 상황을 잘 알면서도 가정을 원만하게 유지하려 애쓴다. 자녀가 있으면 그러한 의지는 더 강해진다. 그저 자신이 더 노력하거나 기다리면 남편이 돌아올 것이라고 믿으며, 이런 역할 규정으로 인해 점점 불행한 인간관계에 대한 자책과 죄의식에 빠져든다. 남편에게 무시당하고 학대받고 버림받아도 언제나 스스로 다짐한다. "더 열심히 노력하고 관심을 쏟고 다른 여자들보다 더 잘 돌봐줘야지. 그러면 그이도 내가 얼마나 소중한지 깨닫고 나를 여왕처럼 받들게 될 거야."

1991년 10월자 《뉴워먼New Woman》지에서 키키 올슨Kiki Olson은 '사기꾼의 새로운 피해자'라는 제목으로 예상치 못했던 부작용에 대한 기사를 썼다. 2,000~2만 달러를 소지했거나 빌릴 수 있으며, 사랑과 재물을 추구하는 미혼여성들이 사기꾼 남자들의 둘도 없는 먹잇감이 되고 있다는 것이었다. 필라델피아 검찰의 경제범죄 부서장인 조지프 케이시Joseph D. Casey의 말이다. "수입이 좋은 미혼 직장여성을 노리는 남성 사기꾼은 싱글 바, 헬스클럽, 사교클럽 같이 먹잇감이 자주 찾는 곳을 드나들며 칵테일, 운동, 춤추는 것 외에 무언가를 원하는 여성에게 접근한다. ……이런 사기꾼들은 상대방의 본질을 알아내고 취약한 부분을 찾아낸다. 그게 바로 그들의 직업이다."

이들은 군중 속에서도 돈·의식주·자동차·은행대출 등을 갈취할 여성을 실수 없이 정확하게 찾아내지만, 여성들이 진실한 구혼자와 사기꾼을 구별하기란 어려운 일이다. 이런 여성 중 하나인 케이시는 이렇게까지 말했다. "그는 분명 잘생기고 매력적이고 말을 잘하는 사람이었고, 자신감에 차 있고, 나를 교묘하게 움직이게 만들었으며, 아주 사랑스러웠어요."

법정 심리학자인 J. 리드 멜로이Reid Meloy로부터 들은 사건에서는 한 화이트칼라 사이코패스가 아내를 폭행해 중상을 입혔다.[5] 이후 그녀는 멜로이를 돕기 위해 신문에 투고했다. "그이는 특별한 보살핌이 필요해요. 난 그런 아내가 되어주질 못했죠. 그렇지만 이제부턴 달라질 거예요. 그의 노여움을 긍정적인 것으로 바꾸고, 강한 사람으로 변화시키겠어요." 남편에 대한 지독한 헌신과 충성, '맞춤형' 아내라는 관점이 현실을 왜곡하고 자신감을 고갈시켰던 것이다. 하지만 말할 필요도 없이, 그녀의 현실은 평생 계속되는 실망과 폭행의 연속일 것이다.

불행하게도 자존감이 낮고 의존적이며 주체성이 부족한 사람이 사이코패스와 맞닥뜨리면 이런 일은 언제든 일어날 수 있다. 사이코패스는 육체적·정신적으로 무력한 사람, 아무리 힘들어도 억지로 관계를 이어가려는 사람들을 거리낌 없이 이용해먹는다.[6]

어떻게 할 것인가?

이제는 살다가 사이코패스와 마주쳐도 자신을 스스로 보호할 수 없을 것 같은 불안한 마음이 든다. 물론 사이코패스가 일반인보다 유리한 점이 많다. 하지만 그들에게서 받는 고통과 피해를 최소한으로 줄일 수는 있다. 이 책의 마지막 장에서 그들로부터 살아남는 기술에 대해 설명하겠다.

10

"나는 이제는 다 알아. 그러니까 더 이상 거짓말해봤자 소용없어." 펜마크 부인이 딸 로다에게 말했다. "네가 신발로 그를 때려서 그의 이마와 손에 반달모양 상처가 생긴 게 틀림없어." 로다는 당혹스럽다는 눈빛으로 슬금슬금 뒤로 물러서더니 소파에 몸을 던졌다. 그리고는 베개에 얼굴을 묻고 구슬프게 울면서 손가락 사이로 엄마를 흘끔흘끔 곁눈질했다. 하지만 더 이상 연기는 통하지 않았다. 엄마는 딸을 냉정하게 돌아보며 생각했다. '지금까지는 아마추어에 불과했지만 나날이 발전하고 있어. 연기가 완벽해졌어. 몇 년만 지나면 전혀 촌스럽지 않을 거야. 그렇게 되면 누구라도 속아 넘어가겠지. ― **윌리엄 마치,『악의 종자』**

앞의 장면은 '천부적으로 사악한' 아이들의 감히 상상조차 할 수 없는 '끔찍한' 생각을 소재로 한 베스트셀러 소설에서 옮겨온 것이다. 로다 펜마크라는 소녀 이야기인데, 소녀의 진짜 본성은 학급 친구를 살해하고 나서야 만천하에 밝혀진다.

아이에게는 언제나 좀 이상한 구석이 있었지만 (부모는) 언젠가는 다른 아이들처럼 자라게 될 거라 믿으며 아이의 괴벽을 무시해왔다. 하지만 희망대로 되지 않았다. 6세 때에는 볼티모어의 유명한 실험학교에 입학시켰으나 일 년 후 교장으로부터 전학시켜 달라는 요청을 받았다. 펜마크 부인이 설명을 요구하자, 부인의 연한 회색 코트 깃에 달린 금색, 은색 해마만 뚫어지게 쳐다보던 교장이 참을성이라고는 바닥난 사람처럼 퉁명스럽게 말을 꺼냈다. 로다가 냉담하고 자기만 생각하는 까다로운 아이인 데다가 자기 멋대로 행동하고 다른 규칙을 모두 무시한다는 것이었다. 또한 거짓말을 너무 잘한다고도 했다. 어떤 면에서는 또래보다 훨씬 성숙했지만 어떤 부분은 전혀 발달되지 않았다. …… 하지만 정작 제적 사유는 다른 데 있었다. 변변찮지만 꽤 능숙한 좀도둑으로 밝혀졌기 때문이다. …… 죄책감이라곤 털끝만치도 없었고 어린아이 특유의 불안감도 없었다. 물론 누구에게도 애정을 보이지 않았고 자기 자신만 생각했다.

『악의 종자』 이야기는 사실 로다의 엄마인 크리스틴 펜마크의 이야기이며 죄의식에 관한 글이다. 크리스틴 펜마크는 딸에게서 사이코패시 징후가 나타나기 시작하자 고민에 빠진다. 어째서 자신과 세심한 남편이 애써 지켜왔던 비교적 평온하고, 정숙하고, 서로 사랑하는, 전도유망했던 가족생활이 꼬마 살인자라는 끔찍한 결과를 초래했을까.

소설의 내용은 무시무시하지만, 사실상 너무나 현실적이다. 사이코패스의 부모는 아이가 오로지 자기만족만을 추구하며 비뚤어져 가는 것을 그저 지켜볼 수밖에 없다. 절실하게 카운슬러와 치료사의 도움을 구해도 별 도움이 되지 않는다. 양육의 즐거움이 점점 당황스러움과 고통으로 변해가면서 몇 번이고 자문하게 된다. "우리가 무엇을 잘못한 거지?"

어린 사이코패스

유년기 아동을 보며 사이코패시를 상상하기란 쉽지 않다. 그러나 이 성격장애 요소는 아주 어렸을 때 이미 분명해지는 것으로 밝혀졌다. 신문 기사에서 내 연구 내용을 읽은 한 어머니가 편지를 보내왔다. 그녀는 이미 자포자기한 심정이었다. "제 아들은 항상 제멋대로

고 가까이하기 힘든 아이였습니다. 다섯 살이 되던 해에 아이는 옳고 그름의 차이를 파악했습니다. 가벼운 벌로 끝나는 것은 옳은 것이고 무거운 벌을 받으면 그른 것이라고 믿게 된 것입니다. 그때부터 이것이 행동 기준이 되었습니다. 벌을 주고, 가족들이 화를 내고, 위협하고, 간청하고, 상담도 하고, '심리 캠프'라는 곳까지 보내봤지만 조금도 달라지지 않았습니다. 이제 15세인데 벌써 일곱 번이나 체포되었답니다."

가족 전체가 7년 전 입양한 어린 아들에게 인질로 잡혀있다는 편지도 있었다. 아이는 세상에 대해 눈을 뜨기 시작하면서부터 사기와 협박을 일삼았고, 곧 혼란스럽고 비통한 가족 드라마의 주연배우가 되었다. 편지를 쓸 당시 아이를 막 출산한 어머니와 그 남편은 이해할 수 없는 양자로 인해 갓난아이의 미래가 잘못되지 않을까 걱정하고 있었다.[1]

아이에게는 사이코패스라는 용어를 사용하지 않으려는 사람들이 많다. 이들은 어린아이에게 이런 경멸적인 딱지를 붙였을 때 발생할 수 있는 윤리적, 현실적 문제를 제기한다. 그러나 임상 실험 및 조사에 의하면 어린이에게도 명백하게 이런 성격장애의 기본 요소가 존재할 수 있다. 사이코패시는 성인이 된 후에 튀어나오거나 예고 없이 발생하는 것이 아니다. 앞 장에서 설명한 특성은 어린시절에 이미 그 전조가 나타난다.[2]

사이코패스로 진단받은 아이들의 부모는 아이가 임상 및 일상생활에서 취학 전부터 이미 무언가 심각하게 잘못되었음을 명백하게 인식하고 있다. 아이들은 처음에는 사회적 경계에 구애받지 않다가 점점 사회화되어 가는데, 고집스럽게도 사회화의 압력에 굴하지 않는 아이들이 존재한다. 설명하기는 힘들지만 이들은 보통 아이들과 다르다. 더 완고하고 제멋대로이고 공격적이며 거짓말을 잘한다. 사이좋게 지내거나 가까워지기 힘들며, 설득이나 가르침을 거부하고, 언제나 사회적 관용의 한계를 시험한다. 이들은 학령 초기에 다음과 같은 면에서 일반적인 발달 상황을 벗어난 행동을 보인다.

- 반복적, 우발적으로 겉보기에 부주의한 거짓말을 한다.
- 다른 사람들의 감정, 기대, 고통에 무관심하며 이해하지도 못한다.
- 부모, 선생, 규칙에 반항한다.
- 끊임없이 말썽을 부리며, 체벌의 위협이나 질책에 반응이 없다.
- 다른 아이나 부모의 물건을 훔친다.
- 끊임없이 공격 성향, 괴롭힘, 싸움을 일삼는다.
- 잦은 무단결석, 늦은 귀가, 가출 경력이 있다.
- 동물을 괴롭히거나 죽이는 행동을 한다.
- 이른 나이에 성에 관한 실험을 한다.
- 기물 파괴와 방화를 저지른다.

이러한 아이의 부모에겐 걱정이 떠나지 않는다. "다음에는 무슨 말썽을 부릴까?" 심리학 석사학위를 가지고 있던 한 엄마는 다섯 살인 딸 수잔에 대해 이렇게 말했다. "새끼 고양이를 변기에 넣고 물을 내리려고 했어요. 두 번째 시도하려던 걸 저지했는데 너무 태연하더군요. 들킨 것 때문에 좀 화가 난 것도 같았고요. 나중에 남편에게 이

일을 말하자 그가 (수잔을) 추궁했는데 태연하게 그런 적이 없다고 부인하더라고요. …… 우리는 그애와 전혀 가까워질 수가 없었어요. 갓난아기일 때조차도요. 항상 제멋대로 행동하려 했고, 잘 해주지 않으면 불같이 화를 냈어요. 뻔히 진실이 드러나도 거짓말을 하더군요. ……(수잔이) 일곱 살 때 남동생이 생기자 동생을 잔인한 방법으로 계속 괴롭혔어요. 젖병을 빼앗아서 고무젖꼭지로 입술을 부비다가 아기가 빨려고 덤비면 휙 치워버리는 식이었죠. …… 이제 열세 살이 됐어요. 가끔씩 상냥하게 굴고 반성하는 척 연기를 하지만 딸애의 행동 때문에 곤란할 때가 더 많죠. 언제나 등교를 거부하고, 섹시하게 행동하고, 내 지갑에서 돈을 훔칠 기회를 노린답니다."

청소년 행동장애와 사이코패시

진단의 '바이블'로 인정받고 있는 미국 정신의학회의의 DSM-IV에는 어린이와 청소년에게 나타나는 사이코패시적 특성을 정확하게 설명하는 카테고리가 없다. 대신에 사회적으로 파괴적인 행동을 하며, 성격장애자보다 더 타인을 괴롭히는 파괴적 행동장애 항목이 있다. 그중 다음 세 개의 하위 범주가 사이코패시의 특성과 일치한다.

- **주의력결핍 과다활동장애** 부주의, 충동성, 활동성이 부적절하게 발달된 상태.
- **품행장애** 타인의 기본권은 물론 또래 집단의 사회적 기준이나 규칙을

지속적으로 위반함.

■ **적대적 반항장애** 품행장애와는 달리 타인의 기본권을 심각하게 침해하지 않으면서 행하는 부정적, 적대적, 반항적 행동.

이 범주 중 어느 것도 어린 사이코패스를 정확하게 설명하지는 못한다. 품행장애가 가장 비슷하긴 하지만 그들의 정서적, 지적, 대인관계적 특성을 포착하지 못한다. 자기중심적이며 감정적 공감, 죄의식, 양심의 가책 등이 부족한 정서적 특성은 사이코패시 진단에 매우 중요한 항목이다. 성인 사이코패스는 대부분 유년시절에 품행장애 진단을 받지만, 품행장애를 가졌다고 해서 모두 사이코패스로 자라지는 않는다. 그러나 품행장애 중 "사회적 관계에 서투르고 불안감을 보이지 않으며 고도의 공격성을 보이는 등"의 일부 항목은 성인의 사이코패시 평가표에 정의되고 진단되는 정신장애와 사실상 동일하다.[3]

어린이에게도 사이코패시가 나타난다는 좀더 직접적인 증거가 있다. 앨라배마와 캘리포니아에 위치한 두 아동상담소의 최근 조사가 그것이다.[4] 대개 여러 정서적 문제, 학습장애, 행동장애를 보이는 6~13세 사이의 남자아이가 대상이었다. 사이코패시 평가표를 활용한 이 연구에서는, 앨라배마 대학교의 폴 프릭Paul Frick이 이끄는 연구팀이 각각의 아이들에게 3, 4장에서 언급한 성격과 행동 특성이 나타나는지 평가했다. 그 결과 대상자 중 일부에서 성인 사이코패스의 감정·대인관계 특징 및 사회적 일탈행위와 매우 유사한 패턴이 관찰되었다. 연구자는 물론 수많은 절망에 빠진 부모에게 유소년 사이코패시는 어쩔 수 없는 현실이다.

어려운 도전과제

사이코패스로 자라나는 아이들은 대부분 아주 어릴 때부터 교사나 카운슬러의 관심을 끌게 되므로 우선 이런 직업의 종사자는 당면한 문제의 성격을 제대로 이해하고 있어야 한다. 그나마 어린시절에는 전문적 개입으로 장애에서 벗어날 가능성이 높다. 청소년이 되면 이미 사이코패시 행동패턴의 교정 가능성은 매우 희박해진다.

불행하게도 이런 아이들을 다루는 직종의 종사자 중 상당수가 여러 가지 이유로 문제를 직시하지 못하고 있다. 어떤 이들은 순수하게 행동적인 측면으로만 접근해서, 특성과 증상이 복잡하게 얽힌 성격장애가 아닌, 공격성·절도 등의 특정 행동만을 다루려 한다. 또 다른 이들은 유소년을 치료 불가능하다고 알려진 성격장애로 진단할 경우 장기적으로 좋지 않은 영향을 미칠 수 있다며 진단 자체를 꺼리기도 한다. 심지어 이런 아이들의 행동이나 증상이 부적절한 양육이나 사회환경에서 야기되는 일반적인 비정상 행동과 완전히 다르다는 것을 인식하지 못하기도 한다. 아이는 아직 미성숙한 단계이기 때문에 누구나 다소 자기중심적이며 남을 속여 이용하려 든다고 주장하는 것이다. 하지만 이것은 악화일로의 아이들과 매일같이 싸우는 사이코패시 자녀를 둔 부모에겐 매우 절망스러운 태도다.

아이에게 심리학적 꼬리표를 다는 것은 물론 간단한 문제가 아니다. 이것은 성인에게도 마찬가지다. 특별히 아이에게 이것이 더 큰 문제가 되는 것은 '자기실현적 예언'이 되기 때문이다. 말썽꾸러기로 찍힌 아이가 교사, 부모, 친구 등 타인이 미묘하게 전하는 부정적 기대에 맞춰 성장하여 정말로 비행청소년이 되는 원리다.

그 절차가 과학적 기준을 충족시키는 경우에도 부주의하거나 무능한 임상전문가가 실수하거나 오진을 내릴 가능성을 완전히 없앨 수는 없다. 정신과의사가 한 소녀를 정신분열증이라고 진단했으나 이후 부모의 방임으로 인해 굶주리고 있었음이 밝혀졌고, 적절한 보살핌을 받자 상태가 급속도로 호전된 사례도 있다. 이미 알려진 사례만 해도 수백 건은 되며 알려지지 않은 것들은 셀 수 없을 정도다. 부정확한 정신의학적 진단은 환자의 인생에 커다란 영향을 주며, 오진으로 인해 치료 가능한 문제를 간과했을 경우 결과는 더욱 복잡하게 꼬인다.

반면에 아이가 사이코패시로 정의된 성격 특성을 보이는데도 이것을 알아채지 못하면 부모가 아무리 학교장, 정신과의사, 심리학자, 상담가를 쫓아다녀도 아이와 자신이 어떻게 잘못된 것인지 알아낼 수 없을 것이며, 부적절한 치료와 중재 노력을 계속하는 가운데 금전적, 감정적 피해를 입게 될 것이다.

유소년에게 공식 진단을 내리는 것이 불편하다면 하지 않아도 좋다. 하지만 문제의 본질을 흐려서는 안 된다. 그것을 무엇이라 부르든 장기적 문제를 야기하는 이 성격 및 행동 특성을 명확하게 직시해야 한다.

이런 아이들을 어떻게 해야 하나?

최근 우리는 13~18세의 청소년 남성 범법자를 대상으로 사이코패시 평가를 실시했다. 그 결과 평가표의 평균점수가 성인 남성 범죄자보다 높았으며, 25퍼센트 이상이 사이코패시 기준에 부합되었다. 특히 신경이 쓰이는 것은 평가표의 가장 높은 점수를 획득한 범법자가 겨우 13세였다는 점이다. 제이슨은 6세에 이미 가택침입, 절도, 어린아이 폭행 등의 중범죄에 연루되었다. 그는 그동안 연구해왔던 폭력적인 성인 사이코패스와 임상적으로나 행동 면에서나 거의 다를 바가 없었다. 한 가지 다른 점은 다른 전형적인 성인 사이코패스보다 신념과 태도가 더욱 솔직하고 거리낌이 없으며, 신중함이나 음흉함이 덜하다는 것이다. 소년의 말투는 윽박지르는 것 같았다.

왜 나쁜 짓을 했냐고 묻자 건실한 가족 출신인 그가 대답했다. "좋으니까요. 멍청한 엄마 아빠는 내가 문제를 일으키니까 완전히 흥분한 것 같던데, 나만 재미있으면 상관없잖아요. 내가 사실 굉장히 과격하거든요." 피해자를 비롯한 다른 사람에 대해서는 이렇게 대답했다. "진심을 듣고 싶어요? 그놈들도 할 수만 있다면 날 쳤을 거예요. 내가 좀더 빨랐을 뿐이지." 그는 노숙자, 그중에서도 '동성애자', '마약상', 불량청소년을 주로 강탈했다. 이유를 이렇게 말했다. "그놈들은 그런 것에 익숙하거든요. 경찰에게 달려가 칭얼대지도 않고 …… 한번은 싸우는데 그놈이 칼을 꺼내 들더라고요. 그걸 빼앗아 그놈 눈에 쑤셔 박았죠. 그 자식이 애처럼 비명을 지르면서 뛰어다니는데 어찌나 우습던지!"

학교에 다니면서부터는 부모와 가게를 털고 아이들을 윽박질러 사탕이나 장난감을 빼앗았다. 대부분 잘 둘러대 곤경에서 벗어날 수 있었다. "그냥 눈을 똑바로 쳐다보면서 아무렇게나 지껄이는 거예요. 정말 잘 먹혀요. 아직도 써먹는걸요. 엄마는 오랫동안 속았죠."

지역사회가 제이슨으로 인해 큰 고통을 받아온 것은 당연하다. 그의 동기나 행위는 쉽게 이해할 수 없었다. 정서적으로 불안하거나 신경학적으로 문제가 있는 것도 아니었으며, 사회적·물질적 환경이 부족하지도 않았다. 불행히도 아동상담소, 소년원, 사회복지원, 소년구치소, 형사사법체계에서 일하는 사람이라면 누구나 이와 비슷한 아이를 경험한 적이 있을 것이다. 우리는 수백 년 동안 똑같은 질문을 해왔다.

- 이런 아이를 어떻게 이해해야 하는가?
- 이런 아이의 기본권을 침해하지 않으면서도 동시에 사회를 보호하려면 어떻게 해야 하는가?

사회성 붕괴의 조짐이 점점 뚜렷해지면서, 아이들에게서도 사이코패시가 발견된다는 사실은 이제 더 이상 외면할 수 없는 현실이다. 반세기 전 허비 클렉클리와 로버트 린드너는 우리가 사이코패스의 존재를 인식하지 못하기 때문에 사회 위기가 유발되고 있다고 경고했다. 오늘날 학교, 법원, 정신병원과 같은 사회기관에서 매일 수천 번의 위기를 겪으면서도 여전히 사이코패시의 실체에 대해 눈 가리고 아웅 하는 식으로 대처하고 있다. 가능한 한 빨리 우리가 알고 있는 이 성격장애에 대한 지식을 사람들에게 알려야만 한다. 그렇지 않으면 치명적인 질병에 일회용 밴드만 붙여두는 꼴이 되어 사회적 위기는 더욱 심각해질 것이다. 다음 장에서 더욱 자세하게 설명하겠다.

청소년 범죄의 배경

최근 10년 동안 끔찍하고 불가피한 일들이 현실로 나타나고 있다. 사회제도의 전복이 우려될 정도로 청소년 범죄가 급격하게 늘고 있는 것이다. 특히 마약·살인·강간·약탈·가중폭력과 같은 강력범죄가 급속도로 증가하고 있으며, 이전에 볼 수 없던 어린 연령대에서도 이런 범죄가 빈발한다. 참으로 넌더리가 나고 우울해지는 일이지만, 10세 이하의 어린이가 상습범에게서나 볼 수 있던 이유 없는 폭력을 휘두르는 일도 더 이상 드문 일이 아니다.

심리학자 롤프 로우버Rolf Loeber는,[5] 반사회적 행동이 일단 굳어지면 임상적 노력으로는 사회복귀가 어려우며 치료 프로그램도 단기적 효과에 그친다는 이미 알려진 사실에 다시 관심을 돌렸다. 또한 청소년 비행에 대한 최신 자료에서 도출되곤 하는 한 가지 문제를 지적했다. "1960~1970년대에 청소년 문제가 심각해지자 해당 세대의 다음 세대 양육 능력에 대한 우려가 제기되었다. 문제아를 바로잡는 일은 다음 세대의 반사회성을 좌우하는 요인 중 하나다." 다시 말하면 마음의 준비를 해야 한다는 말이다. 아직 끔찍한 상황의 본론은 나오지도 않았다는 것이다.

로우버는 범죄로 이끄는 몇 가지 길이 이미 만들어져 있기 때문에 가능한 한 빨리 이런 경로를 찾아내 차단해야 한다고 주장했다. 마찬가지 이유로 사이코패시에는 더 큰 노력을 쏟아 부어야 한다는 것이다.

켄 매지드Ken Magid와 캐롤 맥켈비Carole McKelvey는 갑자기 청소년 범죄가 증가하는 이면에는 사이코패시도 한 원인이 되고 있다고 주장했다.[6] 일례로 최근 전국을 떠들썩하게 만든 신문 기사 제목 몇 가지를 제시했다.

- 콜로라도의 십대 소년, 두 친구가 자기 엄마를 마구 때려 죽일 때까지 느긋하게 지켜보다.
- 플로리다 경찰, 3세 아이를 5층 계단에서 밀어버린 5세 아이가 그 결과를 예측하고 있었는지 논의 중.
- 캔자스 시경, 12세 아이가 생일파티 계획을 짜다가 여동생과 엄마를 살해한 사건에 당혹.
- 세인트루이스의 부촌에서 11세 어린이가 10세 친구와 마당에서 나가라며 다투다가 부모의 총으로 쏴버림. 친구는 수술 중 사망.
- 4세 여자아이가 3개월 된 쌍둥이 동생들과 놀다가 동생이 실수로 자기에게 상처를 입히자 바닥에 던져 살해.

이와 비슷한 사건을 수십 개는 더 들 수 있다. 이 글을 쓰는 동안에도 서부 주의 작은 마을에서는 다른 아이들을 칼로 위협해서 성희롱하고 강간했다는 9세 어린이의 처리 문제를 놓고 고심 중이다. 너무 어려서 기소할 수 없는 데다가 어린이 보호기관 관계자에 따르면 그런 행동은 '피해자들이 아닌 그 아이가 위험에 처했을 때만 일어날 수 있는 일이기 때문에' 보호시설에 넣을 수 없다고 했다.[7]

이런 끔찍한 사건은 일반적인 사고와는 다르며, 보통 아이들이 저지르곤 하는 '시간이 해결해 주는' 행동이 좀더 과격해진 형태도 아니다. 사이코패시의 개인적 특성이 어린시절에 나타난다는 사실을 받아들여야 이런 사건들을 이해할 수 있다. 인정하기 거북할 수도 있겠지만 이걸 인정해야 인간의 전 생애에 걸친 정신장애 연구가 시작될 수 있다. 또한 효과적인 개입 방법을 개발하여 사이코패시 아이가 사기꾼이나 범죄자가 되기도 하고, 떳떳치 못하고 비윤리적인 사업가나 정치인으로 자라기도 하며, 전문가나 심지어 사회에 크게 기여하는 훌륭한 사람이 되기도 하는(사실 이 경우는 제3, 4장에서 묘사한 특징에 덜 일치하는 사람일 가능성이 많다) 이유를 알아낼 수 있다면 정말 대단한 일이 될 것이다.

발생 원인: 유전이냐 환경이냐

유소년 사이코패시 문제를 고민하다 보면 바로 떠오르는 중요한 질문이 하나 있다. 왜 이런 일이 발생할까? 앞에서 언급했던 것처럼, 많은 청소년들이 부모의 학대·가난·구직 기회의 부족·나쁜 친구 등 열악한 사회환경 때문에 비뚤어진다. 그러나 사이코패시의 문제는 다시 원래의 질문으로 돌아가야 한다. 왜 사이코패시가 발생하는 것일까?

애석하게도 사이코패스를 만들어내는 원인은 아직 분명하게 밝혀지지 않았다. 그러나 사이코패시의 원인에 대한 여러 가지 이론을 검토해 볼 수는 있다. 사이코패시가 대체로 유전이나 생물학적 요인, 즉 선천적인 요인의 영향을 받는다는 이론도 있고, 어릴 때의 불안정한 사회환경, 즉 후천적인 요인이 중요한 영향을 미친다는 의견도 있다. 대부분의 논쟁과 마찬가지로 '진실'은 틀림없이 두 의견의 중간 어딘가에 있을 것이다. 즉 사이코패시적 태도와 행동은 생물학적 요인과 환경적 영향이 결합된 결과다.

선천적 요인

기본 성격이 유전적·생물학적으로 결정된다는 증거, 뇌 손상으로 인해 사이코패시와 유사한 증상이 나타날 수 있다는 사실, 유소년 초기에 사이코패시적 행동 특성이 나타난다는 점 등이 사이코패시가 생물학적 요인으로 인해 발생한다는 이론의 기본 틀을 제공한다.

■ 비교적 새로운 학문인 사회생물학에서는 사이코패시가 정신의학적 장애가 아니라 특수한 유전적 번식 전략 중 하나라고 주장한다.[8] 간단하게 설명해 보자. 우리의 삶에 있어 주요 목표 중 하나는 번식을 통해 유전자를 다음 세대로 전달하는 것이다. 번식 방법은 여러 가지가 있다. 적은 수의 자식만 낳아 잘 길러서 살아남을 기회를

높이는 전략이 있을 수 있고, 아주 많은 자식을 낳아 방치해 두더라도 일부는 살아남을 수 있도록 하는 전략도 있다. 사이코패스는 과격한 방식으로 후자의 전략을 선택한 사람이다. 가능한 한 많은 성행위를 하지만 자녀 양육은 거의 고려하지 않는 방식으로, 개인적인 투자는 거의 하지 않고 유전자만 퍼뜨리는 것이다.

남성 사이코패스에게 있어서 자손을 퍼뜨리는 가장 효과적인 방법은 한 여자와 성관계를 맺고는 바로 다른 여자를 찾아 떠나는 것이다. 아주 매력적이어서 여성들이 줄줄 따라다니는 경우가 아니라면, 속임수를 쓰고 사기를 치거나 바람을 피우거나 자신의 배경을 거짓으로 부풀려 많은 여자를 꼬시게 된다. 서른 살의 사기꾼이었던 한 사이코패스는 16세에 처음 결혼한 후 수십 번이나 호적상의 결혼을 반복했다. 여러 대중가수와 안면을 트고 지내면서 그들의 매니저나 절친한 친구로 행세하여 야심을 품은 연예인 지망자들에게 접근하고, 크게 키워주겠다며 속이곤 했다. 그는 내가 아는 8건의 사건에서 모두 이렇게 유혹한 여자들과 동거하다가 임신 사실을 확인하면 즉시 떠나버렸다. 아이들에 대해 묻자 이렇게 대답했다. "무슨 말이 필요해요? 그냥 애들인 거죠, 그게 다예요."

21세의 테리는 부유하고 명망 있는 집안의 삼형제 중 차남이다. 형은 의사이고, 동생은 대학교 2학년생으로 장학금을 받으며 학교에 다니고 있다. 그러나 테리는 일 년 전에 저지른 연쇄강도 행위로 2년형을 선고받고 복역 중이다. 이것이 초범이었다. 그는 사이코패스다.

　　안정된 가정을 가졌고, 부모는 따뜻하고 애정이 넘쳤으며, 모든 것을 감안해도 그의 성공 가능성은 무궁무진했다. 그의 형제들은 정직하고 열심히 일했다. 그러나 그는 단지 "평생을 떠돌아다니며 무엇이든 주는 것만 받을 뿐이었다." 언제나 부모의 희망과 기대를 저버린 채 쾌락만 탐닉했다. 난폭한 행동이나 한계를 시험하는 행동, 각종 범법 행위로 점철된 청소년기 내내 그의 가족은 그를 정서적·경제적으로 감싸주었고, 그 덕분에 과속·난폭운전·음주운전 등을 끊임없이 반복했음에도 불구하고 한 번도 유죄판결을 받지 않았다. 스무 살에 두 아이의 아버지가 된 그는 도박과 마약에 빠져들었다. 가족의 경제적 지원이 끊기자 은행 강도로 돌변했고, 곧 잡혀서 교도소에 수감되었다. "부모님이 필요할 때 나를 만나러 와주기만 했다면 여기 들어오지 않았을 겁니다. 도대체 어떤 부모가 아들을 이런 곳에서 썩게 놔둘 수 있는 거죠?" 그의 자녀들에 대해 물어보자 이렇게 대답했다. "한 번도 본 적이 없어요. 양자로 보냈겠죠. 내가 어떻게 알겠어요!"

　　사회생물학자는 사람이 유전자를 전달하기 위해 의도적으로 성행위를 한다고 주장하지 않는다. 단지 유전자라는 선천적 특징이 다양한 전략을 통해 다음 세대로 전달되는데, 사이코패스는 그중 하나인 '바람피우기' 전략을 사용한다는 설명이다. 면담하던 사이코패스에게 자식을 많이 두어 '유전적 영생' 같은 것을 얻으려고 난잡한 섹스 행각을 벌이느냐고 묻자 그는 웃으며 대답했다. "이봐요, 나는 그저 그 짓이 좋아서 하는 거예요."

　많은 남성과 성관계를 맺으면서도 자녀 양육은 등한시 하는 여성 사이코패스의 행동도 바람피우기 전략을 반영한다. 한 여성 사이코패스에게 애인들 중 하나가 두 살짜리 딸을 죽인 사건에 대해 묻자 그녀는 냉담하게 대답했다. "자식은 언제든 또 낳을 수 있어요." 나이가 더 많은 두 명의 아이들은 이미 보호시설에서 데려간 상태였다. 이 여성은 세 아이들의 운명에 대해 조금도 배려하지 않으면서도, 아이를 또 낳고 싶으냐는 질문에 망설임 없이 대답했다. "그럼요, 난 아이들이 좋아요." 연구했던 대부분의 여성 사이코패스가 그렇듯, 그녀가 말하는 아이들에 대한 애정은 그녀의 행동과 완벽하게 모순 된다. 여성 사이코패스는 정기적으로 애인을 갈아 치우고, 아이들을 물질적·정서적으로 돌보지 않는다. 다이안 다운즈의 경우 계속해서 남자들과 놀아나며 아이들을 학대하거나 무관심했고, 마지막엔 총으로 쏘았다. 또한 대리모를 직업으로 삼아 돈을 받고 임신을 하기도 했다.[9]

　물론 항상 거짓말을 하고 바람을 피우는 사람은 꼬리가 잡히기 마련이다. 사이코패스는 거짓말이 들통 나서 자신의 영향력이 크게 줄어들면 다른 파트너, 그룹, 이웃, 도시를 찾아 재빠르게 떠나버린다. 이들의 변덕스럽고 방랑하는 생활방식과 새로운 사회환경을 쉽게 받아들이는 태도는 새로운 먹잇감이 계속 필요하기 때문인 것으로 볼 수 있다.

　다른 면도 있다. 바람피우는 기술은 오늘날과 같은 경쟁사회에서 살아남기 위한 생존전략인지도 모른다. 즉 사이코패스는 패배자의 삶을 인정하지 않고 특유의 성격을 이용해 출세의 사다리를 끊임없이 오르는 것이다.

사회생물학적 이론은 직관적 호소력이 강하지만 과학적으로 입증하기가 힘들다. 제시하는 증거가 대부분 정황 증거와 일화뿐이기 때문이다.

▪ 오래 전부터 제기되어 온 생물학적 이론도 있다. 어떤 이유 때문인지는 몰라도 사이코패스의 뇌 구조는 비정상적으로 느리게 성장한다는 것이다.[10] 성인 사이코패스의 뇌파가 일반 청소년의 것과 유사하고, 자기중심성·충동성·이기심·욕구를 참지 못하는 성향 등이 어린아이와 비슷하며, 바로 이런 점이 사이코패시가 발달지체와 유사하다는 증거라고 주장한다. 일례로 하버드 대학교 심리학과 교수인 로버트 케이건Robert Kegan은 클렉클리의 '정상인의 가면' 뒤에는 정신병자가 아닌 10세 정도의 어린이가 있다고 말했다.[11]

흥미로운 의견이지만 증거로 든 뇌파 모양은 성인의 나른함이나 권태와도 관계가 있어서, 사이코패스가 뇌의 발달지체 평가 과정에 너무 무관심해서 나온 결과일 수도 있다. 게다가 사이코패스의 자기중심성이나 충동성은 아이들의 심리와 비슷하지 않다. 나이 차를 고려한다 해도 보통의 10세 아이와 성인 사이코패스의 성격, 동기, 행동은 확연히 다르다. 무엇보다 사이코패스인 열 살짜리와 다른 열 살짜리 아이가 비슷하다고 생각할 부모는 없을 것이다.

▪ 흥미로운 생물학적 모델도 있다. 사이코패시는 어린시절에 뇌,

특히 고도의 정신적 활동에 중요한 역할을 하는 전뇌에 손상을 입었거나 기능장애를 일으킨 결과라는 주장이다. 사이코패스와 전뇌 부위에 손상을 입은 환자의 행동이 유사한 경우가 있다는 점에 착안한 것이며, 여기에는 장기적인 계획 부족, 욕구를 참는 인내력 부족, 피상적인 감정, 과민성, 공격성, 부적절한 사회 행동, 충동성 등이 포함된다.

그러나 최근 연구에서 사이코패스의 전뇌 손상에 대한 증거를 찾지 못했다.[12] 더구나 사이코패스와 전뇌 손상 환자는 단편적인 부분에서만 유사성을 보일 뿐 차이점이 더 많다. 그럼에도 불구하고 여전히 손상을 입은 것은 아니더라도 사이코패스의 충동성이나 부적절한 행동이 전뇌 기능장애의 일종이라고 주장하는 연구자가 많다.[13] 행동 조절에 전뇌가 결정적인 역할을 한다는 것은 이미 잘 알려진 사실이므로, '잘못된 연결'이든 어린시절의 손상이든, 어떤 이유로든 전뇌가 사이코패시 행위를 제대로 통제하지 못한다는 가설은 일리가 있다.

후천적 요인

나는 〈캘빈과 홉스〉라는 만화를 즐겨 본다. 어느 날 신경질이 난 캘빈이 소리를 지른다. "왜 지금 자야 하는데? 왜 내가 자고 싶을 때 자면 안 되는 거야! 나중에 내가 이것 때문에 사이코패스 같은 게 되면 그땐 후회해도 소용없어!" 아버지가 대답한다. "자고 싶지 않은데

자러 갔다고 사이코패스가 되진 않는단다." 캘빈이 맞받아친다. "그렇지. 그렇지만 아빠는 담배도 피지 못하게 하잖아! 아빠는 날 미치게 하는 게 뭔지 전혀 몰라!"

캘빈의 말은 사이코패시에 대한 일반화된 인식을 보여준다. 가난, 정서적·육체적 박탈감이나 폭력, 부모의 거부, 모순적인 훈육 등 어린시절에 경험하는 심리적 상처나 안 좋았던 경험이 사이코패시를 유발한다는 것이다. 하지만 임상 경험이나 연구 결과에 의하면 이것은 전혀 사실이 아니다. 사이코패시가 유소년기의 사회적, 환경적 요인의 직접적인 결과라는 주장은 설득력이 없다(물론, 좀도둑질부터 대량살상에 이르는 성인의 반사회적 행동 대부분이 어릴 때의 학대나 박탈 때문이라고 믿는 사람은 내 견해를 받아들이기 어려울 것이다).

유아 방임 및 학대는 끔찍한 심리적 손상을 야기할 수 있다.[14] 피해 어린이는 보통 지능이 떨어지고, 우울증·자살·행동장애, 마약 등의 문제를 일으키며, 다른 아이들보다 폭력적이고, 소년원에 수감될 가능성도 높다. 학대를 받거나 방임된 아이는 학교에 들어가기 전까지 일반적인 아이들에 비해 화를 잘 내고, 지시에 따르지 않으며, 의욕이 부족하다가 학교에 들어간 후에는 지나치게 활동적이고, 쉽게 산만해지고, 자기통제가 안 되며, 또래로부터 따돌림을 당하는 경향이 있다. 그러나 이런 요인들이 아이를 사이코패스로 만들지는 않는다.

물론 이런 유년기의 문제들을 바로잡으면 이후 범죄나 기타 여러 사회기능 장애를 크게 줄일 수 있다. 그러나 사이코패스의 수와 격렬한 반사회적 행동도 줄어들지는 의문이다.

부적절한 애착 이론

한 텔레비전 영화에서 심리학자 켄 매지드가 여섯 살 반의 테스(가명)와 상담 중이다. 테스는 천사 같은 외모에 커다랗고 푸른 눈동자를 지닌 앞니가 빠진 여자아이다. 영화는 대부분 테스의 치료과정을 녹화한 것이다. 테스는 밤마다 동생 벤자민(가명)을 괴롭혔고, 부모는 할 수 없이 테스의 방문을 잠가야 했다. 테스는 동생이 괴로워하는 모습을 냉담하게 묘사했다. 보통 어린아이의 행동과 완전히 다른 양상이었다.

양부는 치료사에게 다음과 같이 말했다. "테스가 벤자민을 괴롭히는 바람에 생활이 엉망이 되었습니다. 처음에는 벤자민의 복부에 병이 있는 줄 알았어요. 알고 보니 테스가 밤마다 벤자민의 배를 때리고 있었던 겁니다. 우리는 테스의 방문을 꼭 잠가두어야 했습니다."

테스는 계속해서 칼을 훔쳤다. "작고, 날카로운 것들"을 골랐다. "테스, 그걸로 뭘 하려고 했니?" 매지드가 어린 환자에게 물었다. 소녀는 침착하게 대답했다. "엄마랑 벤자민을 죽이려 했어요."

나레이터가 격렬한 분노에 대해 이야기하는 부분도 있다. 테스는 벤자민의 머리를 시멘트 바닥에 계속 찧었다고 자세히 설명했다. 결국 엄마가 억지로 테스의 손을 잡아 떼어내야 했다.

"난 멈추지 않았어요. 계속해서 찧어댔죠."

"왜 그랬니?" 치료사가 물었다.

"죽이려고요."

다른 장면에서 매지드는 테스에게 작은 동물들에게 어떻게 했는지 말해보라고 했다.

"핀을 가지고 찔렀어요. 많이요." 소녀가 말했다. "죽여버렸어요."

테스와 동생 벤자민은 사랑이 넘치는 부부에게 입양되었다. 그러나 부부는 테스의 행동을 보며 겁에 질렸다. 아이를 이해하기 위해 테스의 과거를 조사한 부부는 두 아이 모두 아기일 때 상상조차 힘든 성폭행을 당하고 정신적, 육체적으로 방임됐었음을 알게 되었다. 특히 테스가 더 심한 피해를 입은 아이였다. 매지드는 테스를 예로 들며, 유아기에 부모를 비롯한 양육자와 애착이나 유대관계를 형성하지 못한 아이에게 어떤 일이 벌어지는지 생생하게 보여주었다. 1987년에 발행된 『고도 위험High Risk』이라는 책에서, 매지드는 특별한 발달 단계인 생후 두 살까지 부모와 아이 사이에 심리적 결속이 이루어지지 않으면 사이코패시를 비롯한 심리적, 행동적 문제가 발생할 수 있다고 설명했다.[15]

애착 이론은 불안이나 우울증에서부터 다중인격장애, 정신분열증, 식욕장애, 알코올 중독, 범죄에 이르는 모든 것을 설명해 주는 듯 보이기 때문에 인기를 얻고 있다. 그러나 이 이론의 경험 자료 대부분은 어린시절의 회고일 뿐이어서 믿을 만한 과학적 증거가 될 수 없다.[16] 더구나 어린시절 애착관계의 결핍이 사이코패시를 발병시킨다고 보기는 매우 어렵다.

요구를 거부당한 경험·박탈감·유기·폭력 등과 같이 유대감을 방해하는 대부분의 외적 요인은 사실 끔찍한 결과를 야기하며, 이런 결과 중 일부는 사이코패시 장애로 정의되는 특성이나 행동과 유사할 수 있다.

분명 텔레비전 영화 속의 어린 테스는 너무나 마음에 사무치는 사례로 보인다. 그러나 유대감 부족이 남을 속이는 재주, 심각성 부족과 같은 사이코패시의 전반적인 증상이나 사회 및 물리적 환경에 의해 정서적인 상처를 받은 사람에게서 나타나는 병적인 심리적 증상을 일으킨다는 주장을 뒷받침할 만한 근거는 전혀 없다.

어떤 사람들은 사이코패시가 유년기 애착 결핍의 결과라고 주장하지만 나는 오히려 아이들의 유대관계 부족이 사이코패시의 증상중 하나라고 생각한다. 이런 아이는 유대관계를 맺는 능력이 부족하기 때문에, 애착 결핍은 사이코패시의 원인이 아닌 결과라는 분석이 가능하다.

나쁜 환경이나 부적절한 양육이 유일한 원인이라고 주장하는 사람들은 이런 가능성을 임의로 무시한다. 이로 인해 사이코패스 자녀를 둔 부모는 아이를 제대로 이해하고 키우려는 갖은 노력에도 불구하고, 인생이 완전히 뒤바뀐 고통은 물론 부모에게 문제가 있다는 부당한 비난까지 감수해야 한다. 부모는 자기가 무엇을 잘못한 건지 찾으려 애쓰게 되며, 이런 죄책감은 문제 해결에 별 도움이 되지 않는다.

사기꾼과 강력범의 갈림길

나는 사이코패시가 생물학적 요인과 사회적 요인이 복합적으로 작용해서 나타난다는 견해를 지지한다. 유전적 요소가 뇌 기능의 생물학적 토대와 기본 인격 형성에 영향을 미치며, 이것이 다시 각 개인의 반응 방식에 영향을 주고, 삶의 경험이나 사회환경 가운데 상호 작용하기 때문이다.[17] 공감 능력 부족이나 두려움을 느끼지 못하는 것 같은 사이코패시적 특징의 일부는 선천적으로, 혹은 태중에 있을 때나 신생아일 때, 미처 알려지지 않은 어떤 생물학적 작용으로 인해 준비된다. 그 결과 내면적 통제와 양심이 발달하지 못하고 다른 사람과 감정적 '유대감'을 갖지 못하게 되는 것이다.

그러나 사이코패스가 이미 그렇게 될 운명이었다거나 사회적으로 비정상적인 삶을 살아가도록 처음부터 타고난다는 말은 아니다. 다만 그들은 자신의 환경이나 사회적 요소, 학습 경험과 같은 원료를 모아 고유한 인격을 만들어내는 생물학적 자질에 문제가 있어서 사회화나 양심 형성의 기초를 제대로 마련하지 못한다는 것이다. 비유하면 도공이 기계(후천적 요인)를 사용하여 진흙을 도기로 만들 때, 진흙 자체(선천적 요인)도 도기의 특성을 좌우하는 중요한 요소가 된다는 말이다.[18]

부적절한 양육이나 어린시절의 나쁜 기억이 사이코패시의 근본 원인은 아니지만, 이것들은 본성에 존재하는 사이코패시를 발현시키는 데 중요한 역할을 한다. 사회적 요인과 양육 방식은 이미 가지고 있던 성격장애가 발현되고 행동으로 나타나는 데 영향을 미친다.

사이코패시적 인격 특성을 가진 사람이 안정된 가정에서 긍정적인 사회상을 접하며 자라면 사기꾼이나 화이트칼라 범죄자, 또는 다소 떳떳하지 못한 기업가나 정치가, 전문가 등이 될 가능성이 높다. 반면에 동일한 인격 특성을 가진 사람이 불우하고 정서적인 문제를 야기하는 환경에서 자라면 유랑 노동자나 청부업자, 또는 심각한 범죄를 저지르는 강력범이 될 가능성이 높다.

어쨌거나 사회적 요인과 가정환경은 행동적 표현 방식 형성에 영향을 미칠 뿐, 동정심 결여나 양심부재와 같은 사이코패시적 특성 자체를 바꾸지는 못한다. 사회적 조건만으로 타인을 배려하는 포용력이나 옳고 그름을 가리는 판단력을 형성시킬 수는 없다. 다시 도공의 비유를 들면, 사이코패시를 일으키는 '진흙'은 사회라는 '도공'이 작업하는 보통의 진흙보다 두드려 펴기가 훨씬 힘들다.

이런 시각을 형사사법체계의 관점에서 바라보면, 사이코패스는 다른 사람들에 비해 가정환경의 좋고 나쁨에 영향 받기가 훨씬 어렵다는 의미다. 우리는 최근 여러 가지 연구를 통해, 유년기의 가정환경이 사이코패스와 사이코패스가 아닌 범죄자의 범죄에 미치는 영향을 평가했다.[19]

■ 사이코패스의 가정환경이 다른 범죄자의 가정환경과 특별히 다른 점을 발견하지 못했다. 물론 어느 정도 예상한 대로, 범죄자의 가정에는 문제의 소지가 있다.

■ 사이코패스가 아닌 범죄자의 경우, 가정환경이 초범 시기 및 심각도와 밀접한 관련이 있다. 가정환경이 불우하거나 문제가 있었던 범죄자가 성인 법원에 서는 나이는 대략 15세인 반면에 비교적 안정된 환경의 범죄자는 24세인 것으로 나타났다.

■ 이와는 대조적으로, 사이코패스의 경우 가정환경이 초범의 특징에 전혀 영향을 미치지 않았다. 사이코패스는 가정환경이 어떻든

동일하게 평균 14세에 성인 법원에 처음 섰다.

■ 사이코패스가 아닌 범죄자에 대한 연구 결과는 범죄에 대한 일반 자료와 일치한다. 즉 가정이 불우하면 더 어린 나이에 초범을 저지른다는 것이다. 그러나 아이들을 건전하게 키우는 바람직한 가정환경일지라도 냉담하고 자기만족만을 추구하는 사이코패스의 삶을 저지하지는 못한다.

■ 한 가지 중요한 예외가 있다. 불안정한 환경에서 자란 사이코패스는 안정된 환경에서 자란 사이코패스보다 강력범죄를 저지를 확률이 더 높은 반면, 다른 범죄자들은 가정환경이 범죄의 심각성과 거의 무관했다. 이것은 앞에서 언급한, 사회적 경험이 사이코패스의 행동적 표현 방식에 영향을 준다는 주장과도 일치한다. 난폭한 행동이 일반화되어 있는 불우한 환경에서는 사이코패스가 더 자유롭게 행동할 수 있다. 이들에게는 폭력도 다른 형태의 행동과 정서적으로 전혀 다를 것이 없다. 물론 다른 사람도 폭력적 행동을 학습한다. 하지만 타인을 동정하고 충동을 자제하는 능력이 더 크기 때문에 사이코패스처럼 선뜻 행동으로 옮기지는 않는다.

침묵하는 사회

사이코패시가 점차 확산되어 사회적 골칫거리가 된 지금, 사이코패시의 발생 원인은 더욱 민감하고 중요한 안건이 되었다. 최근에 내가 사는 도시에서 발생한 사건은 청소년 범죄율 증가와 통계 이면에 숨겨진 의미에 대한 각성을 촉구했다. 13세 아이가 12세 아이를 몽둥이로 때려죽이고 캐나다 청소년범죄법에 따라 최고형인 3년형을 선고 받은 사건이었다. 살해 동기는 무엇이었을까? 피살된 아이가 13세 아이에게 마리화나를 사고는 250달러를 지불하지 못했다는 것이다. 실로 손색없는 성인 범죄의 전형이다.[20]

이 익명의 살인자는 속임수에 능하고 도시 물정에 밝았으며, 처음부터 문제아였다. 살인자의 주변 사람들로부터 얻은 정보가 가장 많이 인용되었다. 살인자의 이웃 친구들은 그를 "학교를 자주 빼먹고 마리화나를 피우며 비디오게임이나 하는 그냥 '평범한 아이'"라고 묘사했다. ……그가 뭔가 특별한 일을 한 적은 없냐고 묻자, 친구들은 가게에서 좀도둑질을 했다고 말했다. ……피고측 변호사는 …… 보석 신문에서 그가 8세 때부터 아파트에 무단침입하기 시작했으며, 9세에 방화를 저지르고, 지난 3년간 10번이나 가출했다고 말했다. 주거침입, 절도, 마약 소지로 유죄판결을 받은 적이 있고, 학교에서 파괴 행위와 무단결석으로 여러 번 정학을 당하기도 했다. 7학년 때는 우유 급식을 훔쳐 학교에서 퇴학을 당했다. 11세에는 매일 마리화나를 피웠고, 점차 해시시를 상습복용했으며, 코카인에도 손을 댔다. ……판결문에서 (판사는) 그의 전형적인 '반사회적' 행동을 보여주는 다음과 같은 의사의 프로파일을 인용했다. "이들은 다른 사람과 범행하는 방식이 완전히 다르며 타인에게 거의 동정심을 느끼지 못한다. ……대체로 시간이 흘러도 개선되지 않는다."

이만하면 사이코패스로 진단할 만하지 않은가? 그렇다 해도, 대충 기록된 몇 가지 정보만으로는 비면담식 진단을 내릴 수 없다. 특히 이 묘사가 가해 청소년 자신을 진단하지 않고 살인행위의 주변 정황만을 설명하고 있다는 데 문제가 있다. "(그 청소년이 사는 지역에) 떠도는 이야기를 들어보면 피고를 아는 사람 중 20명에 가까운 사람들이 살인에 대해 알고 있었지만 누구도 말을 꺼내지 않았다."

조직폭력배는 언제나 어린 사이코패스들에게 많은 기회를 제공해 왔다. 이들의 충동성, 이기심, 냉담함, 자기중심성과 폭력적인 성향은 갱의 활동에 쉽게 녹아 들어갔다. 심지어 조직폭력단의 행동패턴을 만드는 데 일조하기도 한다. 실제로 조직폭력단 말고는 폭력적인 사이코패스를 처벌하지도 않으면서 그렇게 큰 보상을 주는 곳이 별로 없다. 지역의 어린 깡패들은 마약 거래, 절도, 협박, 강탈에 깊숙이 관여한다. 이들은 학교에서 새 단원을 모집하기도 한다. 이들의 존재는 학교 안팎에서 학생과 교사들에게 폭력배의 영향력과 미지의 힘을 계속적으로 상기시키는 역할을 한다.

사회적으로 조직폭력배에 대한 경각심이 높아지고 있지만, 비합법적인 조직폭력단 관련 법률의 처벌 수위는 경미한 수준에 그치고 있다. 최근 15, 16세의 두 아이가 폭행·자동차 절도·위험 무기 소지·위험 무기를 사용한 폭력·심각한 상해를 야기하는 폭행 등 폭력단 관련 범죄행위로 기소되었으나, 이를 목격한 십대 청소년의 부모는 보복이 두려워 자신의 자녀를 증언대에 세우지 않겠다고 했고, 그 결과 대부분의 기소가 취하되었다. 한 경찰관은 다음과 같이 말했다. "위협과 협박을 통해 범죄자가 기소를 취하하게 만드는 현실이 걱정스럽습니다." 그는 또 폭력단 관련 사건에는 언제나 목격자 매수 사례가 따라다닌다고 덧붙였다. 이런 조직폭력단이 갖는 집단적 힘과 무소불위의 권력은 사이코패스 개인의 특성과 매우 유사하다.

우리 사회가 점점 충동성·무책임·죄의식 결여와 같은 사이코패시 평가표에 나열된 특성을 허용·강화하는 것은 물론 높이 평가하기까지 하는 방향으로 나아간다면, 학교는 사이코패스가 파괴적이고 자기만족적인 방식으로 일반 학생을 위협하면서도 숨어 지낼 수 있는 '위장된 사회'의 소우주로 진화할지도 모른다. 정말 큰 문제는 바로 살인사건과 살인자의 정체를 알고 있는 20명의 청소년이 어떤 이유에서건 누구에게도 사실을 알리지 않고 침묵한다는 데 있다. 이는 사회가 사이코패스의 인격에 마음을 빼앗겼을 뿐 아니라 이를 상당 부분 용인한다는 사실을 보여준다. 정직과 페어플레이, 타인의 복리를 중시하지 않는 붕괴된 지역사회나 제 기능을 다하지 못하는 가정에서 자라나는 아이들에게 이런 '멋있지만' 위험한 사이코패스가 비뚤어진 역할모델이 될지도 모른다는 점이 무엇보다도 우려된다.

무엇을 잘못한 걸까?

사이코패시 자녀를 둔 절망에 빠진 부모라면 누구나 자문하지 않을 수 없다. "내가 아이를 기르면서 무엇을 잘못한 걸까?"

이 질문에 대한 답은 아마도 '잘못한 것은 없다'일 것이다. 우리의 부족한 자료로는 사이코패스가 되는 명확한 이유를 알 수 없으나, 적어도 현재까지의 연구 결과는 '부모의 행동이 문제의 유일한, 심지어 1차적인 책임'이라는 통속적인 생각과는 거리가 멀다. 부모와 양육 환경이 전혀 상관없다는 이야기는 아니다. 부모의 행동이 문제의 근본적인 부분에는 책임이 없더라도 증상이 진전되고 표현되는 방식과는 밀접한 관련이 있을 수 있다. 바람직하지 못한 부모와 사회적·물질적으로 불우한 환경이 잠재적인 문제를 악화시킬 수 있으며, 아이의 행동패턴 형성에 큰 영향을 준다는 것은 의심의 여지가 없다. 이러한 요소들의 복잡한 상호작용을 이해하면, 사이코패스 중 소수만이 연쇄살인범이 되고, 대부분은 '보통 수준의' 범죄자나 떳떳하지 못한 사업가, 법에 저촉되지 않는 수준의 약탈자로 살아가는 이유를 짐작할 수 있을 것이다.

사이코패시의 발생 원인은 아직까지 밝혀지지 않았지만, 진단이 더 정확해지고 연구 조직도 커진다면 지역사회에서 사이코패스 문제를 다룰 수 있는 더 나은 방법을 모색할 수 있을 것이다. 이 책의 마지막 장에서는 이 주제를 가지고 이야기할 것이다.

1981년, 캘리포니아 주 밀피타스의 한 교실에서 한 소년이 14세 소녀를 살해한 사건이 있었다. 그런데 당시 교실에 있었던 13명의 십대 청소년들은 사흘간이나 이 사실을 아무에게도 발설하지 않았다. 그 사흘 동안 이들은 언덕을 오르며 시체를 찾아다녔다. 1987년에 이 실화를 바탕으로 〈리버스 엣지 River's Edge〉라는 영화가 제작되었고, 이 아이들을 '말 없는 세대blank generation(반항하는 것이 아니라 표현하지 않는 세대를 말함 – 옮긴이)'로 묘사했다. 현재 십대와 교류가 있는 사람이라면 이런 표현이 매우 적합하다고 생각할 것이다. 이 잘 만들어진 영화는 젊은이들의 무법의 하위문화가 어떻게 위장되는지를 독특한 시각으로 보여준다.

이 아이들이 사는 곳은 다른 영화에서는 거의 묘사되지 않는 화이트칼라 노동자 마을이다. TV의 폭력성에 잠식된 아이들은 비밀스런 지하세계를 만들지만 부모들은 목표를 달성하는 데만 열중하고 있고, 가정은 이미 손 쓸 수 있는 단계를 지났다. 단조로운 일상에 지친 영화 속 부모들은 집을 드나들면서 별개의 인생을 살아가는 자녀에게 이렇게 외칠 뿐이다. "거기 있는 게 너니?"

영화에서 가장 인상 깊은 장면 중 하나로, 아직은 아이들을 걱정하고 있는 한 교사가 아이들의 '냉담하고' 아이러니한 태도를 깨뜨리려고 애쓰는 부분이 있다. 교사는 학생들에게 급우의 죽음이 그들에게 어떤 영향을 주었느냐고 묻는다. 나중에는 거의 애원하다시피 한다. 반에서 유일하게 '너드nerd(바보, 멍텅구리라는 뜻 – 옮긴이)'만이 교사의 걱정을 받아들일 뿐, 나머지는 그 질문에 당황스러워한다. 학생들에게 어떤 변화가 있기를 간절히 바라면서 교사는 클라리사라는 소녀를 돌아본다. 소녀는 영화 후반부에서 당국에 살인자를 털어놓는 아이들 중 한 명이다. "제이미가 너에겐 어떤 친구였는지 말해보렴." 교사의 요청에 소녀는 그저 단조롭고 공허한 시선만 던질 뿐이다. 소녀가 당국에 사실을 털어놓았을 때 무엇을 느꼈는가는 관객의 몫으로 남겨진다.

동정과 연민, 심지어 상실감도 전혀 없는 아이들을 본 교사는 격한 분노에 휩싸인다. "이 교실 안에 있는 누구도 제이미의 죽음에 관심조차 없는 건가?……이 사건으로 인해 더욱 도덕적으로 성숙할 수도 있을 텐데, 우리 반 누구도 그녀의 죽음에 대해 눈도 깜짝 안 하는구나. 그녀의 죽음에 관심이 있다면 우리 모두 여기 있지 않을 거야. 반쯤 정신이 나간 채 거리로 나가 미친 듯이 살인자를 찾고 있겠지."

교사의 분노에 대한 아이들의 반응은 무엇이었을까? 냉랭한 침묵이었다.

물론 이것은 영화일 뿐이다. 그러나 〈리버스 엣지〉에서 보여준 정서적 결핍, 충동성, 무책임함, 허풍과 자기만족적 기질이 만연한 우리 사회의 자화상은 두렵지만 이미 현실로 다가오고 있다. 1944년에 로버트 린드너가 말했듯이, 한때 사이코패스로 구분하던 경계가 '개인적 자유의 활기와 현란함'으로 바뀌고 있기 때문에, 오늘날 우리가 사는 거리와 학교, 심지어 가정까지도, 사이코패스가 들키지 않고 적극적으로 스며들 수 있는 기회를 제공한다. 지금부터 설명할 아동기의 사이코패시가 뚜렷하게 부각되어 이 무서운 가능성에 대한 관심이 높아지기만을 바란다.

11

나는 8학년 때 교사를 폭행하여 퇴학당했다. 사회복지사가 말했다. "그는 나쁜 환경에서 자란 아이입니다. 여름캠프에 보냈으면 합니다." 17세에는 강간으로 기소되었다. 그러자 정신과의사가 말했다. "그는 사이코패스입니다. 감옥에 보내야 합니다." 바로 그 한마디가 내 인생을 망쳤다. 그들은 내가 완전히 타락했다고 생각했다. 난 그들이 옳다는 걸 증명했을 뿐이다.

— 11세에 첫 번째 성폭행 사건을 저질러 유죄를 선고받았던 연쇄강간범

꼬리표의
윤리

사이코패시의 사회적인 병리현상을 이해하려면 우선 사이코패시에 대한 정확한 평가를 내릴 수 있어야 한다. 그러나 보다 절박한 것은 사이코패스를 정확하게 진단하는 일이다. 사이코패스를 효과적으로 관리하고 치료하려면 먼저 이들을 정확하게 식별할 수 있어야 한다.

　우리 사회의 범죄율과 교도소 수감자 수는 이미 손 쓸 수 있는 수준을 넘어섰고, 정신요양시설은 초만원이며, 젊은이들 사이에서는 강력범죄와 마약 남용, 원치 않는 임신과 자살이 만연하고 있다. 이러한 전례 없는 현실을 감안한다면 정신건강이나 사회복지 분야의 전문가들이 어떤 결정을 내릴 때, 반드시 사이코패시의 개념을 활용해야 한다. 사이코패시 진단을 적절하게 활용하면 사회질서가 왜, 어째서 이렇게 혼란스러워졌는지에 대한 의문 몇 가지는 풀릴 것이다. 그런데 꼬리표를 잘못 사용하면 오진을 받은 사람에게 큰 피해를 입힐 수 있다. 그러므로 사이코패시 평가표는 매우 긴요한 도구다. 이것은 임상전문가와 의사결정자에게는 믿을 만하고 타당성 있는 진단 절차를 제공하고, 형사사법체계 종사자를 비롯한 다른 이들에게는 어떻게 해서 사이코패시로 진단받은 것인지를 정확하고 자세하게 알려주는 설명 자료가 된다. 임상전문가가 그냥 "내 전문 소견으로 볼 때 저 사람은 사이코패스입니다"라고 말하는 것으로는 부족하다. 사이코패시 진단을 내린 이유를 좀더 명확하게 밝혀야 한다.

최근 전문가 모임에서 한 교도소 심리학자가, 자신이 담당하고 있는 주 시설에서는 가석방을 좀더 책임 있게 결정하기 위해 정기적으로 사이코패시 평가표를 사용한다고 말했다. "이 평가표는 가석방위원회에 권고 사항을 전달하는 데 큰 도움이 되고 있습니다. 우리는 위원회에 범죄자가 사이코패스인지 여부를 알려주고, 그 진단에 함축된 내용을 설명해 줍니다. 이 정보를 어떻게 사용할지는 위원회의 몫입니다. 그러므로 사이코패스를 출소시켰다가 다시 살인을 저지른 경우, 우리에게는 전혀 책임이 없습니다. 일반인과 피해자 가족에게 해명해야 하는 것은 가석방위원회의 몫입니다. 사이코패스가 아닌 사람을 다른 모든 증거를 바탕으로 판단하여 가석방했는데 그가 다시 살인을 저지른 경우에도 우리는 책임이 없습니다. 이번에는 가석방위원회도 책임이 없습니다. 우리 모두는 최선을 다했고, 어느 정도 위험을 감수하지 않으면 가석방이란 불가능하기 때문입니다."

그 심리학자는 가석방자에게 살해당한 피해자 가족이 '사이코패시 살인자를 제대로 진단해 내지 못하고' 가석방했다는 이유로 소송을 제기하는 것은 시간 문제라고 덧붙였다. 사이코패시 평가표는 이런 소송을 방지하는 믿을 만한 보험이라는 것이다.

가석방위원회만 모르고 있었다

　전과기록이 화려한 범죄자가 예상보다 일찍 출소하면 사람들은 당황스러워한다. 일찍 석방되는 이유야 다양하겠지만, 결론적으로 가석방위원회에서 그 범죄자가 더 이상 사회에 큰 위협이 되지 않는다고 판단한 것이기 때문이다. 이런 결정은 대부분 유효하지만, 이해할 수 없을 만큼 비극적인 결말로 끝나는 경우도 있다. 1991년 5월 7일에 〈커런트 어페어〉라는 TV 프로그램에서 다룬 칼 웨인 분션Carl Wayne Buntion 사건을 예로 들어보자. 그는 성폭행으로 15년형을 선고받았으나 15개월 후인 1990년에 텍사스 감옥에서 출소했다. 그로부터 6주 후, 그는 정기 순찰 중이던 한 경찰관을 총으로 쏘아 살해했다.

　어떻게 이 남자는 강력범죄로 장기형을 선고받고도 이렇게 일찍 가석방된 것일까? 더구나 그는 초범도 아니었다. 그의 전과기록은 1961년까지 거슬러 올라간다. 그는 더 빨리, 더 쉽게 감옥에 들어가려는 사람처럼 계속해서 가석방 서약을 위반했고, 1984년에는 10년형을 동시에 두 번 선고받기도 했다. 그러나 1986년에 일곱 번째 가석방을 받아 출소했다. "이런 전과자가 어째서 사회에 위협적인 존재가 아니라는 겁니까?" 이런 질문이 나올 법하다. 분명히 이 남자는 전과자다. 하지만 가석방위원회 의장은 다음과 같이 답했다. "그건 판단의 문제입니다." 또한 가석방위원회는 경찰관의 죽음에 대해 어떤 책임도 지지 않는다고 덧붙였다. "그의 부모가 그를 낳았다고 해서 비난받을 이유가 없는 것과 같습니다."

분션의 여자친구는 그를 다음과 같이 묘사했다. 지적이고 유머 감각이 뛰어나며 마음가짐도 느긋하고 성격도 태평해요. 한마디로 신사랍니다." 하지만 이런 묘사는 그에게 성폭행 당한 피해자나 살해당한 경찰관의 가족 누구에게도 설득력이 없다. TV 리포터 데이비드 리 밀러David Lee Miller는 다음과 같이 반문했다. "사랑에 눈이 멀수는 있습니다. 하지만 텍사스 주 가석방위원회가 칼 웨인 분션의 진짜 모습을 외면했음은 변명의 여지가 없습니다."

분션은 사이코패스인가? 그럴 가능성이 높다. 해당 시설 관계자가 그의 가석방 신청을 적절하게 평가하고 가석방위원회가 진단 및 전과기록을 충분히 꼼꼼하게 검토했다면 분션이 감옥에서 나오는 것은 불가능했을 것이다. 뭐니 뭐니 해도 분션이 갑자기 모범적인 시민이 된다는 것은 상상하기 힘들기 때문이다.

그러나 현실은 그렇지 않다. 가석방위원회는 사이코패스의 범죄 행위와 특별한 설득 능력을 이해하고 범죄의 상습성과 심각성을 판단할 만한 전문가로 구성되지 못한 경우가 많다. 대부분 관련 자격이 거의 없는 정치적 인사들로 구성된다. 더구나 위원들은 이 업무에 별로 시간을 투자하지 않는다. 이들은 정신과의사나 심리학자의 임상보고서를 잘 읽지 않으며 제대로 이해하지도 못한다. 나도 이런 보고서를 본 적이 있는데, 가석방 결정시 이런 자료가 거의 도움이 되지 않는 이유를 이해할 수 있었다. 많은 임상보고서가 전문용어로 가득 차 있어서 내용을 파악하기 힘들 뿐 아니라, 경험적 증거도 없이 범죄의 상습성 및 심각성을 섣부르게 판단하는 경우가 많았기 때문이다.

꼬리표의 영향

유효한 예측으로 내린 정확한 진단은 형사사법체계에 큰 도움이 될 수 있다. 범죄의 상습성 및 심각성 예측에 사이코패시 평가표가 자주 사용되는 것만 봐도 알 수 있다. 그러나 부정확한 진단과 잘못된 꼬리표가 어떤 위험을 야기할 수 있는지도 분명히 알고 있어야 한다. 현 교정제도에서는 조사관이나 교도소 심리학자의 작은 실수가 입소자에게 카인의 낙인을 찍을 수 있기 때문이다. 상습 절도로 수감되었던 한 젊은이가 가석방 신청 자격을 얻었다. 일은 많고 월급은 적은 한 교도소 심리학자가 이 남자와 잠시 면담을 했다. 그때 심리학자는 그의 파일에서 흥미로운 부분을 발견했다. 몇 년 전 한 정신과의사가 그는 '반사회적 성격장애'가 있다고 적어 놓은 것이었다. 이후 이 심리학자는 자신의 보고서에, 임상 소견상 이 입소자는 사이코패스이므로 가석방에 따른 위험을 감당할 수 없다고 기록했다. 결국 위원회는 이 꼬리표가 의미하는 바와 증가하는 범죄율을 우려하여 가석방을 거부했다. 그러자 남자는 절망한 나머지 자살을 기도했다. 심문 과정에서 심리학자는 파일 내용과 15분간의 면담만으로 진단을 내렸다고 고백했다.

그러나 이 문제를 다른 시각에서 보면, 정확하게 판단을 내리는 것이야말로 범죄자 분류, 작업 할당, 적절한 치료 및 중재 결정, 가석방 계획 및 일상적인 범죄자 처리 준비 등에 큰 도움이 된다. 또한 사이코패스로 진단 받은 범죄자를 감옥에서 범죄자용 정신병동으로 이송하는 일을 막을 수 있다. 그렇게 하면 사이코패스가 다른 환자에게 악

영향을 끼치는 것을 방지하고, 범죄자에게 적용할 보안 수준을 결정하는 데도 도움이 된다. 최근 북미에 위치한 한 정서적 장애가 있는 범죄자를 수용하는 대형 병원에서 환자가 직원을 살해한 사건이 발생했다.[1] 이후 병원 관계자와 직원들은 새로운 정책을 수립하는 데 동의했다. 사이코패시 평가표에서 높은 점수를 받은 데다가 전과기록이 있는 환자는 병원에서 먼저 특별 심사를 통과해야만 낮은 계호 병동으로 배치될 수 있도록 한 것이다. 이런 관리를 통해 병원은 폭력성을 줄이자는 요구와 환자가 적절한 치료를 받아야 한다는 필요성 및 권리 사이의 합리적인 균형점을 찾아가고 있다.

> 세계 대부분의 사법권에서는 사이코패스를 법률적, 심리학적 측면에서 정상인으로 간주한다. 그러나 최근 호주에서 발생한 사례는 좀 다르다. 사법 당국은 '공격적 사이코패스'인 게리 데이비드Garry David를 영원히 감옥에 가두는 유일한 방법은 데이비드 및 그와 같은 사이코패스를 법적 정신병자로 선언하는 것뿐이라고 판단했다. 사건을 심리한 대법원 판사는 데이비드의 위법 행위와 강력범죄로 점철된 긴 전과기록을 보면서 다음과 같이 말했다. "이런 전과기록을 가진 사람은 정신병을 앓고 있음에 틀림없습니다. 정신과의사가 이를 깨닫지 못한다면 오히려 그 의사가 미친 것이 확실합니다." 정신의학협회의 반대가 있었지만, 데이비드는 정신병자로 인정되어 보안 수준이 높은 정신병원에 구류되었다.
>
> 네빌 파커Neville Parker, 《호주 및 뉴질랜드 정신의학저널》 25호 (1991년)

비면담식 진단

한번은 CBS에서 내게 전화를 걸어 사이코패스와 사담 후세인 이라크 대통령의 연관 관계에 대한 논평을 해달라고 부탁했다. 당시 걸프전이 한창 진행 중이었고, 일반 대중은 밤낮으로 적의와 적개심을 선동하려는 정치적 수단인 사진과 기사들에 압도된 상태였다. 세계는 후세인의 다음 움직임을 예상하는 데 병적으로 몰두했고, CBS는 일부 '전문가 의견'을 통해 이 열기를 진정시키기로 결정했던 것이다.

나는 이 제안을 정중히 거절했다. 다음 페이지에서 설명할 '죽음의 의사'가 내린 진단처럼, 공인에 대한 비면담식 진단은 경험 많은 전문가라도 전문적인 과정을 한 순간에 우스꽝스럽게 만들어버릴 수 있기 때문이다. 결과적으로 이러한 진단은 사실이라기보다는 전문가의 증명서로 믿음을 강요하는 꼴이 되기 쉽다.

사담 후세인의 경우 위험성은 더욱 자명했다. 우리 모두 전쟁 초반에 반복적으로 들어온 것처럼 "전쟁의 첫 번째 피해자는 바로 진실"이기 때문이다. 후세인이란 인물에 대한 전기적 자료가 부족한 데다 우리와 판이하게 다른 문화·종교 및 다른 신념 체계 등이 커다란 변수로 작용할 수 있기 때문에 심리적 진단을 내리려면 신중한 연구와 이해가 요구된다.

이 기간에 다니엘 골먼은 조지워싱턴 대학교의 정치학 및 정신의학 교수이며 정신과의사인 제롤드 포스트Jerrold Post의 논평을 전했다. ("멀리서 본 리더에 대한 정신세계 분석은 전문가마다 다르다", 《뉴욕 타임즈》, 1991년 1월 19일) 미 상원에서의 증언에 따르면, 포스트 박사는 이라크 대통령이 "유해한 나르시시즘에 걸렸고 이 인격장애 때문에 거드름을 피우고 편집증 증세를 보이며 무자비하게 변했다"고 말했다. 다른 사람도 이 사기극에 가담했다. 1991년 2월 13일에 하원의원인 로버트 도먼Robert Doman은 CNN에 출연해서 후세인을 '사회적 사이코패스'라고 칭했다.

골먼은 자신의 《뉴욕 타임즈》 기사에서, 공인의 심리적 프로파일은 프로이드 이론에 근간을 둔 것이며 미 정부에서는 이 자료에 큰 가치를 두고 있지만 전문가마다 견해가 다르다고 썼다. 특히 후세인의 경우 "다른 해석들도 모두 그럴 듯하며, (포스트 박사의) 진단은 그 증거가 매우 희박하다"고 덧붙였다.

그럼에도 불구하고 포스트 박사는 자신이 내린 진단을 사용해 후세인의 정신세계를 설명했을 뿐 아니라 그의 향후 움직임까지도 예상했다. 부시 전 대통령이 후세인을 쿠웨이트에서 몰아내겠다고 호언한 최종 기한인 1월 15일 이전에 "후세인 대통령이 최후의 순간을 맞아 위협적인 태도를 버릴 것이다"라고 그는 말했다.

그러나 현실은 이와 달랐다. 후세인은 참호를 파고 새로운 전쟁을 시작했다. 포스트 박사는 임상 진단을 통한 예상에는 한계가 있다는 점을 시인했다. "패턴과 경향이 존재하기는 합니다. 어떤 사람이 이전 위기에 어떻게 대응했는지를 말할 수는 있지만 인격만으로 미래를 예상하기란 매우 어렵습니다."

이에 대한 재미있는 반전이 있다. 1991년 2월 7일, 한 이라크인이 캐나다 공영방송(CBC) 뉴스 프로그램에 나와 다음과 같이 말했다. "부시는 모든 아랍인을 죽이고 싶어 합니다. 부시는 사이코패스입니다."

하루는 한 어머니가 나의 직업에 대한 신문 기사를 보고 전화를 걸어왔다. "기사를 보니 제 아들이 사이코패스 같아요." 그녀는 현재 절도로 3년째 복역 중인 아들에게 사이코패시 평가표를 적용해줄 수 있느냐고 물었다. 나는 그럴 수 없다고 말하면서, 어떤 경우든 사이코패스라는 확실한 진단이 내려지면 가석방을 보장하기가 더욱 힘들어진다고 말했다. 그러자 그 어머니는 절규했다. "제가 원하는 게 바로 그거예요. 난 그 애가 나오지 않기를 바래요! 그 앤 우리에게 끔찍한 골칫거리랍니다. 7세 때 이미 여동생을 성희롱 했고, 9세 때는 경찰이 너무 자주 들락날락해서 경찰들에게 하숙을 놓을 뻔했다고요. 지금도 제 아버지 회사에서 도둑질을 하다가 감옥에 간 거예요."

'죽음의 의사' 등장

의사 제임스 그릭슨 때문에 진단 꼬리표가 법정에서 미치는 악영향의 두려운 실체가 드러났다. 그릭슨은 대중적인 정신의학 저술『죽음의 의사』에 소개되면서 유명해진 텍사스 주 정신과의사다. 텍사스 주에서는 일급살인에는 사형이나 종신형만 판결할 수 있다. 이러한 범죄를 유죄로 선고하는 경우, 배심원단이 판결을 내리기 전에 별도의 심리를 진행한다. 이 형량 결정 청문회에서 사형을 언도하려면 먼저 배심원이 다음과 같은 세 가지 '특별 논의'에 만장일치로 동의해야 한다.

1. 살인자는 '고의로' 피해자를 죽음에 이르게 했다.

2. 피고는 이후에 '강력범죄를 저지를 가능성'이 있다.

3. 피고의 살인행위는 '정당방위'가 아니었다.

일반적으로 피고의 위험성을 묻는 특별 논의의 두 번째 사항이 가장 큰 논쟁을 일으킨다. 다음은 론 로젠바움Ron Rosenbaum이 쓴 그릭슨에 대한 기사다.[2]

이어 의사가 입장한다. 의사는 증언대에 서서 살인행위와 살인자에 대한 사실 낭독을 듣는다. 의사는 피고를 진찰한 적이 없으며, 재판 전까지 그와 눈도 마주친 적이 없는 것이 보통이다. 낭독이 끝나면 의사는 배심원에게, 의학적 관점에서 피고는 특별 논의 두 번째 사항에 정의한 대로 사회에 지속적인 위해를 가할 것이 분명하다고 말한다. 이것이 발언의 전부다.

이어서 기자는 이틀 동안 세 개의 주요 형량 결정 재판에서 증언한 그릭슨을 따라다녔다. 그것은 괴로운 여정이었다. 증언대에 선 의사에 대한 그의 서술을 보면, 그릭슨이 성실한 연구원이나 의사가 아니었음이 분명하다. 법률 용어로 '가설'을 의미하는 내용이 피고인의 자세한 진찰 결과로 탈바꿈했고, 검사는 피고인의 전과기록과 다른 파일에서 유추한 가상 범죄를 자세히 묘사했다. 그리고 나서 의사에게 묻곤 했다. "의학적으로 이런 생각이 타당하다고 생각하십니까? 그러니까 피고인이 지속적으로 사회에 위협이 되는 강력범죄를 저지를 가능성이 있을까요?"

로젠바움은, 한 늙은 여인의 집에 들어가 강도짓을 하다가 그녀를 때려 숨지게 한 뒤 시체를 성폭행한 혐의로 기소된 아론 리 풀러 Aaron Lee Fuller 사건에서, 피고인 풀러와 유사한 가상 살인자가 다시 살인을 저지를 것인가란 질문에 대한 그릭슨의 대답을 인용했다.

"어떻게 생각하십니까?"

"전혀 의문의 여지가 없습니다. 당신이 묘사한 그 사람은 행동의 폭력성이 반복적으로 더 심각해지는 유형입니다. 그 사람은 나중에도 폭력적인 행동을 저지를 수 있으며, 그가 어디에 있건 그가 사는 사회에 심각한 위협을 가할 것입니다."

"그렇다는 것은 감옥에서도 위협이 된다는 말씀인가요?"

"물론입니다. 밖에서와 마찬가지로 그곳에서도 똑같은 일을 저지를 것입니다."

로젠바움은 이게 전부였다고 말했다. 이와 같이 배심원에게 필요한 모든 '의학적'·'과학적' 증언, 아니 어쩌면 배심원에게 제공된 증언 전부가 아론 리 풀러는 갱생의 여지가 없고 살아 있기엔 너무 위험한 존재이므로 사형에 처해야 한다는 판결을 정당화했다.

그릭슨은 피고인이 특별한 '가상적 범인'에 대해 긍정적인 응답을 하자 그를 '심각한 반사회적 인물'로 규정하기도 했다. 이 책에서 설명한 대로, 일반적으로 반사회적 인물이란 용어는 사이코패스와 비슷하게 사용된다.

찰스 유잉Charles Ewing은 위험성 예측의 도덕성에 대한 기사 중에,[3] '그릭슨은 70건이 넘는 형량 결정 청문회에서 이런 방식으로 증언했으며, 이 중 69건에 사형 판결이 내려졌다'고 썼다. 유잉은 이런 사람이 "그릭슨 외에도 많으며" 전국의 배심원들은 보통 이런 전문가의 증언을 토대로 결정을 내린다는 점을 지적했다.

전문가들이 자신의 의견임을 피력하며 행동을 예측하는 상황에서, 미국의 대법원은 그릭슨 같은 정신과의사의 수긍할 만한 전문성 있는 증언을 지지하고 있다. 대심이라는 재판제도의 특성 때문에, 한 정신과의사의 의견이 다른 전문가와 대립될 수 있다. 그러나 다른 사람보다 설득력 있는 발언을 하는 전문가가 존재하기 마련이며, 로젠바움에 따르면 그릭슨도 가장 눈에 띄는 증언자 중 한 사람이었다. 그는 자신이 옳다고 설득하는 데 있어 어떤 어려움도 헤쳐 나가는 카리스마를 지니고 있었다.

어쨌든 전문가 증언에 대한 그릭슨의 접근방식은 참으로 독특했다. 정신학회 및 심리학회 표준 지침의 정의에 의하면, 적절한 진단을 내리려면 사람을 신중히 진찰하고 테스트해야 하며 널리 인정되는 믿을 만한 진단 기준을 준수해야 한다.

최근 남부에 사는 한 법정 정신과의사가 내게, "당신의 연구에서 사이코패스는 기질성 뇌장애를 겪고 있다고 증명되었기" 때문에 자신이 사이코패스 진단을 내린 환자가 살인에 대한 책임이 없음을 주장할 수 있게 되었다고 말한

적이 있다. 그 의사가 언급한 내용은 최근 출판된 '신경정신병'에 관한 연구임이 분명했고, 이 연구에서 우리는 분명히 일반 테스트에서 측정한 결과 사이코패스는 기질성 뇌장애를 겪지 않는다고 결론지었다. 그는 잘못 읽은 연구 결과를 토대로 자신의 고객에 대한 증언을 제출했다.

하여간 이 정신과의사의 실수로 그 사람은 목숨을 구했다. 사형을 면했던 것이다.

내가 보기에 그릭슨의 진단 절차와 그가 도출한 피상적인 결론은 과학적·임상학적 근거에서 반론의 여지가 많을 뿐 아니라, 사람을 보는 데 있어서 자신은 절대 실수하지 않는다는 이상한 믿음을 바탕으로 하고 있다. 고급 정보에 접근할 수 있고 엄격한 진단 기준을 사용하는 가장 이상적인 조건이라 할지라도 정신의학 진단과 예측에서 오류를 완전히 배제할 수는 없다. 진단이란 치료는 물론 인생 자체에도 큰 영향을 주기 때문에 허용 한계를 벗어나지 않는 정확성을 갖추어야 한다. 완벽한 진단이란 현실적으로 있을 수 없으며, 그것이 가능하다 해도 범죄의 상습성이나 심각성을 정확히 예측할 수는 없다. 진단을 구성하는 여러 변수가 반사회적 행동을 규정하는 개인적·사회적·환경적 요인의 단편만을 보여주기 때문이다. 하지만 사이코패시 평가표에 기반하여 신중하게 사이코패스를 진단하면 형사사법체계의 결정과 관련된 위험 요소를 크게 줄일 수 있다. 제대로만 사용하면 사회에 거의 위협이 되지 않는 범죄자와 범죄의 상습성이나 심각성으로 인해 위험성이 큰 범죄자를 구별하는 데 큰 도움을 얻을 수 있다.

도구는 사용자가 건전한 경우에만 건전하다

사이코패시 평가표는 기술적인 예측 도구로서 중요한 역할을 하며, 임상전문가는 이미 이 도구를 채택해 다양한 용도로 사용하고 있다. 그러나 도구를 갖는다는 것과 제대로 사용한다는 것은 완전히 별개의 문제다. 다음 이야기는 이 진단 도구를 적절한 절차에 따라 사용하지 않을 경우 어떤 위험을 초래하게 될지 보여준다.

법정 정신과의사인 J는 검사 측 전문 증인으로 잘 알려져 있다. 의사 J는 한 형량 결정 청문회에서 자신의 소견에 따라 이전에 강력범으로 여러 번 유죄판결을 받은 한 범죄자가 사회에 지속적인 위협이 된다고 증언했다. 이 소견은 범죄자의 전과기록과 사이코패시 평가표에 정의된 내용에 따라, 그가 사이코패스이며 그의 생활방식이 바뀌지는 않을 것이라고 판단한 데 따른 것이었다. 의사 J의 보고서와 증언은 검사 측에서 이 남자를 위험한 범죄자로 단언하고 무기징역을 선고하는 데 결정적인 역할을 했다.

형량 결정 청문회에서 유명한 법률사무소의 신참 변호사가 이 범죄자를 변호하게 되었다. 의사 J의 만만치 않은 명성을 생각하면 분명 난처한 일이었을 것이다. 위원회가 열리자 나의 제자와 알고 지내던 이 변호사가 내게 사건에 대해 이야기해 주었고, 의사 J가 법원에 제출한 보고서 사본을 나에게 보여주었다. 나는 보고서를 훑어본 후 변호사에게 몇 가지 유보조항이 있다고 알리고, 범죄자에 대한 독자적 평가를 구할 수 있는지 물어보았다. 사이코패시 평가표 사용에 매우 능숙한 동료 2명이 이 범죄자의 등급을 평가한 결과, 그들은 그가 사이코패스가 아니라고 결론지었다.

나는 먼저 변호사에게, 그 다음으로 법원에 사이코패시 평가표를 적용하여 등급을 매기는 절차를 설명했다. 변호사는 의사 J의 사이코패시 평가표 사용 과정을 검토했고, 이 정신과의사가 안내서의 매우 중요한 지시 사항을 따르지 않았다는 점이 바로 드러났다. 그는 지시 사항을 따르는 대신, 이 평가표를 일종의 틀로 사용하면서 자신의 전문 소견을 형성하고, 당시 존재했던 광범위한 과학 문헌을 조금 참고했을 뿐이다. 이것은 의사들에게 흔한 관행이다. 다시 말해, 의사들은 자신의 임상 경험에 비추어 소견을 작성할 때 공식적인 진단 기준만을 사용하는 경우가 많다. 판사는 의사 J의 사이코패스 진단을 거부했고, 검사 측 형량을 낮춰 범죄자에게 무기징역을 선고했다.

이 장에서 설명한 도덕성의 문제는 두 가지 원인에서 비롯된다. 하나는 철저한 과학적 절차가 결여되었다는 것이고, 다른 하나는 전문적인 관행이 불확실하다는 것이다. 진단은 문제를 일으킬 소지가 있는 꼬리표를 만든다. 부정확한 진단으로 인한 잘못된 예측은 혼란과 불행을 초래할 수 있다. 이러한 문제를 해결하고 불행을 방지하려면 엄밀한 과학적 연구 끝에 유추된 과정을 신중하게 사용해야 한다. 그렇게 하지 않은 결과물은 받아들이면 안 된다.

12

소유욕이 강하고 상대방을 통제하려 드는 사이코패시 남자와 함께 사는 여자의 경우 문제는 매우 심각하며 아주 위험하다. 많은 여성들이 "내가 더 잘하면 좋아질 거야. 더 노력해서 비위를 잘 맞추면 그이는 좀더 부드러워질 거야. 아주 조금이라도" 하는 희망을 품는다. 하지만 배우자 학대에 대한 각종 문헌에 의하면 이런 노력은 아무 소용이 없으며, 오히려 상황을 더 악화시키고 고착되게 만든다.

대책은 없는가

앤 랜더스Ann Landers 님께.

22세에 고등학교를 중퇴하고 의붓아들을 갖게 된 제 언니를 대신하여 편지를 씁니다. 아이 이름을 가명으로 '데니'라 부를게요. 그 애 아버지는 데니가 아기였을 때 첫 번째 부인과 이혼을 했습니다. 그 후 언니와 만나 결혼한 지 7년이 되었습니다.

언니는 지금까지 데니에게 수천 달러를 쏟아 부었어요. 기숙사관 학교에 넣는 데 1만 달러를 쓰기도 했지만 결국 부정행위, 거짓말, 절도로 인해 퇴학당했습니다. 학업을 계속 시키려고 가정교사도 두어봤고, 심리학자도 세 명이나 만나봤습니다. 그들은 모두 데니가 적개심으로 가득 차 있다고 말했습니다. 의사와도 면담을 했지만 몸에서 이상이 발견되지는 않았습니다.

지금까지 데니는 언니 집에서 살기도 하고 할머니나 친어머니와 살기도 했습니다. 현재는 고모와 함께 살고 있어요. 데니는 일을 전혀 하지 않아요. 집세를 내지도 않고, 다른 사람이 별말 없이 부양해주면 그대로 만족하고 눌러앉습니다.

언니가 데니에게 일자리를 구해주었지만 얼마 가지 못했습니다.

그 애를 다잡아보려고 스포츠도 시켜봤어요. 지금까지 안 해본 게 없을 정도입니다.

데니한테도 좋은 면은 있습니다. 술도 안 마시고 마약도 하지 않습니다. 하지만 언니가 기르는 개와 말한테는 잔인하게 굴곤 합니다. 발로 차고 주먹으로 때리는 걸 본 적이 있습니다.

어떻게 하면 이 아이를 좋은 방향으로 이끌 수 있을까요? 무엇이든 하지 않으면 범죄자가 될 것 같아 정말 두렵습니다.

버지니아에서 궁지에 몰린 사람이

버지니아에 사시는 분께.

집세도 공짜고 친척이 부양해주는데, 어느 22세 청년이 일을 하겠습니까? 확실히 데니는 버릇없이 자랐군요.

데니는 분노와 정신장애가 있는 젊은이랍니다. 치료를 받아 스스로와 타협하지 않으면 살면서 많은 문제를 일으킬 수 있습니다. 많은 노력이 필요하겠지만 그래도 성과가 없진 않을 겁니다. 그 다음 데니가 해야 하는 일은 고등학교 졸업장을 따는 것입니다.

데니에게 이 칼럼을 보여주세요. 그리고 편지를 쓰고 싶은지 물어봐 주세요. 저는 언제든 데니에게 귀 기울일 준비가 되어 있습니다.

앤 랜더스, 《프레스 데모크렛Press Democrat》(1991년 1월 8일)

300

'버지니아에 사는 궁지에 몰린 사람'이 이야기하는 소년이 사이코패스인지는 정확히 알 수 없다. 만일 그렇다면, 현재 그들이 할 수 있는 일은 거의 정해져 있다. 더 이상 그의 비위를 맞추지 말고 치료를 받게 하는 것이다. 앤 랜더스에게 편지를 보내도록 설득하는 것도 좋은 방법이다.

이 방법은 선량한 사람의 접근법이며, 재정적 능력이 있는 대부분의 사람들이 취하는 태도다. 그러나 문제가 되는 사람이 사이코패스의 기준에 부합하는 경우, 주위 환경과 전문치료사, 그리고 환자가 그야말로 특출 나지 않은 이상 이 방법은 실패할 가능성이 높다.

20여 년 전, 내가 정신과의사와 심리학자를 위해 썼던 책에 다음과 같은 글이 있다.

> 약간의 예외가 있긴 하지만 정신분석, 집단치료, 내담자 중심 치료 및 사이코드라마와 같은 전통적 형태의 심리치료는 사이코패시 치료에 효과가 없다고 밝혀졌다. 정신외과 수술, 전기충격 요법 및 다양한 약물 사용과 같은 생물학적 치료도 마찬가지였다.[1]

이 글을 쓸 당시는 1993년 초반이었는데 치료와 관련된 상황은 그다지 달라지지 않았다. 실제로 사이코패스를 다룬 책에서 가장 짧은 장은 치료에 관한 장이다. 대개 여러 문헌을 검토한 다음 '효과적인 치료법이 없다'거나 '어떤 방법도 효과가 없다'와 같은 한 문장으로 결론을 맺곤 한다.

그러나 범죄율이 급증하고 준법정신과 형사사법체계가 심각한 마비 상태에 이르는 등 현 사회제도가 위협받고 있는 상황에서, 사이코 패스가 사회에 미치는 영향을 줄여나가는 방법을 모색하지 않을 수 없다.

의사들은 종종 사이코패스를 강력한 심리적 방어기제가 분노와 두려움을 억누르고 있는 사람으로 묘사한다. 실험실 연구도 이러한 관점을 지지하면서, 사이코패스의 스트레스를 해소할 수 있는 생물학적 원리가 있다고 설명했다. 이런 설명은 사이코패스를 우수한 사람처럼 보이게 만들기도 한다. 그러나 용기와 무모함의 차이는 종이 한 장 차이다. 사이코패스의 행동은 분노로 자극받거나 위험 경고 신호를 받아들이지 않기 때문에 언제나 문제를 일으키곤 한다. 실내에서 검은 선글라스를 끼고 있는 사람처럼, 이들은 '멋쟁이'인 것 같지만 대부분 주변 정황을 제대로 파악하지 못한다.

최근의 몇 가지 소름끼치는 사례에서, 정말 무시무시한 상황인데도 평정을 유지하는 이들의 능력을 엿볼 수 있었다. 제프리 다머라는 밀워키 출신의 한 남자는 연쇄살인, 시체 절단, 식인 행위와 같은 차마 말로 표현할 수 없는 끔찍한 범죄를 저질렀다. 한 번은 다머의 아파트에서 십대 소년이 벌거벗은 상태로 피를 흘리면서 탈출했다. 다머는 경찰에게 그 아이는 쌍방 합의하에 다머와 성행위를 한 어른이라고 침착하고 신중한 태도로 해명했고, 그냥 연인 사이의 실랑이일 뿐이라고 둘러댔다. 그러자 경찰은 그 소년을 다머의 손아귀에 방치한 채 그냥 돌아갔다. 경찰이 떠나자마자 다머는 소년을 살해했다. 재판에서 그는 유죄를 시인했지만 15건의 살인사건은 실성한 상태에서 벌인 것이라고 주장했다. 물론 배심원단은 그가 미쳤다는 말을 믿지 않았다.

　재판 중 그의 위기 상황 탈출 능력을 보여주는 다른 증거들도 드러났다. 1992년 2월 11일에 작성된 AP통신의 기사는 다머가 첫 번째 피해자의 시체를 쓰레기 하치장으로 가져가던 중 경찰의 단속을 받았던 사건을 다루고 있다. 경찰관이 플래시 불빛으로 시체를 담은 비닐 가방을 가리키자, 다머는 부모님이 이혼해서 화가 난 상태고 쓰레기를 버리러 하치장으로 갈 겸 야간 드라이브를 즐기는 중이라고 침착하게 말했다. 그는 가던 길을 계속 갈 수 있었다.

왜 아무런 효과도 없을까?

　심리치료의 기본 전제는 환자가 자신을 괴롭히는 고통스러운 심리적·정서적 문제에 대해 도움을 필요로 하고, 도움 받기를 원한다는 것이다. 이런 문제로는 분노·우울증·낮은 자존감·소심함·강박관념·신경질적인 행위 등이 있지만 제대로 병명을 댈 수 있는 것은 소수에 불과하다. 치료에 성공하려면 환자가 치료사와 함께 자신의 증상을 완화시키는 방법을 찾는 데 적극적으로 동참해야 한다. 다시 말해 환자가 자신에게 문제가 있고 문제를 해결하기 위한 조치를 취해야 한다는 사실을 깨달아야 한다.

　여기에 어려움이 있다. 사이코패스는 자신에게 심리적인 또는 정서적인 문제가 있다고 생각하지 않으며, 자신의 행동을 자신이 동의

하지 않는 사회적 기준에 맞춰 바꿀 이유가 없다고 생각한다.

즉 사이코패스는 일반적으로 자기 자신과 남들이 보기에는 황량해 보일지도 모르는 자신의 내면세계에 만족하고 있다. 그들은 자신에게 아무 문제도 없다고 생각하며 개인적인 고민거리도 거의 없다. 자신의 행동이 이성적이고 가치가 있으며 만족스럽다고 느끼고, 앞으로의 일을 걱정하거나 과거를 돌아보며 후회하는 일은 절대 없다. 권력과 재원을 차지하기 위해 쟁탈전을 벌이는 이 적대적이고 험난한 세상에서 그들은 스스로를 우수한 인간이라고 생각한다. 또한 자신의 권리를 확보하기 위해 타인을 속이고 기만하는 행위는 당연하다고 생각한다. 사회적 교류도 타인에게서 느껴지는 적개심을 없애기 위해 계획된 행위다. 이런 태도로 미루어 대부분의 심리치료 방식이 사이코패스에게 효과가 없는 것은 당연하다.

사이코패스가 심리치료에 부적절한 또 다른 이유도 있다. 다음을 살펴보자.

▪ 사이코패스는 '연약한' 인간이 아니다. 이들의 생각과 행동은 외부 충격에 대한 저항력이 크고 바위처럼 단단한 인격에서 비롯된 것이다. 공식 치료 프로그램에 들어가면 이들은 더욱 단단한 방어벽을 구축하기 때문에 최상의 조건이라 할지라도 태도와 행동패턴을 좀처럼 바꾸기 힘들다.

▪ 많은 사이코패스들은 무슨 일을 저지르면 선의의 가족이나 친구들로부터 보호를 받는다. 그래서 이들의 행동은 저지당하거나 벌을 받

는 경우가 드물다. 개인적으로 귀찮은 일은 피하면서 삶을 영위해 가는 방법을 습득하기도 한다. 심지어 범죄를 저질러 체포된 후 벌을 받는 경우에도 자신의 처지에 대해 사회제도나 타인, 운명 등 자신이 아닌 다른 것을 핑계로 삼는다. 많은 사람이 단순히 인생을 즐기며 산다.

■ 사이코패스는 다른 사람들과는 달리 스스로 도움을 청하지 않는다. 대신 자포자기한 가족들의 요청으로 억지로 치료를 받거나, 법원 명령이나 가석방 허가를 받기 위한 준비로 치료에 임할 뿐이다.

■ 치료를 받더라도 시늉만 한다. 이들은 대부분의 치료사가 원하는 정서적 친밀감과 깊이 있는 연구를 감당할 수 없다. 치료의 성공에 반드시 필요한 대인관계가 처음부터 배제된 것이다.

다음은 한 정신과의사가 사이코패스를 다소 비관적으로 묘사한 글이다. 의사는 환자를 반사회적 인물이라고 했다.

반사회적 인물은 변화하려는 욕구가 없으며 그저 변명거리가 필요할 때에만 자신을 돌아봅니다. 미래에 대한 개념도 없고, 치료사를 포함한 모든 권위에 대해 분노합니다. 환자의 역할을 불쌍하게 여기고, 열등한 위치에 놓이는 것을 몹시 싫어합니다. 치료를 농담거리로 여기고 치료사를 사기를 치거나 위협하거나 꼬드기는 대상, 또는 이용 가치가 있는 사람으로 생각합니다.[2]

개인적 통찰과 치유를 가져다줄 거라고 기대되는 내적성찰을 환자에게서 찾기란 쉽지 않다. 일반적으로 사이코패스는 심리치료라는 광대 짓을 한 걸음 물러서서 가만히 지켜보며, 많은 치료사들이 그들이 그렇게 하는 걸 그냥 내버려둔다.

▪ 대부분의 치료 프로그램은 사이코패스에게 자신의 행동에 대한 새로운 핑곗거리 및 합리화 방법, 인간의 취약성에 대한 새로운 시각을 제공할 뿐이다. 여기에서 타인을 속이는 더 나은 새로운 방식을 배울지도 모른다. 그러나 자신의 시각과 행동을 바꾸거나 타인에게도 욕구와 감정, 권리가 있다는 사실을 이해하려고 들지는 않는다. 특히 사이코패스에게 후회나 감정이입을 느끼게 하려는 시도는 실패로 끝날 가능성이 높다.

이런 냉정한 결론은 치료사와 환자가 일대일로 대면하는 개인치료나 다양한 문제점을 가진 사람들이 서로의 말을 듣고 자신과 타인에 대해 생각하고 느끼는 새로운 방식을 개발하는 집단치료 모두에 해당한다.

▪ 앞서 말한 바와 같이, 사이코패스는 자주 다른 구성원에게 자신의 시각과 해석을 강요하면서 개인치료와 집단치료 모임을 주도하려고 든다. 교도소 치료 프로그램의 그룹 통솔자는 사이코패시 평가표에서 높은 점수를 받은 수감자에 대해 다음과 같이 말했다. "자신이 시작하지 않은 일에 대해서는 말하려고 하지 않습니다. 자신의 행동에 대해 반박하거나 묻는 것을 좋아하지 않습니다. ……자신의 행동

에 대한 토론을 피하기 위해 장광설의 독백으로 대화를 끊고, 치료 그룹을 주도하는 행위를 받아들이려고 하지 않습니다." 그러나 이 글을 쓰고 얼마 지나지 않아 정신과의사는 다음과 같은 글을 썼다. "확실히 그가 나아지고 있는 것 같습니다. 자신의 행동에 대해 책임을 지려고 합니다." 그리고 다음과 같이 덧붙였다. "상당한 진전을 보이고 있습니다. ……타인을 배려하는 모습도 보이고 위험한 생각에서 많이 벗어난 것 같습니다." 그에 대해 긍정적인 평가를 내린 2년 후, 내 연구 프로젝트 중 하나에 참여하고 있는 여자 대학원생이 그 수감자와 면담을 가졌다. 그녀는 그 수감자가 이제껏 본 사람 중 가장 무시무시한 범죄자라고 말했다. 그는 교도소 직원이 자신에 대해 갱생의 길을 제대로 걷고 있다고 생각하게 만든 것을 다음과 같이 공개적으로 자랑했다. '그놈들을 믿을 수가 없군. 도대체 누가 그 녀석들에게 의사 면허증을 내준 거야? 나라면 그놈들한테 내 개도 못 맡길 텐데! 아마 나처럼, 내 개도 놈들을 뭐의 뭐처럼 볼 걸.'

3개국에서 사기, 위조, 절도 행위로 55번이나 유죄판결을 받은 40세 남자가 있었다. 그는 76세의 눈 먼 여성과 우정을 맺으면서 자신이 갱생되었다고 주장했다. 캐나다 정부로부터 국외로 추방되는 것을 피하고자 했던 것이다. 1985년에 한 정신의학 보고서에서는 이 남자를 '언제나 유쾌하고 예의 바르며 똑똑하고 사교적'인 동시에 '방어벽을 잘 구축하는 인격장애'가 있는 병적인 거짓말쟁이로 묘사했다. 이민국 변호사는 그를 '말로 사람을 현혹시킬 수 있는 병적인 거짓말쟁이', '사실과 허구를 구별할 수 없는 ……만성적인 거짓말쟁이', 사기꾼이라고 말했다. 변호사는 이 문제의 남자가 1980년 말에 미국에서 가석방되자 가석방 선서를 위반한 채 캐나다로 달아나 밴쿠버로 갔으며, "국경을 지나면서 부도수표를 사용했다"는 사실을 지적했다. 문제는 그가 위에서 말한 눈 먼 여성의 손에 이끌려 기독교 명상센터와 교회에 갔다가 거기서 접한 자의식 개발 모임 덕분에 완전히 인생이 바뀌었다고 주장한다는 점이었다. 그러나 그 와중에도 그가 계속 부도수표를 사용하고 청구서도 지불하지 않았음을 증언하는 목격자가 나타나자 갱생되었다는 그의 주장은 설득력을 잃게 되었다.

모이라 패로우, 《밴쿠버 선》(1991년 3월 2일)

치료가 오히려 악영향을 미친다

그룹치료는 교도소 및 법원에서 명령하는 치료 프로그램에서 중요한 위치를 차지한다. 간혹 그룹치료는 수감자 또는 환자에게 상당한 책임을 부여하는 '치료 공동체' 프로그램에 포함된다. 이 공동체의 핵심은 내부 직원이다. 이들은 환자의 욕구와 능력에 초점을 맞추고 환자를 존중하고 인도주의적으로 대우하도록 전문적인 훈련을 받았다. 이런 프로그램은 시설 및 인력 면에서 비용이 많이 들고 집중적인 치료가 수행되는 만큼 대부분의 범죄자들을 큰 무리 없이 잘 다룬다. 그러나 사이코패스에게는 효과가 없다.

이와 같이 단호한 결론을 내리는 것은 치료 공동체 프로그램을 이수한 범죄인 환자에 관한 최근의 여러가지 연구를 통해 이런한 사실이 입증되고 있기 때문이다. 모든 경우, 환자는 사이코패시 평가표로 평가를 받았다.

■ 한 연구에서, 사이코패스는 치료 프로그램에 참여하려는 동기가 약했고, 조기에 치료를 중단했으며, 프로그램에서 얻는 혜택도 상대적으로 적었다. 석방된 후 다시 교도소로 들어오는 확률이 다른 환자들보다 훨씬 높았다.[3]

■ 또 다른 연구에서, 치료 공동체 프로그램을 마친 후 강력범죄를 저지를 확률이 사이코패스의 경우 다른 환자에 비해 거의 4배나 높았다.[4] 프로그램이 사이코패스에게 효과가 없을 뿐 아니라 악영향을 미치기까지 한다는 것이다! 치료 프로그램에 참가한 사이코패스는 치료 프로그램에 참가하지 않은 경우보다 석방 후 오히려 더 폭력적으로 변한다.

이러한 결과를 처음 접하면 좀 이상하다는 생각이 들 수 있다. 어떻게 심리치료가 상태를 더 악화시킬 수 있는가? 그러나 프로그램 운영자에게는 이러한 결과가 그리 놀라운 일이 아니다. 프로그램 운영자들은 사이코패스가 그룹의 통솔자나 다른 환자들과 자주 '두뇌 게임'을 하면서 모임을 주도한다고 보고한다. 사이코패스는 박식한 척하면서 다른 환자들에게 '당신의 문제는 당신이 엄마한테 당했듯이 무의식적으로 여자를 벌하기 위해 여자를 강간한 데 있다'는 식으로 말한다. 이때 그가 자신의 행동을 돌아보는 일은 거의 없다.

안타깝게도 이런 종류의 프로그램은 사이코패스에게 사람을 속이고 기만하며 이용하는 방식에 대해 더 자세히 알려줄 뿐이다. 한 사이코패스는 다음과 같이 말하기도 했다. "이 프로그램은 교양학교 같다. 여기서는 사람을 착취하는 방법을 가르친다."

이러한 프로그램은 사이코패스에게 '나는 어릴 때 학대를 받았다', '내 감정을 이해하는 방법을 배운 적이 한 번도 없다'와 같은 피상적인 변명거리를 제공해 주는 보고이기도 하다. 이런 종류의 범행 후 통찰로는 설명할 수 있는 것이 거의 없다. 그저 여기에 귀 기울이는 준비된 사람에게만 그럴 듯하게 들릴 뿐이다. 이러한 진술을 액면 그대로 받아들이는 전문가가 있다는 사실이 놀라울 따름이다.

그룹치료와 치료 공동체 프로그램은 사이코패스가 다른 사람에게 자신이 달라졌다고 설득할 때 사용하는 하나의 전략일 뿐이며, 학업 증진을 위해 개설된 교도소 프로그램도 같은 목적으로 자주 이용된다. 특히 심리학, 사회학, 범죄학 강좌는 사이코패스에게 인기가 높다. 치료 프로그램과 마찬가지로 이러한 학습 프로그램은 사이코패스에게 피상적인 통찰과 대인관계나 정서적 교류에 관한 용어 및 개념(전문적인 어감을 풍기는 유행어)을 제공할 뿐이다. 사이코패스들은 이 프로그램을 이용하여 자신이 갱생되었다거나 '다시 태어났다'고 둘러대며 잘 속는 사람들을 설득시킬 수 있다.

어린 사이코패스의 치료

논리적으로 성인 사이코패스가 사회에 미치는 영향을 줄이는 최상의 방법은 문제점을 조기에 해결하는 것이다. 그러나 지금까지 이러한 노력은 거의 성공을 거두지 못했다. 사회학자 윌리엄 맥코드는 치료 프로그램을 폭넓게 검토한 후, '사이코패시 패턴에서 벗어나려는 유년기의 시도'는 대개 성공하지 못한다는 결론을 내렸다.[5] 하지만 개인의 사회적·물리적 환경이 완전히 바뀌고, 모든 제도적 자원을 동원하여 프로그램을 실시하면 이들의 태도와 행동에 근본적인 변화를 가져올 수도 있을 것이라는 희망을 버리지 않았다. 그러나 맥코드가 자세히 설명했듯이 이러한 프로그램의 결과는 냉정하다. 청소년 사이코패스의 태도와 행동이 프로그램 과정 중에 혹은 그 이후에 개선되는 것처럼 보이다가도, 나이를 먹으면서 그 효과는 점점 사라져 간다.

하지만 우리가 사이코패시의 본질에 대해 구체적으로 알게 되면 상황이 바뀔지 모른다. 또한 정신과의사들은 다양한 행동장애를 보이는 청소년과 아동의 태도 및 행동을 바꾸는 데 상당히 성공적인 조정 프로그램을 개발해 냈다. 이러한 프로그램들은 아동은 물론 문제가 발생한 가족과 사회적 환경을 함께 다룬다.[6]

아주 어린 나이에 치료를 시작하면, 공격성과 충동성을 줄이고 욕구를 좀더 친사회적인 방식으로 충족시키는 전략을 가르쳐서 '어린 사이코패스'의 행동패턴을 바꾸는 데 도움을 줄 수 있다.

치료 효과에 대한 비판적 시각

사실상 사이코패스의 치료 효과에 대한 모든 증거는 대부분 교도소나 정신병원에 있는 사람을 대상으로 하는 프로그램에 근거한다. 이러한 프로그램은 심도 깊고 세밀하게 설계되었으며, 비교적 좋은 환경에서 운영된다. 그러나 여전히 큰 효과는 없다.

일부 프로그램이 사이코패스의 태도와 행동을 바꾸는 데 효과가 있다고 해도, 보호 관리를 받거나 법원에서 치료 명령을 받은 사이코패스가 아닌 나머지 수백만의 사이코패스를 포용하기에는 무리가 따른다. 거리를 활보하는 사이코패스가 이러한 프로그램에 등록할 가능성은 거의 없다. 게다가 이들이 치료를 받도록 강제할 수단이 있는 것도 아니다.

간혹 사례 보고서나 몇몇 정황 증거들은 어떤 특수한 방법이 사이코패스에게 효과가 있음을 암시한다. 자신과 함께 살고 있는 사이코패스의 행동에 상당한 개선 효과가 있었다고 말하는 사람도 몇 명 있었다. 이들은 왜 내가 자신들의 경험에 흥분하지 않는지 이해하지 못했다.

어쩌면 이들은 획기적인 치료상의 진전을 경험했을 수도 있다. 그러나 그것이 사실인지 증명할 방법은 없다. 치료를 받은 사람이 정말로 사이코패스였을까? 치료를 받은 사람이 일부 사이코패스의 행동이 '자연스럽게' 개선되는 중년의 나이에 접어든 것은 아닌가? 변화전의 행동은 어떠했는가? '사이코패스'가 바뀌었다는 사실을 어떻게 알 수 있는가? 자신이 사이코패스를 대하는 방식이 바뀐 것을 사이코패스의 행동이 개선된 것으로 혼동하는 사람들도 많다.

사이코패스 남편이 예전만큼 나쁜 것 같지는 않다고 말하는 아내의 경우, 사실은 이젠 그녀가 그를 방해하지 않거나 이전보다 그의 요구를 더 많이 들어줘서 문제가 해결된 것일 수도 있다. 그녀는 남편과의 갈등을 줄이기 위해 자신의 인격을 사장시키고 자신의 요구와 소망을 희생시켰을 수도 있다.

세심하게 통제된 실증적 연구가 뒷받침되지 않는 한 사이코패스를 치료하는 데 효과가 있다는 주장은 심각하게 받아들일 수 없다.

포기할 수밖에 없는가?

증거를 보면 다소 울적해지지만, 사이코패스의 치료가 완전히 불가능하다고 확정짓기엔 아직 이르다. 먼저 고려해야 할 몇 가지 사항이 있다.

▪ 우선, 이런 환자를 치료하기 위한 많은 노력과 다양한 방법의 시도가 있었음에도 불구하고 그 가운데 과학적·방법론적 기준을 충족시키는 프로그램은 거의 없었다. 이 점은 매우 중요하다. 왜냐하면 결론을 뒷받침하는 증거가 타당하지 않음을 의미하기 때문이다. 특정 프로그램이 효과가 없다는 대부분의 보고서와 몇 가지는 효과가 있다는 소수 보고서 모두가 여기에 해당한다. 우리가 알고 있는 대부분의 내용은 주로 전해 내려오는 임상적 사례나 단일 사례 연구, 조

야한 진단 및 방법론적 절차, 부적절한 프로그램 평가에 기반을 두고 있다. 실제로 사이코패스 치료에 관한 연구는 매우 낙후되었다.

치료 관련 자료에서 가장 실망스러운 점은, 진단 절차가 종종 말도 안 되게 부적절하거나 너무 모호하게 설명되어 있어서, 어떤 프로그램이 사이코패스를 다루는 데 필요한 역할을 해낼 수 있을지 도저히 파악할 수 없다는 사실이다.

치료 또는 관리 프로그램을 평가할 때 빈번히 발생하는 또 다른 문제는 신중하게 선택된 대조군이나 비교군을 활용하지 못하는 데 있다. 우리는 많은 사이코패스들의 행동이 나이를 먹으면서 개선된다는 사실을 알고 있다. 그러므로 어떤 치료 프로그램이 나이를 먹으면서 나타나는 '자연스러운' 또는 '자발적인' 변화를 촉진하는지 파악하는 것도 중요하다.

■ 두 번째로, 사이코패스를 위해 특별히 고안된 프로그램이 거의 없다. 여기에 해당하는 소수의 프로그램조차 관리상의 문제, 행정상의 문제 및 공공정책상의 문제 때문에 원래 의도했던 것과 다른 것이 되어버렸다. 신중하면서도 방법론적으로 유효한 사이코패스 치료 프로그램을 설계, 시행, 평가하는 것이 여전히 과제로 남아 있다.

■ 세 번째로, 사이코패스를 치료하려는 노력 중에는 대상을 잘못 선택한 경우가 있다. 치료라는 용어는 질병, 자각증세, 부적응 행동 등과 같이 치료할 부분이 있다는 것을 의미한다. 그러나 현재까지 밝혀진 바에 의하면, 사이코패스는 스스로에게 완전히 만족하고 있으

며 최소한 전통적인 의미의 치료를 받을 필요를 느끼지 못한다. 자신이 완전히 정상이고 합리적이라고 생각할 때보다는 스스로에게 만족하지 못할 때 그 사람의 태도와 행동을 좀더 쉽게 바꿀 수 있다.

그러나 사이코패스의 행동은 부적응적이지 않은가? 이 질문에 대한 대답은 다음과 같다. 사회에 대해서는 부적응적이더라도 자신에 대해서는 적응적이다. 사이코패스에게 상대방의 기대와 규범에 맞춰 행동을 바꾸라고 요구하는 것은, 어쩌면 이들의 '본성'에 어긋나는 일을 하도록 강요하는 것일 수 있다. 이 요구에 동의할 수도 있지만, 어디까지나 자기가 관심이 있을 때에만 가능하다. 사이코패스의 행동을 변화시키려는 프로그램은 이 점을 염두에 두어야 한다. 그렇지 않으면 실패할 가능성이 높다.

"모든 사람이 사이코패스는 치료할 수 없다고 단언합니다. 대부분 쓸모없는 짓인 건 사실이죠." 11세 소년을 살해한 사건을 포함하여 전과가 많은 동성애자이며 아동성애자인 조지프 프레드릭스Joseph Fredricks의 말이다. "사이코패스도 남들과 똑같은 인간이에요. 다른 사람보다 좀더 예민하기 때문에 사이코패스라고 하는 거죠. ……사이코패스는 어떤 종류의 고통도 견딜 수 없습니다. 그래서 그냥 방관하게 되는 것입니다."

《커네이디언 프레스Canadian Press》(1992년 9월 22일)

새로운 치료 프로그램

사이코패시 범죄자에게는 일반 치료 프로그램이 소용없으며 이들을 다루는 완전히 새로운 방법이 필요하다는 인식이 확산되고 있다. 캐나다 정부는 최근 내게 이런 범죄자에게 시범 적용할 치료·관리 프로그램을 설계해 달라고 의뢰했다. 나는 두 가지 이유로 이 의뢰를 받아들였다. 우선 위에서 언급한 대로 이전의 치료 프로그램들에는 여러 가지 결함이 있는 데다가 최근의 이론적 발전, 연구 성과, 임상 실험 결과나 교정 경험을 철저하게 반영하고 있지 못하기 때문이다. 또한 사이코패스로 의심되는 범죄자가 감옥에서는 물론 석방된 후 사회에서 다시 강력범죄를 저지르지 않도록 예방할 프로그램이 시급히 필요하기 때문이다.

나는 정신병리학, 정신의학, 범죄학, 교정처우, 프로그램 설계 및 평가 분야의 전문가들을 불러 모아 국제적인 팀을 만들었다.[7] 팀원들은 여러 번 모임을 가지면서 강력범죄를 저지를 가능성이 많은 사이코패스나 기타 범죄자에 초점을 맞추기로 결정했고, 성공 가능성이 있는 모델 프로그램의 틀을 만들어냈다. 정부는 최근 이 프로그램을 시행하기로 결정했으며, 한 연방교도소에서 시험적으로 해당 단계들을 실시하고 있다.

여기에서 이 프로그램을 상세하게 설명하기는 어렵지만 몇 가지 기본적인 원칙들을 정리해 볼 수 있다. 크게 보면 이 원칙은, '대부분의 범죄자는 잠시 탈선한 것이며 재사회화 과정을 거치면 사회에 복귀할 수 있다'는 대다수 치료 프로그램의 전제가 사이코패스에게는 적용되지 않는다는 관점에서 출발한다. 사회적 관점에서 보면 사이코패스는 결코 정상적인 삶에서 탈선한 것이 아니며, 그저 자기 페이스에 맞춰 끊임없이 일을 벌일 뿐이다.

따라서 사이코패스용 치료 프로그램은 동정심이나 양심을 유발시키려고 애쓰는 대신에 이들의 현재 태도나 행동이 그들 자신에게 전혀 도움이 안 되며 행동에 대해 책임질 사람은 오직 자기 자신뿐임을 철저하게 인식시킨다. 동시에 어떻게 하면 사회에서 용인되는 방법으로 자신의 능력을 사용하여 욕구를 충족시킬 수 있는지 보여준다.

프로그램의 반드시 매우 엄격한 통제와 감시하에 실시되어야 하며, 프로그램의 제도적·사회적 규칙을 어기면 분명하고도 확실한 대가를 치르게 한다. 중년에 이르면 '자연스럽게' 증세가 완화되는 일부 사이코패스의 경향성을 이용하여 이것을 더 가속화시킬 방안도 찾는다.

또한 프로그램의 제도적 요소들을 갖추어 사회복귀 후에도 엄격한 통제와 관리를 받도록 한다.

프로그램의 다양한 치료 과정이나 단위가 특정 개인에게 효과가 있었는지 여부를 경험적으로 평가할 수 있도록 설계한다. 사이코패스에게 효과적인 과정이 다른 범죄자에게는 효과가 없을 수 있고, 다른 범죄자에게는 잘 맞는 과정이 사이코패스에게는 무용지물일 수도 있다. 프로그램 참가자는 세심하게 선택된 대조군(치료 프로그램을 경험한 적이 없는 범죄자여야 한다)과 비교 실험된다.

이런 프로그램은 비용이 많이 들고, 제도적 필요·정치적 압력·사회적 관심에 의해 안정적인 시행 자체가 위협받을 수 있으며, 그 결과도 신통치 않은 경우가 많다. 하지만 강력범을 수감하기 위해 드는 막대한 비용과 이들을 가석방 등으로 사회에 풀어주었을 때 생길 수 있는 끔찍한 위험을 생각한다면 시도해 볼 만한 가치가 있다.

변화시킬 수 없다면

사이코패스를 대할 때는 무엇보다도 먼저 이들의 태도나 행동이 크게 바뀌기 어렵다는 것을 반드시 인지해야 한다. 위에서 설명한 시범 프로그램이 결실을 맺는다 해도 수감 상태가 아니거나 엄격하게 통제되지 않은 사이코패스에게는 별 소용이 없을 것이다.

사이코패스와 함께 살고 있거나 결혼한 상태라면 이미 어떻게 해도 사정이 별로 나아지지 않는다는 것을 짐작할 것이며, 이미 어쩔 수 없는 상황에 빠져버렸으며 거기서 벗어나려면 자신이나 다른 사람, 특히 아이들을 위험에 노출시킬 수밖에 없다는 것을 알고 있을 것이다. 소유욕이 강하고 상대방을 통제하려드는 사이코패시 남자와 함께 사는 여자의 경우 문제는 매우 심각하며 아주 위험하다. 많은 여성들이 "내가 더 잘하면 좋아질 거야. 더 노력해서 비위를 잘 맞추면 그이가 좀더 부드러워질 거야. 아주 조금이라도" 하는 희망을 품는다. 하지만 배우자 학대에 대한 각종 문헌에 의하면 이런 노력은 아무 소용 없으며, 오히려 상황을 더 악화시키고 고착되게 만든다.

물론 가장 좋은 방법은 처음부터 사이코패스의 마수에 걸려들지 않는 것이다. 하지만 말이 쉽지 실제 생활에서는 어쩔 수 없이 이들

과의 관계에 빠져드는 경우가 많다. 그러나 절대 포기하지 말자. 절
망적인 상황일지라도 스스로를 보호할 수 있는 방법이 있다. 상대방
을 변화시킬 수 없다면 자신의 피해를 최소화하는 것이 최선이다. 다
음 장에서는 실제 상황에서 사이코패스로부터 자신을 보호하고 피해
를 최소화할 수 있는 지침을 제시하겠다.

13

노련한 강도는 아무리 보안시설이 철저한 집이라도 어떻게든 침입하기 마련이다. 하지만 일반적인 강도의 침입 경로를 잘 숙지하고, 훌륭한 경보 시스템을 갖추고, 사나운 개를 키우면 집이 털릴 위험을 줄일 수 있다. 마찬가지로 누구라도 사이코패스가 꾸미는 사악한 음모의 희생물이 될 수 있지만 자신의 취약한 부분을 보완하면 그만큼 위험을 줄일 수 있다.

생존
전략

노련한 강도는 아무리 보안시설이 철저한 집이라도 어떻게든 침입하기 마련이다. 하지만 일반적인 강도의 침입 경로를 잘 숙지하고, 훌륭한 경보 시스템을 갖추고, 사나운 개를 키우면 집을 털릴 위험을 줄일 수 있다. 마찬가지로 누구라도 사이코패스가 꾸미는 사악한 음모의 희생물이 될 수 있지만 자신의 취약한 부분을 보완하면 그만큼 위험을 줄일 수 있다.

자신을 보호하라

■ 자신이 현재 어떤 사람을 상대하고 있는지부터 제대로 인식하라

쉽게 들리지만 사실상 아주 어려운 일이다. 이 책의 내용이 약간의 도움은 되겠지만 이 모든 것으로도 당신을 괴롭히는 사이코패스의 파괴적인 행위를 완전히 막을 수는 없다. 전문가를 비롯한 모든 사람이 사이코패스에게 속아 넘어가 이용당한 후 버려질 수 있다. 교활한 사이코패스는 상대방이 누구든 간에 어떻게든 그의 심금을 울릴 수 있는 법이다.

사이코패스는 사회 모든 분야에서 찾아볼 수 있으며, 어디에서든 이들과 맞닥뜨려 고통스럽고 굴욕적인 경험을 할 수 있다. 최선의 방어책은 먼저 이 사람사냥꾼의 본질을 이해하는 것이다.

■ 부수적인 것에 영향 받지 말라

사이코패스가 실제 의도를 감추기 위해 만면에 띄우는 승리의 미소, 매혹적인 몸짓언어, 쉴 새 없이 쏟아내는 궤변들을 완전히 무시하기란 어려운 일이다. 하지만 노력해야 한다. 이런 현란하고 부수적인 제스처들을 무시하라. 가능하다면 눈부신 외모, 강렬한 존재감, 뛰어난 매너, 녹아내릴 듯한 목소리, 속사포 같은 말솜씨 등 매력적으로 느껴지기 마련인 상대방의 특징을 무시하라. 이런 것들은 주의를 산만하게 해서 진짜 정보를 못 보게 만드는 위력을 지녔다.

많은 사람들이 사이코패스의 맹렬하고 무감각한 '약탈 행위'에 제대로 대처하지 못한다. 일반인은 여러 가지 이유로 다른 사람과 친밀한 관계를 유지하지만, 사이코패스의 집착은 단순한 흥미나 동정적 친절이라기보다는 독선적 권력 행사의 전주곡인 경우가 많다.[1]

사이코패스의 무감동하고 불편한 시선을 받는 것은 맹수 앞에 놓인 먹잇감이 되는 것과 같아서, 완전히 압도된 채 협박당하거나 자신에게 어떤 일이 일어난 것인지도 모르고 몸과 마음을 통제당하기도 한다. 이것이 심리학적으로 어떤 의미를 갖든, 사이코패스의 강렬한 시선은 분명 그들이 사람을 속여 이용해먹고 지배하는 데 있어서 중요한 역할을 한다.

324

뛰어난 비언어적 의사소통이나 황홀해지는 눈빛, 극적인 손동작이나 뛰어난 '무대장치'를 활용하여 당신을 제압하려는 사람을 만나거든 그의 눈을 똑바로 노려보면서 그 사람의 말을 주의 깊게 들어보라.

눈은 '영혼의 창'인가? 많은 사람들이 그렇다고 생각한다. 눈은 상대방의 내면세계를 알려주는 데 오류가 많은 표시장치이기는 하지만 눈빛에 전혀 정보가 없는 것은 아니다. 특히 상대방에게 전달하려는 메시지가 그 사람의 얼굴 표정이나 말투와 완전히 다를 경우 더욱 그렇다. "눈이 말하는 것과 혀가 말하는 것이 서로 다르다면 눈이 말하는 것을 믿는 것이 현명하다." 이런 종류의 금언은 수도 없이 많다.

한 지인이 '연인 청부업자'를 만났던 경험담을 이야기해 주었다. 그는 그녀의 마음을 완전히 빼앗은 다음, 그것을 이용해서 그녀를 정서적으로 쥐고 흔들었으며 파멸에 이르게 했다. "그의 눈을 똑바로 쳐다보기가 무서웠어요. 눈을 마주 보면 매우 혼란스러워졌거든요. 그 눈빛 뒤에 무엇이 있는지 알 수 없었고, 어떤 생각을 하는지 어떤 의도가 있는지 전혀 알아낼 수 없었어요." 그녀의 말이다.

사이코패스의 공허한 눈에 대한 임상적 일화도 무수히 많기는 하지만, 마음을 어지럽게 하는 이들의 응시를 생생하게 전달하는 데는 뭐니 뭐니 해도 범죄소설의 묘사만 한 것이 없다. 가령 제임스 클라크James Clarke의 『라스트 람페이지Last Rampage』 중 게리 타이슨Gary Tison에 대한 부분을 들 수 있다. 게리는 교도소 시스템을 너무나 능숙하게 유린했던 살인자로, 아들들의 도움으로 탈옥한 후 살인행각을 계속했다.

게리의 외모에서 가장 인상적인 것은 무표정하게 빛나는 움푹 들어간 눈이었다. 한 번이라도 그 눈을 본 사람은 절대 잊을 수가 없었다. 그 눈에는 어떤 감정도 담기지 않은 듯했다. 화가 나 있든 유쾌한 상태든 상관없이 그의 눈빛은 언제나 똑같았다. 공허 그 자체였다. 그의 눈을 통해 게리가 어떤 생각이나 감정을 가지고 있는지를 알아내기란 불가능했다. ……그의 눈빛을 정면에서 받으면 가슴이 두근거리고 동요가 일었으며, 강한 악의를 느끼곤 했다. 게리를 기억하는 사람들은 대부분 냉담한 그 눈빛을 가장 먼저 떠올렸다.

조지프 웜보의 저서 『어둠 속의 외침』은 윌리엄 브래드필드와 제이 스미스 Jay Smith에 대해 쓴 것이다. 이 고등학교 교사들은 동료 교사와 두 자녀를 죽인 혐의로 유죄를 선고받았다(윌리엄 브래드필드는 1983년에, 제이 스미스는 1986년에 형이 확정되었다). 책에는 두 사람의 눈빛에 대한 이야기가 자주 언급된다. 다음은 그중 한 부분이다.

그의 눈동자는 짙은 푸른색이었다. ……너무나 강렬하게 응시하여 마치 비수에 찔리는 것 같았고, 그의 기분에 따라 '시적'이거나 '얼음장' 같거나 '최면을 거는' 듯했다. 그의 동료는 다음과 같이 진술했다. "그자는 분명 꿰뚫는 듯한 푸른색 눈동자로 당신을 위협할 겁니다. 너무 열의에 차서 신경질적으로 보이기도 해요." (그는) 검사 릭 가이다Rick Guida를 그렇게 뚫어지게 응시했다. 나중에 한 FBI 요원은 브래드필드가 노려보자 검사가 주춤거리며 두어 걸음 물러났다고 전했다. 결국 브래드필드는 매서운 눈빛만으로 가이다를 파멸시켰다. 문자 그대로 여지없이 패배한 것이다. 그는 자리에 앉더니 (개와) 장난치기 시작했다. ……브래드필드가 이번에는 경관 잭 홀츠Jack Holtz를 쳐다보자 잭은 그를 다시 쏘아보며 말했다. "그런 허튼 짓은 가방 끈 긴 먹물들에게나 통할 걸."

제이 스미스에 대한 설명도 흥미진진하다. 그는 최근 절차를 밟아서 펜실베이니아 주 최고법원에서 석방되었다. 보도에 의하면 스미스의 비서는 다음과 같이 진술했다.

누구도 그 사람 같은 눈을 본 적이 없을 거예요. 눈동자에 아무런 감정도 들어 있지 않답니다. 어류처럼 냉담한 눈빛을 본 적은 있겠지만, 그 남자처럼 끔찍한 것은 분명 처음 볼 겁니다.

웜보가 설명을 달았다. "그의 눈동자는 마치 어류의 눈 같았다. 몇 년 후 신문들은 기사의 효과를 극대화하기 위해 눈만 따로 떼어 게재하곤 했다. '파충류'를 생각나게 하지만, 이것조차 충분치 않은 그런 눈이었다." 다음은 그가 전하는 동료 교사들의 진술이다. "(교사들은) 자신의 기준으로는 그 눈을 설명하기 힘들어했다. '파충류'가 연상되지만 그것도 그렇게 정확한 표현은 아니었다."

스미스의 비서는 결국 그 눈이 무엇과 닮았는지 깨달았다. 다음은 웜보의 글이다. "물고기도, 파충류도 아니었다. ……그것은 염소의 눈이었다!" …… "내 친구였던 그 사람은 어둠의 왕자였습니다." 동료의 말이다.

동료 교사들의 이야기처럼, 그 눈은 정말 그가 악마의 화신이라는 증거일까? 테드 번디나 한니발 렉터와 같은 실제 혹은 가상의 연쇄살인범이 저지른 형언하기 힘든 끔찍한 범죄를 보면 '악마' 외의 다른 것을 상상하기 어렵다. 하지만 살인이나 상해를 비롯한 사이코패스의 행위는 순수한 악의에서 나온다기보다는 다른 사람의 감정이나 행복에 대한 철저한 무관심에서 비롯된 것이다. 이들의 눈은 악마의 눈이라기보다는 감정 없는 육식동물의 눈이다.

흥미롭게도 이런 종류의 일화나 사례들로 인해 눈만 가지고 사이코패스를 쉽게 찾아낼 수 있을 거라는 잘못된 믿음이 생겨난다. 사람의 눈빛은 읽어내기 쉽고 오해의 여지가 없으며 눈을 통해 성격·의도·진실성 여부를 올바르게 판단할 수 있다는 것이다. 사람들의 이런 믿음이 법정에서는 재난으로 돌아온다.

■ 눈가리개를 쓰지 말라

새로운 사람을 만날 때는 눈을 크게 떠라. 대부분의 사람들이 그렇듯, 사이코패시 사기꾼이나 '사랑 도둑'도 처음에는 '좋은 첫인상을 주며' 자신의 어두운 면을 감춘다. 하지만 그들은 곧 사회적 교제에는 믿음이 중요하다는 이치와 사람들이 자신의 말과 행동을 면밀하게 관찰할 수 없는 현실을 이용하기 시작한다. 그들은 대개 아첨, 거짓 염려와 친절, 돈과 사회적 지위에 대한 거짓말로 상대방을 압도

하려 한다. 얼마 지나지 않아 이들의 가식은 깨져나가지만, 일단 그 사기와 통제의 거미줄에 걸려든 피해자는 결국 재정적으로나 정서적으로 상처를 입을 수밖에 없다.

경찰과 소비자단체가 사람들에게 경고하는 내용에는 비슷한 부분이 있다. 어떤 사람이나 물건이 너무 좋아서 믿어지지 않을 때에는 주의해야 한다는 것이다. 이 충고는 매우 유용하다. 이것을 명심하고 따르면 사이코패스의 죽음의 덫에 걸려들지 않을 수 있으며, 최소한 새로 알게 된 사람이 당신의 재산이나 사랑에 관심을 보일 때, 이것을 차분하게 검토할 여유를 가질 수 있다. 파티나 술집에서 누군가를 만날 때마다 사설탐정을 고용하라는 이야기가 아니다. 그저 보통 누구나 하기 마련인 합리적인 질문 몇 가지만 던져도 충분하다. 상대방의 친구·가족·친척·일자리·거주지·앞으로의 계획 등에 대해 물어보라. 사생활에 관련된 질문에 대한 사이코패스의 대답은 대부분 모호하고 애매하며 일관성이 없다. 답변이 의심스러우면 그 말이 사실인지 확인해 보라.

사실 여부는 생각보다 쉽게 알아낼 수 있다. 여러 해 전 알고 지내던 한 부인이 교회에서 만난 한 남자와 사랑에 빠졌다. 그는 좋은 가문의 자제이며 전혀 나무랄 데 없는 자격을 갖춘 것 같았고, 자신이 동부에 있는 명문 대학에서 경영학을 전공했다고 말했다. 부인은 그가 추진하는 벤처사업에 큰 돈을 투자할 계획이었다. 나는 그를 만나보았다. 내가 그와 같은 대학 졸업생이라고 말하자, 그는 기억이 잘 나지 않는다고 둘러대며 화제를 바꾸었다. 의심이 생긴 나는 몇 가지 확인 질문을 던졌고, 결국 그가 그 대학 학생이 아니었음을 알아낼 수 있었다. 그의 뒤를 좀더 캐자 그가 이미 여러 나라에서 수배 중인 상습적인 사기꾼임이 드러났다. 그는 급히 잠적해 버렸고, 환멸을 느낀 부인은 자신의 아름다운 환상을 깨버렸다며 나에게 화를 냈다.

■ 위험성이 높은 상황에서는 경계를 늦추지 말라

싱글 바, 사교클럽, 리조트, 유람선, 외국의 낯선 공항과 같이 이름 있는 소수의 사람들만 모이는 장소는 사이코패스에게 맞춤 양복처럼 편안한 은신처다. 그들은 혼자 즐거운 시간을 보내거나 좋은 사람을 사귀려는 사람, 또는 보통 대가를 바라지 않고 친절을 베푸는 사람을 목표물로 삼는다.

홀로 여행하는 사람은 사이코패스의 손쉬운 먹잇감이 된다. 그들은 외국 공항이나 여행안내소에서 길을 잃었거나 절망에 빠진 여행자에게 소리 없이 다가간다. 예를 들어보자. 한 여성이 유럽에서 혼자 몇 주를 보낸 후 피곤해하며 고향을 그리워했다. 어느 날 리스본 공항에서 한 남자가 친절하게 그녀를 도와주었다. 그는 밀항자 루트를 추적하는 요원 행세를 하여 신임을 얻은 후 그녀의 도움을 받아 공항을 빠져나갔다. 몇 주 후 유럽을 여행하던 그녀에게 엄청난 분량의 신용카드 청구서가 날아들기 시작했다. 결국 그녀는 그 남자에게 당했음을 인정해야 했다. 돌이켜 생각하면 모든 것이 이상했지만 당시에는 전혀 그런 낌새를 알아채지 못했다. "나는 피곤하고 의기소침한 상태였어요. 그는 너무나 사려 깊게 굴며 나를 편안하게 대해주었고요."

■ 너 자신을 알라

사이코패스는 상대방의 약점을 찾아내고 정확한 버튼을 눌러 무자비하게 이용해먹는다. 최선의 방어책은 자신의 약점을 미리 잘 알아두고 그걸 노리는 사람을 경계하는 것이다. 당신의 약점을 알아내거나 자꾸 도와주려는 사람은 평소보다 좀더 비판적으로 대하라.

자신의 약점은 생활 곳곳에서 드러나기 마련이라 자기도 모르게 싱싱한 먹잇감을 찾아 헤매는 사악한 불청객을 불러들이게 된다. 따뜻하고 화사한 태양도 오래 쬐면 상처를 남기듯, 사이코패스와의 관계는 처음에는 즐거울지 몰라도 결국 고통으로 끝날 것이다.

누군가 영혼과 마음을 훔쳐가려 할 때가 가장 위험하다. 이럴 때 당신은 어두운 음모로부터 완전히 무방비 상태가 된다. 돈은 있으나 외로운 사람이야말로 사이코패스에게 가장 좋은 표적이다.

자신이 어떤 사람인지 안다면 모든 것이 쉬워진다. 자아성찰에 소홀하지 말고 가족이나 친구들과 솔직한 대화를 나눠라. 전문가에게 상담을 받는 것도 도움이 된다.

피해 관리

하지만 아무리 조심해도 노련한 사이코패스에게 당할 수 있다. 사이코패스와 '너무 가까운 거리에서' 재정적 관계를 맺으면 더 이상 상황을 통제할 수 없게 되기 쉽다. 많은 사기꾼이 은행·증권회사·저축대부조합·연기금 등을 상대로 사기행각을 벌인다. 개인 투자자는 보통 매일의 운영 상황에 간섭하지 않기 때문에 결국 아무런 잘못도 없이 돈을 잃게 된다. 최근 한 고등학교 상담교사가 머리를 싸매며 내게 투자 브로커에 대해 이야기해 주었다. 브로커는 믿고 맡겼던 교사들의 연기금 수백만 달러를 '날려버린' 상태였다. 상담교사도 몇십만 달러를 날렸다. 부주의해서가 아니었다. 평판 좋은 투자 브로커를 찾던 교사들이 말만 번지르르한 사이코패스에게 사기를 당했던 것이다.

법정 심리학자 리드 멜로이는 자신이 당했던 이야기를 들려주었다. 그가 면접했던 한 구직자의 이력이 완전히 거짓으로 드러났다. "그런데도 면접은 매우 만족스러웠습니다." 전화 통화 중 멜로이가 한 말이다. "나는 그 사람이 정말 마음에 들었습니다. 태도가 어쩌나 밝던지 무시할 수가 없더군요. 그는 끊임없이 수많은 화제에 대해 의견을 피력했고 나는 한 발 뒤로 물러서서 생각했습니다. '와! 이 사람 정말 똑똑한데. 정말 같이 일했으면 좋겠는걸!' 하지만 입사를 결정하고 얼마 지나지 않아, 그가 면접 때 언급했던 많은 이야기들이 내 논문들과 출판물에서 인용한 것이었음을 알게 되었습니다. 그는 분명 나에게 깊은 인상을 주었습니다. 하지만 그것은 엄연한 사기였습니다. 오랜 시간을 들여 고민했던 내 번뜩이는 생각들을 감쪽같이 훔쳐내어 자기 것처럼 자랑스럽게 펼쳐보였던 것입니다. 보통 사람이라면 '당신의 논문을 읽었는데 내 생각은 이러이러 합니다' 라고 말했을 것입니다. 하지만 그 사람은 어떻게 하면 내 마음을 움직여 자기를 채용하게 만들지 직관적으로 알고 있었던 것 같습니다. 결국 나중에 그는 철저한 사기꾼으로 드러났습니다. 그에게 있어 입사 면접이란 그저 사기를 칠 절호의 기회였을 뿐입니다."

사적인 대화에서, 1991년 4월

가장 가슴 아픈 것은 아마도 사이코패스인 자녀와 씨름하는 부모의 당황스럽고 어쩌지도 못하는 마음일 것이다. 또한 사이코패시 배우자를 어떻게 대해야 할지 고민하는 사람들도 대부분 비참한 기분을 느끼게 된다. 사이코패스와 사랑에 빠져버린 경우에도 마찬가지다. 이런 상황에서는 여러 가지 노력을 기울여 피해를 최소화할 수밖에 없다. 물론 절대 쉬운 일이 아니지만 몇 가지 방법을 제시해 보겠다.

■ 전문가와 상담하라

남편, 아내, 자식, 친구가 사이코패스인 것 같은데 어떻게 하면 좋겠냐고 하소연하는 전화가 끊임없이 걸려온다. 이런 경우 내가 해줄 수 있는 조언은 거의 없다. 임상전문가가 사이코패시 여부를 정확하게 진단하려면 시간이 걸리며, 믿을 만한 정보가 많이 필요하다. 여기에는 문제가 되는 당사자와의 밀도 높은 면담은 물론 고용주·가족·친구·회사 동료·경찰 등 여러 사람이 제공하는 부수적인 정보들이 모두 포함된다.

대상자와 상담할 임상전문가는 사이코패시 관련 연구에 정통하고 사이코패스를 다루어본 경험이 많을수록 좋다. 가족요법과 중재에 정통하다면 더욱 좋다. 가능하면 여러 임상전문가를 찾아가라. 이런 과정은 끊임없는 좌절의 연속일 수 있다. 누군가에게 문제를 이해시 키거나 심지어 '문제가 있다'는 사실을 인정받기조차 어려워 어쩔 줄 몰라하는 아내나 부모들이 너무 많다.

메인 주의 한 여성이 내 연구가 실린 신문 기사를 읽고 전화를 걸어왔다. 그녀는 자기 남편이 기사에서 개략적으로 설명한 사이코패스의 특성에 완벽하게 들어맞는다고 확신했다. 이야기를 들어보니 정말 그녀의 생각이 맞는 것 같았다. 10년이 넘도록 주치의는 물론 수많은 심리학자와 정신과의사를 찾아다니며 전문가의 도움을 받으려 애썼으나 모두 허사였다. 언제나 남편의 연기는 너무나 완벽했고 전문가들은 그녀의 말을 믿어주지 않았다. 모두들 남편의 매력적이고 확신에 찬 연극에 넘어가버리곤 했다. 이제 이 불쌍한 여성은 정말 자신에게 문제가 있는 건 아닌지 의심하고 있다.

진단을 받는다고 문제가 다 해결되는 것은 아니다. 그 다음에는 각 개인의 특수한 상황에 따라 사이코패스에 대한 경험이 많은 전문가의 도움을 받아야 한다. 보통 해당 주의 정신학회 및 심리학회에 알아보면 연락할 수 있는 임상전문가 목록을 구할 수 있다. 해당 지역의 정신건강센터나 대학상담센터를 이용할 수도 있다.

■ 자책하지 말라

어떤 이유로 사이코패스와 얽히게 되었든 가장 중요한 건 당신의 태도나 행동에 대한 비난을 인정하지 말아야 한다는 것이다. 사이코패스는 누구를 대하든 언제나 동일한 규칙에 따라 행동한다. 바로 그들 자신의 규칙이다. 물론 당신의 성격이나 행동에 따라 사이코패스와의 관계가 달라지는 면이 있다. 사이코패시 남편을 만난 아내가 자신의 권리를 지키려다가 폭행을 당할 수도 있고, 순종적으로 평생 바람둥이 남편을 기약 없이 기다릴 수도 있다. 처음 문제가 생겼을 때 그 상황을 박차고 나와 다시는 뒤돌아보지 않는 여성도 있다. 하지만 세 가지 경우 모두 근본적인 문제는 처음부터 사이코패시 남편에게 있을 뿐 아내에게 있는 것이 아니다.

　마찬가지로 사이코패시 자녀를 둔 부모도 자녀의 비행이 자기들 때문이라는 생각으로 끊임없이 괴로워한다. 이런 부모들이 자신에게는 아무런 잘못이 없다는 사실을 인정하기란 매우 어렵다. 다시 한번 강조하건대, 사이코패시 자녀의 부모가 상황을 좀더 완화시키거나 악화시킬 수는 있지만, 부모의 어떤 행동으로 인해 사이코패시가 발생한다는 증거는 전혀 없다.

■ 누가 피해자인지 명확하게 인식하라

　사이코패스는 자신이 고통 받는 당사자이고 이 비참한 상황을 책임져야 하는 피해자인 것처럼 행동하는 경우가 많다. 하지만 사이코패스의 괴로움은 상대방에 비하면 보잘 것 없으며, 고통 받는 이유도 완전히 다르다. 이들에게 헛된 동정심을 보이지 마라. 사이코패스가 겪는 어려움은 당신의 고통과는 전혀 다른 차원의 문제다. 이들은 그저 원하는 것을 얻지 못했기 때문에 괴로워하는 것일 뿐, 당신처럼 육체적·정서적·재정적으로 피해를 입어서 고통 받는 것이 아니다.

■ 혼자만이 아님을 명심하라

사이코패스는 대부분 수많은 피해자를 양산한다. 당신에게 비탄을 안겨준 사이코패스는 분명 다른 사람에게도 고통과 슬픔을 안겨주었을 것이다. 이런 과거의 피해자들을 찾아내어 이야기를 나누고 정보를 교환하면 문제 해결에 큰 도움을 받을 수 있고, 무엇보다 잘못된 것은 자신이 아닌 사이코패스임을 명백히 깨닫게 될 것이다. 누구나 사이코패스에게 당할 수 있다. 피해자가 되었다는 사실을 부끄러워할 필요는 없다. 이들에게 완전히 속아 넘어갔음을 인정할 수 없어서 경찰에 신고하거나 법정에서 증언하지 못하는 경우도 있다. 하지만 얼마나 많은 사람이 이런 일을 당하는지 안다면 분명 놀라게 될 것이다.

■ 권력 투쟁을 조심하라

사이코패스는 다른 사람을 심리적, 육체적으로 통제하고픈 욕구가 누구보다도 강렬하다. 자신이 주도권을 잡아야만 하고, 뛰어난 매력은 물론 위협이나 폭력을 행사해서라도 자신의 권위를 확인하려 든다. 권력 투쟁에서 사이코패스는 이기는 것 외에는 관심이 없다. 당신의 권리를 포기하라는 것이 아니다. 단지 사이코패스로부터 자신의 권리를 지키려다보면 심각한 정서적, 육체적 타격을 입을 수 있음을 잊지 말라는 것이다.

'어떤 수를 써서라도 이기려는' 사이코패스의 특성을 역이용할 수도 있다. 한 여성은 두 자녀의 양육권을 놓고 사이코패스인 전 남편과 오랫동안 치열하게 다투고 있었다. 전 남편은 매우 위험한 사람이었고, 오로지 이기려고만 할 뿐 정작 아이들의 행복에는 관심이 없었다. 이 사실을 파악한 아내 측 변호사는 자신의 고객을 설득하여 공동 양육에 합의하도록 했다. 그러자 예상 대로 '전쟁에서 승리한' 전 남편은 곧 아이들에 대해 흥미를 잃어버렸고, 결국 양육권을 포기했다. 이 경우 다행히 변호사의 전술이 잘 들어맞았지만, 남자가 공동 양육의 권리를 행사하여 아이들에게 치명적인 결과를 초래할 수도 있었음을 감안하면 사실 위험 부담이 큰 방법이었다.

■ 확고한 기본 규칙을 설정하라

사이코패스와 권력 투쟁을 벌이는 것은 매우 위험하다. 그러나 여러분이나 사이코패스 모두에게 확실한 기본 규칙을 설정할 수 있다면 일방적으로 당하기만 하지 않고 좀더 쉽게 자신을 돌볼 수 있을 것이다. 예를 들어 어떤 상황에서도 더 이상 상대방의 보석금을 내지 않겠다고 선언하라.

내가 알고 지내던 한 여성은 입심 좋은 '상담자'가 쳐놓은 재정적 속임수와 사기의 그물에 걸려들었다. 그는 그녀가 찾아올 때마다 문제가 순조롭게 해결되고 있으니 그녀가 투자한 돈을 곧 돌려받게 될 것이라고 장담하여 안심시켰다. 그러나 결국 절망에 빠진 그녀는 제3자가 참석하거나 모든 것을 기록으로 남기지 않는 한 그와 더 이상 아무것도 의논하지 않겠다고 선언했다. 그리고 곧 일이 잘 해결될 수 없음을 깨닫고, 돈을 돌려 받을 수 있도록 소송을 취했다.

사이코패시 자녀를 키우는 경우, "현재 상황에서 살아남기 위해 꼭 필요한" 합리적이고도 확고한 기본 규칙이야말로 제정신을 지킬 수 있는 유일한 방법이다. 이런 규칙이 조금이라도 영향력을 발휘하려면 언제나 명확하고 일관성이 있어야 한다. 양육 방법 및 전략에 대한 설명은 이 책의 범위를 넘어서는 것이지만 12장의 각주에 도움이 될 만한 정보들을 제시해 놓았다.

■ 극적인 변화를 바라지 말라

일반적으로 사이코패스의 성격은 '돌에 새긴 것과 같다.' 이들이 자신이나 타인을 이해하는 방법을 근본적·지속적으로 변화시키기는 것은 거의 불가능에 가깝다. 앞으로는 잘하겠다고 철썩 같이 약속하거나 심지어 잠시 행동이 좋아질 수도 있지만 대부분은 일시적이며, 영구적인 변화를 바란다면 실망만 하게 될 것이다. 사이코패스가 나이가 들면서 약간 '부드러워져서' 함께 살기에 어느 정도 편해지는 경우도 있다. 하지만 이런 경우에도 완전히 다른 사람으로 바뀌지는 않는다.

사이코패시 자녀를 둔 부모의 경우가 가장 슬프다. 여러 전문가나 기관을 전전하며 미친 듯이 도움을 청하고 애써도 결과는 만족스럽지 못하다. 아무리 많은 노력과 돈을 쏟아부어도 부모는 자녀를 이해할 수도, 통제할 수도 없는 것이 보통이다. 결국 여러 해에 걸쳐 좌절을 겪다가 끝내 말썽을 일으키는 자녀의 보석금을 내러 쫓아다니게 된다.

■ 그들로부터 벗어나라

사이코패스는 당신이 자신감을 잃게 만들고, 당신이 형편없는 인간이며 심지어 '패배자'라고 확신하게 만든다. 이쪽에서 양보하면 할수록 사이코패스의 탐욕스러운 권력과 통제 욕구는 더욱 더 달아올라, 여러분을 점점 더 이용하려 들 것이다.

왜 포기하거나 운명으로 받아들이거나 자신의 정체성을 잃어가면서 희망이 보이지 않는 상황에 적응하려 헛되이 애쓰는가. 정서적·육체적으로 살아남으려면 스스로가 자기 삶의 주인임을 분명히 인식해야 한다. 이것은 어려운 선택이며, 심지어 위험할 수도 있다. 또한 임상적, 법적 전문가의 도움이 필요할 수도 있다.

물론 자녀가 사이코패스인 경우에는 완전히 포기할 수 없을 것이다. 이때에는 사이코패시 어린이를 많이 다루어본 교사, 상담자, 임상전문가와 긴밀하게 협조하여 어떻게 해서든 예상되는 나쁜 결과를 조금이라도 완화시켜야 할 것이다.

■ 지원자를 적극 활용하라

문제 해결을 위해 나선 순간, 여러분은 이미 길고 험난한 여정을 시작한 것이다. 힘닿는 대로 주위에 최대한 많은 도움을 요청해야 한다.

범죄의 피해자를 이해하고 곤경에서 벗어나도록 헌신적으로 도와주는 단체나 그룹이 많이 있다. 이런 단체를 찾아가면 자신이 혼자가 아님을 알 수 있고, 다른 피해자들과 유용한 정보를 공유할 수 있다. 예를 들어 각 도시에는 대부분 가정폭력, 정서장애나 행동장애가 있는 아동, 피해자의 권익 보호와 관련된 위기관리센터나 지원단체가 있다. 문제의 성격에 맞게 이런 단체들을 찾아가면 도움을 받을 수 있다. 하지만 정말로 필요한 것은 사이코패스에게 피해를 당한 사람을 돕는 전문 단체다. 이 책이 이런 단체의 설립에 조금이라도 도움이 된다면 더할 나위 없이 기쁠 것이다.

 과학자들은 대부분 논문을 마치면서 '계속적인 연구가 필요하다'라는 말로 결론을 대신한다. 나도 이 책의 결론을 그렇게 맺으려 한다. 여기에는 두 가지 이유가 있다.

 우선, 100년이 넘는 임상 연구와 고찰, 수십 년에 걸친 과학적 연구에도 불구하고 사이코패스의 비밀이 아직 전부 밝혀지지 않았기 때문이다. 최근 사이코패시의 본질이 하나씩 추가로 드러나면서 이 끔찍한 장애의 경계가 더욱 명확해지고 있다. 하지만 그 어떤 정신장애보다 사회에 더 큰 고통과 혼란을 안겨주는 사이코패시에 대한 조직적이고 체계적인 연구가 다른 주요 임상적 장애에 비해 매우 부족한 실정이다.

 두 번째로, 손실을 본 후 그 파편을 줍는 것 보다는 이 골치 아픈 장애를 조기에 완화시킬 수 있는 효과적인 방법을 찾는 것이 훨씬 현명하기 때문이다. 이렇게 하지 않으면 사이코패스의 기소·감금·관리 감독에 엄청난 자원을 낭비하게 되며, 피해자가 당하는 고통을 대책 없이 바라보게 될 것이다. 형사사법체계는 이미 사이코패스와 기타 상습범죄자를 '사회에 복귀' 시키거나 '재사회화' 하려는 헛된 노력에 매년 수십 억 달러를 쏟아 붓고 있다. 하지만 이런 용어들은 정치인이나 교도소 직원에게나 익숙한 전문용어다. 우리가 알아야 할 것은 이들의 '재사회화'가 아닌 '사회화' 방법이다. 이를 위한 신중한 연구와 조기 대책의 마련이 절실하다.

사이코패스의 끔찍한 비밀을 파헤치지 못할 경우 치러야 할 사회적·재정적 비용은 상상할 수 없을 만큼 막대하다. 문제 해결의 실마리를 찾으려는 연구가 반드시 계속되어야 한다.

프롤로그

1 Tim Cahill (1987). *Buried Dreams*. New York: Bantam Books.

2 Richard Neville and Julie Clarke (1979). *The Life and Crimes of Charles Sobhraj*. London: Jonathan Cape.

3 Joe McGinniss (1989). *Fatal Vision*. New York: New American Library.

4 James Clarke (1990). *Last Rampage*. New York: Berkley.

5 Darcy O'Brien (1985). *Two of a Kind: The Hillside Stranglers*. New York: New American Library.

6 Clifford Linedecker (1991). *Night Stalker*. New York: St. Martin's Press.

7 Ann Rule (1987). *Small Sacrifices*. New York: New American Library.

8 —— (1980). *The Stranger Beside Me*. New York: Signet.

9 Ian Mulgrew (1990). *Final Payoff*. Toronto, Ontario: Seal Books.

10 Sue Horton (1989). *The Billionaire Boys Club*. New York: St. Martin's Press.

11 Joseph Wambaugh (1987). *Echoes in the Darkness*. New York: Bantam Books.

12 Harry Maclean (1988). *In Broad Daylight*. New York: Dell.

13 Joseph Wambaugh (1989). *The Blooding*. New York: Bantam.

14 Peter Maas (1990). *In a Child's Name*. New York: Pocket Books. Television movie, CBS, November 17, 1991.

15 Gary Provost (1991). *Perfect Husband*. New York: Pocket Books.

16 Dirk Johnson (February 17, 1992). "Jury weary after gruesome testimony."

N.Y. Times News Service.

17 Robert Gollmar (1981). *Edward Gein*. New York: Pinnacle Books.

18 Margeret Cheney (1976). *The Co-ed Killer*. New York: Walker & Company.

19 Lawrence Klausner (1981). *Son of Sam*. New York: McGraw-Hill.

2장 | 사이코패시 정의하기

1 Robert H. Gollmar (1981). *Edward Gein*. New York: Windsor Publishing Corp. 저자는 게인에 대한 재판을 주관했던 판사다.

2 American Psychiatric Association (1987). *Diagnostic and Statistical Manual: Mental Disorders* (rev. 3d ed.). Washington, D.C: Author. 4판(DSM-IV)은 1994년에 출판 되었다.

3 1994년의 DSM 4판에서는 이 문제가 해결되지 않았다. 미국 정신의학회는 반사회적 성격장애의 진단 기준을 재평가하는 현장 시험을 실시했다. 현장 시험에서는 주로 사이 코패시 평가표의 열 번째 항목을 활용했다. 다음 두 장에서 설명한다. 현장 시험이 인격 특성을 신뢰성 있게 구분한다는 것이 확인되었지만, DSM-IV에서의 반사회적 성격장 애의 진단 범주는 DSM-III-R과 매우 유사하다. DSM-IV 현장 시험: R.D. Hare, S.D. Hart and T.J. Harpur (1991). *Journal of Abnormal Psychology* 100, 391 – 98. 현장 시 험에 대한 추가 설명 및 평가: W.J. Livesley (ed.) (1995). The DSM – IV *Personality Disorders*. New York: Guilford.

4 사이코패시 개념이 정립되어 온 역사는 많은 저자들에 의해 상세하게 설명되고 있다. 특히 중요한 책: Hervey Cleckley (1976; 5th ed.). *The Mask of Sanity*. St. Louis, MO: Mosby; William McCord and Joan McCord (1964). *The Psychopath: An Essay on the Criminal Mind*. Princeton, NJ: Van Nostrand; Theodore Millon (1981). *Disorders of Personality*. New York: Wiley.

5 별도로 표시되어 있지 않을 경우, 클렉클리 저작은 대부분 최신판인 Hervey Cleckley(1976년, 5판)를 참조한 것이다. *The Mask of Sanity*. St. Louis, MO: Mosby. 이 책은 Mosby에서는 더 이상 구할 수 없으며, Emily S. Cleckley, 출판업자, 3024 Fox Spring Road, Augusta, GA 30903에서 구할 수 있다.

6 1980~1985년에 개발된 사이코패시 평가표의 초안은 원래 연구원용으로 작성되었다. 최신판은 1991년에 출판되었다(3장의 각주 1 참조).

3장 | 프로파일: 감정과 대인관계

1 사이코패시 평가표는 Multi-Health Systems(908 Niagara Falls Blvd, North Tonawanda, NY 14120-2060; in Canada, 65 Overlea Blvd, Toronto, Ontario M4H 1P1)에서 출판되었으며, 관련 자격을 갖춘 사용자들이 사용할 수 있다. 사이코패시 평가표의 항목은 인터뷰, 역사적 사례, 보관 자료 등을 합쳐 점수를 매긴다. 하지만 때로 조사자의 재량으로 각종 자격 파일이나 정보까지 좀더 범위를 확장하여 유효한 점수를 매길 수 있다(예: G.T. Harris, M.E. Rice, & C.A Cormier. Psychopathy and violent recidivism. *Law and Human Behavior*, 1991, 15, 625-637).

2 Joseph Wambaugh (1987). *Echoes in the Darkness*. New York: Bantam Books.

3 Joe McGinniss (1989). *Fatal Vision*. New York: Signet.

4 Ann Rule (1988). *Small Sacrifices*. New York: New American Library. P. 468.

5 Stephen G. Michaud and Hugh Aynesworth (1989). *Ted Bundy: Conversations with a killer*. New York: New American Library.

6 "The Mind of a Murderer." *Frontline*. PBS, March 27, 1984. 추가 참조: D. O' Brien (1985). *Two of a kind: The hillside Stranglers*. New York: New American Library; J. Reid Meloy (1988). *The Psychopathic Mind: Origins, Dynamics, and Treatments*. Northvale, NJ: Jason Aronson, Inc.

7 Tim Cahill (1987). *Buried Dreams*. New York: Bantam.

8 Peter Maas (1990). *In a Child's Name*. New York: Pocket Books.

9 Robert Rieber (1997). *Manufacturing Social Distress: The Psychopathy of Everyday Life*. New York: Plenum.

10 Paul Ekman (1985). *Telling Lies*. New York: Norton.

11 Michaud and Aynesworth (1989)

12 From the television program *A Current Affair*, October 10, 1991.

13 From the television program *The Oprah Winfrey Show*, September 26, 1988.

14 J. H. Johns and H.C. Quay (1962). 사이코패스와 신경증을 앓는 군 관련 범법자의 구두 진술에 대한 사회적 보상 효과. *Journal of Consulting Psychology* 36, 217-20.

15 Jack Abbott (1981). *In the Belly of the Beast: Letters From Prison.* New York: Random House. p. 13.

16 초기 연구 중 하나가, David Lykken (1957). "사이코패시 성격의 불안 반응 연구." *Journal of Abnormal Psychology and Social Psychology* 55, 6-10. 연구 논문 참조: R. D. Hare (1978). 사이코패스 관련 피부 전기 및 심혈관 반응. R. D. Hare D. Schalling (eds.). *Psychopathic Behavior: Approaches to Research.* Chichester, England: Wiley. 가장 최근 연구: J. Ogloff and S. Wong (1990). 사이코패시의 대응 방법에 대한 피부 전기 및 심혈관 증거. *Criminal Justice and Behavior* 17, 231 – 45. 손바닥의 땀과 심박동수에 대한 연구 대부분은 조사 대상자를 고통스러운 전기 충격이나 큰 소음 속에서 대기하는 중에 기록된 것이다.

4장 | 프로파일: 생활방식

1 William McCord and Joan McCord (1964). *The Psychopath: An Essay on the Criminal Mind.* Princeton, NJ: Van Nostrand. p. 51.

2 *Playboy,* May 1977. p. 80.

3 McCord and McCord (1964). p.9.

4 *Diabolical Minds.* NBC, November 3, 1991. *Unsolved Mysteries*라는 특집 TV 프로였다.

5 Ann Rule (1988). *Small Sacrifices.* New York: New American Library.

6 Daniel Goleman. *The New York Times,* August 7, 1991.

7 D. Olweus, J. Block, and M. Radke-Yarrow (eds) (1986). *Development of Antisocial and Prosocial Behavior.* New York: Academic Press.

8 *Diabolical Minds.* NBC, November 3, 1991.

9 Daniel Goleman. *The New York Times.* July 7, 1987.

5장 │ 양심 없는 자들

1 Robert Hare (1970). *Psychopathy: Theory and Research*. New York: wiley; Gordon Trasler (1978). 사이코패시와 상습범죄 행위의 연관성. R.D. Hare & Schalling (eds.). *Psychopathic Behavior: Approaches to Research*. Chichester, England: Wiley.

2 A. R. Luria (1973). *The Working Brain*. New York: Basic Books.

3 Ethan Gorenstein (1991). 반사회적 성격장애의 인지론적 가능성. P. Magaro (ed.). *Annual Review of Psychopathology: Cognitive Bases of Mental Disorders*, vol. 1. Newbury Park, CA: Sage.

4 Joanne Intrator.Personal communication, October 1991.

5 Robert Lindner (1944). *Rebel Without a Cause*. New York: Grune and Stratton. 이 책은 1955년에 같은 제목의 영화로 제작되었으나, 사이코패시에 대한 린드너의 생각은 영화에 반영되지 않았다.

6 Jose Sanchez. *The New York Times*, July 7, 1989.

6장 │ 범죄의 공식

1 범행 이유에 대한 논쟁의 출처는 James Wilson and Richard Herrenstein (1985). *Crime and Human Nature*. New York: Touchstone.

2 일부 사람들이 느끼는 범죄의 유혹에 대한 분석. Jack Kratz (1988). *Seductions of Crime*. New York: Basic Books.

3 R. D. Hare, K. Strachan, and A. E. Forth (1993). 사이코패시와 범죄: 리뷰. K. Howells and C. Hollin (eds.). *Clinical Approaches to Mentally Disordered Offenders*. New York: Wiley.

4 Tim Cahill (1987). *Buried Dreams*. New York: Bantam Books.

5 Normal Mailer (1980). *The Executioner's Song*. New York: Warner Books.

6 *Playboy*, May 1977. p. 76.

7 R. D. Hare and L. N. McPherson (1984). 범죄형 사이코패스의 폭력 및 공격적 행동. *International Journal of Law and Psychiatry*, 7, 35-50; D. S. Kosson, S. S. Smith, and J. P. Newman (1990). 흑인 및 백인 남성 수감자에 대한 사이코패시 성향 평가: 세 가지 기본 연구. *Journal of Abnormal Psychology* 99, 250-59; R. C. Serin (1991). 사이코패시와 폭력 범죄. *Journal of Interpersonal Violence* 6, 423-31; S. Wong (1984). 사이코패스의 범죄 및 행동 특성. *Programs Branch Users Report*. Ottawa, Ontario, Canada: Ministry of the Solicitor-General of Canada.

8 *Playboy*, May 1977. p. 76.

9 S. Williamson, R. Hare, and W. Wong (1987). 폭력: 사이코패시 범죄자 및 이들의 희생자. *Canadian Journal of Behavioral Science* 1, 454-62.

10 Felicia Lee. *N.Y. Times News Service*, November 26, 1991.

11 R. Prentky and R. Knight (1991). 강간범 식별을 위한 중요한 기준 확인. *Journal of Consulting and Clinical Psychology*, 59, 643-661.

12 강간범은 "살인을 저지를 수 있다." *The Province*, Vancouver, B.C., January 28, 1987.

13 T. Newlove, S. Hart, and D. Dutton (1992). *Psychopathy and Family Violence*. 출간되지 않은 자료. Department of Psychology, University of British Columbia, Vancouver, Canada.

14 C. P. Ewing (1983). '죽음의 의사'를 비롯하여 주요 선고에서 정신적, 심리학적 위험성을 예견하는 행위에 대한 윤리적 비난 사례. *American Journal of Law and Medicine* 8, 407-28.

15 S. D. Hart, P. R. Kropp, and R. D. Hare (1988). 남성 사이코패스의 가석방 후 행동. *Journal of Consulting and Clinical Psychology* 56, 227-32; R. C. Serin, R. D. Peters, and H. E. Barbaree (1990). 범죄자의 사이코패시 예측과 석방 후 결과. *Psychological Assessment: A Journal of Consulting and Clinical Psychology* 2, 419-22.

16 M. E. Rice, G. T. Harris, and V. L. Quinsey (1990). 가장 보안이 잘 된 정신병원에 수감된 강간범의 관리 방법. *Journal of Abnormal Psychology* 4, 435 -48.

17 이 방법을 처음 도입한 병원은 Atascadero State Hospital, Atascadero, California. (David Plate, Chief of Psychology, personal communication, November 27, 1991.)

18 J. E. Donovan, R. Jessor, and F. M. Costa (1988). 사춘기 문제행동 신드롬: 모방. *Journal of Consulting and Clinical Psychology* 56, 762-65; R. Loeber (1988). 문제행동,

직무 태만, 각종 약물 남용: 발달 과정상 증거. B. Lahey and A. E. Kazdin (eds.). *Advances in Clinical Child Psychology*, vol. 11. New York: Plenum; D. Olweus, J. Block, and M. Radke-Yarrow (eds.) (1986). *Development of Antisocial and Prosocial Behavior*. New York: Academic Press.

19 R. D. Hare, L. N. McPherson, and A. E. Forth (1988). 사이코패시 남성과 이들의 전과. *Journal of Consulting and Clinical Psychology* 56, 710-14; G. T. Harris, M. E. Rice, and C. A. Cormier (1991). 사이코패시와 폭력 상습범. *Law and Human Behavior* 15, 625-37; L. N. Robins (1966). *Deviant Children Grown Up*. Baltimore, MD: Williams & Wilkins.

7장 | 화이트칼라 사이코패스

1 Daniel Goleman. *The New York Times*, July 7, 1987.

2 Letter from Brian Rosner, Office of the District Attorney of the County of New York, July 15, 1987. 로스너는 현재 뉴욕에서 King and Spalding 회사를 운영 중이다.

3 Ed Cony. *Wall Street Journal*, March 23, 1987, p. 1.

4 The People of the State of New York Against John A. Grambling, Indictment No. 2800/85. *Proceedings*. Supreme Court of the State of New York, County of New York criminal Term, Part 48; The People of the State of New York Against John A. Grambling, Indictment No. 2800/85. *Sentencing Memorandum*; Letter from John A. Grambling to the Honorable Herman Cahn, New York Supreme Court, March 6, 1987.

5 Brian Rosner (1990). *Swindle*. Homewood, IL: Business One Irwin.

6 The People of the State of New York Against John A. Grambling, Indictment No. 2800/85. *Sentencing Memorandum*.

7 *Sentencing Memorandum*. p. 69.

8 *Sentencing Memorandum*. p. 78.

9 *Sentencing Memorandum*. p. 81 (장인이 쓴 편지에 중점을 둠).

10 *Sentencing Memorandum*. p.3.

11 John Grambling, Jr. Letter to Justice Cahn, March 6, 1987. p. 30.

12 *Proceedings*. p. 54.

13 *Proceedings*. p. 51.

14 *Sentencing Memorandum*. p. 10.

15 *Sentencing Memorandum*. p. 11.

16 Brian Rosner (1990).

17 *Sentencing Memorandum*. p. 38.

18 B. Bearak. *Los Angeles Times*, March 10. 1986. pp. 1, 12.

19 Max Lerner. "유럽이 얼마나 고마운가?" *Actions and Passions* (1949). 인용: no. 199.7 in r. Thomas Tripp (1970). *The International Thesaurus of Quotations*. New York: Harper & Row.

20 Jonathan Beaty and S. C. Gwynne. "세상에서 가장 타락한 은행." Time July 29, 1991. p. 28.

21 John Grambling, Jr. Letter to the Honorable Herman Cahn, New York Supreme Court, county of New York: Part 48. March 6, 1987. 이 편지에서 그램 블링은 판사에게 자신의 범죄가 장기형을 받을 근거가 없다고 주장한다.

22 Justice Herman Cahn. *Proceedings*. p. 55.

23 Brian Rosner. *Sentencing Memorandum*. pp. 84-85.

8장 | 사이코패스의 언어 사용

1 *Inside Edition*. November 22, 1990.

2 Stephen G. Michaud and Hugh Aynesworth (1989). *Ted Bundy: Conversations with a Killer*. New York: New American Library. p. 107.

3 Peter Worthington, *Saturday Night*, July – August, 1993.

4 N. Geschwind and A. Galaburda (1987). *Cerebral Lateralization: Biological Mechanisms, Associations, and Pathology*. Cambridge, MA: MIT Press.

5 R. D. Hare and L. N. McPherson (1984). 사이코패시와 언어적 양분 청취 중 지각 불균형. *Journal of Abnormal Psychology* 93, 141-49.; R. D. Hare and J. Jutai (1988).

사이코패시와 정보 의미 처리의 뇌반구성. *Personality and Individual Differences* 9, 329-37.; A. Raine, M. O'Brien, N. Smiley, A. Scerbo, and C. Chan (1990). 청소년 사이코패스의 언어적 양분 청취 중 외측화 감소. *Journal of Abnormal Psychology* 99, 272 -77.

6 J. H. Johns and H. C. Quay (1962). 사이코패스와 신경증을 앓는 군 관련 범법자의 구두 진술에 대한 사회적 보상 효과. *Journal of Consulting Psychology* 26, 217 -20.

7 V. Grant (1977). *The Menacing Stranger*. New York: Dabor Science Publications. p. 50.

8 W. Johnson (1946). *People in Quandaries: The semantics of Personal Adjustment*. New York: Harper & Brothers.

9 Hervey Cleckley (1976; 5th ed.). *The Mask of Sanity*. St. Louis, MO: Mosby. p. 230.

10 S. Williamson, T. J. Harpur, and R. D. Hare (1991). 사이코패스의 감정적 단어에 대한 비정상 처리. *Psychophysiology* 28, 260-73. 이것이 도입부에서 참조한 뇌파 연구다.

11 —— (August 1990). *Sensitivity to emotional polarity in psychopaths*. 논문이 발표된 회의: American Psychological Association, Boston, MA.

12 Diane Downs (1989). *Best Kept secrets*. Springfield, OR: Danmark Publishing.

13 R. Day and S. Wong (1993). *Psychopaths process emotion in the left hemisphere*. 출판용으로 제출된 자료.

14 Michaud and Aynesworth (1989). p. 158.

15 언어 관련 손동작에 대한 설명은 P. Feyereisen이 제공하였다(1983). 실어증에 걸린 연구대상자가 이야기 중에 취하는 동작. *International Journal of Psychology* 18, 545-56; D. McNeill (1985). 동작은 언어적이지 않다고 생각하는가? *Psychology Review* 91, 332-50; B. Rime and L. Schiaratura (1988). 동작과 말하기. R. Feldman and B. Rime (eds.). *Fundamentals of Nonverbal Behavior*. New York: Cambridge University Press.

16 B. Gillstorm and R. D. Hare (1988). 사이코패스의 언어 관련 손동작. *Journal of Personality Disorders*, 2, 21-27; 추가 참조: B. Rime, H. Bouvy, B. Leborgne, and F. Rouillon (1978). 사이코패스와 대인관계 상황에서의 비언어적 동작. *Journal of Abnormal Psychology* 87, 636 -43.

17 Paul Ekman (1985). *Telling Lies*. New York : Norton.

18 Julius Charles Hare and Augustus William Hare (1827). *Guesses at Truth*. Quotation No. 329.21 in R. Thomas Tripp (1970). *The International Thesaurus of Quotations*. New York : Harper & Row.

19 Sherrie Williamson (1991). *Cohesion and Coherence in the Speech of Psychopaths*. 출간되지 않은 박사 논문. University of British Columbia, Vancouver, Canada.

20 Terry Ganey (1989). *St. Joseph's Children : A True Story of Terror and Justice*. New York : Carol Publishing Group.

21 Tim Cahill (1987). *Buried Dreams*. New York : Bantam Books.

9장 │ 거미줄에 걸린 파리

1 B. Rime and L. Schiaratura (1990). 동작과 말하기. R. Feldman and B. Rime (eds.). *Fundamentals of Nonverbal Behavior*. New York : Cambridge University Press.

2 Joseph Wambaugh (1987). *Echoes in the Darkness*. New York : Bantam Books. pp. 22-23.

3 Clifford Linedecker (1991). *Night Stalker*. New York : St. Martin's Press. pp. 202 203.

4 Robert Mason Lee. "밤비 : 살인자의 얼굴." *The sun*, Vancouver, Canada, November 3, 1990; Kris Radish (1992). *Run, Bambi, Run : The Beautiful Ex- Cop Convicted of Murder Who Escaped to Freedom and Won America's Heart*. New York : Carol Publishing Group. Lawrencia Bambenek (1992). Woman on Trial. Toronto : Harper Collins.

5 Personal communication, April 1991.

6 유죄관결을 받은 살인자에게 매혹되는 여인들에 대한 사례 : Sheila Isenberg (1991). *Women Who Love Men Who Kill*. New York : Simon & Schuster. 폭력적인 사람과의 관계에 있어서 연극의 심리적 치유력 : J. Reid Meloy (1992). *Violent Attachments*. Northvale, NJ : Jason Aronson, Inc.

10장 | 문제의 근원

1 입양된 아이가 새 가족에게 피해를 입히는 사례는 드문 일이 아니다. 사이코패시의 초기 징후 중 대부분은 관련 아이의 생물학적 부모로부터 제공된다.

2 유아기에서 성인기로의 사이코패시 및 반사회적 성격장애 진행에 대한 종단적 연구 출처: Lee N. Robins (1966). *Deviant Children Grow Up*. Baltimore, MA: Williams & Wilkins; David Farrington (1991). 유아기에서 성인기까지의 반사회적 성격장애. *The Psychologist* 4, 389-94.

3 이 주제에 대한 연구 문헌 검토: B. Lahey, K. McBurnett, R. Loeber, and E. Hart (1995). 품행장애의 정신생물학. G. P. Sholevar (ed.). *Conduct Disorders in Children and Adolescents: Assessments and Interventions*. Washington, D.C.: American Psychiatric Press.

4 이 연구의 상세 내용: P.J. Frick, B.S. O'Brien, J.A. Wooton, and K. McBurnett (1994). 유아기의 사이코패시 및 행동장애. *Journal of Abnormal Psychology* 103, 700-07.

5 Rolf Loeber (1990). 청소년의 반사회적 행동과 직무 태만 발전 및 위험 요인. *Clinical Psychology Review* 10, 1 – 41; David Farrington (1991). 유아기에서 성인기까지의 반사회적 성격장애. *The Psychologist* 4, 389-94.

6 Ken Magid and Carole A. McKelvey (1989). *High Risk: Children Without Conscience*. New York: Bantam.

7 "Officials stymied by alleged rapist, 9." *Seattle Times*, July 21, 1992.

8 See J. MacMillan and L. K. Kofoed (1984). 사회생물학과 반사회적 행동. *Journal of Mental and Nervous Diseases* 172, 701 – 06; H. C. Harpending and J. Sobus (1987). 사회 순응 측면에서 본 사이코패스 *Ethology and Sociobiology* 8, 63S-72S.

9 Ann Rule (1987). *Small Sacrifices*. New York: New American Library. 추가 참조: Diane Downs (1989). *Best Kept Secrets*. Springfield, OR: Danmark Publishing.

10 R. D. Hare (1970). *Psychopathy: Theory and Research*. New York: Wiley.

11 Robert Kegan (1986). 가면 뒤의 아이들: 발달지체의 측면에서 본 사회병질자. In W. H. Reid, D. Dorr, J. I Walker, and J. W. Bonner, III. *Unmasking the Psychopath*. New York: W. W. Norton.

12 R. D. Hare (1984). 사이코패스의 전두엽 기능과 관련된 인지론적 작업 능력. *Journal of Abnormal Psychology* 93, 133-40; S. D. Hart, A. E. Forth, and R. D. Hare (1990). 남성 사이코패스의 선택적 신경심리검사 결과. *Journal of Abnormal Psychology* 99, 374-79; J. J. Hoffman, R. W. Hall, and T. W. Bartsch (1987). 신경심리검사 중 전두엽 기능장애의 "사이코패시" 인격 특성 및 알코올 중독에 대한 상대적 중요성. *Journal of Abnormal Psychology* 96, 158 -60.

13 See E. E. Gorenstein and J. P. Newman (1980). 발산 정신병리학: 연구의 새로운 관점 및 모델. *Psychological Review* 87, 301-315; J. P. Newman (1987). 외향적인 사람과 사이코패스 처벌의 반작용: 발산형 인간의 충동적 행동에 내포된 의미. *Journal of Research in Personality* 21, 464 – 80; A. R. Damasio, D. Tranel, and H. Damasio (1990). 전뇌 손상으로 사이코패시 행동을 보이는 개인은 사회적 자극에 대해 자율적 반응을 보이지 못한다. *Behavioral Brain Research* 41, 81-94.

14 여러 조사자가 범죄성, 폭력성을 포함한 초기 위험 요인 검토 결과를 제공한다. 예: C. S. Widom (1989). 폭력의 고리. Science 244, 160-66; D. Olweus, J. Block, and M. Radke – Yarrow (eds.) (1986). *Development of Antisocial and Prosocial Behavior*. New York: Academic Press; R. Loeber (1990). 청소년의 반사회적 행동과 직무 태만 발전 및 위험 요인. *Clinical Psychology Review* 10, 1-41; J. McCord (1988). 공격성 고리에서의 부모의 행동. *Psychiatry* 51, 14 – 23; Adrian Raine (1988). 반사회적 행동 및 사회정신생리학. In H. L. Wagner (ed.). *Social Psychophysiology and Emotion: Theory and Clinical Applications*. New York: Wiley.

15 매지드는 현재 사이코패시에는 생물적 요인과 사회적 요인이 모두 존재한다고 주장한다. *Personal Communication*, July 22, 1993.

16 유명해진 1964년도 서적 The Psychopath: An Essay on the Criminal Mind (Princeton, NJ: Van Nostrand)에서, 윌리엄 맥코드와 조안 맥코드는 사회적 요인이 사이코패시의 주요 원인이라고 주장했다. 현재 조안 맥코드는 이 문제에 대해 다음과 같이 이야기한다. "부모의 거부와 일관성 없는 처벌이 사이코패시의 원인에 영향을 줄 수 있다. (하지만) 부모의 거부가 사이코패시 행동을 일으켰다기보다는 사이코패시 행동이 부모의 거부 반응을 야기했다고 생각하는 것이 더 맞을 것이다." (July 1984). *Family Sources of Crime*. 이 자료는 호전성 연구 국제협회(ISRA) 회의에 제출되었다. Turku, Finland; also see J. McCord (1988). 공격성 고리에서의 부모의 행동.

Psychiatry 51, 14-23.

17 지능, 기질, 개성의 개인적 차이와 유전적 차이 사이의 관련성에 대한 최근 논쟁: T. J. Bouchard, D. T. Lykken, M. McGue, N. L. Segal, and A. Tellegen (1990). 사람의 심리적 차이에 대한 출처: 미네소타의 따로 양육된 쌍둥이 연구. *Science* 250, 223 – 28; T. J. Bouchard and M. McGue (1990). 성인의 성격에 대한 유전 및 양육 환경 영향: 따로 입양되어 다른 환경에서 양육된 쌍둥이 분석. 특별 문제: 성격의 생물학적 기반: 진화론, 행동유전학 및 정신생리학. *Journal of Personality* 58, 263-92; J. E. Bates and M. K. Rothbart (eds.) (1989). *Temperament in Childhood*. New York: Wiley; J. Kagan, J. S Resnick, and N. Snidman (1988). 아동기 수줍음의 생물학적 원인. *Science* 240, 167 – 71 J. Kagan and N. Snidman (1991). 내성적인 영아 및 외향적인 영아의 태도 예측. *Psychological Science* 2, 40-44. 청소년 사이코패시에 대한 불안감 논쟁: B. Lahey, K. McBurnett, R. Loeber, and E. Hart (1995). 품행장애의 정신생물학. G. P. Sholevar (ed.). *Conduct Disorders in Children and Adolescents: Assessments and Interventions*. Washington, D.C.: American Psychiatric Press.

18 가족, 쌍둥이 및 양자 결연 등의 연구에 의하면, 범죄성과 폭력성, 특히 사이코패시는 최소한 유전 및 생물학적으로 부여받은 기질에 영향을 받으며, 환경 및 사회적 조건에 의해 구체화된다. 예: S. A. Mednick, T. E. Moffitt, and S. A. Stack (eds.) (1987). *The Causes of Crime: New Biological Approaches*. Cambridge, England: Cambridge University Press; R. Plomin, J. C. DeFries, and D. W. Fulker (1988). *Nature and Nurture During Infancy and Early Childhood*. Cambridge, England: Cambridge University Press; F. Schulsinger (1974). *Psychopathy, heredity, and environment*. S. A. Mednick, F. Schulsinger, J. Higgins, and B. Bell (eds.). *Genetics, Environment, and Psychopathology* (pp. 177-95). Amsterdam: North Holland/ Elsevier. 특히 최근 이루어진 쌍둥이 연구에서는 사이코패시를 정의하는 상당한 수준의 인격적 특성(3장 설명)이 유전된다는 강력한 증거가 제시되었다. (W. J. Livesley, K. L. Jang, D. N. Jackson, and P. A. Vernon. *Genetic and Environmental Contributions to Dimensions of Personality Disorder*) 논문이 발표된 회의: American Psychiatric Association, Washington, D. C., May 2-7, 1992; Adrian Raine (1988). 반사회적 행동 및 사회정신생리학. In H. L. Wagner (ed.). *Social Psychophysiology and Emotion: Theory and Clinical Applications*. New York: Wiley.

19 E. DeVita, A. E. Forth, and R. D. Hare (June 1990). *Psychopathy, family background, and early criminality*. 논문이 발표된 회의: Canadian Psychological Association, Ottawa, Canada.

20 사례가 보도된 기사: Mary Lynn Young in *The Sun*, Vancouver, British Columbia, December 12, 1990. 위 기사에서 인용했다.

11장 | 꼬리표의 윤리

1 Atascadero State Hospital in Atascadero, California. 세부 내용: David Plate, head of psychology (personal communication, August 1991).

2 Ron Rosenbaum (May 1990). *Travels with Dr. Death*. Vanity Fair.

3 Charles P. Ewing (1983). 'Dr. '죽음의 의사'를 비롯하여 주요 선고에서 정신적, 심리적 위험성을 예견하는 행위에 대한 윤리적 비난 사례. *American Journal of Law & Medicine* 8, 407-28.

12장 | 대책은 없는가

1 Robert Hare (1970). *Psychopathy: Theory and Research*. New York: Wiley. p. 110.

2 J. S. Maxmen (1986). *Essential Psychopathology*. New York: W. W. Norton.

3 치료 프로그램 설명: J. R. Ogloff, S. Wong, and A. Greenwood (1990). 범죄를 저지른 사이코패스에 대한 치료 공동체 프로그램 치료. *Behavior Sciences and the Law* 8, 81-90. 프로그램 수료 후 재범률: J. Hemphill (1991). *Recidivism of Criminal Psychopaths After Therapeutic Community Treatment*. 다음의 주요 논문은 출판되지 않음: *Department of Psychology*, University of Saskatchewan, Saskatoon, Canada.

4 G. T. Harris, M. E. Rice, and C. A. Cormier (1991). 사이코패시와 폭력 상습범. *Law and Human Behavior* 15, 625 – 37.

5 William McCord (1982). *The Psychopath and Millieu Therapy*. New York: Academic Press. p. 202.

6 많은 책에서 유년기 행동 문제를 다루는 과정 및 프로그램을 설명한다. 예: E. A. Blechman (1985). *Solving Child Behavior Problems at Home and at School*. Champaign, IL: Research Press. 일반 행동 문제에 대한 접근 방법을 기술한 워크북. S. W. Garber, M. D. Garber, and R. F. Spitzman (1987). *Good Behavior: Over 1200 Sensible Solutions to Your child's Problems from Birth to Age Twelve*. New York: Villard Books. 다양한 일반 유년기 행동 문제를 기술한 뛰어난 참고 자료. 기본 행동 원칙과 예방 전략은 물론, 심각한 행동 문제 및 장애를 설명하고 전문적 도움을 찾는 방법에 대해 조언한다.

H. Kohl (1981). *Growing with Your children*. New York: Bantam. 부모를 위한 실제적인 지침서. 징계, 체벌, 자아상, 공정성 등을 다룬다.

J. Wyckoff and B. C. Unell (1984). *Discipline Without shouting or Spanking: Practical Solutions to the Most Common Preschool Behavior Problems*. New York: Meadowbrook Books. 취학 전 아동의 일반적인 행동 문제(예: 불같은 분노 표현, 형제간 경쟁, 산만함, 잠 투정)를 설명한 실용서.l E. A Kirby and L.K. Grimley (1986). *Understanding and Treating Attention Deficit Disorder*. New York: Pergamon Press. 활동 과잉 아동을 키우는 부모에게 꼭 필요한 지침서.

7 Robert Hare (1992). *A Model Treatment Program for Offenders at High Risk for violence*. Ottawa, Canada: Research Branch, Correctional Service of Canada.

13장 | 생존 전략

1 사이코패스의 "탐욕스러운 시선"에 대한 설명: J. Reid Meloy (1988). *The Psychopathic Mind*. Northvale, NJ: Aronson, Inc.

옮긴이

조은경 한림대학교 심리학과 교수이며, 한림대 부설 법심리학연구소 소장을 역임했다. 한국심리
학회 범죄심리전문가 자격관리위원장, 검찰청 과학수사자문위원, 경찰청 국가대테러인질협상
전문위원으로 활동하고 있다. 서울대학교 심리학과를 졸업하고, 미국 위스콘신-매디슨 대학교
에서 심리학 박사학위를 받았으며, 한국형사정책연구원 선임연구원을 역임했다.

황정하 연세대학교 전산과학과를 졸업하고, 현재는 전문번역가로 활동하고 있다. 옮긴 책으로는
『개로 길러진 아이』『나이 들어 외국어라니』『살인자들과의 인터뷰』『자전거 세계여행』『뉴욕타
임스가 선정한 교양 7』『앙코르: 장엄한 크메르 문명』 외 다수가 있다.

진단명 사이코패스
우리 주변에 숨어 있는 이상인격자

초판 1쇄 발행	2005년 12월 8일
개정판 1쇄 발행	2020년 12월 30일
지은이	로버트 D. 헤어
옮긴이	조은경 황정하
펴낸곳	(주)바다출판사
발행인	김인호
주소	서울시 마포구 어울마당로5길 17 5층(서교동)
전화	322-3675(편집), 322-3575(마케팅)
팩스	322-3858
E-mail	badabooks@daum.net
홈페이지	www.badabooks.co.kr
ISBN	979-11-89932-95-4 03840